Zu diesem Buch

In Scottsdale, einem verschlafenen Vorort von Phoenix, Arizona, erschießt sich der siebzehnjährige Walker Miller mit einem gestohlenen Revolver. Die Mitschüler und Lehrer von der Gold Dust High School werden durch das Ereignis vollkommen aus der Bahn geworfen. Aus freundlichen Kids und verständnisvollen Lehrern werden plötzlich menschliche Zeitbomben, Aggression und Zerstörungswut breiten sich aus wie ein Virus. Schließlich greift ein zweiter Schüler zum Revolver und droht sich umzubringen...

«Ein aufsehenerregendes Buch, das unzweifelhaft in der Tradition von Salingers Klassiker ‹Der Fänger im Roggen› steht.» (Sächsische Zeitung)

«Der Roman saust ohne Pause voran wie ein Rennschlitten.» (New York Times)

T. M. McNally, geboren 1961 in Ohio, studierte in Rockford, Illinois, und an der Arizona State University. Er erwarb den Grad eines Master of Fine Arts für kreatives Schreiben. Für seinen ersten Erzählungsband «Low Flying Aircraft» wurde er mit einem der angesehensten Literaturpreise Amerikas, dem Flannery O'Connor Award, ausgezeichnet.

T. M. McNally

Diese Wut in uns

Roman

Deutsch von
Christoph Schuenke

rororo
Rowohlt

Für die Lebenden

Doch der Himmel bot keinen Schutz.
Ovid, Metamorphosen

Veröffentlicht im Rowohlt Taschenbuch Verlag GmbH,
Reinbek bei Hamburg, März 1996

Die Originalausgabe ist erschienen unter dem Titel
«Until Your Heart Stops»
«Until Your Heart Stops»

Umschlaggestaltung Bernd Kuchenbeiser
Satz Aldus (Linotronic 500)
Gesamtherstellung Clausen & Bosse, Leck
Printed in Germany
1490-ISBN 3 499 13711 9

Inhalt

1

Fahrenheit 9
Wie ich aussehe; wie ich schmecke in deinem Mund 36
Was Verlangen gebietet 66
Absturz 94

2

Schwindel 127
Laß mich deine Augen schließen und träumen 152
Weil das Leben wie ein Fenster ist 175
Der Aufsatz deines Lebens 202

3

Entschuldigung 229
Der Satz des Pythagoras 263
Vereist 287
Meerglas 314

4

Himmel 331

1

Bescheid wissen, damit fängt es an. Mit Rätseln und dieser ständigen Ungewißheit, warum sich das Wetter ändert. Es fängt an mit Walker Millers unerwartetem Tod an einem heißen Oktoberabend: sechsunddreißig Grad Hitze, Tendenz fallend.

Walker Miller hatte Freunde, er war ein netter Junge mit großen Füßen, und ein paar Stunden, bevor es passiert, sitzt Joe Jazinski in einem klimatisierten Warteraum und blättert gelangweilt in einer Frauenzeitschrift. Joes neunjähriger Bruder Spencer ist zur Untersuchung beim Hausarzt der Jazinskis. Im letzten Sommer wurde Spencer auf seinem Rad von einem Auto angefahren. Jetzt hat Spencer eine achtzehn Zentimeter lange Stahlplatte im Bein, die mit dem Oberschenkelknochen verschraubt ist und dort bleiben wird, bis der Knochen wieder zusammengewachsen ist. Der Wagen hatte fünfundsiebzig Sachen drauf, und die Platte ist länger als Spencers beide Hände zusammen. Sein Bein steckt bis über die Hüfte in einem Gipsverband, und er fährt ständig im Rollstuhl; manchmal, wenn er sich traut, sagt Spencer, er möchte geschoben werden. Bald darf er an Krücken gehen, und wenn er denkt, daß Joe außer Reichweite ist, übt Spencer schon jetzt dafür. Er fällt ständig hin. Beim heutigen Arztbesuch geht es nur um eine Routineuntersuchung für das Pfadfinderlager. Trupp 364 plant im nächsten Sommer einen Geländemarsch durch den Grand Canyon. Die Ärzte meinen, bis dahin wird er wieder ohne Krücken klarkommen.

Joe liest gerade eine Anzeige für Monatshygiene. Wenn er Spencer heimgefahren hat, will Joe seine Freundin Edith McCaw von der Schule abholen. Edith hat jeden Tag Schwimmtraining, und für die Wartezeit hat Joe überhaupt keine Beschäftigung. Normalerweise wäre er selbst oben in der Sporthalle, um mit einem der kräftigeren aus dem ersten Semester zu trainieren. Mr. Morrison findet es gut, die Freshmen langsam einzugewöhnen. Manchmal ist Morrison netter, als man denkt. Heute zum Beispiel, als Joe um einen freien Nachmittag gebeten hat, sagte Morrison nur: «Training.»

Damit meinte er: *Training muß immer sein*; das sagt er andauernd. Genau wie: *Das Leben ist keine Wassermelone*. Joe kennt die Frau in seiner Zeitschrift nicht. Sie macht einen gesunden und seltsam anonymen Eindruck; wie eine, die zur Kirche geht und vielleicht bald Kinder bekommt, mit ihrem Ehemann, der auch zur Kirche geht – ein hohes Gebäude mit ganz vielen Glocken und buntem Glas. Sie ist anders als die Frauen in *Sports Illustrated*, *Car and Driver* oder *Vogue* – Blätter, wo Joe schon eher mal reinguckt. Wie die aussieht, könnte sie aus Iowa sein; mit Edith hat sie überhaupt keine Ähnlichkeit, die ist katholisch, und Joe weiß, daß er noch nie ein schöneres Mädchen gesehen hat. Er hat sogar schon mal ein Mädchen nackt gesehen, beim Duschen, die war nicht halb so schön wie Edith. Manchmal kann er gar nicht glauben, daß sie sich überhaupt kennen. *Edith*, sagt er zu sich, wenn er nicht nachdenkt. *Edith*.

Im Gegensatz zur Ringer-Halle, die Morrison immer über 30 Grad hält, kommt ihm der Warteraum kalt und erstaunlich still vor. Wenn er zur Lüftungsklappe hochschaut, bekommt er eine Gänsehaut, aber leider gibt es hier sonst nichts zu sehen. Als Spencer endlich durch die Tür gerollt kommt, ertönt ein sanfter Pfiff von der Sprechstundenhilfe, einer Frau in weißer Dienstkleidung mit einer blauen Strickjacke.

«Hey, Mausi», sagt sie.

«Hi», sagt Spencer und winkt ihr zu. «Alles klar.»

Wie er da so in seinem Rollstuhl hockt, sieht Spencer ganz verkümmert aus, hat Arme wie Angelruten. Und blaß ist er außerdem, schließlich war er kaum draußen. Statt dessen schmökert er lieber. Seit kurzem hat es ihm die Weltraumforschung angetan. In seinem Zimmer mit der Tiertapete hockt er über seinen Büchern und schaut dabei Bildungsfernsehen, das heißt ohne Werbespots und Gewalt, und Joe weiß, daß Spencer den ganzen Tag auf Joes Heimkehr wartet, damit sie zusammen was unternehmen können. Meistens hilft Spencer Mrs. Amato beim Kochen, aber das ist nicht dasselbe. Jetzt sitzt er hier in Dr. Ripleys Praxis im Rollstuhl, lächelt die Sprechstundenhilfe an und drückt sein Plüschtier an sich – einen großen

Elch, Mr. Moose. Ein Bein des Elchs ist mit einem Zungenspatel geschient.

«Na», sagt Joe, «darfste mit?»

«Na logo», sagt er. «Ich brauch 'n Zelt, hat Dr. Ripley gesagt.» Spencer nickt mit dem Kopf von Mr. Moose und sagt: *Ich auch!*

Dr. Ripley schlendert durch die offene Tür. Seit die Jazinskis vor zehn Jahren nach Scottsdale gezogen sind, hat Dr. Ripley Joe dreimal gründlich untersucht und ihm ab und zu in der Erkältungszeit Penicillin verschrieben, aber trotzdem hat Joe irgendwie Probleme mit Leuten, die fürs Gesundmachen Geld nehmen. Dr. Ripley hat sein Stethoskop um und trägt Turnschuhe; er fragt Joe, ob er auf Chicago steht.

«Nee», antwortet Joe und wünscht sich das Gegenteil. Jetzt wird Dr. Ripley gleich fragen, auf welches Team er denn steht, und Joe hat schon monatelang keine *Sports Illustrated* mehr in der Hand gehabt, genau seit er das letzte Mal mit Spencer zur Sprechstunde war. Joe weiß nicht mal, von welcher Sportart die Rede ist.

«Denver», sagt Joe. «Dad meint, Denver macht sich echt gut.»

«Richte Brad aus, er soll mich anrufen», sagt Dr. Ripley.

Manchmal, am Wochenende, wenn er daheim ist, spielt Brad Jazinski Racket mit Dr. Ripley; vielleicht will Dr. Ripley deshalb von Vater angerufen werden, denkt Joe. Früher ist Dr. Ripley mit seiner Frau am Wochenende abends zum Essen gekommen. Dann, als Joes Mutter weggegangen war, hat Dr. Ripley seinem Vater eine Menge Valium und Halcion verschrieben. Sie stehen im Küchenschrank bei den Tellern und dem Salzstreuer. Joe könnte sich vorstellen, daß Dr. Ripley seinem Vater mal wieder einen Investmenttip durchsagen möchte. Oder es ist wegen Spencer. Möglicherweise macht die Platte in seinem Bein Probleme, oder die Schrauben – vielleicht ist eine locker und löst sich aus dem Knochen.

Früher hat Joe gedacht, ein Unfall, also ein ungewollter Vorfall, wäre gar nicht so verkehrt: vielleicht ein Gipsbein, und ständig Mädchenbesuch, Diana Vanderstock oder Carol Cunningham würden sich nach ihm erkundigen, sie würden mit roter Tinte ein schnörkliges *In Liebe* über ihren Namenszug pinseln und ihm Zehen auf den Gips malen. Doch inzwischen ist Joe älter und weiß, was Schmerzen wirklich sind. Unfälle bringen nur was, wenn man noch klein ist, höchstens neun oder zehn, oder wenn es jemand anders erwischt. Letztes Jahr, als Walker Millers Mutter sich umgebracht hat, war es genauso. Die Leute wollten alles darüber wissen, und Walker, der meinte bloß, solche Sachen passieren nun mal. Joe kann darin keinen rechten Sinn sehen. Er kann es sich höchstens so vorstellen, daß man Schmerzen deshalb nicht vergessen kann, weil sie immer unterschiedlich sind – zum Beispiel tut eine Zerrung ganz anders weh, wenn man sie mit Eis kühlt, als wenn zuviel Hitze rankommt.

Im Fahrstuhl sagt Spencer: «Fertigmachen zum Start, Mr. Moose!»

Fertig! pariert Mr. Moose.

In Arizona gelten vierzehn Stockwerke als enorme Höhe, das ist fast schon Chicago, und Joe weiß, sie werden jetzt ewig rauf- und runterfahren, weil Spencer so gern in Fahrstühlen spielt und weil es hier *volle vierzehn Stock* hochgeht ... Doch jetzt öffnet sich die Tür zur Eingangshalle; da lehnt ein schnaufender alter Mann an einem Aschenbecher. In seiner Nase steckt ein Atemschlauch, und eine alte Frau – vielleicht seine Frau oder Schwester – hält seinen grünen Sauerstoffbehälter und einen Reiseatlas. Die sehen aus wie bestellt und nicht abgeholt, denkt Joe. Die Frau hat müde, traurige Augen.

Spencer hält Mr. Moose hoch, der sagt: *Frau mit Baby. Platz machen!*

Draußen ist es heiß, so heiß, daß man auf dem weißen Parkplatzboden Spiegeleier mit Würstchen braten könnte. Joe und Spencer essen immer Müsli zum Frühstück, das schmeckt ihnen besser. Es ist völlig windstill und dunkel – da zieht ein böser Regensturm auf. Normalerweise wird es in Arizona ab Oktober kälter, und dann kann so ein Unwetter hier Tage dauern. Heute ist der Himmel schwer und dicht, *Nimbus* – ein neues Wort; hat Joe in Englisch gelernt, in dem Kurs, wo auch Walker Miller war, bevor er durchgeknallt ist.

«Dr. Ripley ist der geilste Arzt der Welt», sagt Spencer. «Wenn ich erst mal Arzt bin, werd ich genau so. Geil.»

«Ich dachte, du wolltest Astronaut werden.»

«Ja. Hmmm. Werd ich auch. Oder Präsident. Wenn ich erst mal Arzt bin, brauchen die im Weltraum auch Ärzte und so was alles. Meine Praxis hab ich dann auf'm Mond, da is die Schwerkraft nur ein Siebentel von uns hier. Auf'm Mond kann man sogar als Dicker Basketball spielen.»

Damit meint Spencer den dicken Donald Bloomquist, seinen einzigen Freund. Donald war dabei, als Spencer nur zwei Straßenecken von zu Hause angefahren wurde. Der ist total durchgedreht und zu sich nach Hause gefahren, um Hilfe zu holen. Donald ist nicht gerade ein Sprinter, und als er endlich ankam, war er völlig außer Atem. Er brauchte erst sein blaues Asthma-Inhaliergerät, bevor er die Worte herausbekam.

Unfall! Es gab 'n Unfall!

Spencer wurde auf eine Schotterfläche geschleudert, wo ihm ein Rasensprengerteil aus Messing fast das Ohr abgesäbelt hat. Die Sprenger liefen über eine Zeitschaltung; das Fahrrad, ein orangeblaues BMX, flog in einen Riesenkaktus. Der Fahrer des Wagens wollte Spencer wegziehen, ließ es dann aber sein, um es nicht schlimmer zu machen, falls etwas gebrochen wäre. Spencers Genick oder sein Rückgrat hätten wirklich gebrochen sein können. Es war ein schmales Teil mit einem sauberen Knick in der Mitte. Der Mann stellte sich vor den Rasensprenger und lenkte das Wasser von Spencer weg, damit er wenigstens trocken blieb, bis jemand anders kommen würde, jemand, der sich auskennt. Er zog sich einen Schuh aus und stülpte ihn über den Sprenger. Als der Krankenwagen kam, hatte der Mann nur einen Schuh an, und seine Hosen waren durchnäßt. Die Sanitäter hoben Spencer in den Wagen und fuhren ab; die Mutter von Donald Bloomquist, auch eine Dicke, steckte den Jazinskis einen Zettel an die Haustür und noch einen zweiten an das Gartentor zum Pool. Auf beiden Zetteln stand zur Erklärung, sie wüßte die Dienstnummer von Spencers Vater nicht, und beide enthielten die Information, wo Spencer war – im Scottsdale Memorial-Krankenhaus. Mrs. Amato hatte ihren freien Tag, Brad Jazinski war in Buffalo, New York, und Joe kam nicht vor Mitternacht nach Hause. In der Einfahrt stieß er auf einen Wagen mit Donald Bloomquists Vater, der am Steuer eingenickt war. Mr. Bloomquist war zu der Zeit ständig müde, weil er eine Spezialdiät mit viel Grapefruits machte, durch die er schon 37 Kilo abgespeckt hatte. Die Zettel hingen immer noch da, wo seine Frau sie angesteckt hatte.

«Er fährt 'n Corvette», sagt Spencer und meint Dr. Ripley.

Joe fährt einen umgemodelten General Motors Kombi, der früher für «Green and Pleasant Pastures», den *freundlichsten Friedhof im ganzen Valley of the Sun*, im Einsatz war. Joe hat den Leichenwagen letztes Jahr bei einer Auktion erstanden, als er gerade seine Fahrprüfung geschafft hatte. Bis auf das parallele Einparken lief alles glatt, und sein Vater übernahm für ihn die Versicherung; Joe bekommt zehn Prozent Rabatt, weil er so gute Zensuren hat. Im Augenblick ist eine graue Grundierung auf dem Wagen, weil Joe ihn aufmöbelt. Sein Vater nennt das eine *Lernerfahrung*. Die Vordersitze sind mit Schaffell bezogen, und außerdem ist eine Anlage mit vier Boxen eingebaut. Am Wochenende parkt Joe in der Garage, wo sonst Vaters Wagen steht, und holt die Farbe mit dem Schleifer runter. Joe hat ein paar Bücher über Karosserieerneuerung gelesen. Sein Vater will aber, daß er Makler wird, nicht Anwalt.

Seine Mutter schreibt, ihr ist beides recht. Joe meint, noch ein Monat in dem Tempo, und er kann anfangen, den Motor neu aufzubauen, wenn er will. Eigentlich hat er keine Ahnung, was das bedeutet, *einen Motor neu aufbauen*, aber auf jeden Fall will er lernen, wie man es macht. Spencer plumpst in den Beifahrersitz. Drinnen läßt er sofort die Scheibe runter und kramt erst mal die Kassetten durch, um eine Musik auszusuchen, schließlich ist er ja der *Begleitwächter*. Er orientiert sich an den Bildern.

«Hörn wir die hier?» Er hält eine Kassette hoch. Die Plastikhülle ist verzogen. Im August, als Joe bei Walker Miller in der Psychiatrie war, hat er sie auf dem Armaturenbrett in der Sonne liegengelassen.

«Klar», sagt Joe.

«Echt?»

«Ja, na klar.»

«Hast du vielleicht Reggae?»

«Nee.»

«Mann, Joe – alle haben Reggae.»

«Ich nich», sagt Joe. Er steuert den langen Wagen in Richtung Indian School und fragt: «Schnell? Oder richtig doll schnell?»

«Dad hat gesagt, du sollst mir 'n Eis kaufen und mich zur Bibliothek fahren. Mr. Moose will Bücher holen.»

«Hat der auch Hunger?»

«Nee», sagt Spencer kichernd. «Nur ich.»

Dieses Wort, *Nee*, spricht Spencer genau wie Vater; sie reden alle gleich. Bei der Scottsdale Road kommen sie an Mr. Jazinskis Büro vorbei. Sein Wagen steht auf dem Parkplatz, wie meistens, wenn er weg ist; er nimmt nämlich ein Flughafentaxi, *um nicht selbst fahren zu müssen*. Joe fährt gern selbst, und sein Vater fliegt heute nach Austin. Joe hat in der letzten Zeit viel über seine berufliche Zukunft nachgedacht, überlegt, was er mit seinem restlichen Leben anfangen soll, damit er es zu was bringt. Walker Miller will Rockstar werden und den Namen Vic annehmen. Nicht *Vic Miller* oder *Vic Walker* oder *Walker Vic Miller*. Einfach nur *Vic*.

Die Stadtbibliothek steht in einem Park voller Springbrunnen und langgestreckter weißer Bauten; der Architekt war ein Kumpel von Frank Lloyd Wright. Das Gras ist naß – Rasensprenger bewässern die Wiesen vor dem Kraftfahrzeugamt, vor dem Stadttheater und die Ränder der langen weißen Gehwege, die in die vollklimatisierten Gebäude führen. In der Bibliothek wird Spencer von den ehrenamtlichen Ausleihkräften angelächelt. Die Damen tragen rosa Blusen mit Ansteckern, auf denen steht PSSST! HIER WIRD GELESEN!, und sind dazu da, die vielen dicken Bücher einzuordnen und für Ruhe zu sorgen.

In einem Glaskabuff, wo Gespräche erlaubt sind, sitzt die Mutter von Howie Bently – BIBLIOTHEKARIN FÜR NEUERWERBUNGEN. Die Bentlys wohnen nördlich von Shea, bei der Gold Dust High School. Howie ist mit Joe im selben Englischkurs, bei Mr. Rolf, dem Säufer. Das ist so ein Kurs, wo man täglich eine Doppelstunde hat und dafür am Ende zwei Jahre angerechnet bekommt; sie schreiben einen Aufsatz pro Woche, und am Dienstag sagt Mr. Rolf jedem einzeln, was in den Aufsätzen verkehrt ist. Die Aufsätze müssen getippt sein, und nach der Besprechung muß man den Aufsatz neu schreiben und das Ganze noch mal abtippen. Joe macht das selber, auf dem Computer seines Vaters. «Bis zur Abschlußprüfung», sagt Mr. Rolf, «werden von euch nur noch sechs übrig sein.» Außerdem sagt er ständig: «Alles Leben ist heilig.» Wenn Joe kein gutes Thema einfällt, läßt er sich von Howie helfen, und jedesmal kommt Mr. Rolf dahinter.

«Der hat 'ne Hacke», hat Walker immer geflüstert. «Der wird immer härter!»

Walker hat mal einen Aufsatz über Iva Polanski geschrieben, und bis zum heutigen Tag war das der einzige Schüleraufsatz, den Mr. Rolf jemals laut vorgelesen hat. Später meinte Walker, es wären zu viele Details drin und daß er sich manche Stellen ausgesponnen hätte. Doch Mr. Rolf stand auf die Details. «So viele Adjektive», sagte er strahlend. «So viele Möglichkeiten!» Das war kurz nachdem Walker zum erstenmal durchgeknallt ist. Am Safeway, wo er gearbeitet hat. Angeblich soll er einen Einkaufswagen auf ein Autodach geschleudert haben, danach reingegangen sein und die Kunden mit Obst beworfen haben. Heute kommt es einem natürlich vor, als wäre das eine Ewigkeit her.

Mrs. Bently sitzt in ihrem eingeglasten Kabuff und hat ein Buch vor sich, in dem lauter andere Bücher abgebildet sind. Ihre Brillengläser sind halbmondförmig, an den Bügeln hängt eine Silberkette, indianische Handarbeit. Sie schaut nicht hoch. Die Ausleihdamen schieben einen leeren Wagen weg. «Da lang», sagt Spencer und zeigt, wo er hinmöchte. Zu den Weltraum-Büchern.

Joe läßt ihn allein und schlendert rüber zu den Zeitschriften, wo kaum etwas Aufregendes rumliegt. Die Bibliothek hat ihre Abonnements für Fotomagazine auslaufen lassen, weil zu viele Beschwerden kamen. Joe schaut sich gern nackte Frauen an, auch wenn es nur Fotos sind. Wenn er Fotograf von Beruf würde statt Anwalt, könnte er alles fotografieren, was er will; er könnte nackte Mädchen fotografieren und hätte einen guten Grund, hinzuschauen. Edith wäre bestimmt wunderschön, denn sie ist eben einfach *wunderschön*, auch wenn sie fast blind ist. Miss Williams, die Schwimmtrainerin, hat sich früher mal nackt für Zeitschriften ablichten lassen. Joe blättert gern in der *Vogue*, er mag vor allem die Anzeigenseiten, obwohl er weiß, daß das eigentlich nicht die richtige Zeitschrift für ihn ist. Die Leute halten ihn bestimmt für pervers.

Gemütlich spaziert Joe zum Fenster von Mrs. Bently und klopft an. «Hallo, Mrs. Bently.»

Sie schaut hoch, lächelt und rückt ihre Brille zurecht. Dann winkt sie ihn herein und sagt: «Was denn, kein Training heute?»

«Wie geht's denn so?» fragt er. Ihr Tisch ist mit Papieren überhäuft. Er fragt sich, wie sie die alle durchlesen will. «Ich hab Spence dabei. Der schmökert so gern in den Weltraum-Büchern.»

«Wie geht's ihm denn?»

«Ach, na ja. Ganz gut.» Typische Frage von einer Mutter. Seitdem Walker Miller in die Anstalt gekommen ist, das war im Frühling, ist Joe Howie Bentlys bester Freund. Im Prinzip, denkt Joe, könnte jeder diese Frage stellen, aber wenn sie von einer Mutter kommt, ist sie einfach logischer. «Gut», sagt er zu Mrs. Bently. «Er will Basketball spielen. Auf'm Mond.»

Joe war seit über zwei Jahren nicht mehr mit seiner Mutter zusammen; er weiß nicht mal mehr genau, wie sie aussieht. Walker Millers Mutter hat sich in einem Whirlpool umgebracht, und Joes Mutter hat sich ein neues Auto gekauft und eine weite Reise gemacht. Hat gesagt, sie wollte nur mal schnell zum Friseur. Walker Miller ist jetzt in der Psychiatrie, und Joe weiß einfach nicht, was er den Leuten erzählen soll.

Mrs. Bently lacht mit besorgter Miene, wie eine Lehrerin. Sie bietet Joe einen Stuhl an. Einen leeren, hellblauen Stuhl, doch Joe sagt, er müsse jetzt los, aber natürlich erwartet er, daß sie jetzt was über Howie sagt, über ihn, über Walker Miller, der in der nächsten Woche aus der Pflegeanstalt Superstition Mountain zurückkommt ... *Walker, Howie und der Jazz* ... aber ihm ist nicht ganz klar, was Mrs. Bently, die Mutter, als nächstes sagen soll, außer vielleicht *Tja, nun kommt der Walker ja bald nach Hause, alles wird gut. Du wirst schon sehn* ... Aber eigentlich bringt das gar nichts, und Joe denkt an Edith, seine Freundin, die so schön ist – sie wird am Parkplatz auf ihn warten, wird mit zusammengekniffenen Augen nach allen vorbeifahrenden Autos starren und seinen Wagen suchen, den langen grauen mit der abgescheuerten Farbe, bis Joe auftaucht, pünktlich auf die Minute, und jetzt kommt Spencer von hinten angerollt, bremst scharf und rammt die Tür. Joe geht beiseite und läßt ihn durch.

«Hallihallo, Mrs. Bently!»

«Hallo, Spencer!»

Spencer hat drei dicke Bücher auf dem Schoß, Mr. Moose sitzt obendrauf, und Spencer schaut sich nachdenklich im Raum um. Er kratzt sich am Ohr, dem genähten, und sagt: «Wie groß is der Grand Canyon.»

Das ist eine Frage, denkt Joe. Das heißt, er will es wissen.

Edith ...

Joe und Edith haben Mr. Moose am Tag nach dem Unfall gekauft. Im Juli, an einem heißen Donnerstag, überdurchschnittlich heiß – sechsundvierzig Grad Hitze. Den ganzen Nachmittag wühlten sie sich am Fashion Square im kühlen Wind der Klimaanlagen durch Kuscheltierberge. So groß wie die Kaufhäuser da sind, kann man eigentlich Rolltreppen verlangen. Bären, Hunde, Enten – Joe wollte ein Tier aussuchen, von dem keiner meinen könnte, daß es einem Schlaffi gehört. In einem Kaufhaus warf er Edith einen roten Elefanten über den Gang zu und traf sie voll ins Gesicht. Dabei verlor sie ihre Brille, und auf dem Dielenboden fiel ein Glas raus. Joe hatte gedacht, sie würde hinschauen, er schämte sich eine ganze Weile, und dann stießen sie auf den Elch ... *Guck mal, Joe. Mr. Moose! ...* Er hatte lange biegsame Hörner, einen grünen Schal und eine dicke Ledernase. Edith kam auf die Idee, dem Elch eine Schiene zu verpassen und eines der Hörner zu bandagieren, so daß es wie Spencers Ohr aussähe, in dem jetzt sieben Nadelstiche sind; Edith erklärte ihm, so was hätte sie im Krankenhaus auch geschenkt bekommen. Bezahlt hat Joe den Elch mit der Kreditkarte seines Vaters, *für Notfälle,* und auf dem Weg ins Krankenhaus hielten sie an einem Optiker und ließen Ediths Brille reparieren. Im Krankenhaus sahen sie Spencer beim Schlafen zu. Er war mit Tropfen und Schlafmitteln vollgepumpt und noch ganz beduselt von der Narkose. Donald Bloomquists Mutter war auch zu Besuch gekommen, hatte ihren Sohn allerdings zu Hause gelassen, *damit er mal in sich geht.* Mrs. Bloomquist spendierte Joe und Edith in der Cafeteria zwei Früchteeisbecher für die Wartezeit, bis es Spencer besser ginge. Bald begriff Joe, daß sie darauf noch Monate warten mußten. Am Abend zuvor hatten die Ärzte mit ihrem Vater in Buffalo, New York, telefoniert, Dokumente wurden hin- und hergefaxt, und Joe erfuhr von der Spezialschiene und daß der Knöchel ebenfalls gebrochen war. Doch am meisten erinnert sich Joe daran, wie sein Bruder in diesem riesigen Bett gelegen hat, in Bergen von Bettwäsche versunken – das Bett war hinten hochgestellt und in der Mitte eingeknickt, damit das Bein richtig lag –, an das geschwollene Bein, das weite Nachthemd und das ganze weiße Bettzeug, wie Wolken, und an den Gedanken, daß Spencer so kurz davor gewesen war. So kurz vorm völligen Verschwinden, bis auf die Knochen, die am Ende zu Staub zerfallen. Sogar der Himmel ist voller Staub, und diese Stille – die absolute Stille im Krankenhaus, als wäre es eine Kirche oder ein Grab. Es gab ein Fenster mit Blick ins Blaue, und während Edith Mr. Moose behutsam in Spencers Armbeuge legte, stand Joe einfach da und sah ins Blaue hinaus. Wie er da so stand und schaute, dachte er an den Schnee, wie der ausgesehen hatte. In Chicago, wie es da schneien konnte, und wie es war, wenn man so richtig fror.

Sechs Wochen nach Spencers Unfall kam Walker Miller in die Pflegeanstalt Superstition Mountain, und dort erlaubten ihm die Ärzte, Besuch zu empfangen, Audienzen, wie ein König, weil er so hübsch vorankam. Inzwischen war es kühler und feucht, kurz vorm Höhepunkt der stürmischen Regenphase im August. Joe und Edith nahmen Howie in Joes Wagen mit nach Mesa. Sie parkten in einer BESUCHER-Lücke.

Howie sagte: «Das heißt, wir können jederzeit wieder verschwinden.»

Von außen sah die Klinik wie eine neugebaute Hacienda aus. Vor dem großen Holztor drehte sich Howie um und deutete auf Joes Leichenwagen. «Hey», sagte er. «Nich daß einer auf dumme Gedanken kommt.»

Walker hatte den Wagen noch gar nicht gesehen, so lange war er schon in der Anstalt. Drinnen folgten sie den Schildern. Ein Mann mit der Statur eines Footballspielers nahm ihnen die Sachen ab, darunter eine Tüte Salzbrezeln und Ediths Handtasche. Seine Schultern paßten gerade so durch die Tür. Sie liefen durch einen rotorange gestrichenen Flur mit verschlossenen Türen, immer den bunten Pfeilen an der Wand nach. In einem Zimmer brüllte eine Frau einen bärtigen Mann an, daß er voll Scheiße sei und was er denn schon über Leid wüßte. Was er denn schon darüber wüßte, wie es ist, wenn man leidet? Alle waren normal angezogen, und Joe hatte Mühe, die Patienten, die Leidenden, von den Normalen zu unterscheiden. Selbst die Schwestern sahen irgendwie leidend aus. Hier drin sind alle gleich, dachte Joe. *Durchgeknallt.*

«Ich glaub's nich», sagte Walker strahlend. «Ich glaub's einfach nich!»

Sie standen in seinem Zimmer und sahen aus dem Fenster mit

Blick auf die Superstition Mountains. In diesem Licht erinnerten sie Joe an die Berge in Fantasy-Büchern mit Kobolden und galoppierenden Reitern auf schwarzen Pferden. Walkers Klamotten lagen im ganzen Zimmer verstreut. Ein Hotelzimmer, dachte Joe. *Keine Bleibe für immer.* Auf dem Nachttisch stand ein Glas mit Vierteldollarmünzen – vierzig, vielleicht fünfzig Dollar insgesamt –, außerdem ein Bild von einem Kaktus im Mondschein, und Walker erzählte, er wäre in der Jugendstation – Drogen, Alkohol, Depressionen. Genaugenommen war es die Rasierklingenstation, was bedeutete, daß er nur ganz bestimmte Gegenstände besitzen durfte: Kleidung, aber keine Gürtel; Limo, aber keine Gläser. Nur Büchsen und Pappbecher.

«Die denken irgendwie, ich bin total heiß drauf, mich abzumakeln», sagte er.

Er trug Shorts und T-Shirt und hatte sich seit Wochen nicht mehr die Haare gewaschen; wie lange, nasse Grashalme hingen sie ihm ins Gesicht. Verpickelt war er auch – Nase und Stirn strotzten von Mitessern – und redete wirr, wie jemand, der zu lange allein war. Er schlucke dreimal täglich Pillen, damit er auf dem Teppich bliebe, erzählte er, und das Zeug mache ihn ein bißchen zapplig.

«Vor allem wenn ich nervös werde», sagte er. «Aber keine Angst, ihr macht mich nich nervös.» Er machte eine Atempause.

«Aber komisch isses schon. Ich mein, ich fühl mich anders. Zum Beispiel, jedesmal, wenn ich denke, ich weiß, was ich mache, mach ich ganz was andres.» Er kniete sich hin, band einen roten Schnürsenkel zu und sagte nach oben: «Wie wenn ich zum Himmel gucke. Früher, versteht ihr, da dacht ich, ich weiß, mir is klar, was ich denke. Aber jetzt guck ich zum Himmel hoch, und ich denk, Mann, da is der Himmel, aber ich denk nich dasselbe wie früher. Ich kann mich gar nich mehr erinnern, was ich früher gedacht hab. Ich weiß nur, es is anders.»

Er stand auf, und sein Lachen klang anders als früher, er fragte: «Wollt ihr 'ne Coke?»

Sie liefen über einen Gang, wo weitere Pfeile sie in einen Raum voller Pingpongtische und rosa Vinylsofas wiesen. In dem Raum tummelte sich ein plappernder Haufen durchgeknallter Kids. Walker zeigte auf einen Pingpongtisch. «Ich werd ganz schön gut mit der Zeit.» Er steckte Vierteldollarmünzen in den Automaten. «Koks, Schnee, Gras ... Das is jetzt tierisch angesagt. Darüber lernen wir 'ne Menge in Psychodrama.»

«Psychodrama?»

«Ja. Also Theaterspielen. Ryan meint, ich hab das Zeug zum Schauspieler. Könnt ihr euch das vorstellen? Ich als Schauspieler, is das 'n Hammer? O Mann.»

Edith sagte: «Du könntest in der Schule mitspielen.»

«Ach, ich weiß nich so genau. Eigentlich will ich Rockstar werden. Aber Ryan sagt, so fangen viele Schauspieler an, mit Psychodrama, weil du da deine Psyche auslebst. Ich mein, zum Beispiel, wenn du vorm Himmel Angst hast, stellst du dir halt vor, du bist der Himmel.»

Er schaute zum Himmel raus und sagte: «Ich bin der Himmel. Wenn ihr abhaut, sau ich euch voll. Das Schöne an dem Laden hier is, du kannst fluchen, soviel du willst. Machen sogar die Ärzte. Die Sprache der Seele, sagt Ryan dazu. Fluchen, fluchen, fluchen, also fluch ich, okay, der Himmel, das bin ich – in mir gibt's Blitze und Wind, ich bin größer als ihr alle, größer als alles, was ihr je gespürt habt, und dann sagt Ryan: ‹Ja, genau. Weiter so, Walker. Zeig mir; was du wirklich *fühlst*!›» Er senkte den Blick auf seine riesigen Füße.

Sie nahmen ihre Cokes und gingen nach draußen auf den heißen Rasen. Walker sagte: «Ich quatsche wie 'n Wasserfall, stimmt's?»

«Nein», sagte Edith. «Das ist interessant. Wirklich.» Ihre Augen waren zusammengekniffen – sie hatte sich noch nicht an die neuen Kontaktlinsen gewöhnt. Ab und zu nahm sie Joes Arm und kam ganz nah heran.

«Wer is 'n die?» fragte Howie mit Blick auf ein Mädchen. Sie hatte eine gelbe Igelfrisur.

«Die denken, ich bin wegen meiner Mutter bekloppt», sagte Walker. «Ich hab ihnen gesagt, ich bin nich bekloppt. Meine Mutter war's. Die war der Trottel in der Stadt.»

«Wann kommst du raus?» fragte Joe.

«Raus? Weiß ich nich. Das is ja das Problem mit der Psyche, daß du nie rauskommst. Du mußt damit leben. Du mußt deinen eigenen Stall ausmisten lernen.»

«Nein», sagte Edith. «Wann du nach Hause kommst.»

«Ach so, ach so. Nach Hause, nach Hause, nach Hause. Klar. Na, kapiert ihr das denn nicht? Man kommt nie nach Hause. Unser Zuhause is da, wo die Psyche liegt. Das is mein Zuhause. Hier.» Er zeigte auf seine Schläfe. «Hier, wo das ganze Drama drinsteckt.»

Das Mädchen mit dem gelben Igel lief über die Rasenfläche. Sie trug zerrissene Jeans und ein Flanellshirt, das in der Taille zusammengeknotet war. Man konnte ihren Bauchnabel sehen, die Ärmel waren hochgekrempelt, und auf den Armen hatte sie Tattoos – die sahen aus wie Eidechsen. Ihr Hemd war weit aufgeknöpft und zu groß; Joe kannte es von Walker, und man sah den Schweiß zwischen ihren Brüsten herabrinnen. Sie hatte eine grün-rote Echse auf den Oberkörper tätowiert, die sich in sie hineingrub, und als sie sich zum Zigarettenanzünden vorbeugte, merkte Joe, daß er eine ganze Brust sehen könnte, wenn er weiter hinschaute – auch das Dunkle da in der Mitte.

«Hallo.» Sie blies ihr Streichholz aus und setzte sich aufs Gras. «Ich heiß Cathy. Sind das deine Kumpels, Walker?»

«Genau», sagte Walker. «Meine Kumpels. Wollten mal vorbeikommen, sich die Klapsmühle reinziehn. Die durchgeknallten Knalltüten und alles.»

«In echt sind wir keine Knalltüten», sagte Cathy. «Wir sind bloß durcheinander. Walker hat's zum Beispiel mit dem Himmel.» Sie paffte einen schmalen Rauchstreifen in die Luft und sah aus wie eine Intellektuelle. Sie sagte: «Er denkt, seine Mutter is da oben.»

«Das hab ich nie gesagt.»

«Ach, muß er auch gar nich. Hier kommt sowieso alles raus. Ich bin Cathy», sagte sie und hielt Edith die Hand hin. «Cathy. Mit C.»

Cathy lehnte sich wieder vor, und nun sah Joe doch ihre Brust, ganz zufällig. Sie war rosa und zart, wie geschwollen. Er wußte, daß es Absicht von ihr gewesen war.

«Hi», sagte Edith blinzelnd.

«Eigentlich bin ich aus Cleveland», sagte Cathy. «Aber jetzt nich mehr.» Sie blickte Joe an und fragte ihn: «Und, wie findet ihr's hier so?»

«Weiß nich», sagte Joe. Er sah, daß Howie feixend in ihren Ausschnitt schielte. «Sieht ganz nett aus.»

«Habt ihr viel Freizeit?» fragte Howie lächelnd.

Diesmal schaute Joe nicht hin. Er überlegte, ob Walker von ihrem

Getue wußte, ob es ihr darum ging, ihre Tattoos oder ihren Körper zu präsentieren, oder ob sie sie einfach nur schocken wollte.

Walker streckte den Arm aus und tippte mit dem Finger auf ihre Brust. «Cathy steht auf Eidechsen.» Er berührte die Tätowierung. «Ganz schön schräg, wenn ihr mich fragt.»

«Im Prinzip», sagte sie, «haben wir 'ne Menge Freizeit. Heute zum Beispiel. Da gibt's Essenszeit, Beschäftigung, Arztzeit, Gespräch. Wir haben nich mehr und nich weniger Zeit als andre. Vierundzwanzig Stunden am Tag, genau wie alle andern auch.» Sie nahm Walkers Hand, die immer noch auf ihrer Brust ruhte, und lächelte. «Ich hatte mal so 'n Leguan. Als ich noch 'n Kind war. Der hieß Leg.»

«Leg», Walker nickte.

«Na ja, so als Kurzform von Leguan. Walker meint, sie schicken ihn bald nach Hause.»

«Echt?» sagte Howie.

«Ja», gab Walker zurück. «Nich mehr lange. Schätze mal, das hängt davon ab, was mein Dad sagt. Manchmal hab ich echt schlimme Konzentrationsprobleme.»

Cathy zeigte auf Walkers Uhr, die ihm seine Mutter kurz vor ihrem Tod gegeben hatte. Sie erklärte, er brächte es jetzt wieder fertig, sie zu tragen, weil er sich mit seiner Trauer auseinandergesetzt hätte.

«Ich hab sie vorher nie umgehabt», sagte Walker. «Hinten steht mein Name drauf und alles.»

Und jetzt erzählte Cathy von Cleveland und Des Moines und später von L. A.; sie war fast überall rumgekommen, jedenfalls für jemand aus Ohio, und sie erzählte so viele Geschichten, daß man unmöglich alle im Kopf behalten konnte. Nach einer Weile ging Cathy eine Schwester suchen ... *Medizinzeit* ... und sie standen auf, verließen ihren Platz auf der Wiese und gingen quer über den Rasen zum Hauptgang. Der Footballspieler hielt die Augen offen, und draußen in der Sonne war es eh zu heiß. Ihre Cokes waren schon so warm wie Kaffee. Walker lief jetzt langsam, um den Abschied hinauszuzögern; seine Turnschuhe schlurften über das Gras. Größe dreizehn, für extrem große Füße.

«Laßt euch bloß nich verarschen», sagte Walker leise. «Is 'ne schräge Bande hier. Cathy, die is voll schräg. Die hat 'ne Hacke, sag ich euch. Von diesen Eidechsen, da könnt ich euch Sachen erzählen ... aber das bringt ja nix. Hier soll alles was bringen. Wie in 'ner Familie, versteht ihr. Solang du hier bist, sollste deinen Beitrag leisten. Tja, aber irgendwie läuft hier ganz schön was daneben.»

«Wir müssen los», sagte Joe. «Edith muß zum Training.»

«Ich find's ganz okay hier, echt. Is nich schlecht, mein ich.» Er steckte seine Hand in die Hosentasche und kramte noch mehr Münzen heraus. «Wollt ihr noch 'ne Coke, Leute?»

«Nein danke.»

«Tja. Jaja. Miss Williams will auch zu Besuch kommen, sagt sie. Hat mir sogar 'ne Karte geschickt. Bestellt ihr 'n schönen Gruß, okay?»

«Okay», sagte Joe.

«Klar», sagte Edith. «Wird gemacht, Walker.»

«Und Mr. Rolf auch. Is der immer noch so verkalkt?»

«Walker», sagte Howie. «Hör lieber auf die Ärzte, klar? Sieh zu, daß du deine Therapie durchziehst, und dann nichts wie raus hier.»

Draußen auf dem Weg zum Auto trug Edith ihre Handtasche und die Salzbrezeln von vorhin. Sie setzten sich alle drei auf die Vorderbank von Joes Wagen, Howie stellte das Radio an. Die Kassettenhülle war in der Sonne angeschmolzen. Joe fuhr schnell; er wollte zeigen, was der Wagen wirklich draufhatte, auch wenn der Motor vielleicht neu aufgebaut werden mußte. Erst jetzt fiel ihm ein, daß er Walker nun doch nichts von seinem Auto erzählt hatte. Er saß hinterm Steuer und sagte die ganze Zeit nichts, das Radio dudelte, und als er doch etwas sagen wollte, waren sie schon kurz vor der Schule, so daß eine Unterhaltung keinen Sinn mehr hatte, also ließ er es. Das war einfacher. Radio hören, übers Wetter nachdenken – es war heiß; Ende August, wo man schon auf den Herbst wartet, auf die Abkühlung im Oktober. Dann konnte man wieder was auf dem Armaturenbrett liegenlassen, und irgendwie würde alles von vorn anfangen, wie jedes Jahr um diese Zeit, die Schule, der Sport und noch was, über das man nicht so lange nachgrübeln mußte. Auf dem Parkplatz verabschiedete sich Howie und flitzte über den Asphalt davon. Joe und Edith saßen im Wagen, der Motor surrte im Leerlauf, und Joe nahm ihre Hand und hielt sie fest. Ihre Fingerknöchel waren glatt wie Kieselsteine.

«Joe», sagte sie blinzelnd. «Was hatte die denn auf ihren Armen?»

«Tattoos», sagte er. «Bestimmt nur angemalt.»

«Oh. Ich komm zu spät.»

Plötzlich küßte sie ihn, und er ließ sie los.

An dem Tag, als sie Mr. Moose ausgesucht haben, wo es 46 Grad heiß war, 115 Grad Fahrenheit, hat Edith Joe erklärt, daß man immer bei null Grad Fahrenheit anfängt. Das hatten sie in Chemie durchgenommen, bei Mr. Horn, der sich immer so trottelig anzog; sie erzählte, um auf *Null* zu kommen, muß man Schnee und Salz vermischen, denn beide Stoffe zusammen ergeben Fahrenheit, was gleichzeitig der Name des Erfinders der Temperatur ist. Irgendwie schon komisch, *Schnee und Salz,* und doch ergab es fast wieder einen Sinn, und nun hatte sie das zum erstenmal gemacht: ihn einfach so zu küssen, ohne besonderen Grund. Sich einfach rübergebeugt und los, und zwar ohne mit der Brille an seine Augen zu stoßen, weil sie jetzt Kontaktlinsen trägt.

Nach dem Eisbecher fährt Joe Spencer nach Hause. Spencer hat einen Tin Roof bestellt, das ist sein Lieblingseisbecher, und jetzt ist sein Bauch dick und rund wie bei einer Schwangeren, und auf dem Heimweg klatscht sich Spencer auf den Bauch und sagt: «Ich hab zu viel gefuttert. O Mann!» Joe lacht, zum erstenmal heute, weil er selbst noch gar nichts gegessen hat. Er muß immer noch abnehmen; Morrison will, daß er nächsten Monat eine Gewichtsklasse tiefer antritt, 65 Kilo. In Joes Magen ist nichts als Säure, er kann die Säure spüren, wie sie alles wegfrißt, ihn immer dünner macht. Indessen klopft sich Spencer weiter auf den Bauch, plappert vor sich hin, spielt mit der Fensterautomatik, und irgendwann hört Joe einfach nicht mehr hin. Er weiß, daß Spencer jemand zum Reden braucht, aber was redet man mit einem Kind von neun Jahren? Joe fällt nichts ein, und für eine Weile tut es ihm leid. Ab und zu helfen ihm Schuldgefühle; wenn er sie lange genug durchhält, geht es ihm direkt besser. Merkwürdiges Gefühl.

Schneller, sagt Mr. Moose. *Los, fahr schneller!*

Zu Hause will Spencer Billard spielen.

«Ich muß los», sagt Joe.

«Ach Mann! Komm. Nur eins. Fünf Dollar!»

«Du hast doch gar keine fünf Dollar!»

«Dad schon.»

«Na gut, ein kurzes. Wenn ich gewinne, hilfst du mir schleifen.»

Joe hat sich für Sonnabend vorgenommen, am Wagen zu arbeiten, und Spencer wird ihm sowieso dabei helfen, das weiß er. Am Freitag ist die Halloween-Disco, aber Joe war noch nie tanzen, und obwohl er weiß, daß Edith gehen will, hat er noch nichts zu ihr gesagt. Er glaubt, wenn er hingeht, macht er sich auf jeden Fall zum Affen, egal ob er tanzt oder nicht, das heißt, wenn er nicht tanzt, sieht es blöd aus, dabei kann er doch gar nicht tanzen, und deshalb macht er sich erst recht zum Affen, wenn er tanzt.

Joe nimmt sein Queue und läßt Spencer *raufpacken*, während er MTV anschaltet. Da läuft gerade ein Werbespot für Schuhe und Fitneß, und dann singt jemand. Und tanzt natürlich auch dazu, denn wer nicht tanzen kann, kann auch nicht singen. Falls Walker Miller wirklich Rockstar wird, müßte er sich ein paar Tanzschritte aufdrücken; er müßte Unterricht nehmen und lange Haare kriegen und sich tätowieren lassen. Joe sieht der Tänzerin zu; er will sehen, ob sie wirklich singt. Beim Tanzen kann man nicht schummeln, aber Lippensynchron kann jeder, und manchmal kommt das alles so unecht rüber – wie die irgendwelche Gefühle vorspielen oder wenn sie einen auf angekotzt machen, stinkwütend, als ob wütend sein stärker macht.

Keine Frage, denkt Joe. Die Frau auf dem Bildschirm tut nur so.

Joe locht mit einem Schlag zwei Kugeln ein, danach haut er noch zwei weg; Spencer muß sich ganz schön ranhalten. Joe macht Platz, damit Spencer heranrollen kann, sein Queue im Anschlag wie ein Gewehr, das jederzeit losgehen kann. Beim erstenmal haut Spencer daneben, und Joe sagt: «Na gut, darfst noch mal.» Diesmal trifft Spencer den Ball, der jetzt langsam über den Tisch rollt. Ihr Vater hat als Jurastudent an den Wochenenden um Geld gespielt, so gut kann er das. Er hat in Stahlwerken gearbeitet. Hat so ziemlich überall am Tisch gestanden, und ihre Mutter hat ihn immer «Dicki» genannt ... *Dicki Jazinski* ... heute ist er so spillerig, und selbst jetzt, wo sie weg ist, ist sein Queue für alle anderen tabu.

«Dicki», sagte sie immer, «wann kommst du endlich ins Fernsehn?»

Die Frau in Unterwäsche singt immer noch im Fernsehen. In der Nacht damals, als Joe zu Hause den am Steuer eingeschlafenen Mr. Bloomquist in der Einfahrt fand, hat er sofort gewußt, daß etwas Schlimmes passiert war. Im ersten Moment dachte er an seinen Vater, und als sich Mr. Bloomquist die Augen rieb und sagte: «Spencer ... hat 'n Unfall gehabt», wußte Joe nicht so recht, wen er anrufen sollte. Zuerst stellte er sich Spencer vor, wie er einpinkelte, was manchmal vorkam, wenn er sich fast totlachte ... *Er hat 'n Unfall gehabt ... Und weiter?* ... und sein Vater war in Miami, oder war's Buffalo, das wußte er nicht mehr, also rief Joe im Krankenhaus an und gab einer Krankenschwester die Nummern durch, die sein Vater auf dem Kühlschrank hinterlassen hatte. Er rief bei seinem Vater im Hotel an, in Buffalo, und dann bei Howie, der rüberkommen und das Telefon hüten sollte. Schlechte Nachrichten, bleib am Telefon. Dann fuhr Joe ins Krankenhaus. Er nahm das Auto seines Vaters, weil das keine normale Woche war, denn sein Vater hatte den Wagen zu Hause gelassen, und der war mit Autotelefon, und schließlich war das Ganze ein Notfall. Bisher hatte er mit Vaters Wagen noch nie das Grundstück verlassen. Spencer mußte operiert werden. Vom Parkplatz am Krankenhaus rief Joe bei Edith an.

«Haben Sie mal auf die Uhr geguckt?» sagte ihr Vater.

«Hier is Joe», sagte Joe. «Verzeihen Sie ...»

«Hör mal, Joe. Es ist spät. Ruf mich auf der Arbeit an. Morgen. Okay, Joe?»

Auf der anderen Seite vom Parkplatz sah Joe, wie zwei Männer von Polizisten hineingeführt wurden. Einer der beiden blutete im Gesicht und hatte Glassplitter in der Haut, die im Licht glitzerten.

«Ich möchte Edith sprechen», sagte Joe. «Nich Sie.»

«Joe? Welcher Joe?»

«Joe Jazinski. Tut mir leid ...»

«Jaja, sicher, sicher tut's Ihnen leid. Das glaub ich gern. Nur leider ist es sehr spät, Joe. Warum rufen Sie Edith nicht morgen an? Zur normalen Geschäftszeit. Junge, Junge», sagte Ediths Vater und legte den Hörer auf.

Joe saß im Wagen seines Vaters und starrte das Telefon an. Er hatte Ediths Vater erst einmal gesehen, und plötzlich wurde ihm klar, daß er absolut nichts über sie wußte. Er betrat den Gang zum Warteraum und blieb vor einem Telefon stehen. Er kam sich bescheuert vor und beschloß, nicht mehr bei ihr anzurufen. Er hörte, wie die Polizisten mit den Schwestern schäkerten. Zum Warten setzte er sich auf die Couch, blätterte die Zeitschriften durch, und dann kam Howie, der ihm erklärte, seine Mutter habe den Telefondienst übernommen, denn das eigentliche Ding laufe ja hier ... *Hier* ... in einem Raum voller Notfälle, und Howie bot Joe einen kurzen Trip mit Mr. Bentlys Wagen an. Der Wagen war neu, Joe sagte: «Später», und als er aufwachte, schlief Howie fest. Joes Vater saß im Flugzeug nach Phoenix, und Spencer hatte die gefährliche Lage hinter sich. Bis Joe zu Hause ankam, hatte Edith siebenmal auf den Anrufbeantworter gesprochen, und er war müde. Er war müde, hundemüde. Ein ganz neues Gefühl für ihn.

In die gefährliche Lage kommst du als Ringer durch Unaufmerksamkeit; wenn das passiert, mußt du sofort in die Brücke gehen, sonst wirst du geschultert. Jetzt konzentriert sich Joe auf den Billardtisch, zielt und spielt absichtlich die schwarze Kugel leicht an, denn eine von Dicki Jazinskis Regeln lautet: Gewinne nie, wenn es nicht unbedingt sein muß. Außer Mutter hat ihn nie jemand Dicki genannt.

«Ich muß los, Spence», sagt Joe, und er merkt, daß etwas nicht stimmt – so ein trauriges Gefühl, dumpf und unbehaglich, genau wie die Schmerzen nachts in seinem Bein ... *Wachstumsschmerzen*. Solche, die tief im Knochen sitzen, und man weiß, es tut weh, weil der Knochen noch wächst. Er dehnt sich, und man kann es hören, und genau das ist der Schmerz, den man mitten in der Nacht spürt, der so tief im Knochen sitzt. So ist das, so und nicht anders ... *Wachstumsschmerzen* ... und nachts, wenn die Temperatur abrupt umschlägt, kriegt Spencer Schmerzen in der Stirnhöhle; dann hat er Migräne und wimmert stundenlang, bis er einschläft. Im Moment rollt Spencer über den Teppich, und Joe denkt, sein Bruder wird immer gezeichnet bleiben, fürs ganze Leben. Der Junge muß mal raus an die Luft, denkt er, und mehr Muskeln braucht er auch.

Training, würde Mr. Morrison sagen. *Training muß sein!*

«Ich gewinne!» sagt Spencer und hält sein Queue vor. «Aber ich helf dir.»

Im letzten Jahr ist Spencer manchmal gleich nach der Schule heimgekommen und in seinem Zimmer verschwunden, anstatt mit Donald Bloomquist, dem Dicken, rumzuhängen. Da hat er dann mit seinen Legos gespielt und die Songs im Radio mitgesungen; manchmal hat Joe ihn vom Flur aus gehört. Dann wußte er, Donald Bloomquist war gegangen, entweder nach Hause oder zum Arzt wegen seiner Allergiespritze, und Spencer würde ziemlich bald mit einem frisch konstruierten Hubschrauber oder Mondfahrzeug ankommen und Fragen stellen oder ihm was erklären. Joe wußte, daß Spencer viel an ihre Mutter dachte, die nur mal schnell zum Friseur gegangen war, und er wollte Spencer erzählen, das wäre gar nicht so tragisch. Steck's weg, wollte er sagen. *Passiert immer wieder ...* und er wollte Spencer erzählen, was Vater damals zu ihm gesagt hatte, draußen am Swimmingpool: *Am Ende kannst du dich sowieso nur auf dich selber verlassen.* Das war bei Sonnenuntergang, als der Himmel aufloderte, und Joe weiß, daß es wirklich stimmt; auf der Matte hat er es selbst erlebt, als die ganze Halle seinen Namen brüllte ... *Jazz! Jazz! Jazz!* ... und er weiß, wenn er will, wenn er wirklich will, kann er dem Typ das Genick brechen, einfach so in der Mitte durchknicken. Und er spürt es auch, wenn er ganz allein beim Stemmen ist, nur er und die Hantel, wenn er zusieht, wie sie sich bewegt. Er weiß, daß es stimmt, und Spencer soll ihn endlich weglassen. Lies was, will er zu ihm sagen. Guck Madonna, ich muß jedenfalls los.

«Spence», sagt er, «ich muß echt los.»

Mr. Rolf, der Säufer und Co-Trainer beim Schwimmen, hat mal im Unterricht eine Geschichte erzählt. Die Geschichte war in der dritten Person, also *unpersönlich*, und es war das einzige Mal, daß Mr. Rolf von sich erzählt hat. In der Geschichte ging es darum, daß sein Sohn bei einem Segelunfall ums Leben gekommen war und daß Mr. Rolf das Meer früher sehr geliebt hatte. Mr. Rolf war damals Professor, an einem richtigen College, und er liebte das Meer. Dann ertrank sein Sohn bei einem Segelunfall, und von dem Tag an hat Mr. Rolfs Frau ihren Mann wegen seiner Liebe zum Meer gehaßt, und jetzt lebt Mr. Rolf allein in Phoenix, Arizona, wo es kein Meer gibt. «Er ist», so sagte Mr. Rolf in der dritten Person, «ohne Zweifel immer noch ein Besessener», dann lächelte er traurig, und Joe begriff, daß Mr. Rolf nicht die ganze Wahrheit verraten hatte. Danach trat Mr. Rolf gegen seinen Stuhl, zupfte an seinem Bart und verkündete: «Und jetzt müssen Sie mir einen Aufsatz schreiben! Den Aufsatz Ihres Lebens müssen Sie mir schreiben!»

Joe fährt zur Schule. Die Abendsonne färbt den Himmel hinter ihm, *im Westen*, rot und orange, er sieht es im Rückspiegel. Der Himmel füllt den Fond des Leichenwagens mit Licht. Auf dem Parkplatz stehen Autos vom College-Personal, allesamt älter und schrottiger als die der Schüler. Joe parkt in der Lücke für BEHINDERTE. Manchmal stellt die Mutter von Roxanne, dem gestörten Mädchen, ihren Wagen hier ab, weil Roxanne eben behindert ist. Roxanne trägt immer ein Diktiergerät mit sich herum; sie will mal Journalistin werden, und zur Übung fragt sie ständig Leute aus. Journalist – so was möchte Joe nicht werden, und jetzt, als er aus seinem Leichenwagen steigt, sieht er Mrs. Fullerton und Mr. Langousis, die ihn mit kritischer Miene mustern. Joe wirft einen Blick zurück auf seinen Wagen, dann auf das Schild für Roxanne.

BEHINDERTE.

Er schaut zu den Lehrern. Die denken vielleicht, wenn sie lange genug die Stirn runzeln, fährt er seinen Wagen unaufgefordert weg. Mrs. Fullerton unterrichtet Staats- und Wirtschaftskunde, beides Pflichtfächer für den Abschluß. Joe persönlich glaubt, daß Mrs. Fullerton nicht besonders viel von Ökonomie versteht. Sie ist hager und ganz verknittert, und wenn Joe noch einmal schwänzt oder mehr als dreimal zu spät kommt, fällt er in Wirtschaftskunde durch.

«Die Wirtschaftskunde», sagt Mrs. Fullerton oft, «das ist das Studium unserer Wirtschaft.»

Joe hat eine Idee; er greift sich an die Hüfte und fängt laut an zu jammern. Hinter Mrs. Fullerton erkennt er Morrison, der von seinem Zimmer aus zuschaut. Joe jammert weiter und sagt: «Tut das weh! Aua, das tut ja so weh!»

Mr. Langousis, der Biologielehrer, sagt: «Jazinski, Sie können hier nicht parken. Wo kommen wir denn da hin, wenn jeder, der gerade ein schlimmes Bein hat, sich da hinstellt? Was wird dann aus denen, die immer schlimme Beine haben?»

Joe weiß genau, was Mr. Rolf dazu sagen würde: eine *rhetorische Frage*. Bei Mr. Langousis hatte er noch nie, aber anscheinend versteht sich der Typ zu allem Überfluß auch noch bestens mit Mrs. Fullerton. Joe läßt sich laut stöhnend ins Gras fallen. Von weitem kann er die lange Betonrampe zum zweiten Stock sehen, wo sich jetzt langsam ein paar Schüler sammeln – überwiegend Freshmen, die darauf warten, daß sie jemand abholen kommt.

«Was is denn mit Jazz los?» sagt Mitchell Hemly, ein schwuler, verpickelter Junge, zu dem Joe immer nett ist, weil Edith ihn mag. «Kommt er klar?»

«Stehen Sie auf, Jazinski», sagt Mrs. Fullerton. «Unterlassen Sie augenblicklich dieses Theater!»

Jetzt kommt Morrison über den Rasen gerannt. Er beugt sich über Joe und sagt «Ruhig, Jazz ... Ruhig» und betastet seine Hüfte wie ein Arzt. Seine Hände kennen sich hervorragend aus.

Morrison zwinkert ihm zu, und Joe beißt sich fest auf die Unterlippe. Morrison hilft ihm auf die Beine und sagt zu Mr. Langousis: «McGregor hat ihn gestern gerammt. Sieht böse aus.»

Morrison schüttelt langsam den Kopf, und Joe jammert weiter. «Oh, Trainer. Heißt das Prokain? O Gott, können wir's nich erst mal mit 'nem Massagebad versuchen?»

«Trotzdem kann er dort nicht parken», sagt Mrs. Fullerton. «Er hat kein chronisches Gebrechen!»

Joe jammert. «Trainer, ich halt's nich aus!»

«Vielleicht können wir ausnahmsweise», sagt Mr. Langousis.

«Bitte, Andre. Der Mannschaft zuliebe.»

«Jemand anders könnte ja das Auto für ihn wegfahren», sagt Mrs. Fullerton. «Wie kommt er überhaupt zu solch einem Wagen? Das ist ja pietätlos!»

Doch sie sind schon auf dem Weg zur Halle, und Joe humpelt entsetzlich und brüllt noch einmal los. Bevor sie am Haupteingang ankommen, fällt er hin. Das macht er danach noch einmal, nur daß er diesmal lacht und sagt: «O Gott! Nich unters Messer! Ich will nich operiert werden!» Alle anderen brechen in Gelächter aus, und Mrs. Fullerton steht immer noch mit Mr. Langousis auf dem Gehweg. Beide Lehrer starren Joes Wagen an.

Im Gebäude hören Joe und Morrison die Ringer im Kreis laufen.

«Treppen», sagt Morrison und zeigt nach oben.

«Was is mit meinem Bein?»

«Training muß sein», sagt Morrison. «Sechzig Runden.»

Prokain im Knochen wirkt genau so wie im Zahn, nur noch intensiver; die Art Schmerz, die sich der Körper mit Sicherheit merkt. Joe hat es mal in den Fußknöchel gekriegt, vor einem Turnier gegen Phoenix Union, weil er eine Prellung vom Frisbeespielen hatte. «Den hau ich ganz fix um», hatte Joe damals zu Dr. Ripley gesagt. «Scheiß auf den Knöchel, wenn wir erst mal auf der Matte stehn!» Dr. Ripley meinte, *dieses eine Mal* wäre es okay. Er stieß die Nadel in Joes Fuß. Die Nadel war so lang wie ein neuer Bleistift mit Radiergummi, Joe spürte, wie sie durch den Muskel in seinem Fuß drang, und er hätte am liebsten geschrien, was er natürlich nicht tat. Später hatte er überhaupt kein Gefühl mehr in seinem ganzen Fuß, und beim Bandagieren drohte Morrison, Joe aus dem Team zu werfen. Sogar in der Situation merkte Joe, daß Morrison nur bluffte. Das war in Joes zweitem Jahr an der High School, als ihm langsam klar wurde, wie gut er wirklich werden könnte. Einmal schrieb er darüber sogar einen Aufsatz für Mr. Rolf – über Ringkampf und Prokain –, und Mr. Rolf strich die Fehler an und schrieb darunter: *Die Eigenart des Schmerzes wird weder ausführlich erfaßt noch in angemessener Weise dargestellt. Neuer Versuch.*

Im Umkleideraum steigt Joe, um mit Morrison zu sprechen, *nackig wie 'ne Mücke* auf die Waage – 67. Joe fragt sich, wo er die restlichen 2 Kilo noch abnehmen soll. Anscheinend gibt es an seinem Körper nur ein einziges Übergewicht, und das sprießt aus den Lenden; sein Schwanz fühlt sich dick und bedeutend an. Er verschwindet in seinen Sprinter-Shorts und tut so, als wäre das Gefühl gar nicht da – die kalte Hand am Schwanz, denn wenn er daran denkt, kriegt er einen Steifen, und so was ist hier fehl am Platz. Doch schon beim Gedanken an den Versuch, es zu ignorieren, setzt der Schmerz ein, die Schwellung in seinem Bauch weitet sich aus bis in die Brust. Er hat drei Haare auf der Brust ... *Drei bloß?* ... und jetzt kommen lauter Ringer herein, die ihre Runden hinter sich haben, und Joe will sich auf seine Füße konzentrieren – wie die frieren auf den feuchten Fliesen hier.

«Yo, Jazz», ruft McGregor. «Juckste dir einen?»

McGregor bringt 87, 5 Kilo auf die Waage. Wenn er sich auf der Matte so richtig schafft, läuft seine Haut bläulich an.

Joe sagt: «Kack ab.» Er dehnt seine Waden, zieht die Trainingshosen an, bindet die Laufschuhe zu. Treppenlaufen mit Ringerschuhen erlaubt Morrison nicht. «Gift für die Schienbeine», sagt er immer. Joe greift sich den Kopfschutz, denn wenn er den aufsetzt, werden sogar seine Ohren schwitzen.

Auf dem Weg nach draußen trifft er Howie Bently. Howie führt gerade zwei erschöpfte Freshmen in den Umkleideraum; er hat die Hände auf ihren Schulterblättern und lenkt sie durch die Holztür. «Wie geht's Spence?» fragt Howie.

«Dem geht's gut. Der Trainer will mich 'n bißchen über die Treppe scheuchen.»

«Mein Name is Howie», sagt Howie. «Ich weiß Bescheid.»

Auf der Waage steht ein Typ aus dem zweiten Studienjahr, Colin Houston. Jeder hier weiß, daß Houston nach Joes Abgang der Star sein wird. Houston schiebt auf der Waage die Gewichte zurecht, er sagt: «Ich ficke wie 'ne Mücke» und klatscht sich auf die Arschbakken.

Morrison kommt zur Tür herein. «Houston!» brüllt er. «Paß auf, daß Jazz nich bescheißt.»

«Trainer!»

«Einer muß es ja machen», sagt Morrison und lächelt fast, aber nur fast. Er sieht Joe an und sagt: «Na, Hübscher, brauchste 'ne Extra-Einladung?»

Joe verläßt den Umkleideraum und läuft zur ersten Treppe, die in die Ringerhalle führt. Schräg gegenüber liegt die Zuschauerplattform der Schwimmhalle, wo Edith gerade mit der Mannschaft trainiert. Houston, nur in Shorts und Turnschuhen, stößt in der dritten Runde zu Joe. In der zwölften schwimmt Edith nah am Beckenrand und schaut direkt zu ihnen hoch, aber Joe weiß natürlich, daß sie die beiden unmöglich erkennen kann. Sie sieht bloß zwei Ringer beim Treppenlaufen. Joe würde sie gerne rufen, *Hi!* sagen ... Doch das Gefühl vergeht: Er ist gern in Ediths Nähe, ohne von ihr bemerkt zu werden; manchmal sieht sie so anders aus, beinahe traurig. Nach vierzig Runden ist er ausgelaugt, und Houston bestimmt jetzt das Tempo. Auf dem Weg nach oben nehmen sie drei Stufen auf einmal, sprinten über die Matten in der Ringerhalle, durch die Zuschauerränge über dem Schwimmbecken, und abwärts schwingen sie sich auf das Treppengeländer und rutschen – Armkraft nutzen, Beine schonen. In der Basketballhalle joggen sie langsamer, um für den nächsten Aufstieg Kräfte zu sparen. Ungefähr nach jeder halben Runde zieht Joe die Ärmel von seinem Trikot auf, damit der Schweiß abtropfen kann. Er macht Pfützen auf dem Boden. Die Schwimmhalle ist jetzt leer; Edith ist unter die Dusche gegangen, wo sich die Mädchen duschen, *nackt,* und Joe weiß, sie wird draußen am Auto auf ihn warten, mit Howie, und dabei vielleicht mit Miss Williams schwatzen. Zum Lesen wird das Licht für Edith nicht ausreichen; langsam wird es spät, Morrison sitzt in seinem Zimmer, brütet vor sich hin und sieht auf den kühlen Rasen runter, auf die lange Betonrampe quer durch die Grünfläche; er macht den Dienstplan fertig. Edith und Howie sitzen vielleicht auf der Motorhaube des Leichenwagens, wer weiß, und zu Hause sieht sich Spencer ein Buch mit Bildern vom Grand Canyon an, und vom Mond, singt vor sich hin, träumt von Pizza und Keksen, und Joe ist gut drauf: sein Herz hat viel Blut, und es pumpt fleißig. Houston fällt zurück, und Joe überrundet ihn, schnell, und jetzt, beim Sprint über die weichen Gummimatten, stolpert er auf einmal über sein eigenes Bein – er packt sich voll hin, knallt auf die Matte. Er kommt wieder hoch, sieht sich in dem leeren Raum um, schnappt nach Luft. Hier drin ist es heiß zum Verrecken.

Morrison ist nicht in seinem Zimmer. Im Umkleideraum ist es still, nur eine Dusche läuft noch; es riecht nach Schweiß und Desinfiziermittel. In der Haupthalle steht Houston an der Tür und guckt nach draußen, wo sich lauter sommerlich gekleidete Leute auf dem Rasen drängeln. Es ist viel, viel heißer, als es sein dürfte.

«Was 'n los?» fragt Joe.

«O Mann», sagt Houston. Er steht starr an die Tür gelehnt. «O Mann.»

Von draußen kommen Schreie.

Ruft 'n Krankenwagen!

Das war Morrison, und jetzt dreht sich Houston um und rennt in dessen Zimmer. Miss Williams kniet vor einem bewegungslosen Körper und schreit: *Haut ab! Haut ab!*, Morrison versucht, die Leute zurückzudrängen, Schwimmer und Ringer, doch es kommen immer mehr. Mr. Rolf steht wie versteinert und blickt zum Himmel, er weint, immer mehr Leute strömen aus Häusern und Autos, und Miss Williams schreit.

«Der is hin», sagt McGregor und deutet zur Wiese.

«Wer denn?»

«Miller, der verdammte Idiot. Wer sonst.»

«Um Gottes willen!» schreit Miss Williams. «Das wollt ihr bestimmt nicht sehn!»

Und nun sieht Joe die Leiche und die Fetzen hinter Miss Williams. Das Gesicht ist weg, nur Fleisch und Blut und Knochen, aber er erkennt das Shirt – ein weites Flanellshirt – und die Turnschuhe, und aus den Hosentaschen fallen Vierteldollarmünzen. Viele, viele Dollar in Münzen, und Miss Williams schreit, und Morrison drängt die Leute zurück. Die vielen Leute, die vielen Körper, Joe braucht frische Luft, ihm wird schwummrig, die Knie werden weich, wollen wegknicken. Er legt die Hände an seinen Kopfschutz. Die Bluse von Miss Williams ist voll Blut, sie deckt die schlimmen Stellen mit einem Handtuch zu, ein hellgelbes Handtuch, das sich mit dem Blut vollsaugt ... und ihr Badeanzug fällt ins Gras. Er ist blau mit grünen Streifen, ein Krankenwagen kommt über die Wiese gefahren, und jetzt kommen die Streifenwagen angebraust, quer über den Parkplatz, vorbei an Joes Wagen, vorbei am Einkaufszentrum, und Joe trieft vor Schweiß; der Wind von hinten läßt den Schweiß gefrieren, und dabei ist es so heiß, daß er keine Luft bekommt, und er denkt, er hatte gar keine Ahnung, was das bedeutet, so viele Scheinwerfer. Jetzt hockt er am Boden, den Kopf zwischen den Knien, und ringt nach Luft. Der Himmel besteht nur noch aus Scheinwerferlicht und aus Luft, und er weiß, irgendwo, irgendwo in der Nähe ist Edith, und jetzt merkt er, wie er hochkommt. Er kommt wieder hoch und läuft durch die dicke Luft, hört die vielen Stimmen.

Edith ... O Gott, Edith.

Wie ich aussehe; wie ich schmecke in deinem Mund

Bescheid wissen, das macht ihr angst. Bevor sich Walker Miller umgebracht hat, ging er auf die Gold Dust High. Er war siebzehn Jahre alt, und er hat sich umgebracht, und sie weiß, wie es ausgesehen hat.

Ihre Sehkraft ist beschränkt; sie hat einen Geburtsfehler, *Toxoplasmose,* weil ein Parasit durch die Plazenta in ihre Augen eingedrungen ist und sie zum Erfrieren gebracht hat. Sie wird ihr Leben lang weiße Flecken sehen. Wenn sie etwas erkennen will, muß sie zunächst die blinden Flecken ignorieren. Ihr linkes Auge ist etwas besser als das rechte, es kompensiert dessen Fehlleistung und schmerzt dann vor Überanstrengung; und sie sagt sich, mit der Zeit hat sie sich daran gewöhnt: sie sieht halt, was da ist. Inzwischen bessert sich ihre Sehkraft allmählich; nach einer Weile wird ein kleines Stück langsam klarer. Mit fünf Jahren hat ihr der Augenarzt Brillengläser verschrieben, total schwere Dinger, und dazu eine chirurgische Untersuchung. Später, in der Junior High, bekam sie von einem anderen Augenarzt eine völlig neue Brille verordnet. Und im letzten Frühjahr, als Walker Miller zum erstenmal durchgedreht ist, hatte sie noch eine Operation, um die Muskeln in ihrem rechten, dem wandernden Auge zu stärken. Zwei Monate lang sah sie aus, als wäre sie in eine gefährliche Gegend geraten – South Phoenix oder Detroit; sie sah aus, als hätte ihr jemand zehnmal auf ein und dieselbe Stelle geboxt. Damals weinte sie oft, weil sie sich häßlich fand, und blind obendrein, bis sie schließlich begriff, daß es dadurch bestimmt nicht besser würde, also hörte sie auf zu weinen. Bald danach gingen die Schwellung und die Reizung im Gesicht zurück, und sie merkte, daß sie jetzt mehr sah, als sie jemals für möglich gehalten hatte. Sie fand es beangstigend; die Welt würde sich auftun, und was sie da wohl alles zu sehen bekäme ...

Jetzt darf sie sogar dreimal in der Woche Kontaktlinsen tragen. Heute behandelt Mr. Nadolny in Geschichte die *Ära der Risikopolitik.* An der Tafel, die sie natürlich nicht erkennen kann, steht der Satz MEHR KNALL FÜRS GELD. Dazu hat Mr. Nadolny erklärt, daß eine Bombe billiger aufzubauen ist als eine Armee.

Und warum ist das in einer Demokratie von Bedeutung?

«Nicht der Kommunismus ist der Feind», sagt Mr. Nadolny. «Der Feind sind wir. Wir befinden uns im Jahrzehnt der Dynamik.»

Das könnte sogar Mr. Rolf gefallen; wäre vielleicht ein gutes Aufsatzthema: *Das Jahrzehnt der Dynamik.* Niemand schreibt sich Mr. Nadolnys Worte auf. Kein einziger, weil es jeden Moment klingeln wird, und alle wissen, daß es im nächsten Testat eh nicht auftaucht. Mittlerweile ist die Temperaturregelung völlig ausgeflippt, die ganze Schule friert. Beim Klingelzeichen strömt alles auf den Flur, und Mr. Nadolny bleibt allein und nachdenklich hinter dem Lehrertisch stehen. Auf dem Flur kommt Mitchell Hemly mit seinen Schulsachen vorm Körper in Gegenrichtung an ihr vorbeigeschlurft, läßt aber den Blick gesenkt. Edith hat jedesmal Angst, daß Mitchell Hemly sich mit ihr treffen will und sie ihm dann einen Korb geben muß, und jetzt drückt sie ihren Stapel an sich und denkt über dieses Wort nach: *Dynamik,* und was sie mit einem macht; oder *Adrenalin,* was dieselbe Wirkung haben soll. Der Flur ist voller Schüler, von denen die meisten freundlich grüßen. Sie erwidert jeden Gruß, auch wenn sie manchmal nicht genau weiß, wen sie vor sich hat. Manchmal erkennt sie die Leute an der Stimme oder an der Figur. Howie Bently ist groß, er knickt beim Laufen die Knie ein, und Joe ist klein und breit, mit Muskeln wie Baumstämme. Sie sieht die beiden vor sich – den hüpfenden Howie und Joe mit seinem *Schlendergang* –, ein verschwommenes Bild in sympathischen Farben, und sie erkennt die beiden an ihrem Gang und daran, wie die Leute ihnen Platz machen.

Sie läuft mit Carol Cunningham, ihrer besten Freundin, und vor der Sporthalle steht die gestörte Roxanne mit gezücktem Diktiergerät. Sie stellt Fragen über Gurken und Broccoli; Gemüse, denkt Edith. Carol macht mit ihr einen Bogen um Roxanne, und Edith kann erkennen, wie Roxanne ins Mikrophon spricht und sich Notizen macht, weil keiner mit ihr redet. In der riesigen Sporthalle sind sie endlich in Sicherheit; hier riecht es nach Basketbällen und Äpfeln. Langsam lichtet sich das Gedränge, viele steigen hoch in die Zuschauerränge. Carol nimmt Ediths Arm und fragt: «Wo?»

Edith kann sich denken, daß Joe und Howie bei den Ringern sitzen, aber sie ist sich nicht sicher, ob Joe sie dabeihaben möchte. Edith hat einen Zettel für Joe in der Tasche, den sie nach der Versammlung in sein Spind schieben will; das darf sie nicht vergessen. Seit Edith an die Schule gekommen ist, ist Carol Cunningham ihre beste Freundin. Im letzten Frühjahr, als Edith nach der Operation im Dunkeln weinend in ihrem Bett lag, hat Carol ihr erstes Mal erlebt. Vor Carol war Edith noch nie mit einer Rothaarigen befreundet; am Anfang dachte sie, Carol könnte sie überhaupt nicht leiden. Carols Haare reichen bis zur Hüfte runter, und irgendwie sehen sie nie fettig oder verschwitzt aus, auch wenn sie es sind. Beim Schwimmtraining muß Carol sie zu einem Dutt hochstecken, und trotzdem sind sie immer noch schwer und lang. Aber schön, selbst dann noch. Schön und lang. Manchmal fragt sich Edith, warum Joe eigentlich nicht auf ihre Freundin steht.

«Da», sagt Edith und zeigt in eine Richtung. Sie hat keine Ahnung, wohin sie zeigt, aber sie hat Roxannes Stimme gehört. Sie fühlt sich nicht so wohl in der Nähe von jemandem, dem andere ständig weh tun, vor allem wenn der- oder diejenige gestört ist.

Edith folgt Carol, sie steigen drei Sitzreihen hoch; schließlich setzen sie sich neben ein paar Jungs aus dem ersten Jahr, vielleicht auch schon aus dem zweiten, aber dann sind sie totale Nobodies. Einer von ihnen hat einen Taschenrechner dabei, der Junge steckt anscheinend oft Prügel ein, und sie will *Hi* zu ihm sagen, um ihm die Nervosität zu nehmen, deshalb setzt sie sich direkt neben ihn, aber dann findet sie, daß sie ihn damit wahrscheinlich nur noch mehr aufregen würde. Wenn Jungs nervös werden, schwitzen sie Essigsäure und Ammoniak aus und bekommen Ausschlag.

«Das machen sie alles wegen Walker», sagt Carol.

«Was?» fragt Edith.

«Die Versammlung. Wir sollen nicht denken, daß es richtig war, was er gemacht hat. Wir sollen denken, es war 'n tragischer Unfall.»

«Das Tragische setzt eine Entscheidung voraus», gibt Edith zurück. Das ist einer von Mr. Rolfs Lieblingssätzen. Sie sagt: «Es war bescheuert. Es war bescheuert, und jetzt wissen es alle.»

«Der war 'n Arschloch!» sagt der Junge neben Edith. «Der blöde Penner!»

Als Mr. Buckner ans Mikrophon klopft, schreien ein paar Typen: «Es funktioniert!»

«Wie bitte?» sagt Mr. Buckner. Damit will er klarmachen, daß er genau weiß, woher das kam.

Mr. Buckner strengt sich zwar sehr an, nett zu sein, aber trotzdem verteilt er ständig Verweise; plötzlich übertönt seine Stimme die Halle. Hinter dem Pult stehen ein paar Stühle, da sitzt eine Frau, Miss Williams, dann Mrs. Henderson, die Krankenschwester in Weiß, und Miss Owens, die nicht älter als Edith aussieht. Miss Owens hat Jeans an, sie macht die Studienplatzberatung. Mr. Buckner sieht man nie im Anzug. Heute trägt er eine hellgrüne Hose und ein Hawaiihemd, weil er nämlich mal auf den Bahamas gelebt hat. Außerdem will er auf die Weise seine Freundlichkeit unterstreichen. Viele denken, wenn sie die richtigen Sachen anhaben, passen sie rein, auch wenn die Sachen nicht passen. Edith findet diese Auffassung ganz und gar falsch. Sie hat das Gefühl, ihr wird gleich speiübel.

«Habt ihr irgendwas vorzubringen?» fragt Mr. Buckner.

Es kehrt Ruhe ein, und jetzt räuspert sich Mr. Buckner, das soll nach Trauer klingen, und dann erzählt er, redet über alle möglichen Sachen, so hintenrum, wie Eltern es draufhaben, und erzählt ... *daß vor kurzem ein tragischer Unglücksfall in unser aller Leben eingegriffen hat* ... und jetzt steht Edith auf, versucht sich ihren Weg durch die Sitzreihen nach unten zu bahnen, denn das Tragische setzt eine Entscheidung voraus, und Edith will hier raus, damit sie das alles nicht mit anhören muß. Sie hätte diesen Rock nicht anziehen sollen, die Typen vor ihr drehen sich jetzt um, sie läuft die Stufen runter, verunsichert und ganz vorsichtig, damit sie jede einzelne Stufe erwischt, schließlich könnte es jederzeit passieren, daß sie die restlichen im Sturzflug zurücklegt. Sie läuft bis zur letzten Stufe in der Mitte der Halle. Als sie den Boden erreicht hat, den schicken Parkettboden mit blauen Linien, läuft sie am Spielfeldrand lang, vor den Zuschauerreihen, die Schulsachen an sich gepreßt, und jetzt bleibt sie stehen. Sie bleibt stehen und sieht in die Richtung, wo Mr. Buckner vor einem Mikrofon stehen müßte; aus dieser Entfernung erkennt sie, daß er sie erkennt ... *Edith McCaw, die alles mit angesehen hat* ... und jetzt, als sie losrennt, zum Licht rennt, das irgendwann AUSGANG heißt, merkt sie, daß sie heult. Sie heult und hat Angst, und sie hört nur ihre Füße und ihre Stimme, ihr Heulen, und es treibt sie über den geräuschlosen Parkettboden.

Wärme, die will sie spüren. Statt dessen würgt sie überm Toilettenbecken. Als sie endlich leer ist, spült sie. Sie setzt sich auf den Fußboden, knüllt mit den Händen ihren Rock zusammen, zittert. An der Kabinentür steht in dicken weißen Buchstaben: WALKER MILLER LEBT!

Die Eingangstür zur Toilette geht auf, Edith hört eine Stimme. «Edith? Bist du da drin?»

«Hier.»

Unter der bebenden Kabinentür erkennt sie zwei Pumps. Sie greift nach oben, macht den Riegel auf, und Miss Williams kommt zu ihr rein.

«Mensch, Edith! Geht's dir gut?»

Sie heult wieder los, dabei will sie gar nicht; manchmal kann man einfach nicht anhalten, wie wenn man bergab rennt oder wenn man brechen muß. Ihr Mund schmeckt nach Erbrochenem. Sie wischt sich über die Lippen, tastet nach ihrer Brille und starrt hoch zu Miss Williams. Wer mehr als drei Stunden bei Miss Williams hat oder beim Schwimmen mitmacht, darf Jenna zu ihr sagen. Jetzt beugt sich Jenna runter, sieht ihr in die Augen und wischt Ediths Wange ab.

«Kannst du aufstehn?»

«Angeblich war er doch wieder gesund», sagt Edith. «Das ist doch idiotisch!»

Weinend schlingt sie die Arme um Jenna, ganz fest. Jennas Pullover duftet nach Parfüm, und jetzt kniet Jenna vor ihr und drückt sie. Edith spürt die Arme ihrer Lehrerin, sie weiß, wie stark die sind; Edith weiß, sie kann nichts dafür. *Ich kann nichts dafür* ... Ihre Mutter, die nichts versteht, sagt auch, Edith kann nichts dafür. Wenn sie es sich ganz fest vornimmt, kann sie mit dem Weinen aufhören, das weiß Edith. Sie kann gar nicht schuld sein. Jetzt hört sie auf ... *endgültig.*

Sie steht auf und geht zum Waschbecken. Gemeinsam spülen sie ihr Gesicht ab, wie Schwestern. Edith hätte gern eine Schwester. Diesen Wunsch hat sie noch nie verspürt, und das Wasser ist eisig, sie bibbert und kann sich nicht beruhigen, dabei ist es eigentlich gar nicht so kalt.

«Spül deinen Mund aus», sagt Jenna. «So. Schon besser?»

«Nein.»

Jenna greift in ihre Tasche, eine tiefe Seitentasche, und reicht Edith ihre Brille. «Ich fahr dich nach Hause», sagt sie.

Draußen auf dem menschenleeren Parkplatz ist es kühl, es hat geregnet; kein Sturm, jetzt noch nicht, nur mal ein Regenschauer zur Abkühlung. Trotzdem, in nicht mal vierundzwanzig Stunden ist die Temperatur um neun Grad gesunken. Ihr Vater meint, es liegt an der Umwelt, daß alles ... *das Wetter?* ... so extrem ist: Dürre in Kalifornien und Georgia, Brände in Wyoming, Tornados in Illinois, und überall verwüsten Hurrikans die Küsten. Noch zehn Jahre, sagt er, dann geht alles in Flammen auf. Im Moment ist der Himmel über dem Mummy Mountain angeschwollen, sieht aus wie ein Bluterguß, und der Parkplatz ist voll grauer Brühe. Ediths Schuhe sind durchnäßt, und als sie mit Jenna an Joes Wagen vorbeikommt, fällt ihr der Zettel wieder ein. Sie steckt ihn hinter einen Scheibenwischer. Auf dem Zettel steht: *Ich wünsche dir einen schönen Tag. Habe morgen Zeit, wir können alles machen ...* darunter hat sie ein Herz gemalt, mit roter Tinte, und ihre Initialen, *E. M.* Sie hat noch nie das Wort *Liebe* benutzt, wenn sie an Joe geschrieben hat, und *Edie* sagen auch nur ihre Eltern zu ihr, und außerdem wollte sie ihn wegen der Disco nicht nerven, weil Joe nie etwas davon erwähnt hat. Sie denkt, jetzt, wo Walker Miller tot ist, werden sie wohl nie mehr darüber reden; sie denkt, aus ihrer Haut ist alles Blut entwichen, deshalb friert sie so. Ihre Haut fühlt sich genau so an wie der Himmel.

Egoistisch.

Jenna fährt einen blauen Kleinwagen. Beim dritten Versuch startet der Motor. «Wir müssen noch einen Moment warten», sagt Jenna und blickt durch die Windschutzscheibe. «Ist ja echt frostig.

Dünnes Blut», sagt sie lachend. «Mein Blut wird immer dünner bei dieser ständigen Hitze. Wenn es kalt wird, ich schwör dir, dann wird mein Körper steif!»

Im Fenster spiegelt sich die Farbe des Himmels und der Rasen mit den Reifenspuren von gestern nacht, vom Krankenwagen und den Polizeiautos. Schüler, die über den Rasen fahren, bekommen sofort einen Verweis von Mr. Buckner, aber das ist natürlich noch nie passiert.

Das ist noch nie passiert, denkt sie. Sie hält ihre Knie fest und wartet, daß sie aufhören zu zittern. Sie weiß ja, so kalt ist es gar nicht. Sie hat in Michigan gewohnt. Edith reißt sich zusammen. «Morgen ist Halloween.»

«Gehst du zur Disco?»

«Ich weiß nicht. Glaub schon.»

«Halloween find ich toll», sagt Jenna. «Diese Kostüme. Gibt's sonst einen Tag, wo du das machen kannst – dich total verkleiden, daß dich keiner mehr erkennt?»

«Ich weiß nicht.»

«In meiner College-Zeit bin ich mal als der schreckliche Schneemensch gegangen. Yeti, weißte? Hab mich in Klopapier eingewikkelt, bis ich mich kaum noch rühren konnte. Unmengen von Rollen. Dazu die Bowlingschuhe von meinem Freund. Die hatte er sich ausgeborgt, also, von der Bowlingbahn.» Jenna streckt ihre Hände aus und sagt: «So groß. Riesig waren die!»

Edith denkt, Jenna will sie aufmuntern, wie eine Schwester, und sagt: «Wenn ich hingeh, werd ich mich wohl verkleiden müssen.»

«Das ist doch der Witz daran», sagt Jenna. «Bis zur Doubletree?»

«Genau. An der Ecke Tatum.»

Sie fahren los, und auf der Fahrt durch Wohngegenden und ein Golfgelände müssen sie sich keine Gesprächsthemen ausdenken; sie haben ja das Radio und die Umgebung als Ablenkung. Wenn ein Lied kommt, das Jenna gefällt, wackelt sie mit den Schultern, beide Hände am Lenkrad, und summt mit. Edith findet sie lustig, und sie sagt sich, daß sie mehr wie Miss Williams sein möchte. Miss Williams steht auf Halloween. Wer wirklich drinsteckt, weiß bei einem Kostüm nur der Träger selbst. Kostüme stellen alle auf eine Stufe, ganz demokratisch.

«Verkehrspolizei», sagt Edith und zeigt aus dem Fenster. «Mein Vater kriegt ständig Strafzettel.»

Sie biegen in die Via de los Flores, eine Straße, die nach Blumen benannt ist, weil es hier so stark duftet, und jetzt fahren sie in die Cul-de-sac – das ist das französische Wort für Sackgasse –, lauter neue Häuser mit weißem Stuck. Als Edith und ihre Eltern noch in Michigan wohnten, hat ihre Mutter den Bauleuten übers Telefon von der Küche aus Anweisungen gegeben, meistens zur Essenszeit. Das Haus ist ein langer Bau auf einem sehr hübsch angelegten Grundstück: Yuccapalmen, Bougainvilleen und drei Paloverden-Bäume, in denen sich Kolibris eingenistet haben. Kolibris sind klein und zierlich und fliegen unglaublich schnell. Der Wagen ihres Vaters steht in der Einfahrt neben dem Cholla-Kaktus.

Jenna schaltet den Wagen in den Leerlauf, dabei knirscht es ein bißchen. Sie fragt: «Meine Nummer hast du?»

«Jaja, klar.»

«Wenn irgendwas ist, ruf an, okay? Ruf an, und ich bin sofort da.»

«Tut mir leid», sagt Edith. «Danke.»

«Egal was, Edith. Ich mein's ernst. Das war 'n großer Schock für uns.»

«Ich weiß. Danke.»

Sie macht die Tür zu, läuft um den Wagen, an der Garage vorbei und durch die Küche ins Haus. Jennas Auto springt erst nach einer Weile an, dann fährt sie weg. Auf dem Küchentisch steht eine Schachtel mit einem Stück kalter Pizza. Ihre Mutter ist zur Arbeit und wird vor sieben nicht zu Hause sein, wegen dem Verkehr. Edith nimmt sich die Pizza *Peperoni* ... und geht ins Wohnzimmer. Sie schaltet die Stereoanlage an und ruft: «Dad! Ich bin zu Hause!»

Ihr Vater hastet in Trainingshosen und offenem Hemd über den Schlafzimmerflur. Er hat frisch gewaschene Haare, man sieht noch die Kammspuren von dem Schildpattkamm, den Mutter ihm zum Vatertag gekauft hat. Er hat sich sehr darüber gefreut. Hat er jedenfalls gesagt.

«Mir war übel», sagt sie und geht in die Küche.

«Geht's dir gut?»

«Ja. Miss Williams hat mich hergebracht.» Sie legt die Pizza in die

Schachtel zurück und öffnet den Kühlschrank. Da stehen zwei Coke und eine Flasche Sprudel. Sie nimmt sich eine Coke, macht sie auf und trinkt ein Drittel in einem Zug. Manchmal ist sie von einer Coke tagelang voll.

«Ich bin hier, weil ich schnell mal in die Wanne wollte», sagt ihr Vater. «Nur kurz.»

«Es ist scheußlich kalt. Ist Mom auf Arbeit?»

«Freilich. Kommt nach sieben. Ein schlimmer Verkehr ist das.» Er sagt: «Ich hab gestern die Heizung angedreht.»

Damit meint er die Heizung im Whirlpool draußen, nicht etwa im Haus; im Haus herrscht Frost. Sie läuft an ihrem Vater vorbei über den Flur, geht in ihr Zimmer und schaltet das Radio an. Sie stellt denselben Sender wie auf der Anlage im Wohnzimmer ein, KSTM, *The Storm*, und hört Angelicas Sendung. Angelica bringt einen neuen Song von irgendwem, der gerade in der Gegend rumtourt. Edith liebt Angelicas Stimme, die klingt so selbstsicher und ausgeglichen. Edith hat schon dreimal bei Angelica angerufen und Wunschtitel angesagt, und jedesmal war Angelica echt nett. Einmal, als es um Atomkrieg ging, hat ein Rockstar Angelica gefragt, was sie tun würde, wenn sie wüßte, daß die Welt vielleicht schon morgen untergeht, und Angelica hat geantwortet: «Einen Baum pflanzen. Ich würd wahrscheinlich 'nen Baum pflanzen gehn.»

Das klang nicht besonders sinnvoll, wo es doch so viele andere Möglichkeiten gab. Aber Edith denkt oft darüber nach: einen Baum pflanzen, obwohl man die Zukunft kennt, und Angelica spielt einen Titel, der wahnsinnig toll gesungen ist. Das Lied ist traurig, ein schönes Lied, aber Edith wird davon auch traurig. Sie schlüpft unter die Steppdecke, die sie im letzten Jahr von ihrer Mutter zu Weihnachten bekommen hat, weil sie zu ihren Augen paßt ... *grün* ... auch wenn sie nicht richtig funktionieren, und jetzt hört sie Stimmen an der Tür; sie konzentriert sich total auf die Musik, versucht wegzuhören. Das hastige Tuscheln stammt von zwei Männerstimmen. Jetzt pocht es ganz sacht an der Tür, dann hört sie eine Stimme, die Tür öffnet sich nur einen Spalt, so daß die Worte durchkönnen ... *Edie, ich geh dann. Bis heut abend* ... dabei läuft die Musik, sie hat ihr Gesicht im Kopfkissen vergraben und stellt sich schlafend. Sie versucht, die Luft anzuhalten. Als ihr Vater die Tür zumacht, als die Tür endlich zugeht, horcht Edith auf das Gewitter. Aus dem Radio kommen Donner und Regen in ihr Zimmer, und darüber Angelica, so weich und völlig ausgeglichen.

Hier ist Angelica ... KSTM, Apache Junction ...

Edith saß mit Howie Bently und Miss Williams draußen auf der Mauer, und der Himmel verdüsterte sich langsam. Miss Williams sagte, sie würde auf Ray warten – Mr. Morrison, der mit dem Dialekt –, der noch in der Halle war. Alle wußten, daß die beiden etwas miteinander hatten, obwohl Miss Williams und Mr. Morrison die Sache völlig herunterspielten. Es war, wie wenn eine aus der obersten Klasse mit einem Freshman geht: still und heimlich; könnte ja was schiefgehen. Edith fand es süß, wenn Mr. Morrison nur für ein kurzes Hallo beim Schwimmtraining auftauchte. Vorhin, als Joe beim Treppenlaufen war, stand Edith vor Mr. Morrisons Büro und konnte ihn und Miss Williams streiten hören; man merkte es daran, daß sie immer wieder ihre Lautstärke drosseln mußten und sich ständig mit Fragen belegten. Dann wurde es laut: ein paar Bücher fielen runter, und dann trat Miss Williams über die Schwelle, wobei sie vorsichtig die Tür schloß, um keinen Lärm zu machen.

«Edith!»

«Hi», sagte Edith. «Ich warte hier nur auf Joe.»

«Draußen. Laß uns doch draußen warten», sagte Jenna. Sie trug ihr Badetuch bei sich, in das ihr Badeanzug eingerollt war. Ihre Hände zitterten merklich.

Draußen ging schon der Mond auf, sie setzten sich zu Howie auf die Mauer, und dann schauten sie den anderen zu, die warteten, daß sie jemand abholen kam. Ein paar tummelten sich auf der Wiese. Nachher würden Howie, Edith und Joe in die Milchbar, die Dairy Queen gehen. Edith würde einen Schoko-Shake nehmen, und Joe und Howie würden Wasser mit Eis trinken. Wenn sie Howie hinterher abgesetzt hätten, würde Edith noch eine Weile mit Joe in der Gegend rumfahren. Es gab so viele Ziele, so viele Straßen, und sie überlegte gerade, wo sie hinfahren könnten, als Walker Miller über die Wiese gelaufen kam, vorbei an Joes Wagen, denn Joe stand auf dem Platz für Roxanne, das gestörte Mädchen, das offiziell behindert war. Edith hatte ihn nicht gleich erkannt.

«Walker!» sagte Jenna freudestrahlend. «Das ist doch Walker Miller!»

Irgendwas stimmte nicht mit ihm. Er hatte ein in Stoff gewickeltes Päckchen bei sich und setzte sich aufs Gras, ungefähr sechs, sieben Meter vor ihnen. Das Gras war naß gesprengt, und es war heiß; Edith fühlte, wie ihre Beine an der Ziegelmauer schwitzten, wie der Schweiß über ihre Kniekehlen rann. Walker setzte sich im Schneidersitz auf den nassen Rasen, und dann schaute er hoch und sagte: «Man weiß nie, was einem entgeht.»

Howie sprang von der Mauer, und Walker sagte: «Nein. Nich.»

«Was denn, Walker?» Jenna stand auf. Ihre Stimme klang verändert, aber sie sagte: «Echt schön, dich zu sehn!»

«Nein», sagte Walker kopfschüttelnd. «Nein.»

«Walker, komm rüber zu uns. Komm rüber. Wir gehen ins Dairy Queen. Willst du nicht mitkommen?»

«Nein.»

«Er hat 'ne Kanone», flüsterte Howie. «Da drunter.»

«Was?» Jenna drehte sich um. «Was sagst du da?»

«Nein», sagte Walker. «Tut mir leid.»

«Walker!»

Er nahm das Bündel, wickelte es aus, und eine Pistole kam zum Vorschein. Sie war schwarz und wuchtig, und er nahm sie hoch und setzte sie sich ans Ohr. Edith spürte ein Zucken in ihren Beinmuskeln, und dann hörte sie Howie, fast im Flüsterton. «Mach das nich, Walker. Bitte hör auf! Mach das nich!»

«Guckt weg», sagte Walker. «Tut mir leid, Leute. Guckt einfach nich hin.»

Er setzte sich die Waffe ans Auge, und Edith versuchte wegzuschauen. Howie keuchte, und Jenna legte ihre Hand auf Ediths Schulter und kniff sie.

«Ruf einen Krankenwagen.» Jenna sprach so leise, daß sie nicht zu flüstern brauchte, und Edith und Howie drehten sich um, weil sie offenbar beide gekniffen hatte, dann rannten sie los. Jetzt konnte sie Jenna hören, sie sprach freundlich, die Worte wurden leiser. *Walker,* hörte sie, und dann Howie, der im Garderobenbereich war, an den Münzapparaten; er wählte, und jetzt redete er und schrie: *Macht schon! Macht schon! Macht schon!* und danach: *Ja. Ein Not-*

fall. Gold Dust High, an der Sporthalle! Verdammte Scheiße, bei der Sporthalle!, und sie dachte, er würde gleich losheulen oder explodieren, aber er mußte ja am Telefon bleiben und Fragen beantworten, stand mit dem Hörer in der Hand da und wartete.

«Howie», sagte sie zitternd, «er macht's doch nicht, oder?»

«Ach Quatsch.»

Und für einen Moment, einen kurzen Moment glaubte sie wirklich daran. Sie ließ Howie stehen und ging durch den Tunnel zwischen den Garderobenschränken raus auf den Rasen voller Sprenger und Sträucher. Die Sporthalle lag auf der anderen Seite. In ihrer ersten Zeit in Arizona, als sie frisch aus Michigan hergezogen war, hatte sie hier ihre Mittagspause gemacht: hier bei den Schränken, weg von der Sonne. Sie hatte mit einem Buch vor ihrem Spind gehockt und dabei gegessen, weil sie keinen kannte, weil sie *neu* war. Für sie war es eh schon schwer genug, jemanden zu finden, zu dem sie sich setzen konnte, selbst wenn sie die Leute kannte – so viele Körper mit so vielen Kleidungsstücken, die jeden Tag wechselten –, und ihr Vater wollte sein Leben ändern, *ein neuer Anfang*, und ihre Mutter wollte ihm verzeihen, *aus Liebe*, und sie wollten in Paradise Valley, Arizona, wohnen, wo immerzu die Sonne schien. Edith lernte, allein zu essen, im Schatten bei ihrem Spind, bis sie Carol Cunningham kennenlernte, und dann war das nächste Jahr schon dieses Jahr, das neue Schuljahr fing an, und jetzt konnte sie schwimmen. Sie konnte stundenlang mit richtig guten Schwimmern mithalten. Zum Beispiel mit Jenna Williams, die ihr beigebracht hatte, wie man blind schwimmt und nach der Beckenwand tastet, denn Abwarten hieß Zeit verschenken, und sie merkte, wie ihr Stil eleganter wurde. Sie merkte, wie sie die holprigen Stellen, die Ecken und Kanten wegbekam, und irgendwann sagte Jenna: *Du kannst es schaffen, Edith. Du kannst es wirklich schaffen*, und die Umkleide, die Umkleide, wo es immer kalt und düster war, eingebaut und im Schatten, und dann Carols Vorschlag, unter einen Baum zu gehen ... *Komm, wir suchen uns 'n andern Platz, okay?* ... und der Baum, eine zierliche Pinie am Wiesenrand beim Kunst-Flügel neben der Sporthalle, und hinterm Kesselraum die Dealer mit Koks ... die Leute vom Orchester und aus dem Chor, Walker Miller, der im Chor war, und sogar von hier konnte sie Jenna und Walker Miller auf der Wiese erkennen, nur daß sie auf die Entfernung irgendwie unecht aussahen. Sie sahen wie zwei Leute auf einem Foto aus, wenn die Sonne verschwunden ist. Einfach nur zwei Körper unterm heißen Oktobermond. Der Mond war fahl und weiß und fast voll, und sie sah den Mond und das Licht und die Explosion, laut genug, um es auszulöschen.

Manchmal, wenn das Licht stimmt, sieht der Vollmond wie die Hostie aus, die den Leib Christi darstellt – Transsubstantiation. Natürlich muß das Licht genau stimmen, es dürfen keine Wolken dasein, aber manchmal sieht er wirklich genauso aus. Als könnte man sich im Ernst beide unter die Zunge stecken – Mond oder Hostie, die jetzt zergeht, und als sie sich in ihrem Bett umdreht, die Arme um das Kissen geschlungen, erkennt sie allmählich die Stimme ihrer Mutter.

Edie? Bist du wach?

«Hab geträumt», sagt sie und setzt sich auf. «Was ist denn?»

Irgendwo aus der Lichtflut, die sich in ihr Zimmer ergießt, hört sie ihre Mutter sagen: «Telefon.»

Jemand hat das Radio ausgemacht, und sie steckt immer noch in ihren Schulklamotten. Sie greift nach der Brille und krabbelt schnell aus dem Bett, damit sie nicht zu spät kommt. Der Telefonhörer baumelt im Flur an der Wand neben den Bücherregalen. Bis vor einem Jahr mußte sie sich das Telefon mit ihrem großen Bruder Anderson teilen ... *Zu spät? Wofür denn?* ... aber Anderson studiert jetzt am College in Boston.

«Hallo?»

«Hallihallo!»

«Hey, Spencer! Wie geht's dir denn?»

«Gut. Joe wollte wissen, ob du dich heut um mich kümmern kannst. Er meint, ich brauch 'n Babysitter. Er muß zu Howie.»

«Klar, ich glaub schon.»

«Er sagt, es gibt 'ne Belohnung. Er kommt dich gleich abholen. Hat gesagt, dir ging's schlecht oder so.»

«Nein, nein, mir geht's gut. Okay. Dann bis nachher.»

In der Küche sagt Ellen, Ediths Mutter: «Nein, also ich finde, du solltest daheim bleiben, dich ein bißchen ausruhen.»

Ellen steht mit dem Rücken am Spülschrank und trinkt Sprudel aus einer grünen Flasche. Sie hat noch die Arbeitssachen an, ihr Bürokostüm; in Schulklamotten sieht man wie ein Mädchen aus, in Büroklamotten wie ein Mann. Noch so was Sinnloses.

Edith sagt: «Bitte, Mom.»

Ellen zuckt die Schultern. Sie legt die Hand auf Ediths Stirn, wie früher. Ellens Hand ist kalt von der Sprudelflasche. Als Joes Wagen in der Einfahrt auftaucht, sagt Ellen: «Hast du deinen Vater gesehn?»

«Nein.»

«Bis um elf, mein Fräulein. Das mein ich ernst.»

«Sag Joe, ich zieh mich um.»

«Wie bitte?»

«Bitte?»

«Du ziehst dich um», sagt Ellen. «Ich werd's ihm ausrichten.»

Edith kann die richtigen Jeans nicht finden, das Paar, das sie im Sommer vor drei Jahren in einem Warenhaus in Michigan gekauft hat, also behält sie ihren leicht zerknitterten Rock an. Sie zieht ihren Pullover aus und bekommt vor Kälte eine Gänsehaut. Hier muß endlich mal einer die Heizung anmachen, und zwar die im *Haus*. Sie überlegt wegen ihrem BH, läßt ihn aber an, denn ihre Mutter meint immer, man altert schneller, als man denkt, auch wenn man nicht so viel hat. Edith findet, sie hat gerade genug, um ein Weinglas vollzumachen, und das macht sie verlegen und kribbelig zugleich. Anderson meint, ein Weinglas reicht vollkommen, mehr braucht ein Mann nicht ... *ein Weinglas* ... und sie zieht ein Kapuzenshirt an, BOSTON UNIVERSITY, ihre Lieblingsuni, weil die Leute dort Gedichte lesen und Wein trinken und weil dort ihr Bruder Anderson mit seiner Freundin wohnt, Laurie Nochwas, die Model werden möchte. Im Bad hält Edith ihren Mund unter den Wasserhahn, zweimal, und jetzt putzt sie sich kräftig die Zähne. Hinten in der Küche unterhält sich Joe mit ihrer Mutter, und das Wasser ist kalt. Sie bespritzt sich das Gesicht, läßt eine Bürste durch ihre kurzen Haare gleiten. Carol Cunningham nimmt jeden Abend Conditioner, und vor allem weiß Carol schon, wie das ist und wie man sich dabei fühlt: Sex. Im Flur fallen Edith ihre Ohrringe ein, und sie nimmt sie ab; könnte ja sein, daß Joe sie ausgerechnet dauernd aufs Ohr küssen will. Er steht wie versteinert da, ein Glas Coke in der Hand und fürchterlich verlegen.

«Hi», sagt sie und wird rot.

«Hey», sagt er.

«Danke, Mom», sagt sie und küßt Ellen auf die Wange. Ihre Mutter riecht nach Oma-Parfüm, wie verstaubte Blumen, und Edith sagt: «Alles klar. Bis dann!»

«Seht euch vor.»

Als sie im Wagen sind, küßt Joe sie. Sein Mund schmeckt ein bißchen salzig und nach Coke, und sie denkt, in seinem Mund ist Platz genug für ein Weinglas. Sie legt sich eine Hand auf die Brust und mißt beim Küssen nach. Sie schaut in die Dunkelheit hinter ihren Augenlidern, und wenn sie sie ganz fest zudrückt, kommt dieses Licht; durch den Druck auf die Netzhaut kriegt man ungeahnte Bilder zu sehen, und wenn sie das ganz intensiv macht, merkt sie nicht mal, daß es nur ein Trick ist.

Joe lehnt sich zurück und sagt: «Dir ging's schlecht, hat Miss Williams gesagt.»

«Ich hab nichts, echt. Bin nur bißchen erkältet.»

«Howie is voll am Ende. Also, ihm geht's mies. Ich dachte, du könntest vielleicht auf Spencer aufpassen, nur ausnahmsweise. Ich will echt nich ...»

«Schon okay», sagt sie. «Er hat mich angerufen. Wird bestimmt lustig.»

«Is kein Problem, wenn du krank bist oder so.»

Sie lacht und sieht die Kassetten durch. Nach der Hälfte der Strecke hat sie endlich eine gute gefunden und legt sie ein. Die Musik ist schnell, so wie Joe fährt, genau die richtige Musik zum Tanzen. Manchmal tanzt sie allein in ihrem Zimmer, ohne Licht, und Joe hat das Autofenster runtergelassen wie immer. Vielleicht leidet er unter Platzangst, denkt sie, weil er sich beim Ringen ständig in irgendwelche Matten einrollen muß. Sie denkt, ihr Zittern kommt von dem offenen Fenster; sie dreht die Heizung an, und der Luftstrom hebt ihren Rock an. Warm und weich ist die Luft, wie ein teurer Pullover.

In der Einfahrt sagt Joe: «Ich nehm Howie bloß mit ins Kino oder so. Vielleicht auf 'n Bier. Der is total im Arsch.»

«Okay.»

«Spencer will irgendwas kochen. Sieh dich vor», sagt Joe lachend, und dann küßt er sie noch mal. Diesmal küßt er sie ganz fest, und sie spürt ihre Hand auf seinem Bein und drückt fest zu, weil Joe sie so fest küßt, und dann kommt ein Licht, und sie spürt, wie es aus den Augenwinkeln hereinströmt. Dann klopft es am Autofenster – Spencer in seinem Rollstuhl.

«Okay, reicht!» sagt Spencer. «Na los!»

Ob Walker Miller dieses Gefühl überhaupt jemals kennengelernt hat? Sie schob Spencer die Rampe hoch, durch die Garagentür und ins Haus. Spencer hatte bereits mit dem Hähnchenbraten angefangen, so ein Vogel aus der Tiefkühltruhe, wo schon alle Gewürze dabei sind; Mrs. Amato, die Haushälterin der Jazinskis, hatte ihm gezeigt, wie das geht. Spencer erklärte Edith, wie man es zurechtmacht und in die Backröhre schiebt, er klopfte dreimal an die Herdtür, wie Mrs. Amato, *damit es bäckt*, und zum Nachtisch gäbe es Schokoeis mit Schokosauce und Himbeeren.

Sie ließ sich von Spencer Billard beibringen und danach Schach, war aber in beidem nicht herausragend. Spencer sagte ihr die ganze Zeit an, wie sie die Figuren setzen sollte. Nach dem Schach kam Fernsehen, und dann mußte er ins Bett, aber Spencer wollte nicht. Wenn man ins Bett geht, muß man ganz alleine sein, und Spencer fuhr ständig mit seinem Rollstuhl durchs Wohnzimmer und sagte: «Guck mal, ich bin 'n Weltraumauto!»

«Du mußt jetzt aber in die Koje, liebes Weltraumauto!»

Sie half ihm in die Schlafanzughose, denn der größte Teil von seinem Bein steckte in Gips. Als sie sein Bein zu weit spreizte, tat es weh, und Spencer sagte: «Aua!» Doch dann sagte er: «Nee, schon gut», und Edith wußte, sie mußte irgendeine falsche Bewegung gemacht haben – mit den Knochen, die sich wieder richten sollten. Nach einem Knochenbruch wuchs der Knochen von selbst wieder zusammen, und die Bruchstelle wurde härter als der Rest. Sie ließ Spencer im Fernsehzimmer noch einen Film gucken. Noch vor der zweiten Verfolgungsjagd schlief er in seinem Rollstuhl ein, und sie deckte ihn zu. Mit ausgestrecktem Gipsbein saß er da, lutschte am Daumen und nuschelte vor sich hin. Er sah aus wie Joe, wenn er sich unbeobachtet fühlte. Sie schob Spencer gerade in sein Zimmer, da klingelte es an der Tür. Es war Mrs. Bently. Howie habe angerufen; die Jungs hätten einen Platten und würden erst sehr spät zurückkommen. Ob sie Edith nach Hause fahren solle?

«Ja, ja, die Jungs», sagte Mrs. Bently. «Schön, daß sie sich so gut verstehen. Und wie geht's *dir?*»

«Gut», sagte Edith. Sie dachte, eigentlich müßte sie Mrs. Bently hereinbitten, aber sie war ja hier nur zu Gast. Sie sagte: «Ich bring nur schnell Spencer ins Bett.»

«Warte, ich helf dir», sagte Mrs. Bently.

Mrs. Bently kam rein. Sie hob Spencer aus dem Rollstuhl und trug ihn über den Flur in sein Zimmer; sie kam kein einziges Mal ins Wanken, so stark war sie. Auf Spencers Bett stapelten sich die Kissen, seine Bettdecke war mit Raumschiffen und Planeten bedruckt. Während Mrs. Bently Mr. Moose in Spencers Armbeuge legte, stand Edith hinter ihr und schaute zu.

So was machen nur Mütter, dachte Edith. *Sogar Bibliothekarinnen.*

Mrs. Bently fragte noch einmal: «Wie geht's dir, Edith?»

«Gut.»

«Gut? Ich weiß nicht. Ich weiß nicht, ob's uns jemals gutgehn wird. Manchmal ist alles so schwer ...»

«Hmmm.»

«So schwer ...»

Da Spencer nun im Bett lag, hatte Mrs. Bently nichts mehr zu tun. Sie besah sich die Bücherregale im Wohnzimmer, überflog die Titel. Die Jazinskis hatten Bücher ohne Ende. Schließlich sagte Mrs. Bently: «Dann fahr ich dich mal nach Hause.»

Vorher legte Mrs. Bently Spencer noch einen Zettel hin, nur für den Fall, daß er aufwachte ... *Komme gleich wieder, Schätzchen* ... und dann fuhr sie los, den gleichen Weg wie Joe, nur viel, viel langsamer, sie hielt das Lenkrad mit beiden Händen, wie Miss Williams, und hörte im Radio Klassik. Die Melodie kam Edith bekannt vor, aber der Komponist fiel ihr nicht ein. Die meisten Leute mochten Beethoven, wahrscheinlich weil er taub war. In der Einfahrt sagte Mrs. Bently: «Soll ich mitkommen und die Sache deinen Eltern erklären? Ist ja schon ziemlich spät. Ich mach's gern.»

In Boston, wo Anderson wohnt, gibt es keine Sperrstunde, da trinkt man Wein. «Nein», sagte Edith. «Schon gut.»

«Der Joe», sagte Mrs. Bently. «Das ist ja so ein netter Junge. So selbstsicher. Und so zuverlässig.»

«Ja, ich glaub schon.»

In dem Licht hatte Edith Joe noch nie betrachtet. Selbstsicher und zuverlässig – auf jeden Fall hatte sie ihn nie wütend erlebt. Er sagte auch nie was Gemeines. Wenn ihm jemand nicht sympathisch war, redete er einfach nicht mit ihm, oder mit ihr, im Fall von Roxanne, der Gestörten, die in der Schülerzeitung Gemeinheiten über Joe schrieb, weil sie traurig darüber war, daß er sie nicht mochte. Sie wollte beachtet werden, genau wie Mitchell Hemly, der in Geschichte immer dummes Zeug erzählte. Edith merkte, daß ihr überhaupt nichts einfiel, was Joe wütend machen konnte.

Einmal hatte sie ihn nach seiner Mutter gefragt, und er sagte nur: *Weiß nich. Ich glaub, die wohnt in New York* ... Sie glaubt, daß er nach ihr, nach seiner Mutter kommen muß, obwohl Edith keine Ahnung hat, wie seine Mutter aussieht. Mr. Jazinski sieht aus wie ein ergrauter Joe; sie hat ein Foto von ihm gesehen, auf dem Wohnzimmertisch bei Jazinskis, aber von seiner Mutter steht kein Foto da. Als hätte sie sich in Luft aufgelöst, als hätte es sie nie gegeben, was natürlich nicht sein kann: Edith hat ihre Hand auf Joes Bein gelegt, Joe durfte ihre Brust anfassen. Manchmal wünscht sich Edith, daß sich ihre Eltern auch scheiden lassen.

Jetzt sitzt sie in der Cafeteria und wartet auf Joe, ihren Freund, der niemals wütend wird. Sie sieht ihn mit Howie Bently bei den Tischen im Freien, an der Snackbar, und überlegt, wie er sich das nun eigentlich mit der Disco denkt. Vielleicht ist er sauer auf sie, und sie weiß gar nichts davon.

«Hier», sagt Joe und reicht ihr eine Coke. Er trinkt Eiswasser.

«Danke.»

«Ich hau dann ab», sagt Howie.

«Was?» sagt Joe.

«Scheiß Wirtschaftskunde. Scheiß drauf. Ich geh nach Hause. Kannst der Fullerton bestellen, ich brauch nur an sie denken und mir wird übel.»

«Die schmeißt dich raus», sagt Joe. «Und dann mußte wirklich zur Navy gehn.»

«Is mir scheißegal», sagt Howie. «Ich hau ab. Mach's gut, Edith.» Howie schlängelt sich zwischen den Tischen durch. Der Betonfußboden ist von Limonade und Ketchup verklebt und voller Fliegen; Edith macht am liebsten einen weiten Bogen um die Ecke. Da stinkt es immer nach Hot dogs und Hamburgern, nach Keksen mit Chemie drin, damit sie wie selbstgemachte riechen, und Howie läuft mitten da durch, das heißt, eigentlich hüpft er mehr und knickt dabei die Knie ein.

Auf einmal rempelt Mitchell Hemly, der Verpickelte, mit Howie zusammen, und Howie packt ihn am Kragen. Er knallt Mitchell gegen die Spindtüren, und Mitchells Hot dog flutscht heraus. Edith erkennt es nur unscharf, aber Mitchell hält immer noch das Brötchen fest, und sie weiß, daß Howie seine beschissene Phase hat.

«Warum macht er das?» fragt sie Joe.

«Schätze mal, er is sauer.» Joe nimmt einen Schluck von seinem Eiswasser und sagt: «Danke wegen gestern abend. Spencer fährt total auf dich ab.»

«Ist dein Reifen wieder in Ordnung?»

«Was?»

«Dein Reifen. Mrs. Bent ...»

«Ach Quatsch. Das hat sich Howie doch nur ausgesponnen, damit sie sich keine Sorgen macht. Meine Reifen sind fast neu. Gürtelreifen.»

Nachdenklich schaut sie rüber zu Howie. Howies Arm ist in der Luft, seine Hand zur Faust geballt. Eigentlich hatte sie gedacht, der Streit wäre längst vorbei, aber jetzt kommt Johnson, so ein Langer aus der Abschlußklasse, der immer nach Gras und Tabak riecht, und packt Howie am Arm – schüttelt ihn hin und her. Mitchell Hemly ist aus der Schußlinie, er beguckt sich sein leeres Hot-dog-Brötchen, und Johnson ist noch größer als Howie. *Noch stärker.* Er trägt Motorradstiefel.

Joe sagt: «Den macht Howie fertig.»

«Hä?»

«Los. Gehn wir.»

Langsam läuft er in die Gruppe, die sich um die beiden geschart hat; Edith hatte gedacht, er wollte woandershin. Sie läuft Joe hinterher, vorbei an Diana Vanderstock mit den Anti-Baby-Pillen in der Handtasche. Die räumt mindestens alle zwei Wochen ihre Tasche aus, in Chemie, damit alle ihre Pillen sehen können. Joe hat denselben Gang drauf, wie wenn er vor einem Kampf auf die Matte tritt: langsam, damit ihn auch wirklich jeder sieht. Seine Hände stecken tief in den Jeanstaschen, und jetzt stellt er sich zum Zuschauen auf die Zehenspitzen, und Johnson sagt zu Howie Bently: «Mach 'ne Mücke, du Arschloch.»

Howie sieht Joe und zieht die Mundwinkel hoch, er hat seine Hände hinterm Rücken und grinst. Er sagt: «Waaas?»

Johnson sagt: «Kack ab, du Dreckwichser. Kack ...»

Da legt Howie los. Seine Faust saust hinterm Rücken vor, dann die andere, dann noch zwanzig weitere. Johnson liegt am Boden, bevor Edith zum zweitenmal Luft geholt hat; er hält sich die Arme vors Gesicht, und als er sich aufrappeln will, legt Howie noch mal los. Dann noch mal. Er läßt Johnson nicht hochkommen, er schreit: *Was?* und prügelt auf Johnsons Gesicht ein ... *Waaas?* ... und er zittert so stark, daß er nicht stillstehen kann, er tänzelt auf den Zehenspitzen, beugt seine Knie. Koller, denkt sie ... *Adrenalin* ... denn davon bekommt der Körper einen Koller, und der Fußboden ist voller Zigaretten und Ketchup, und Howie zittert immer noch, weil er so viel Adrenalin in den Adern hat.

«Waaas?» kreischt er.

«Nichts.»

«Ich hau jetzt ab», sagt Howie in Joes Richtung. «Und ich weiß genau Bescheid, verdammte Kacke!»

Jetzt startet er durch. Er rast an den Tischen und den Schränken vorbei, und alles blickt ihm nach.

Joe tritt in die Mitte und hält Johnson die Hand hin. Wahrscheinlich kann man einfach nicht anders, wenn einer gerade Prügel bezogen hat.

Johnson sagt: «Kack ab, Jazinski.»

Joe lacht. «Klar doch.»

Joe dreht sich zu Edith um, und sie spürt, wie ihr Körper zittert. «Das hätte nicht sein müssen», sagt sie.

«Was?»

Sie dreht sich um und geht wieder dahin, wo sie gesessen hat, bevor das alles passiert ist. Bevor sie Carol Cunningham kennengelernt hat, bevor sie operiert wurde, bevor sie dreimal in der Woche Kontaktlinsen tragen durfte, bevor sie Joe kennengelernt und jeden Tag bei ihm reingeschaut hat. Carol sitzt jetzt wahrscheinlich im Unterricht, und Ediths Schulsachen liegen an der Yuccapalme, und letzten Sommer hat Carol zum erstenmal Liebe gemacht. Ihre Eltern ließen gerade den Garten erneuern, sie saß am Swimmingpool. Zuerst mußten die Landschaftsgärtner den Boden mit Plastikplane auslegen, damit kein Unkraut wachsen konnte, dann kam der Granitschotter darüber, tonnenweise Schotter, und da war so ein Mexikaner, der den Schotter im ganzen Garten ausstreute. Die Steine waren rosarot, und die übrigen Arbeiter zogen bald zu einer anderen Baustelle. Carol fragte den Mann ... *Er muß zwanzig gewesen sein. Der war garantiert zwanzig, aber er hatte halt kein einziges Haar, außer natürlich, na du weißt schon* ... sie fragte ihn, ob er ein Glas Eistee wolle. *Sí!* sagte der Mann strahlend, und an dieser Stelle konnte Carol nie an sich halten – wie das kam, *Sí!* –, und sie gab ihm den Eistee und fragte dann, ob er nicht schnell mal in den Pool springen wollte, bei dieser Hitze, und der Mann zog seine Stiefel aus ... *Er hatte gar keine Socken an* ... und seine Hose, seine lange grüne Hose, und dann sprang er in den Swimmingpool, nackt, und als er aus dem Wasser stieg, tropfte Öl von seiner Haut, oder Schweiß, weil überhaupt gar kein Wasser an seine Haut kam. Das Wasser rollte in lauter Tröpfchen an seiner Haut runter. Er schaute Carol an, schaute sie an von Kopf bis Fuß und strahlte. Dann zeigte er ins Wasser und sprang wieder hinein, und als Carol dazusprang, wußte sie, das war's jetzt ... *Ich hab's immer gewußt, genau so wird es sein. Ich hab nicht mal meinen Badeanzug ausgezogen. Er hat mich nicht mal geküßt. Kein einziges Mal* ... und manchmal, wenn sie allein ist, oder sogar im Unterricht, wird Edith diesen Gedanken nicht los: im Swimmingpool mit einem Mann mit feiner brauner Haut, der nicht mal deine Sprache spricht. Carol hat gesagt, sie hätte es so gemacht, daß es ihm über ihrem Badeanzug gekommen ist, *nicht drinnen,* aber trotzdem ist ein bißchen was reingekommen, und *sechs Wochen lang* war sie sich sicher, daß sie schwanger werden würde. *Ich war mir ganz sicher!* Und die ganze Zeit war sie sich ganz sicher, sogar, nachdem sie ihre Tage bekommen hatte. Dann hat sie ihr Biologiebuch genommen und alles über Fortpflanzung nachgelesen ... *Befruchtung, verstehste? Genetik* ... und danach waren ihre Sorgen nur noch halb so groß. Dabei hätte sie sich die ganz sparen können, denn am Ende ist alles gutgegangen, und jetzt, wo sie vor ihrem Spind steht und daran denkt, merkt Edith, daß sie immer noch zittert, und Joe erzählt ihr niemals, was sie wissen will. Ihre Hände zittern, und sie kommt nicht mit dem Zahlenschloß klar, und jetzt steht Joe hinter ihr.

«Hey», sagt er. «Hey, danke noch mal. Wegen gestern abend, mein ich.»

«Klar», sagt sie. «Gern geschehn.»

Sie denkt, wenn er wollte, könnte er seine Hände um ihre Taille legen, jetzt und hier. Er könnte mit den Händen unter ihren Pulli fahren.

«Ja», sagt Joe. «Danke.»

Aber er tut's nicht, und von einem Mann kann eine Frau AIDS kriegen. Er kann sie sogar vergewaltigen. Aber eins kann er auf keinen Fall tun, wenn er eine andere Sprache spricht: er kann es nicht bei ihren Leuten rumerzählen. *Sí,* hat der Mann gesagt. *Sí,* und bevor Edith ihr Spind verschließt, sieht sie nach, ob noch alles drin ist, was sie braucht.

Edith macht die Tür auf.

Wollt ihr eure Ruhe haben, her mit euern süßen Gaben!

Draußen stehen Jimmy, Kelly und Robert Henderson und noch irgendwer. Sie wohnen zwei Ecken weiter in einer Sackgasse und haben sich heute zur Halloween-Nacht auf Anregung ihrer Eltern als HEAVY-METAL-ROCKER verkleidet! Kelly hat grüne Haare, und Robert, der Jüngste, der noch nicht eingeschult ist, hat ein schwarzes Hundehalsband mit Stacheln um. Das Halsband hat früher dem Rottweiler der Hendersons gehört, der immer zum Tatum Boulevard, der vierspurigen Hauptstraße, gestreunt ist.

Edith sagt: «Was habt ihr denn so zu bieten?»

Jetzt stellt sich Ellen hinter Edith und Carol. «Ja, ihr müßt uns schon was bieten, ihr Heavy-Metal-Rocker!»

«Mrs. McCaw», sagt Robert. «Ich weiß was!»

Er singt «Hound Dog» von Elvis Presley an, aber nach den ersten paar Takten weiß er den Text nicht mehr und wackelt einfach nur mit den Hüften. Ellen klatscht, Carol lacht, und Edith teilt die Schokoriegel aus. Hinter der Paloverde stehen zwei Erwachsene am Straßenrand. Wahrscheinlich inspizieren sie nachher zu Hause die ganzen Süßigkeiten, genau wie Ellen, als sie noch in Michigan gewohnt haben und Edith selber zu Halloween durch die Häuser gezogen ist.

Als die Hendersons mit dem stillen, fremden Kind weitergegangen sind, sagt Carol: «Wolln wir nicht rausgehn?»

«Wohin denn?» fragt Edith.

«Wir könnten zur Disco gehn.»

«Ja, warum geht ihr nicht zur Disco?» sagt Ellen. «Heut ist doch *die* Nacht zum Tanzen!» Ellen hat ein paar Schluck Wein getrunken, und jetzt summt sie ein Lied, das vor Jahrzehnten ein Hit war.

«Morgen ist die Trauerfeier für Walker», sagt Edith. «Da muß ich 'ne Rede halten.»

«Deswegen könnt ihr trotzdem zur Disco», sagt Ellen. «Solo, als ‹Brunfthirsche›. Komisches Wort, Brunft. Wo kommt das eigentlich her?»

«Jägerlatein», sagt Carol.

«Klingt furchtbar», sagt Ellen lachend. «Geht ihr mal beide, ich kümmre mich um die kleinen Strolche!»

Als Kleinkinder waren Edith und Anderson auch *Strolche*. Heute sind sie alt genug für die *Brunft*. Im Bad helfen sich Edith und Carol gegenseitig beim Verkleiden. Sie ziehen Hemden und Krawatten von Mr. McCaw zu ihren eigenen Jeans an. Darüber tragen sie Sportsakkos. Edith das gescheckte, Carol das mit den ledernen Ellbogenflecken. In dem mit den Lederflecken hat Edith ihren Vater noch nie gesehen. Carol nimmt eine Schere und schneidet sich eine Stirnlocke ab, eine rote, *feuerrot*, dann wickelt sie durchsichtiges Klebeband um die Locke und klebt sie sich unter die Nase.

«Hier», sie gibt Edith das Klebeband. «Du auch.»

Als sie in die Küche kommen, sehen sie aus wie zwei als Jungen ausstaffierte Mädchen mit falschem Schnurrbart. Ellen sieht im Zimmer fern; Carol geht an den Kühlschrank. Im Gemüsefach findet sie zwei Möhren und kichert. Dann steckt sie sich eine Möhre in die Jeans; sie reicht ihr den halben Schenkel runter.

«Jetzt sind wir echte Hirsche», sagt Carol.

Der Mond ist ein Loch im Himmel, ein Loch, aus dem Licht strömt. Auf dem Parkplatz vor der Schule stehen massenhaft Autos, und die Musik dröhnt in der Luft. Eine Wagentür geht auf, und für einen Augenblick riecht es nach Spiritus; die Sporthalle ist innen schummerig beleuchtet, und überall sind Leute. Edith kann Joe nicht entdecken, weiß gar nicht genau, ob er überhaupt hier ist. *Brunft?* Vielleicht ist er ja mit Howie gekommen, aber warum hat er ihr dann nicht gesagt, daß er kommt? Es ist wie verhext, denkt sie, man kann dieses Wort einfach nicht ohne Hintergedanken aussprechen: *Kommen.*

Die Band spielt laut und nicht besonders gut, aber immerhin live, und Live-Musik kommt immer gut, egal wie miserabel sie klingt. Die ganze Halle ist voll beschallt, und Edith würde gern tanzen. Sie stellt sich mit Carol an die Zuschauerränge zu den Leuten ohne Kostüm. Die meisten trinken Punsch, hören Musik und tun so, als hätten sie keine Lust zum Tanzen. Carol wird nicht tanzen, egal wer sie auffordert, und Edith denkt, die muß ganz schöne Komplexe haben, trotz ihrer feuerroten Haare. Sieht nicht so aus, als könnte irgendwer das Feuer löschen. Wenn man tanzt, und dazu noch richtig toll aussieht, perfekt, wie Diana Vanderstock, dann ist es ganz egal, wie blöd man sich anstellt; die Jungs werden trotzdem gucken. Über der Tanzfläche dreht sich die Discokugel; die bauen sie jedesmal an, und gleich da drüben tanzt Lacy solo. Lacy mit weißblonden Haaren und schwarzen Sachen – schwarze Halbstiefel, schwarze Tights, ein abgeschnittenes schwarzes Shirt mit einem schwarzen Trikot darunter, so tanzt sie im Licht –, Lacy ist voll *Adrenalin,* und alle wissen, daß sie mal berühmt wird. Manchmal denkt Edith, so was Schönes hat sie noch nie gesehen.

Die Discokugel dreht sich, der Beat wird jetzt noch schneller. Edith ist ganz beduselt vom Licht, und sie mag das, wie die Lichter kreiselnd durch die Halle flirren; Lichtquellen können sogar Blinde erkennen, und vor ihr steht ein Gorilla und hält ihr die Pranke hin.

Der Gorilla schaut seine Pranke an, zuckt mit den Schultern und streckt sie wieder aus.

Edith lacht; sie nimmt die Pranke und schüttelt sie. Der Gorilla patscht ihr freundlich auf den Arm, wie man sich das bei Gorillas so vorstellt, und dann tanzt der Gorilla. Er tanzt langsam von ihr weg und winkt; wenn Joe jetzt hier wäre und schon irgendwas auf der Zunge hätte – Edith könnte gar nichts zu ihm sagen. Für einen Augenblick hofft sie, daß er gar nicht hier ist. Eine Vorstellung, die sie fast erleichtert. Die Möhre rutscht an ihrem Bein runter, und sie greift sich in die Jeans, um sie hochzuschieben; ob es Jungs genauso machen müssen, wenn sie einen Steifen kriegen und nicht wollen, daß man es sehen kann, überlegt sie. Sie müssen ihn wieder zurechtrücken, wie wenn man aus dem BH rutscht, was bei Edith allerdings so gut wie nie vorkommt. *Na und selbst wenn, was soll's?* ... Bei Jungs sieht die Sache ganz anders aus. Die gucken dann immer so verschämt, und jetzt wird die Musik schneller, immer schneller, und ein Mädchen von der Band singt was über Liebe und Sex, und wie alles genau stimmt, und noch mal Liebe, *oooh*, und Edith nimmt Carols Arm.

«Komm», schreit sie Carol ins Ohr. «Wir tanzen.»

Carol sträubt sich zweimal kurz, dann sagt sie: «Okay ...»

Sie drängeln sich zwischen Gespenstern, Footballspielern und Feuerwehrmännern auf die Tanzfläche, und jetzt tanzen sie los. Zuerst schüchtern – wie zwei zarte Zehen, die mal kurz ins Wasser tauchen, um zu fühlen, ob die Temperatur stimmt. Edith findet das Wasser genau richtig. Und schwarz. Schwarz wie Mondlicht, wenn man die Augen zudrückt; wenn Walker Miller hier wäre, könnte er jetzt auch hier tanzen, wie ein Verrückter. Er könnte hier tanzen, und kein Mensch wüßte, daß er wirklich verrückt ist, und morgen wird sie eine Rede halten, morgen, und alle werden zuhören. Die Möhre rutscht wieder, und als sie sich in die Jeans greift, um sie rauszuziehen, denkt sie, so was Beknacktes – sich eine Möhre in die Hose zu stecken. Das paßt wirklich nicht zu ihr, weil es so auffällig ist und so beknackt, schließlich ist eine Möhre nichts als Gemüse, und außerdem will Edith kein Hirsch mehr sein. Sie steckt die Möhre in ihre Jackentasche, wo die Männer immer ihre Scheckhefte und Kreditkarten haben, und jetzt drehen sich die Lichter schneller; sie kann absolut nichts sehen – so tanzt es sich am besten, wenn man weiß, daß keiner zuschaut –, und sie weiß, wenn sie jetzt frei wählen könnte, was sie tun will und wo, sie würde sich nur diese Tanzfläche hier aussuchen. Hier, wo sie sich zur Musik bewegt, wie Lacy, die eines Tages berühmt sein wird, aus eigener Kraft, ohne sich drum zu scheren, ob das irgendwer merkt.

Schneller, denkt Edith, denn jetzt ist es fast perfekt, fast schon absolut perfekt.

Schnell.

Sie hat Glück, sie mußte noch nie auf ihr Gewicht achten. Nach Spencers Unfall wußte sie gar nicht, was sie sagen sollte, und Mrs. Bloomquist, die nun wirklich dick ist, hat ihr in der Cafeteria vom Scottsdale Memorial einen Sundae-Eisbecher spendiert. Auch Joe war völlig stumm. Damals kannte sie ihn noch nicht so gut. Er war halt der stille Typ mit dem langsamen Gang, als hätte er andauernd Schmerzen in den Knien. Später hat sie erfahren, daß es die Knöchel waren, nicht die Knie, und daß er allen seine totale Unerschrockenheit demonstrieren wollte. Er lief, als säße er rund um die Uhr im Sattel, weshalb sie immer dachte, er hätte irgendwelche wunden Stellen von der vielen Reiterei.

Es war ihr erster Sommer in Arizona: Der Erdboden war so heiß, daß man nicht barfuß laufen konnte, nicht mal nachts. Der Himmel war einfach zu heiß; der Schweiß verdampfte sofort, und man behielt nur das Salz auf der Haut. Leute, die draußen arbeiten mußten, hatten Hüte auf und trugen Handschuhe zum Anfassen der Schraubenschlüssel, Ziegelsteine, Zangen. Überall waren Baustellen. Nachmittags, wenn es endlich kühler wurde, stemmte Joe bei sich zu Hause auf der Veranda Gewichte. In Arizona waren die Häuser flach am Boden gebaut, wo es am kühlsten war, obwohl man sich die Füße verbrannte. Hier baute man sich eine zwei Meter hohe Mauer ums Haus, um sich eine Privatsphäre zu schaffen, und nach dem Jogging rannte Edith immer direkt zum Pool, warf ihre Kleider ab und tauchte ein. Wasser war hier eine Lebensart, wenn es auch nicht viel davon gab, und auf ihrer Laufstrecke machte sie bei den Jazinskis halt, wo Howie Bently und Joe hinterm Haus ihre Gewichte stemmten. Als sie irgendwann täglich bei Joe vorbeikam, wußte sie, daß sie ihn wirklich gern hatte.

Im Krankenhaus legte sie Spencer Mr. Moose in den Arm. Joe entschuldigte sich immer wieder, weil er im Kaufhaus ihre Brille kaputtgemacht hatte, als er ihr den Plüschelefant rüberwarf und ihr

Gesicht traf. Und Edith entschuldigte sich die ganze Zeit dafür, wie ihr Vater Joe am Telefon abgefertigt hatte. «Der ist immer so», sagte sie. «Er telefoniert einfach nicht gern.» Dabei wußte sie genau, daß ihr Vater nicht deshalb aufgelegt hatte. Sie wußte, daß ihr Vater Joe mit jemandem verwechselt hatte, und Entschuldigungen konnte nur ihre Mutter von ihm erwarten. Für bestimmte Sachen entschuldigte er sich immer und immer wieder bei ihr, und anscheinend nahm das bei Paaren mit der Zeit zu, wenn sie sich ihre Zuneigung noch erhalten hatten. Man entschuldigt sich, schließlich könnte der andere ja denken, man hätte irgendwas mit Absicht getan, zum Beispiel die Brille kaputtgemacht, und einen deshalb nicht mehr mögen. Wenn man sich lange genug entschuldigt, kann man jeden besänftigen, auch wenn man selbst dabei draufgeht.

Tut mir leid, hat Walker Miller vor seinem Selbstmord gesagt. *Tut mir echt leid.*

Nachdem sie sich von Spencer verabschiedet hatten, sind sie auf dem Parkplatz vor dem Krankenhaus in Joes Wagen gestiegen und haben sich geküßt. Die Hitze war unerträglich, und Joe ließ den Motor an, schaltete die Klimaanlage ein und küßte ihr das Salz von den Lippen. Sie küßten sich lange, und Edith nahm ihre Brille ab. Sie legte sie aufs Armaturenbrett, und Joe fragte: «Is sie jetzt wieder heil?»

«Alles klar.» Sie kniff die Augen zusammen.

Hier im Schatten triefte ihr Oberkörper vor Schweiß, und Joe legte seine Hand auf ihre Brust. Er griff einfach so hin und sah sie an, und sie fand es merkwürdig, wie fremd sich so eine Hand auf der Brust anfühlen konnte.

Dann sagte er: «Ich muß meinen Dad abholen. Vom Flughafen.»

Und da wußte sie, daß er sie wirklich gern hatte ... *im Ernst ... das ist was Ernstes!* ... weil er nämlich seine Hand wegnahm und sie auf die Stirn küßte. Dann legte er den Gang ein, es gab einen Ruck; und jetzt ist sie beunruhigt, weil sie sich sagt, wenn er sie so sehr gemocht hat, damals im Wagen bei dieser unglaublichen Hitze, warum weiß sie jetzt nicht mal, wo er ist? Warum fragt er sie nie was?

Warum redet er denn nie richtig mit mir?

Draußen, im Garten hinterm Haus, sitzt ihre Mutter im Whirlpool; das ist ein kleines blau beleuchtetes Becken, aus dem Dampfschwaden aufsteigen. Der Dampf sieht so ähnlich aus wie Wolken, oder Nebel – das Resultat einer Vermischung von Wasser mit warmer Luft. Ihre Mutter ist nackt, und sie ist traurig, weil völlig in den Sternen steht, wann ihr Mann heimkommt. Er ist mal wieder weggegangen. *Ein Geist,* denkt Edith. *Andauernd verschwindet er ...*

Ihre Mutter trinkt aus ihrer grünen Mineralwasserflasche und sagt traurig: «Wie war die Disco?»

«Ganz gut.»

«Komm her», sagt ihre Mutter und klopft mit der Hand auf den Beckenrand. «Setz dich.»

Edith setzt sich auf den Bademantel ihrer Mutter, einen Mantel aus rosa Baumwoll-Badetüchern. Sie schlägt die Beine übereinander und legt die Hände in den Schoß – katholisches Schulmädchen ohne Uniform. Edith sieht zu, wie der Dampf aufsteigt, und sie spürt die Nässe auf ihrem Gesicht. An den kühlen Stellen ihrer Haut ist es ein schönes Gefühl. Ihr Gesicht fühlt sich sauber an, wie der saubere Chlorgeruch, den sie so liebt, und es wundert sie, daß sie hier in Arizona, wo es doch angeblich so heiß ist, manchmal so sehr friert. Genausosehr, wie sie in Michigan gefroren hat. In Michigan hat ihr Vater in der Stadt als Existenzberater gearbeitet; jeden Tag fuhr er mit seinem Sportwagen hin und zurück. Auf seiner Arbeit beriet er Leute mit beruflichen Schwierigkeiten.

«Ist das kalt», sagt Edith. «Das geht richtig in die Knochen.»

«Hier drin nicht», sagt ihre Mutter und läßt ihre Hand über das Wasser gleiten. «Willst du nicht reinkommen?»

«Nee.»

Jetzt bespritzt Ellen sie, nur zum Spaß; wahrscheinlich würde sie eine tolle Schwester abgeben, aber Ellen ist nun mal ihre Mutter. Sie könnte nie eine Schwester sein. Echt schade, denkt Edith, und sie wünscht sich, daß Anderson, der mit seiner Freundin in Boston wohnt und noch keine zwanzig ist ... sie wünscht sich, daß Anderson hier wäre und sie mit ihm reden könnte. Sie fragt sich, ob ihre Mutter wohl schon mal mit einem anderen fremdgegangen ist. Mit wem soll man sonst fremdgehen, denkt sie, als mit einem anderen.

«Ich weiß nicht», sagt sie zu ihrer Mutter. «Ich glaub, Joe mag mich nicht mehr.»

Und während sie das sagt, während die Worte aus ihrem Mund gepurzelt kommen, betet sie, daß es nicht so ist. Morgen, wenn sie zur Trauerfeier für Walker Miller geht und ihre Rede hält, *Adrenalin und Was es heißt, am Leben zu sein*, wird sie für Walker Millers Seele beten. Für Walker Miller wird sie beten, für ihre Mutter, weil sie gesündigt hat, und für Spencer, weil er zu klein ist, um ganz aus sich heraus zu leben. Sie wird für Miss Williams beten, für Carol Cunningham, ihre beste Freundin, für Anderson und Laurie Nochwas, die noch keine zwanzig ist. Sie wird für all die Menschen beten, die sie liebt, obwohl sie sie gar nicht kennt.

«Oh, Edie . . .», sagt ihre Mutter und tätschelt ihr Knie. «Edie . . .»

Wenn ihre Mutter die Hand wegnimmt, wird ein dunkler Abdruck auf ihrem Knie bleiben, denkt sie und kann die Stimme ihrer Mutter spüren, so vertraut und nah.

Wenn man am Meer steht und hineinschaut, kann man manchmal nicht sagen, wo das Wasser aufhört und der Himmel anfängt, und als Edith erwacht, weiß sie sofort, es ist ein schlimmer Streit. Ein paar Stunden sind vergangen, seit sie ins Bett gegangen ist. Sie dreht sich um, schaut zur Zimmerdecke, zum Himmel, riesengroß. Sogar die Sterne sind riesig, wenn sie auch noch so klein erscheinen, und sie hört, wie ihre Mutter schreit und ihr Vater sich entschuldigt, dann Glasklirren und wieder Geschrei. Die Stimme ihrer Mutter ist voll Wut und Angst, genug für ein ganzes Meer, und daran merkt Edith, daß es ein schlimmer Streit ist. Sonst klingt ihre Mutter nämlich niemals ängstlich, zumal wenn sie wütend ist. Jetzt redet ihr Vater, angestrengt ruhig und nüchtern, schließlich ist er Berater, aber dann gibt er auf: *Ja, scheiß drauf! Scheiß drauf! Scheiß auf dich! Scheiß auf den ganzen Mist!*, und dann fällt die Tür, die Haustür, krachend ins Schloß. Der Sportwagen ihres Vaters startet und düst aus der Einfahrt, und ihre Mutter weint. Ihre Mutter weint fürchterlich. Das ist es, denkt Edith, so klingt Trauer, und in der Bibel schlagen sich die Trauernden auf die Brust und raufen sich die Haare. Sich selbst schlagen – das kann Edith sich nicht vorstellen, noch dazu an einer so empfindlichen Stelle, aber sie weiß, daß ihre Mutter noch sehr lange aufbleiben wird. Höchstwahrscheinlich wird sie überhaupt nicht schlafen, und morgen früh werden alle

Glasscherben aufgefegt sein, und Edith wird in der Küche nachsehen müssen, was fehlt. Im letzten Frühjahr, nach Ediths Augenoperation, als sie im Bett lag und sich häßlich fand und weinte, ist ihre Mutter öfter in ihr Zimmer gekommen. Sie hat sich zu Edith auf die Bettkante gesetzt und sie weinen lassen. Edith weiß, daß sie noch nicht in dem Alter ist, wo man seine Mutter weinen sehen darf, und draußen, über ihrem Fenster, ist der Himmel, das Allergrößte, was sie in ihrem Leben zu Gesicht bekommt, denkt sie. Er ist so groß, daß man sich darin verlieren kann, und sie stellt sich vor, daß die Stimme ihrer Mutter zum Himmel aufsteigt, so wie Wasser in ein Becken fließt. Wie Wein in einen Mund fließt. So wie Wut, wenn sie ins Blut gelangt und das Herz anschwellen läßt, bis es zerplatzt.

Was Verlangen gebietet

Nach einer schweren Trennung, wie nach einer Sintflut, schwindet die Liebe nie ganz – die göttliche Verheißung. Irgendwann schickt uns der Himmel ein Zeichen zum Beweis – plötzlich erreicht uns eine unverhoffte Sendung, von so vertrauter und inniger Hand, daß man kaum glauben mag, wie weit sie gereist ist.

Da reicht schon ein Wolkenbruch. Vor drei Wochen in Pinetop hatten sie eingesehen, daß es keinen Zweck hat. Es war sicher den Versuch wert, alles hatte gestimmt, aber irgendwie schwang da immer etwas von Inzest mit – den Lehrerberuf hängt man eben nicht an den Kleiderhaken, wenn der Tag vorüber ist, und aus den Tagen werden Semester und später dann Jahre. Das war nicht gerade ihre Idealvorstellung von einer Ehe. Die Absprache war immer gewesen, daß jeder außerhalb der Schule, abseits von Training und Unterricht und Schülern, sein Leben individuell formte, doch wenn sie ihr Leben als Lehrer hinter sich ließen, blieb da nicht viel zum Formen – ausgenommen ihre Haltungen, das edle Fazit aus Erfahrung und Verlangen, die offenbar nie harmonierten. Und Form erzeugte, wie das eben so ist, Profil. Form verdiente Bewunderung, sie verlieh einem die Grazie auf dem Weg durch Raum und Zeit, Wasser und Luft – ein Wechselverhältnis von Ausdauer und Entspannung. Als Walker Miller sich mit einer 45er Automatik ins Auge schoß, war er, so die Sanitäter, augenblicklich tot, und was ihr jetzt zu schaffen macht, ist die Frage, wie ein Augenblick gemessen wird, wieviel Plus-Minus es da gibt. Wenn man ihn ganz für sich betrachtet, losgelöst von anderen, ergänzenden Augenblicken, wird ein Augenblick beständig wie ein Foto. So isoliert, überdauert er ein ganzes Leben, und das Problem an der Zeit ist, daß sie nie stillsteht, und wenn sie doch stillsteht, dann bleibt mit einemmal alles für immer stehen: ein letztes Aufwimmern, während die Muskeln zucken und die Lungen diesen letzten Hauch des Verlangens ausstoßen – das letzte Glaubenszeichen, hier in ihrem Bett.

«Okay», sagt sie erschrocken. «Okay.»

Und sie weiß, wenn er doch kommt, und sei es nur für einen Augenblick, wird er sich wie tot fühlen.

Am Morgen, Ray wimmert im Schlaf, ringt mit seinen Dämonen, spürt Jenna, wie vor ihrem Fenster der Tag anbricht. Rays Hände sind zu Fäusten geballt, trommeln in die Kissen. Der Morgen, so will sie sich sagen, der Morgen macht uns immer wieder Hoffnung. Sie will jetzt nur den Himmel ansehen. Und sie spürt die ersten Vorboten einer Migräne – in ihrem linken Auge, das vor Licht schwimmt. Es ist zwar ein ganz konkretes, lokalisiertes Licht, aber sie kann es schon einordnen. Das Licht wartet den richtigen Zeitpunkt ab, um sie voll zu treffen, und dann wird es implodieren – unvorstellbar. Absolut unvorstellbar, daß überhaupt was geschehen kann. In der Nacht damals, als sie mit Blut- und Grasflecken an den Sachen nach Hause kam, war sie ganz verstört gewesen und linste wie ein Stromer ins Sonnenlicht. In Gesellschaft anderer wußte sie, welches Verhalten man von ihr erwartete. Sie war Lehrerin, empfing Anweisungen, gab Anweisungen; sie war ein fließendes Glied in der großen Lebenskette. Doch daheim in ihrer Wohnung, die leer und von der Hitze aufgequollen war, wußte sie um ihre Sehnsucht, gebraucht zu werden, und sie wußte auch, wie oft sie ihre Zimmerpflanzen nur gießen durfte, bis sie ertranken. Und es war still, still wie ein Traum, ein Film ohne Ton. Sie setzte sich in die Küche und las die Suche-Annoncen. Als endlich der Morgen kam, stand sie von ihrem Küchenstuhl auf und machte sich einen Kaffee. Sie aß eine Scheibe Toast mit Pfirsichkonfitüre, trank ein Glas Wasser, übergab sich, und später, ein ganzes Leben später, bei Ray, der genauso lethargisch wie trostbedürftig war, hatte sie selbst das Verlangen gespürt, ihn zu trösten. Und so hatte sie ihn zurück in ihr Leben gezogen, in ihren Körper, wie ein Lied.

Miss Williams, finden Sie Selbstmörder bescheuert?

Aber Walker, natürlich nicht. Ich glaube, sie haben Kummer. Ich glaube ...

Na ja, ich find sie jedenfalls bescheuert. Total bescheuert find ich die!

Und sie weiß noch, daß sie ein Bad genommen hat. Sie weiß noch, wie sie versucht hat, sich das Blut aus den Haaren zu waschen, und ihr Shampoo alle war. Wenn sie den Tag überstehen will, muß sie die Kopfschmerzen loswerden. In der Küche nimmt sie ihre Fiorinal-Packung; sie spült zwei Tabletten mit einem vollen Glas Wasser runter. Sie trinkt noch ein Glas nach. Dann noch eins. Auf dem Fußboden im Wohnzimmer liegen die Teile ihres Halloween-Gorillakostüms und Rays Klamotten verstreut. Ray hatte sich als Robert Horn verkleidet, der Chemie und Bowling unterrichtet.

Sie denkt, wenn da mal ein Regenbogen war, ist er jetzt schon in der Sonne verbrannt, und das ganze Wochenende besteht aus Leuten, die in der Sonne sitzen und saufen. Sie zieht ihren Badeanzug, einen Speedo in Kastanienbraun, an und läuft vorsichtig die sieben Treppen runter zum Pool. Dort dreht sie ihren Liegestuhl nach Westen, von der Sonne weg. Sie winkt ihrem Nachbarn. Er heißt Bill, ist schwarz, und seine prächtige Haut hat so viel Fett wie Lederseife. Er kennt sie mit Namen und wohnt schon fast seit zwei Jahren in ihrem Wohnblock, Indian Shadows, und sie akzeptiert es, wenn auch wehmütig, daß er schwul ist. Er lächelt sie an, sie bewundert seinen langen Körper – eine dunkle, wogende See. Um eventuelle Eindringlinge zu verwirren, haben Jenna und Bill ihre Ersatzschlüssel ausgetauscht und über ihren Lampen auf der Loggia deponiert.

Jenna taucht ihr Handtuch in das Becken, wringt es aus und legt sich zurück, um ihre Augen zuzudecken. Das Wasser fühlt sich kalt und schwarz an, und sie spürt, wie die Sonne ihre Haut durchströmt; sie läßt die Hand an ihrer Hüfte entlanggleiten. Aus dem Pool kommen ausgelassene Stimmen, dazu Palmenrauschen und der Ortsverkehr, belebt und schnell. Ihre Haut ist ein Nervenkostüm, und sie weiß, wenn sie weint, wird die Angst ausströmen: sie wird in beide Augen strömen, über ihre Schädeldecke, während das Blut im Herztakt pulsiert, denn einmal entfesselt, kann man sie durch nichts aufhalten.

Als sie Walker Miller damals in der Pflegeanstalt Superstition Mountain besuchte, hatte sie gedacht, auch das geht vorüber. Walker erzählte ihr, was sie in der Freizeit spielten: Tischtennis und Karten. Manchmal auch Volleyball, darin wäre er schon ganz schön gut, behauptete er. Im letzten Frühjahr hatte sie in der Schule einen sehr gut besuchten außerschulischen Kurs mit dem Titel «Sport fürs

Leben» geleitet. Walker nahm daran teil, und sie spielten Volleyball, Badminton und Tennis – Spiele, für die man ein Netz braucht. Als Walker mit Jenna auf der Wiese vorm Pflegeheim Superstition Mountain unter einem Baum saß, erzählte er ihr, daß er sich gar nicht so viele Gedanken über seine Mutter machte, wie die Ärzte anscheinend von ihm verlangten.

«Das is so», sagte er, «die denken, man kann alles mit allem erklären. Also zum Beispiel, eins plus eins ist gleich der Grund, warum einer durchdreht. Nur leider bin ich gar nich durchgedreht, Miss Williams. Ich mein, klar, manchmal rast ich schon aus. Also, so richtig doll schlimm, und ich weiß nich warum. Aber verrückt bin ich nich!»

«Natürlich nicht.»

Er beruhigte sich. Emphatisch sagte er: «Ich weiß, wo ich meine Tassen hab. Meint Ryan jedenfalls. Er sagt, ich weiß, wo ich meine Tassen hab. Die stehn alle in einem großen Schrank beisammen», und dabei streckte Walker seine Hände aus. «Ryan meint, das is 'n gutes Zeichen.»

«Walker, das ist großartig. Ehrlich ...»

«Hier», sagte er und hielt ihr sein Handgelenk hin. Sie dachte, sie sollte irgendwelche Narben begutachten.

«Nein.» Er löste sein Uhrarmband. «Hier.»

Er gab ihr die Uhr. «Meine Mutter», sagte er, «sie hat sie mir geschenkt, kurz bevor ... Sie wissen schon. Hat hinten meinen Namen draufmachen lassen. *In Liebe, Mutter.* Ryan meint, daran sieht man, daß ich lerne, mit meiner Angst umzugehn, weil sie tot is. Weil ich jetzt die Uhr trage. Ich hab ihm gesagt, früher hab ich sie nie umgemacht, weil ich Angst hatte, daß sie mir kaputtgeht. Also, daß ich damit irgendwo gegenknalle, und sie geht kaputt, und dann könnt ich sie nie meinen Kindern geben und nix, und Ryan hat gesagt: ‹Genau›, als ob er voll Bescheid weiß. ‹Genau›, hat er gesagt.»

«Die Uhr ist sehr hübsch, Walker. So schön schlicht.»

«Ich weiß nich», sagte Walker. «Irgendwie krieg ich einfach nie die richtigen Worte raus.»

Sie lächelte. «Ich weiß, was du meinst. Manchmal ...»

«Is 'n Symbol», sagte er und zeigte auf die Uhr. «Das meint

Ryan. Er meint, 'ne Uhr, das is 'n Symbol für die Vergänglichkeit des Lebens. ‹Verstehst du das, Walker? Du guckst zu, wie deine Lebensuhr läuft und läuft. Capito?›»

Jenna gab Walker die Uhr zurück. Der kniff plötzlich die Augen zusammen, als wäre ihm gerade etwas eingefallen, das ihm angst machte. Er schüttelte den Kopf.

«Walker?»

«Schon gut.» Er entspannte sich wieder. «War nur 'n Schauer. Ich werd leider ziemlich müde davon. Total müde.» Er sah auf seine riesigen Füße und sagte: «Das Essen is nich so besonders. Manchmal haun wir heimlich ab und gehn zu McDonald's. Aber nich verraten, okay?»

«Okay.»

«Okay», sagte er nickend. «Wolln Sie 'ne Coke?»

Vor dem Abschied spendierte er ihr eine Coke; seine Taschen waren mit Vierteldollarmünzen vollgestopft. Er drückte auf den Knopf und sagte: «Also, kann sein, der Laden sieht ganz nett aus, Miss Williams, aber in Wirklichkeit isses hier echt gefährlich. Das is mir jetzt klar, wissen Sie? Danke für den Besuch. War ganz toll. Danke.»

Sie wollte ihm ganz freundschaftlich die Schulter drücken, aber er wich zurück.

Am ersten Todestag seiner Mutter verließ Walker Miller ohne Erlaubnis die Klinik; Monate später erfuhr Jenna, daß Walker seiner Freundin Cathy die Uhr gegeben und gesagt hatte, er wolle sich nur einen Burger holen gehen, und von diesem Gang kam er nie zurück. Seine Mutter war im Whirlpool gestorben, nachdem sie eine Flasche Percocet in sich reingeschüttet und sich die Pulsadern in den Oberschenkeln aufgeschlitzt hatte. Später, im Frühling, schrieb sich Walker bei «Sport fürs Leben» und im Chor ein. Er flog aus dem Chor, und später verlor er seinen Job in einem Lebensmittelmarkt, weil er mit einem Einkaufswagen auf ein paar junge Leute im Auto eingedroschen hatte – auf dem Parkplatz, mit den Lebensmitteln für Jenna unterm Arm. Dann rannte er ins Lager vom Supermarkt und fing an, die Kunden mit einem Wasserschlauch zu bespritzen. Später sagte er ihr, er hätte ihre Ehre verteidigen müssen.

Als Jenna nach der Versammlung in die Schule zurückkam, hatte sie ein Gespräch mit Cal Buckner in seinem Dienstzimmer. Er saß auf der Schreibtischkante, gab sich jugendlich. Auf dem Aktenschrank lag eine silberne Discokugel, so groß wie ein Basketball oder ein Globus. Margaret Knudson, Cals Sekretärin, trat ein und legte Jenna eine Schachtel Kirschpralinen auf den Schoß.

«Schokolade hilft immer», sagte Margaret.

Als Margaret rausging, wobei sie die Tür aufließ, damit sie lauschen konnte, sagte Cal: «Vielleicht nimmst du lieber 'n paar Tage Urlaub. Meinst du, du stehst die Trauerfeier durch? Den Kids zuliebe?»

«Na klar.»

«Gut», sagte er, und als sich ihre Blicke trafen, bemerkte sie nicht zum erstenmal, daß er mit ihr schlafen wollte. Er wich ihrem Blick aus, steckte sich eine Zigarette an, schaute in seine Kaffeetasse, die den Schriftzug des Basketballteams SUN DEVILS trug. Er schnippte die Zigarettenasche in die Tasse. «Ray sagt, er hat dieses Jahr 'n starkes Team. Er meint, sie könnten sogar Cholla schlagen. Das wär 'ne Premiere.»

«Keine Ahnung.»

Er drückte die Zigarette in der Kaffeetasse aus. «Joyce», sagte er lachend – er sprach von seiner Frau –, «Joyce hat gesagt, wenn ich wieder mit dem Rauchen anfange, zieht sie aus. Ray hat ...»

«Zwischen Ray und mir hat sich was geändert, Cal.»

Cal rutschte verlegen auf seinem Stuhl herum. Wo er sich doch gerade noch so stolz damit gebrüstet hatte, daß er von der Sache zwischen Ray und Jenna wußte. «Tut mir leid», sagte er. «Oder weiß ich, was man da sagt.»

«Ist schon gut, wirklich.»

«Weißt du, was mit Howie Bently los ist?»

Sie atmete durch und betrachtete das Foto von Cals Frau auf dem Schreibtisch: Joyce in einem gelben Strandkleid und weißen Schuhen. Die Discokugel war aus winzigen Spiegelquadraten.

Jenna sagte: «Er war heut nicht beim Unterricht. Die Pistole hat seinem Vater gehört. Walker hat sie aus seiner Garage geholt. Hat der Vater aus Korea oder irgendwoher.»

«Ich finde, wir müssen ihn im Auge behalten. Jazinski genauso.

Die beiden waren seine besten Freunde. Nur für den Fall, daß bei ihnen irgendwelche Symptome auftreten.»

«Okay ...»

«Wir wollen doch nicht, daß so was bei uns in Mode kommt», sagte Cal. «Verdammt, wir sind hier nicht in L. A. oder Minneapolis. Ich hab ja nichts gegen ein bißchen Kokain in meiner Schule oder 'n paar Glas nach dem Unterricht, aber ich hab überhaupt keinen Bock drauf, daß meine Schule ins Fernsehn kommt, verdammt noch mal.» Er griff nach der Zigarettenschachtel. «Wenn diese Kids erst mal anfangen, sich wegzuballern, wer weiß, wo das endet ... Eine Kettenreaktion. Das müssen wir unterbinden.» Er zündete sich die nächste Zigarette an und sagte durch den Rauch: «Mein Gott, das klingt ja verdammt nach Harry Truman.» Sie lachte, und auf einmal kam sie sich schlecht vor. Denk an Walker Miller und hör zu, sagte sie sich. Sie dachte an Walker Miller und wurde blaß.

«Willst du nicht lieber doch 'ne Woche freinehmen?»

«Nein», sagte sie, aber es klang nicht sicher, und stand auf. Sie sah die Pralinen an, setzte ihr freundlich distanziertes Lächeln auf und fühlte sich wie kurz vorm Abklappen. «Ich muß noch 'n Testat vorbereiten», sagte sie und lehnte in der Tür. «Aber ich komme hin. Zur Trauerfeier.»

«Ich weiß», sagte Cal. Er sah verlegen aus. Er sagte: «Das ist als Kompliment gemeint.» Er wurde rot, nahm seinen Kaffee, schlürfte davon und spuckte aus.

«Ich werd Joyce nichts verraten», sagte sie wegen der Zigaretten. Sie hoffte, daß er den unfreiwilligen Doppelsinn ihrer Worte mit einem Lachen entschärfen würde, und er tat es auch. Auf dem Weg in ihr Zimmer sah sie Ray auf dem Gang; er wollte gerade zur Lehrertoilette. Er traf ihren Blick, blieb stehen und winkte ihr zu, und sie lief in einen leeren Klassenraum. Sie hatte weiche Knie. Sie wollte schlafen und auch wieder nicht schlafen. In dem Klassenraum roch es nach Kreide und neuem Teppichboden, und vom Fenster aus konnte sie den Rasen sehen. Die Rasenflächen waren durch die Sprenger grün und frisch, und die Schüler hatten gerade Mittagspause, sie saßen in kleinen Gruppen und redeten über Walker Miller. Sie hörte, wie jemand die Tür hinter ihr zumachte, und geriet von neuem in Panik.

«Was machst du denn?» fragte Ray mit sanfter und ein bißchen fremder Stimme; er kam aus Kentucky, wo die Leute anders reden. «Alles okay?»

«Ich seh nach den Kids.»

«Die fangen sich schon wieder.»

«Nein», sagte sie. «Eben nicht. Niemand fängt sich hier. Die werden da draußen auf der Wiese hocken, bis sie älter werden, und wenn sie dann überlegen, was wir eigentlich gemacht haben, wird niemand was einfallen. Und dann ist die Kacke am Dampfen. Dann ist die Kacke aber so was von am Dampfen, und wir haben nichts getan, um sie darauf vorzubereiten!»

Er stand jetzt neben ihr. Sie konnte die Haut an seinem Hals riechen, Honig und Öl, Motoröl, bevor es eingetrichtert wird. Sie spürte, wie die Haare auf seinem Arm ihre Haut streiften.

«Die fangen sich schon wieder», sagte er.

«Die Blöden vielleicht.» Wenn sie sich jetzt nicht zusammennahm, würde sie sich verhaspeln, und dann würden alle Worte einen anderen Sinn bekommen. Beherrscht sagte sie: «Wir sind schuld.»

«Nein.»

«Doch, Ray, das sind wir. Wir alle!»

«Du warst einfach grade da, Jen. Es hätte genausogut jeder andre sein können. Fullerton oder Owens zum Beispiel.»

«Erinnerst du dich noch an Sammy?»

«Klar.»

«Sammy, vor der ganzen Geschichte. Damals. In der High School. Sein Kumpel Bobby Seevers, der sollte mich mal ausführen. Wir wollten uns 'n Film ansehn. Verabredet war, daß er mich mit dem Edelschlitten von seinem Vater abholen kommt, das war ganz was Tolles, aber er hat mich versetzt. Hat sich überhaupt nicht blikken lassen. Später ruft mich dann 'ne Freundin an und erzählt mir, daß jetzt überall rumgeht, ich hätt's im Nickel View mit Bobby Seevers getrieben. Ich wär 'ne Nutte.»

Ray schob die Hände tief in die Taschen. Seit Wochen hatten sie jede Berührung tunlichst vermieden.

«Und das, Ray, solang ich lebe ... Ich wußte, das wird als Wahrheit gelten, solang ich lebe. Ich wußte, es wird als Wahrheit gelten, und alle andern wußten es auch.»

«Da warst du sechzehn.»

«Die da», sagte sie und zeigte aus dem Fenster. «Die sind sechzehn!»

«Genau», sagte er. «Die sind sechzehn. Die kommen drüber weg.»

«Und weißt du, was sie wollte, Ray? Angie Volkskye? Weißt du, was die wissen wollte?»

«Nein.»

«Die wollte wissen, wie's denn war. Verdammte Scheiße, die hat mich echt gefragt, ob's gut war.»

Sie hat es nie mit Bobby Seevers getrieben; Bobby Seevers dürfte sich eher selbst beglückt haben, und später dann Angie Volkskye. Aber bevor alle Jenna als Nutte ansahen, hielten sie sie für schwul – lesbisch, besser gesagt, weil sie bei ihrer Tante Nicky wohnte, die wiederum mit ihrer Geliebten Claire zusammenlebte. Jahre später, als sie im College war und mit Sammy Coughlin, ihrem Freund, zusammenwohnte, stand Jenna für einen Fotografen Modell, und zwar fast nackt. Der Typ brachte ihr Bild in der Juli-Ausgabe eines Männermagazins unter. Sammy machte eine kleine Seereise und ging unter, und danach schickte ihr das Magazin einen Scheck über 350 Dollar. Es ist ein kleines Foto mit einer großen Überschrift: «California Volley», und Jenna trägt einen weißen Bikini, das Oberteil allerdings in der Hand, und es sieht aus, als würde sie jemandem hinter der Kamera zulächeln. Inzwischen hat sie gar keinen Bikini mehr, aber jetzt, beim Umziehen für Walker Millers Trauerfeier, fürchtet sie, daß alle denken, sie hätte einen Bikini drunter, einen weißen Bikini, und daß ihre Haut immer noch makellos und braun ist, weil sie auf dem Foto braun war, als wären die Schönheitsfehler – das Mal auf ihrer Brust, die Kaffeeflecken auf den Zähnen – einfach weggepustet. Nicky und Claire fanden das Bild reizend; sie klebten es an ihre Kühlschranktür, und jedesmal, wenn Jenna zu Besuch kam, sah sie sich lächelnd auf der Eisbox posieren. Abends saßen sie immer im Wohnzimmer beisammen und lasen sich laut vor, und Jenna verdrängte den Gedanken an Sammy, der irgendwo im Pazifischen Ozean ertrunken war. Heute lebt ihre Tante Nicky allein in Sedona, Arizona, und Claire ist seit Jahren tot.

Die Trauerfeier für Walker Miller ist informell und ziemlich gitarrenlastig. Nach jedem der kurzen Auftritte singen die Anwesenden ein Lied. Nach der ersten Hälfte hören sie ein Lied ohne Worte, ausdrucksvolle Musik mit Gefühl, zu einer Dia-Show: Bilder vom Himmel, von der Sonora-Wüste, Fotos von Walker mit seinen Freunden, mit Mutter und Vater, ein Bild vom Chor, den Gold Dust Singers, aus dem er rausgeworfen wurde, eins von Walker in seiner Supermarkt-Kluft, lächelnd, und zum Schluß, als Abschiedsbild von pompöser Schwermut, der Grand Canyon im Dämmerlicht. Jetzt liest Marcia Taylor ein Sonett aus der *Western Civilization*, «Kein Mensch ist eine Insel», und dann noch eines, das der Sache näherkommt ... *Nach schwerem Leid ... erstarrt ... Loslassen ...* Marcia ist noch nicht mal bis zur Hälfte gekommen und wischt sich schon die Tränen ab. Marcia Taylor liebt Emily Dickinson, sie liebt ihre Schüler, hat Walker Miller geliebt, obwohl sie ihn gar nicht kannte. In der Kapelle drängen sich Schüler, Eltern und Lehrer, unter ihnen Mrs. Henderson, die Krankenschwester, deren Hund kürzlich gestorben ist. Jenna sitzt in der zweiten Reihe neben Ray, und beide stechen heraus, ein nettes Paar.

Sie trägt jetzt eine Sonnenbrille; selbst das schwache Licht in der Kapelle tut ihren Augen weh. Vom Zusammenspiel der Fiorinal mit ihren Kopfschmerzen ist sie leicht benommen und schwach, und in der ersten Reihe, neben Cal und Joyce Buckner, sitzt Michael Owens, die Zivilpolizistin – ein Mädchen mit Haarknoten. Neben ihr und ebenfalls in Zivil sitzt Captain Miller, ein hagerer Mann mit grauem Haar und hängenden Schultern, gramgebeugt. Letztes Jahr seine Frau, dieses Jahr sein Sohn. Und jetzt steigt Howie Bently in Freizeithosen, Sportsakko und mit Lederschleife in die Kanzel. Er ist so gewachsen, und Jenna denkt, Howie Bently ist wirklich ein hübscher Junge. Sie denkt, das muß sie sich einprägen: wie das Licht in ihren Augen schmerzt und wie Howie auf den Altar zu schreitet – sie wird sich daran erinnern, wenn sie Arbeiten korrigiert, wenn sie in Lehrerversammlungen sitzt. Sie muß sich alle wichtigen Dinge einprägen.

In der Kanzel angekommen, läßt Howie seinen Blick langsam über die Anwesenden wandern. Er steckt die Hände in die Taschen, wippt auf seinen Hacken und sagt: «Walker Miller war mein Freund.»

Und jetzt läßt Howie sie allein, er verläßt sie alle, läuft durch den

Mittelgang, den langen Mittelgang, dann durch die Vorhalle und zur Tür hinaus. Es dauert einen Moment, bis sich die Tür hinter ihm schließt und damit der plötzliche weiße Lichtkegel im Innenraum wieder zusammenschrumpft und verschwindet.

Noch ein Lied, dann ist Edith an der Reihe. Ray legt seine Hand auf Jennas Oberschenkel und drückt sanft zu. Zärtlich, denkt sie, will Rays Hand aber loswerden, weil sie auf der Haut stört; sie nimmt die Hand und legt sie auf Rays Bein. Er holt tief Luft, um sich in den Griff zu bekommen, rutscht ein Stück. Unter seinem Gewicht wackelt die ganze Kirchenbank, und er erntet empörte Blicke, während Edith sich tapfer vorne aufstellt und über Dinge redet, die uns angst machen. Edith kann auf ihrem Zettel nichts erkennen, also beendet sie ihre Entzifferungsversuche und spricht jetzt frei, blickt über die Zuhörer hinweg und sagt, wir müssen tapfer sein, wir müssen uns Walkers Tod stellen ... *damit wir uns nicht ängstigen. Wir müssen unser Adrenalin gebrauchen* ... und Jenna betet auch für Edith ... *Bitte, Gott ... Bitte* ... und dabei ist ihr klar, daß Gott schlau genug ist, sie auch ohne Worte zu verstehen. Nach ihrer Rede bekommt Edith höflichen Beifall, und nun fängt sie an zu weinen.

Draußen auf dem Hof gibt es Punsch und Kekse, und einige Schüler heulen hemmungslos. Die Erwachsenen stellen sich in einer Reihe auf, um Captain i. R. Miller ihr Beileid zu bekunden, der mit einer Tasse Tee auf einem Gartenstuhl sitzt und geduldig lächelt; man sieht, daß er unter Drogen steht. Jim Lawson, ein junger Priester der Episkopalischen Kirche von Sankt Christophorus, ist im Gespräch mit ein paar Lehrern und Michael Owens, der Zivilpolizistin; sie hören sich eine lange Geschichte über Walker Miller an – die Sache damals, als er sich an einem Freitag nach der Schule mit Howie und Joe in die Umkleidekabine der Mädchen eingeschlichen hat und die drei am Ende von Wiz, dem Wachmann, eingeschlossen wurden. Das ganze Wochenende mußten sie dort ausharren, bis überhaupt jemand ihr Fehlen bemerkte. Als Jenna sie nach zwei Tagen entdeckte, waren sie vor allem hungrig.

Die Leute lachen. Ray führt Jenna am Ellbogen in den Schatten eines Zitronenbaums. Cal und Joyce Buckner kommen auf die beiden zu.

«Ray! Jenna!» ruft Cal. «Tut das gut, euch beide zu sehn!»
«Das war 'ne gute Trauerfeier», sagt Ray. «Gut für die Kids.»
«Mensch, für mich erst», sagt Cal. «Kaum zu glauben, daß der kleine Spinner so viele Freunde hatte.»
Jenna blinzelt nervös und sagt: «Hallo, Cal, Joyce.»
«Die Brille ist ja zauberhaft», sagt Joyce. «Ich halt's in Arizona einfach nicht ohne 'ne ordentliche Sonnenbrille aus. Auf den Bahamas ...»
«Durch die dunkle Brille», sagt Cal. «Hä?»
«Was?» fragt Ray.
«Auf den Bahamas», sagt Joyce, «ist es genauso. Das viele Wasser.»
Cal sieht flott aus; das blaue Jackett und die Krawatte machen ihn glatt zehn Jahre jünger. Er fragt Ray, was mit Jazinski los ist.
«Jazinski?» fragt Joyce.
«Jazz. Der Ringer. War letztes Jahr bei den Staatsmeisterschaften.»
«Und Howie», sagt Ray.
«Howie und Jazz», sagt Cal stolz.
«Denen geht's gut. Jazinski muß noch 'n paar Pfund abspecken.»
«Ein paar Pfund weniger würden dir auch nicht schaden», sagt Joyce und tätschelt Cals Bauch. «Die vielen leckeren Sachen, stimmt's, Schatzi?»
Am anderen Ende der Wiese steht Captain Miller mit Edith. Sie unterhalten sich, Captain Miller nickt zerstreut, und jetzt fällt Jenna auf, daß Edith ein schwarzes Kleid anhat. Noch 'ne Premiere, denkt Jenna. Die erste Liebe. Das erste Auto. Das erste Schwarze. Edith macht bei Ray in Verkehrserziehung mit, obwohl sie nach dem Gesetz niemals fahrtüchtig sein wird.
«Entschuldigt bitte», sagt Jenna. Sie läßt Ray bei Cal und Joyce stehen und läuft über den Rasen, setzt ihre Schritte mit Bedacht, denn ihre Knie sind wacklig und schlackern so komisch. Sie will etwas zu Walkers Vater sagen, sie will etwas zu Edith sagen, aber da ziehen wieder diese Schmerzen in ihren Augen auf – nackte, furchtbare Schmerzen. Auf der Mitte der Wiese würde sie am liebsten losschreien. Sie weicht Captain Millers Blick aus, dreht sich um und läuft auf den riesigen Parkplatz zu, so langsam, wie es geht, und jetzt

begreift sie, daß sie sich vor Captain Miller fürchtet und vor den Schmerzen in ihren Augen und vor dem, was er zu ihr sagen könnte.

Die Autos auf dem Parkplatz sind warm und glitzern in der späten Nachmittagssonne. Von hier aus kann man die Berge sehen. Der Himmel ist blau. Sie kommt an einer Paloverde voller Kolibris vorbei; einer der Vögel schwebt zwischen den Ästen, seine Brust glitzert hell wie Weihnachten, aber Jenna bleibt nicht stehen, um den Vogel zu bewundern, sondern läuft weiter, und als sie Rays Wagen entdeckt hat, macht sie die Tür auf, läßt das Fenster herunter und setzt sich auf den warmen Vinylsitz. Die Tür läßt sie offen. Sie reibt sich die Schläfen, massiert sie behutsam, so behutsam, daß ihre Hand weh tut, und dann spürt sie, wie jemand langsam näher kommt.

«Hey, Miss Williams.»

«Howie?»

Sie schaut hoch und sieht Howie Bently, immer noch in Sakko und mit Lederschleife. Er steht genau in der Sonne, so daß seine Umrisse im Gegenlicht strahlen. «Was ham Sie denn?» fragt er.

«Wie bitte?»

«Geht's Ihnen gut?»

«Was? Jaja. Hab nur Kopfschmerzen.»

«Brauchen Sie vielleicht 'ne Aspirin?»

«Howie», sagt sie. «Was willst du denn hier auf dem Parkplatz?»

«Ich weiß nich. Ich wollt Edith nach Hause fahren. Falls Joe nich mehr auftaucht.»

«Joe», sagt Jenna.

«Naja, Sie wissen schon. Der Jazz.» Er zuckt die Achseln und betrachtet den Wagen. «Is das Ihrer?»

Sie nickt, um sich alle weiteren Erklärungen zu sparen, und dann fällt ihr ein, daß Howie den Wagen von Ray kennen muß, weil Ray damit zu den Auswärtskämpfen fährt und weil Howie Ringkampf macht und Ray der Trainer beim Ringen ist und weil überhaupt alle alles wissen, was es zu wissen gibt.

«Walker», sagt Howie. «Der fand Sie echt gut. Er fand immer, Sie hätten 'ne Menge Ähnlichkeit mit seiner Mom. Hat oft von Ihnen gesprochen.»

«Howie», sagt sie und hebt den Kopf. «Geht's dir gut?»

«Logisch», sagt er. «Was wolln Sie denn? Klar geht's mir gut.»

«Ich wollte nur fragen, ob's dir auch ganz bestimmt gutgeht.»

Das Leben macht sie schwach. Auf dem Heimweg kann sie kaum einen klaren Gedanken fassen. Sie denkt, sie wird nie wieder sprechen können, und sie hält ihre Stimme zurück, damit sie gar nicht erst den Versuch macht, ihren momentanen Zustand zu beschreiben. Zum Sprechen muß man zunächst einmal Atem holen, und jetzt spricht Ray sie an, auf dem Parkplatz vor ihrem Wohnblock. Er läßt den Gang drin, tritt die Kupplung.

Er sagt: «Tja, tut sich ja einiges.»

«Was?»

«Tut sich einiges, würd ich sagen. Da ballert sich so 'n Bubi das Gehirn weg, und dann ...»

«Was soll denn das heißen?»

«Aber im Grunde bleibt alles beim alten, stimmt's? Ich mein, klar, Walker Miller is tot. Und wir beide auch. Isses nich so?»

«Vielleicht sollten wir einfach mal 'ne Pause einlegen.»

«Klar», sagt Ray. «'ne Atempause. Das Problem is nur, ich hatte gedacht, wir gehn essen und sprechen uns mal 'n bißchen aus. Statt dessen, *Päng*, und alles bleibt beim alten. Wirklich alles. Und was bitte soll ich machen, wenn du mich nächste Woche anrufst? Ich mein, was soll ich dann zu dir sagen?»

«Danke», sagt sie und macht die Tür auf. «Okay, mein ich. Mach's gut.»

«Ich hab das schon mal durch», sagt er und sieht sie an. «Und ich find's überhaupt nich schön, Jen. Du mußt das doch wissen.»

«Okay, Ray. Tschüß.»

Sie schlägt die Tür zu und stolpert. Die sieben Treppen geht sie langsam an, hangelt sich am Geländer hoch, und sie sieht Licht bei ihrem Nachbarn; Bill verbringt den Abend wieder mal daheim. Und das am Samstag. Wenn sie keine Kopfschmerzen hätte, wäre sie genauso ungern zu Hause, aber wahrscheinlich würde sie trotzdem in ihren vier Wänden hocken. Vielleicht auch nicht; sie wollten ja zusammen essen gehen. Aber dann vielleicht auch wieder nicht, denn es steht wirklich beschissen, schlimm, und als sie den Flur erreicht hat und auf ihre Tür zugeht, spürt sie, wie Ray hinter ihr die Treppen hochstapft.

«Hey», sagt er und nimmt ihren Arm. «Tut mir leid, Jen.»

Sie zieht ihren Arm weg. «Ray», sagt sie. «Bitte. Ich kann nicht.»

«Schon gut.» Er fummelt an seinem Schlüsselbund, dann schließt er ihr die Tür auf. Drinnen ist es frisch und kühl und riecht ein bißchen nach Orangen und überwässerten Zimmerpflanzen.

«Kann ich irgendwas machen?»

«Pillen», sagt sie, zeigt zur Küche und merkt im selben Moment, daß sie sich übergeben muß. «Nein, warte», sagt sie.

Sie läßt ihre Sonnenbrille auf den Teppichboden fallen und wankt ins Bad, wo sie erbricht und ihr das Blut in den Kopf steigt. Sie fürchtet, daß sie einen Blutsturz bekommt, und erbricht noch einmal, dann weint sie. Sie richtet sich auf, spült, wischt sich das Gesicht ab. Sie läßt ihr Kleid um die Knöchel fallen, ihre Unterwäsche. Ihr BH baumelt von ihren Schultern, und sie will ihn abstreifen, aber er gibt nicht nach, und sie heult wieder: *Nein! Verdammter Mist! Nein!*, und sie schreit, dreht keuchend die Dusche auf, ganz tolpatschig, geht in die Kabine und unter den Wasserstrahl. Das Wasser ist kalt und tut ihrer heißen Haut weh, und als das Wasser wärmer wird, kühlt sich ihre Haut ab. Es gibt in diesem Leben einfach kein Gleichgewicht mehr, und jetzt klettert sie raus, schlüpft in ihren Kimono, taumelt gegen die Wand. Trotzdem bückt sie sich und hebt ihre Sachen auf, schleift sie hinter sich her ins Schlafzimmer, wo sie sie in den Schrank stopft. Sie macht die Schranktür zu, damit es schön ordentlich aussieht, und Ray sitzt auf der Bettkante, hat die Decke zurückgeschlagen und hält mit beiden Händen ein Glas Wasser fest. Er steht auf, um ihr Platz zu machen, gibt ihr Fiorinal und dann das Wasserglas. Er hat das Fenster geöffnet und die Rollos heruntergelassen. Das Zimmer ist ganz schattig und erfüllt vom brummenden Straßenverkehr und den konstanten Baßtönen aus der Stereoanlage ihres Nachbarn. Sie trinkt das Glas nur halb aus, dann legt sie sich auf den Rücken, das Rückgrat steif und fest wie unser Gott, versucht, den Atem anzuhalten, denn wenn sie wieder zu atmen anfängt, wird ihr Leben zwangsläufig eine Lüge sein, denn so kann sie nicht mehr leben. *Nie mehr ...* und jetzt zwingt sie sich zu atmen, ganz langsam.

«Hey», sagt Ray so leise, daß es weh tut; der Mann ist einfach zu wuchtig, um leise zu sein. Er legt ihr einen kalten Waschlappen auf die Stirn. «Ich hab noch welche in den Tiefkühler getan.»

«Danke», sagt sie nur.

«Und jetzt ruh dich aus, Jen. Ruh dich aus. Ich guck später noch mal nach dir.»

«Nein», sagt sie. «Nein ...»

Sie hört die Anlage ihres Nachbarn durch die Wand: Musik, die kann sie gar nicht gebrauchen. Ray ist wohl fort, denkt sie und legt ihre Arme eng an den Körper, die Finger gespreizt, in der Hoffnung, die Migräne ließe sich durch die geschwollenen Fingerspitzen herauspressen. Als eine Tür zuklappt, fällt ihr wieder ein, daß sie etwas sagen muß ... *was?* ... aber Ray ist schon aus der Tür. Sie spürt, wie seine Körpermasse draußen die Treppe runterstapft, und irgendwann horcht sie nicht mehr nach seinem Wagen, weil sie weiß, er wird jeden Moment losfahren. Und sie weiß, sie selbst wird jeden Moment wegduseln.

Sie war irgendwo weit weg, fühlt sich schal und benebelt. Konstant dröhnen die Bässe, dringen durch ihre Wände, vermischt mit verstohlenen Geräuschen von Männerliebe. An manchen Stellen glaubt sie die Musik zu kennen, aber selbst das muß sie sich allein vorstellen, und sie läßt es bleiben, um nur die Schmerzen nicht wieder zu wecken: sie muß ihren Geist stillhalten, damit er ausruhen kann. Sie legt ihre Hand an die Wand und spürt, wie sie bebt, und anstatt zu denken oder zu vermuten, weiß sie einfach, daß es spät sein muß, oder besser früh, weil das Licht in ihrem Zimmer starr und grau ist und weil es auf dem Highway sehr still ist. Solange sie keine Bewegungen macht, sagt sie sich leise, wird sie auch nichts mehr fühlen.

Sie denkt, ohne Schmerzen hat der Körper nichts zu verlieren. Nachdem sie Edith nach Hause gebracht hatte, ist sie zurückgefahren und hat Walker Millers Spind ausgeräumt. Sie bat Wiz, er solle das Schloß aufbrechen. Wiz war mal Polizist in Florida, und solche Wünsche erfüllt er mit Freude.

«Isses der hier?» fragte Wiz. Er trug eine Golfjacke, so eine, die den Wind abhält.

«Ja.»

Er nahm seinen Bolzenschneider, einen halben Meter lang, und knipste das Schloß auf. Seine Backen blähten sich auf, als könnten sie jeden Moment platzen, was sie durchaus für möglich hielt, und im Schrank waren Walkers Sachen: Bücher, Hefte, ein Paar riesige Turnschuhe, eine gelbe Windjacke. Sie zog die Schulsachen aus dem Spind und gab Wiz den Stapel in die Hand, da rutschte ein Heft heraus. Es fiel auf den Boden, ging dabei auf, und ein Foto kam zum Vorschein. Beide starrten sie darauf: die Schampartie einer Frau mit einem rot lackierten Fingernagel, der schlaff im Fleisch ruht.

«Hey!» Wiz bückte sich und hielt das Foto hoch. «Sehn Sie sich das mal an! Wohl 'n kleiner Perverser, wie?»

Sie riß ihm das Bild aus der Hand und ließ es in einem Hefter verschwinden. «Danke», sagte sie und packte die Schulsachen zusammen. «Vielen Dank, Wiz.»

«Nichts zu danken. Gern geschehn, Miss ...»

Sie hastete durch die dunkle Umkleide auf den Rasen und an der Halle vorbei. Die vielen Fahrzeuge hatten Reifenspuren auf dem Rasen hinterlassen. An diesen Stellen hatten die Hausmeister Sand verstreut, damit das Gras schnell nachwachsen konnte, und es war ein stiller, düsterer Tag – es hatte geregnet und war plötzlich kühl geworden. Ein paar Schüler spazierten um die nassen Rasenflächen, schwänzten den Unterricht; und dann war da noch ein Pärchen, an der Wand vom Kesselraum, der Junge schmiegte seinen Körper tief in das Mädchen, zur Übung.

Im Auto sah Jenna die Notizblöcke durch – abgewetzt und vollgekritzelt: *Karen, 7.30 ... Aufsatz nicht vergessen, Blödmann! ... Hilfe. Hilfe. Hilfe. Hilfe.* Walker hatte eine runde, dicke Mädchenhandschrift, und sie schlug den Hefter auf und nahm das Foto heraus. Es war mal auf die Größe eines halben Dollarscheins zusammengefaltet gewesen, und Wiz hatte nur eine Seite gesehen: hinter den gespreizten Frauenbeinen, auf der Rückseite, sah man Jenna Williams in einem weißen Bikinislip.

Die öffentliche Lehrerin, denkt sie in ihrem Wagen. Sie sitzt da, sieht in die Ferne, und ihr ist gleichzeitig zum Lachen und zum Heulen. Weil sie beliebig austauschbar war, wirklich. Sie denkt, sie war beliebig austauschbar, und das Mädchen, das da zu ihr hochschaut, ist so schrecklich weit weg. Sie ist so weit weg und klein.

«Hallo», sagte Captain Miller an der Tür.

Er trug eine Sonnenbrille, Bermudashorts und hatte einen freien Oberkörper. Er sah aus, als würde er frieren. Mit dem Regen waren Sonne und Hitze verschwunden. Durch diese Sonnenbrille konnte er wahrscheinlich kaum etwas sehen.

«Ich bringe Ihnen Walkers Sachen», sagte Jenna. «Aus seinem Spind.»

«Jaja. Kommen Sie doch rein.»

Er führte sie durch das dunkle Haus, in dem kein einziges Licht brannte, zur Veranda auf der Hinterseite und bot ihr einen Liegestuhl an. Die Stühle waren nach Westen gedreht, wo die Sonne um diese Zeit sein müßte, und nach dem Regen neu eingestaubt. Sie setzte sich auf den Stuhl und spürte, wie der Dreck in ihr Kleid drang. Auf dem Deckel eines Propangas-Grills stand eine Flasche Wodka, daneben eine Sprühflasche mit Fensterreiniger.

«War grad beim Saubermachen», sagte er. «Fenster, Wände. Gut, wenn man alles sauberhält. Klar Schiff», sagte er und ging ins Haus. «Bin gleich wieder da.»

Ich kann's mir noch überlegen, dachte sie. *Ich kann's mir noch mal anders überlegen.*

Captain Miller kam mit einem Glas Eistee für sie zurück, als ob Sommer wäre. Er setzte sich in den Stuhl, schlug die bleichen Beine übereinander und warf lächelnd einen Blick auf die Hefte und Turnschuhe auf ihrem Schoß. Sie nahm ihren Tee.

«Möchten Sie auch 'n Schluck?» fragte Captain Miller und schenkte sich einen Wodka ein.

«Nein. Danke.»

«Sie waren Walkers Lieblingslehrerin», sagte er und rutschte verlegen auf seinem Stuhl herum. Man merkte, daß er getrunken hatte, obwohl er keinen betrunkenen Eindruck machte. Er hatte glasige Augen. Er schaute auf den Rasen und seufzte.

«Ich glaub, ich war sein Schwarm», sagte Jenna. «So eine Schuljungen-Schwärmerei, wissen Sie.»

«Als seine Mutter tot war, hätten wir wegziehen sollen. Ich werd wahrscheinlich nach Bozeman ziehn. Ich war noch nie in Montana. Das viele Gras, und der Schnee!»

«Seine Sachen», sagte sie, um allmählich zum Thema zu kommen. Sie wies auf die Notizblöcke. «Ich hab aus Versehen in ein paar von denen reingeschaut. Ich wollte nichts durcheinanderbringen. Ich meine, er war Ihr Sohn. Tut mir leid, wenn das falsch ankommt . . .»

«Wer sich zu weit backbord hält, kommt ins Trudeln.»

«Was?»

«Raus damit.»

«Seine Hausarbeiten», sagt sie. «Die Sachen, die er für sich allein geschrieben hat. Ich kann sie mitnehmen. Ich kann sie nehmen, aber ich fand, ich sollte Ihnen die Entscheidung überlassen, verstehn Sie?»

«Ich versteh alles. Ich finde, wir hätten früher wegziehen sollen, das ist alles.»

«Schaun Sie, es tut vielleicht weh. Aber Ihr Sohn hatte Kummer. Nicht, daß irgendwer schuld daran hat. Er war einfach bekümmert und verwirrt.»

Captain Miller setzte sein Glas ab und griff nach der Wodkaflasche. «Haben Sie schon mal gejagt?» fragte er.

«Nein.»

«Ich auch nicht. Geangelt, ja. Geangelt hab ich viel. Aber es soll Spaß machen. In Montana gibt's noch 'ne Menge zu schießen.»

Ich hab's versucht, dachte sie. *Ich hab's echt versucht.* Sie stand auf und sagte: «Wenn ich Ihnen helfen kann, rufen Sie bitte an. Ich hab Ihren Sohn gekannt. Nicht besonders gut, aber wir haben uns ein paarmal unterhalten.» Ihr Blick fiel auf Captain Millers weiße Haut, auf die schwabbeligen Bauchfalten. «Ich muß leider gehn.»

«War nett von Ihnen», sagte er und starrte in den Pool. «Nett, daß Sie mal bei mir angedockt haben.»

«Es ist nur, weil ich noch relativ jung bin. Das ist ganz normal. Die Jungs kommen halt manchmal ins Schwärmen.»

«Verzeihen Sie, ich hab Ihren Namen vergessen», sagte er und wandte sich zu ihr um.

«Jenna.»

«Jenna», sagte er und drehte sich wieder zum Rasen. «Miss Jenna

Williams. Walker war sehr von Ihnen angetan.» Er hob sein Glas, prostete dem Rasen und seinem Swimmingpool zu. «Solche Sachen», sagte er, «ziehen 'ne Menge Folgeschäden nach sich.»

Sie lief durch die dunklen Gänge ins Freie; als sie im Auto saß, sagte sie sich, daß sie richtig gehandelt hatte – die Wahrheit, und so sah man ihr ins Auge, wenn man es hinter sich hatte. Sie steckte den Schlüssel ins Zündschloß und warf noch einen Blick auf das Haus. Von außen sah es hübsch aus, war mit Blumen und Sträuchern geschmückt.

Die schwere Holztür flog auf. Captain Miller lief mit großen Schritten über die Schotterfläche. Die Fläche war lang, und er war barfuß, hatte das Glas in der einen Hand, die andere schwenkte ein weißes Stück Stoff.

«Verluste!» rief er. «Wir müssen ein paar Verluste melden!»

«Bitte?»

Jetzt stand er auf der Straße, vor ihrem Wagen. Er fing an, ihre Frontscheibe mit seinem Wodka zu putzen, goß das Glas über ihrer Frontscheibe aus und verschmierte den Schnaps mit dem Wischlappen – einem Knabenslip.

«Kennen Sie den Tod, Miss Jenna Williams? Wissen Sie, wie der Tod wirklich ist?»

Er hastete um den Wagen, sie stieg bei laufendem Motor aus.

«Captain Miller?»

«Wie 'ne Frontscheibe, wenn man sie immer schön sauberhält.»

«Ich ...»

«Der Planet», sagte er schwer keuchend. «Der Planet ist nicht nur ein großes Schiff. Er ist eine große Flotte. Eine Flotte, so groß wie die alliierte im Juni vierundvierzig, denn wenn der Feind stark genug ist, muß man in den Krieg ziehn. Da muß man einmarschieren. Nehmen Sie nur mal Inchon. Da haben wir mal ganz hübsch gekämpft. Weil wir damals noch wußten, wie's geht. Wir wußten, Miss Williams, wenn man in den Krieg zieht, muß man auch ein bißchen schießen. Man muß ein paar schwere Schäden einstecken und das Semaphor lesen lernen.»

«Was bitte?»

«Das Semaphor. Der Flaggenwinker. Der einem sagt, wann gefeuert wird und wohin es geht. Der 'n Draht zu dem alten Admiral im Himmel hat.» Er befestigte den Wischlappen an ihrer Antenne. «'ne Flagge», sagte er. «Man muß die Signale verstehn lernen.»

«Kann ich irgendwas für Sie tun?»

«Für mich? *Mich?* Ich wollt Ihnen nur mal eins sagen, Miss Jenna Williams.» Er lächelte, wie Walker. «'n ganz schön langen Namen haben Sie.» Er zeigte auf den Slip an ihrer Antenne. «Damit hab ich grad Fenster geputzt. Alte Unterwäsche – das gibt die besten Wischlappen. Baumwolle, saugfähig. Kein Dreck, kein Fett, und Sie können's waschen, sooft Sie wollen.»

«Captain . . .»

«Ich persönlich bin ja mehr für Boxershorts. Die lange Zeit bei der Navy . . .» Er blickte auf seine Füße. «Wenn man zu viel Schaden einsteckt, kriegt man Wasser rein. Mensch, denken Sie nur mal an die Stark. Herrgott, heutzutage reicht schon so 'n kleiner Knallfrosch, um einen ganzen Flugzeugträger auszuschalten.» Er machte einen Schritt zurück und schaute weg. «Nein», sagte er unschlüssig und entfernte sich. «Nein, nein, nein.»

Er trank den Rest Wodka aus und blieb auf der Straße stehen. «Schaun Sie», er wandte sich um, «ich hab zwanzig Jahre meines Lebens auf so 'm Scheißschiff gehockt. Auf so 'm läppischen Scheißbegleitschiff, Miss Jenna Williams. Gott, wie haben wir uns das schön vorgestellt. Wir dachten, da könnten wir endlich mal zu uns selbst finden. Ich und Lucy, meine Frau. Sie sehn ihr sogar ähnlich. Sie wollte gern Joni Mitchell sein. Ich hab sie im College kennengelernt, nach einem Eishockeyspiel, und sie hat mir gesagt, wie sie meinen Schlagschuß bewundert. Meinen Schlagschuß, verstehn Sie? Ich war mal Eishockeyspieler. Eishockey! Und dann hab ich ganze zwanzig Jahre meines Lebens auf so 'm verfluchten Schiff gehockt, und nicht ein Mal, nicht ein einziges Mal gab's einen Unglücksfall in meiner Familie. Mensch, mit George Bush hab ich diniert, damals, wo er noch beim CIA war. Der CIA und so, tja, wir mußten uns schon so einiges aufladen, wie alle andern auch. Aber ich kann Ihnen sagen, heiliges Kanonenrohr . . . heiliges Kanonenrohr . . .»

«Es tut mir leid», sagte sie. «Es tut mir wirklich sehr, sehr leid.»

«Fahrn Sie heim», sagte er und winkte. «Fahrn Sie heim, Miss Jenna Williams. Fahrn Sie heim, und leben Sie glücklich!»

Jetzt lief er zum Haus zurück, mit Schwung, und diesmal taten ihm auf dem Schotter die Füße weh. An der Tür blieb er stehen und schaute nach, ob sie immer noch da war. Der Lappen wehte an ihrer Antenne, er stand da, und dann klappte seine Hand nach oben. Stramm stand er da und salutierte.

Vielleicht rührt er sich nie mehr von der Stelle, dachte sie und tastete nach dem zusammengefalteten Stück Papier in ihrer Tasche.

«Find dich damit ab», würde Ray nachher zu ihr sagen. «Liebe is glitschig.»

Letzten Februar, am Abend vor Martin Luther Kings Geburtstag, hat ihr Nachbar Bill mit einer Flasche Wein vorbeigeschaut. Sie stießen an, und sie beschloß, am nächsten Tag freizunehmen; wenn der Staat Arizona den Tag nicht als Feiertag anerkannte, mußte sie sich eben selbst einen machen. Manchmal findet sie sich gewissenlos und unmöglich. Jetzt steht sie auf, um sich das Gesicht zu waschen. Im Bad fällt ihr wieder ein, daß Ray Waschlappen in den Tiefkühler getan hat. Sie geht in die Küche und macht die Tür auf. Da liegt, auf einem vereisten grünen Waschlappen, von einer dünnen Eisschicht umhüllt, Rays Schlüssel zu ihrer Wohnung.

Sie weiß nicht, was sie damit anfangen soll. Die Anlage nebenan ist verstummt, ein Streit ist im Gange. Sie bemüht sich wegzuhören. Wenn Ray hier wäre, würde er gar nicht diskutieren. *Ich bin schon im Bilde,* würde er sagen. *Okay, es war super ...* Sie legt den Schlüssel auf den Toaster. Sie hält sich das Tuch an die Stirn und nimmt noch ein Fiorinal, als vorbeugende Maßnahme; Ray ist beleidigt, und sie darf eine Woche lang keine Schokolade anrühren, keinen Kaffee, keinen Tee trinken, und sie muß schnellstens mit ihm reden. Sie hat sich ekelhaft benommen, gewissenlos und ekelhaft, und während es ihrem Kopf langsam bessergeht, fühlt sie sich schwach, wie nicht von dieser Welt, frei schwebend, und doch in ihren vier Wänden. Frei schwebend, das spendet für ein paar Momente Trost.

Bis zu diesem Augenblick. Nebenan wird laut gebrüllt.

Hinter ihrer Couch wackelt die Wand. Ein lauter Knall, Glas geht zu Bruch. Ein Fenster oder eine Tür. Sie macht ihre Wohnungstür auf, soweit die Kette es erlaubt, und lugt durch den Spalt. Auf dem Betonboden liegt ein nackter Mann. Er lehnt mit dem Rücken am Geländer, und um ihn verstreut sind Glassplitter und Scherben. Sein Arm liegt in einer Blutpfütze. Jennas Nachbar Bill schreit, er zieht seine Jeans hoch und schreit: «John! John! Bitte!»

«Ich komm nicht hoch», sagt John.

«Bitte», sagt Bill zu Jenna. «Ruf einen Arzt!»

«Du meinst 'n Krankenwagen», sagt John. «Aber lassen Sie mal. Holen Sie mir nur 'n Handtuch.»

Jenna stürzt in ihr Bad und schnappt sich ein paar Handtücher; auf dem Rückweg schlüpft sie in ihre Latschen. Mit einem Handtuch bedeckt John seine Scham; er sitzt immer noch auf dem Treppenabsatz, fast entspannt. *Schock*, sagt sie sich. Sie hebt seinen Arm an und wickelt ein Handtuch darum. Die Wunde klafft vom Ellbogen bis zum Handgelenk.

«Bewegen Sie die Finger», sagt sie.

«Was?»

«Versuchen Sie, die Finger zu bewegen.»

«Mach ich doch», sagt er.

Die Finger bewegen sich nicht. Ihr Morgenmantel ist aufgegangen. Über ihren Arm läuft Blut, es dringt in ihren Ärmel ein, und sie hockt sich hin, hält mit einer Hand den Morgenmantel zu und faßt den Arm des Mannes mit der anderen. «Du mußt ihn ins Krankenhaus schaffen», sagt sie zu Bill.

Inzwischen öffnen sich ein paar Türen, die Leute wollen was sehen. Auf dem Parkplatz fahren zwei Streifenwagen vor. Ein Polizist kommt die Treppe hoch.

«Das wollt ich nich», sagt Bill. «Das wollt ich nich!»

«Na sicher», sagt John. «Und ich kann meine Finger nicht bewegen, verdammt!»

«Kannst du fahren?» fragt Jenna Bill.

«Ich bin blau.»

Der Polizist zieht sich ein Paar lange gelbe Handschuhe an. Er nimmt Johns Arm, und John sagt: «Ich bin ausgerutscht. Ich stand grad auf'm Kaffeetisch, da bin ich einfach weggerutscht. Bin voll durchgeflogen!»

«Alles klar», sagt der Polizist laut. «Sie bluten ganz schön stark.»

Der Polizist blickt hoch zu Jenna: «Haben Sie vielleicht noch 'n paar Handtücher, junge Frau?»

Jenna findet noch eins. Auf dem Weg nach draußen schließt sie automatisch ihre Tür, und Bill sammelt die großen Glasscherben auf. So will er Hilfsbereitschaft und Reue demonstrieren. Der Polizist hat einen Gürtel um Johns Arm geschlungen.

«Wollen Sie Anzeige erstatten, John?»

«Nu lassen Sie mal gut sein!»

«Wir bringen Sie jetzt zur Unfallstation, John. Alles wird gut.»

Der Polizist und ein Kollege von ihm helfen John jetzt beim Aufstehen und geleiten ihn nach unten. Bills Blick ist auf die Glasscherben im Flur gerichtet. Sieben Stockwerke tiefer durchflutet das Licht das Wasser im Pool.

Jenna sagt: «Bill, ich kann dich fahren. Ins Krankenhaus.»

«Ich bin so was von blau», sagt er. «Passiert mir sonst nie.»

«Schon gut», erwidert sie. «Ich muß mich erst mal umziehn.»

Die Wohnungstür ist zu, Bill greift über seine Lampe und reicht ihr den Schlüssel: «Hier.»

Sie nimmt den Schlüssel, geht hinein und sagt: «Wir treffen uns am Auto, okay? Ich beeil mich ganz doll.»

Das Schönste am Lehrerberuf sind für sie die Kids. Ray, sagt sie sich, Ray ist ein guter Lehrer; der weiß, warum es so wichtig ist, und sie weiß, daß Ray schlauer ist, als er denkt. Sie weiß, daß Ray vieles einsieht, was sie nicht hinnehmen will, und manchmal, wenn sie nach dem Duschen vorm Spiegel steht oder wenn sie zum Lebensmittelmarkt läuft und die Hirnis an ihr vorbeifahren und sie beschimpfen ... *Hey, du Schlampe. Ich will deine Titten ficken!* ..., manchmal glaubt sie dann, daß er recht haben könnte. Sie kennt das Verlangen nach Muskelkraft und Selbstbeherrschung, das Verlangen danach, stark zu sein, vielleicht sogar erbarmungslos. Aber wenn er wirklich recht hat, wenn das alles stimmt, was er glaubt, was ist dann mit ihrem Glauben? Was soll dann aus ihr werden?

Im Warteraum erzählt ihr Bill, daß er in Geschichte immer am schlechtesten war. «Ehrlich», sagt er, «das hat mich nur angeödet.»

«Genau das ist in meinen Augen die Kunst. Es so rüberzubringen, daß es nicht öde ist.»

Der Warteraum ist voll heller Lampen und gelber Stühle. Jenna trägt ihre Sonnenbrille, Jeans und ein Sweatshirt. Sie sind im Maricopa County, und ihnen gegenüber sitzen zwei Mexikaner, beide mit freiem Oberkörper. Sie streiten leise auf spanisch und sehen dabei fern.

Bill sagt: «Wie geht's denn diesem Typ? Dem großen, den ich manchmal treffe?»

«Ray?»

«Weißt du, das is so. Sind halt dünne Wände. Ich mein, wenn ich dich hören kann ... na, du weißt schon. Hat mich auch erst genervt. Ich kenne John jetzt schon sieben, acht Monate. Ich wollte nich, daß er abhaut.»

«Ach so», sagt sie.

«Tja, das Dumme is, er is verheiratet.»

Dazu fällt ihr kein Kommentar ein; sie hat noch nie mit einem verheirateten Mann geschlafen, obwohl sie schon mal fremdgegangen ist. Manchmal ist irgendwie alles verdreht. Die Stimmen der Männer vorm Fernseher sind verstummt. Der eine nickt gerade ein.

«Ich begreif einfach nich, wie das kommt», sagt Bill. «Eben war alles noch ganz prima ... und dann auf einmal, ich begreif's nich. Ich begreif's nich. Ich begreif nich, wie's zu so was kommt.»

Bill steht auf und geht zum Kaffeeautomaten. Er wischt sich die Lippen und sagt kopfschüttelnd: «Ich begreif's nich. Ich begreif's nich.»

Später geht Bill zum Auskunftsschalter, und als er zurückkommt, sagt er: «John muß 'ne Weile hierbleiben. Nervenschaden, da müssen sie wahrscheinlich was dran machen.»

«Kann ich dir irgendwie helfen?»

«Hey, echt nett von dir. Aber is schon okay. Danke. Ich werd mal noch 'n bißchen bleiben, aber dank dir schön.» Er macht seine Brieftasche auf und sagt: «Ich nehm mir nachher 'n Taxi. Is schon gut.»

«Hier gibt's keine Taxis.»

«Dann ruf ich jemand an. Is okay, echt.» Er hält seine Brieftasche auf und nimmt einen Zehndollarschein raus. «Hier», sagt er und reicht ihr den Schein.

«Nein, Bill. Laß mal.»

«Bitte Jenna, bitte. Steck's ein.»

Der Vollmond sieht aus wie das Auge Gottes, das jetzt nur noch ein- oder zweimal im Monat zu einem vollen Blick aufsteigt, und auch dann nur nachts. Sie ist wieder zu Hause. Sie hat ihren Ersatzschlüssel zurück auf seinen Platz über Bills Lampe gelegt, hat die Glasscherben aufgefegt, hat sich sogar ein Glas Wein eingegossen, und jetzt sitzt sie ganz vorne auf dem Sprungbrett. Unter ihr ist der Pool, der große Pool, der vom Chlorwasser zartblau schimmert. Wenn sie über die Kante nach unten blickt, sieht sie sich: ihre Füße, die knapp über der Wasseroberfläche baumeln, und ihren Schatten am Beckengrund.

Gestern abend, als sie in ihrem Gorillakostüm bei der Disco war, ist sie herumspaziert und hat die Kids beim Tanzen beobachtet – Lacy, die immer für sich allein tanzt, und die anderen. Jenna hat gesehen, wie sie sich auf ein Bier oder einen Schnaps rausgeschlichen haben; hinterm Kesselraum wurde offenbar mächtig viel Koks gedealt. Danach kamen sie dann wieder in die Halle, waren ganz heiß und rochen nach Moschus, und der geheimnisvolle Schatten auf ihren Gesichtern verriet das Gefühl von Stärke. Wenn erst mal einer von denen gegen die Regeln verstößt, muß sie sich selber welche ausdenken.

In ihrem Kostüm wurde Jenna heiß, und sie schwitzte – der Schweiß rann ihr über die Beine, die Fingerspitzen und die Knie. Ray war als Hänger verkleidet.

«Bist du das?» fragte er sie.

Sie stellte sich taub, kratzte sich am Kopf.

«Bist du das?»

Sie zuckte die Achseln. Er legte seine Hand auf ihre Schulter und drückte zu. Darauf nahm sie seine Hand weg und hielt sie nachdenklich in ihrer Pranke, wobei Ray unmöglich sehen konnte, woran sie dachte. Sie hob die andere Pranke und streichelte ihm den Kopf.

«O Mann.»

Sie nickte langsam, *Ja*. Für die Heimfahrt nahm sie ihre Maske ab, um richtig sehen zu können, und Ray fuhr ihr nach; seine Scheinwerfer blendeten sie im Rückspiegel. Auf dem Carport stieg sie aus, lehnte sich an den Wagen, legte die Arme aufs Dach und wartete auf ihn. Der Platz war gut beleuchtet, und als er aus dem Wagen stieg, preßte sie den Finger an die Lippen.

«Was?»

«Pssst.»

Sie nahm ihn mit nach oben, wo sie für beide ein Mineralwasser machte, weil Ray keinen Alkohol trinkt. Sie goß Wasser in zwei Gläser und überlegte, ob sie Ray von dem Knabenslip erzählen sollte, vom Semaphor und Captain Miller, und was für Anforderungen die Flotte an sie stellte. Sie beschloß, den Slip bei ihrer nächsten Wäsche mitzuwaschen und vielleicht als Staubtuch oder zum Fensterputzen zu benutzen. Sie wußte, daß sie am nächsten Morgen etwas sagen müßte.

Ray ließ sie nicht ausreden. Er hob sein Glas, stieß mit ihr an und sagte: «Find dich damit ab. Liebe is glitschig.»

«Nein», sagte sie und schüttelte ihren Kopf. «Nein.»

Und jetzt, wo sie auf dem Sprungbrett sitzt und den Kopf schüttelt, *Nein*, sieht sie durch das blaue Wasser ihren zitternden Schatten. Die Migräne ist endlich vorbei, ihr Weinglas ist leer, und sie denkt, das Bild mit der glitschigen Liebe stimmt höchstens insofern, daß man sie nie zu fassen kriegt: wenn sie erst mal angefangen hat, drängt sie sich ins Leben wie ein Fluß oder eine Krankheit, wie ein düsteres Geheimnis. Und sie weiß, wenn sie erst mal verliebt ist, kann sie genausogut einsacken wie Tritt fassen, der Auftrieb tritt in Relation zum Gewicht und zum Sauerstoffgehalt im Körper, und sie wünscht sich das Gefühl, das sie manchmal überkommt, wenn sie weiß, daß sie ganz mit sich allein ist und trotzdem einen vertrauten Menschen in ihrer Nähe hat. Kein Exhibitionismus, nur Intimität, das abgeschiedene Vereintsein im Geiste – wie diese unvergleichliche Hitze bei der Liebe, bis es ihr ganz von selbst kommt in den Armen ihres Liebsten.

Oder ihm in deinen.

Das Wasser ist eiskalt. Sie schwimmt durch den Pool und hat das selige Gefühl, ein Teil davon zu sein. Hier hört sie nur das Wasser und ihr Herz, das unaufhörlich schlägt unter ihrer Haut, und sie ist im Wasser, schlängelt sich durchs Wasser, und irgend jemand, irgend jemand, der nicht schlafen konnte ... *vielleicht steht da jemand am Pool?* ... jemand, der ihr mit einem Glas in der Hand beim Schwimmen zusieht, der auf den Tag wartet, ja, sie weiß, daß da jemand über sie wacht ... *irgendwer, irgendwas* ... und als sie aufsteigt, durch das Wasser und in die Luft, weiß sie, daß es wie am Anfang sein wird, wie ein neuer Anfang, und sie muß ihr Sweatshirt finden, ihre Jeans, und sie weiß, daß sie wieder einmal ganz von vorn anfangen wird.

Langsam, denkt sie. Und voll Verlangen nach Gnade.

Angst machen kann uns nur, was wir für möglich halten, und in einer chaotischen Welt, in einer Welt, wo alles passieren kann, wird schließlich alles gleichermaßen wahrscheinlich – die Möglichkeit, daß eine verirrte Kugel einschlägt genau wie die Hoffnung, den Grund dafür zu finden, oder die jähe Feststellung, daß man vielleicht ganz einfach nicht liebesfähig ist.

Ray kommt aus Jennas Wohnung, nimmt die Stufen doppelt, sieben Treppen bis nach unten, und spürt, wie der Stahlbeton unter seinem Gewicht vibriert. Wenn das Tempo stimmt, muß er sich keine Gedanken über sein Ziel machen, aber als er im Wagen sitzt und nach Luft schnappt, hat er Zeit zum Nachdenken, für den Zündschlüssel, zum Kuppeln. Der Wagen ist zu eng, und diese Schmerzen in seinen Schultern – bis ins Genick ziehen sich die Verhärtungen, und eigentlich müßte ihm das zu denken geben. Wer weiß, wenn Walker Miller sich nicht erschossen hätte, vielleicht hätten sie es noch mal hinbekommen. Wenn er es in Pinetop nicht vermasselt hätte ... *wer weiß* ... und jetzt ist Schluß. Schluß, aus, denn wenn jetzt nicht Schluß ist, geht das immer so weiter – sie wird ihn anrufen oder auf dem Flur fragen, wie's ihm geht – wie sie das schon fragt ... *Na, wie geht's?*

Ich glaub, es kann einfach nichts werden, Ray ...

«Scheiß drauf», sagt er. «Scheiß auf die Alte.»

In der Sporthalle zieht er Turnhosen, Turnschuhe und ein T-Shirt an; er geht hoch in die heiße Ringerhalle mit den vielen blutroten Matten, so weich wie ein Mund. Er fängt mit dem Kletterseil an – hoch und runter und wieder hoch. Das Seil brennt sich in seine dicken, schwieligen Handflächen. In der Halle ist es still – unter ihm gähnen die Matten, und nur sein Atem durchbricht die Stille; damit regelt er den Rhythmus seiner Kletterzüge, und das Seil ächzt an seiner Last.

Heute geht es nicht nach Trainingsplan. Auf der Bank zieht er voll durch. Dazwischen stemmt er fünfundzwanziger Hanteln. Er macht Rumpfbeugen auf der Schrägbank, trimmt seine Großen Rückenmuskeln, seine Trapez- und Deltamuskeln, bis sein Rumpf so richtig brennt: er macht die Muskeln fertig, schwitzt die Giftstoffe raus; wenn es heiß genug brennt, weiß er, es hat sich gelohnt. Seine Brustmuskeln stechen vor Erschöpfung, und er hat jetzt schon dieses frustrierte, ausgelaugte Gefühl. Er würde gern mehr von seinem Körper verlangen, aber der Wunsch nach Entspannung ist schon zu stark. In vierundzwanzig Stunden kann er wieder stemmen; die Ruhepause gibt den Muskeln die Möglichkeit zum Wachsen und zum Neuaufbau. Das hat er zum Beispiel Jazinski beigebracht, und genau deswegen ist Jazinski so stark, aber außerdem ist der Junge noch schlau, schlauer als Ray, und schnell: Jazinski hat ein irres Tempo drauf, und eines Tages werden ihm alle Türen offenstehen. Dann geht er an eins von den schicken Privatcolleges, wird immer schlauer, und die Mädchen werden sich flachlegen für einen Blick von ihm. Wenn er irgendwo reinkommt, wo viele Leute sind, wird es heißen: *Hey, das ist der Jazz! Der Jazz!* Und sie werden ihn immer und immer wieder auf die Probe stellen, das weiß Ray, denn der Jazz hat Muskeln und Köpfchen, und das ist schlimmer als nur Muskeln.

Er war noch nie schlau, denkt er, nur stark, und in dieser Diskrepanz liegt seiner Meinung der Grund, weshalb er Ringtrainer ist – Ringen war eigentlich nie seine große Stärke – und weshalb er Verkehrserziehung unterrichtet. Weil zu wenig Erziehung junge Leute genauso versauen kann wie zuviel davon; mit ein paar falschen Worten kann man ziemlichen Schaden anrichten; und wenn er vielleicht auch nicht so schlau ist wie Nathan Rolf oder Cal Buckner ... *wie Jenna ...*, weiß er doch sehr gut, wie man sich in Sicherheit bringt, und darum dreht sich ja die ganze Verkehrserziehung, der bestbesuchte Kurs an der Gold Dust High. Er gibt täglich fünf Stunden. Ursprünglich wollte er sozial Schwache in Tischlerei und Kfz-Mechanik unterrichten, aber in der Gold Dust High gibt es erst gar keine Tischlerwerkstatt. So eine Schule ist das. *Perfekt.*

Die Wahrheit ist hart. Das hat er im College gelernt, Geisteswissenschaft 201, zusammen mit hundertsiebenundzwanzig Leuten, von denen noch keiner das Alter erreicht hatte, wo man offiziell Alkohol trinken darf. Sie mußten gut aufpassen, damit sie überhaupt durch den Kurs kamen. Sie beschäftigten sich mit Philosophen, und Ray hockte wie Arsch in der zweiten Reihe, er, der schon bald sechsundzwanzig war, am Wochenende mit einer Truppe illegaler Mexikaner arbeitete, nachts hinter der Bar stand, weil ihm klar war, daß er sich am Laufen halten mußte, und weil er gewartet hat, auf die Erleuchtung gewartet hat ... und dabei hatte er genau diesen Gedanken. Er dachte, *die Wahrheit ist hart*, denn er wußte genau, wie der Typ das gemeint hatte: erstens muß man stark genug sein, damit man nicht an ihr kaputtgeht, und zweitens kann man nie entkommen, niemals, und wer sich hängenlassen will, kann die Verantwortung immer auf andere schieben. Wenn man seine Schuldgefühle genug aufputscht, kann man sich alles einreden, zum Beispiel:

– Ich hab ihn zum Abdrücken gebracht;

– Ich hab mich nackt für ein Magazin ablichten lassen, das er als Wichsvorlage benutzt hat;

– Hätte ich mich nicht nackt für ein Magazin ablichten lassen, wäre er nicht durchgedreht und hätte nie eine 45er aus Howie Bentlys Garage geklaut und sich sechs Meter vor meiner Nase damit erschossen.

Und was Ray weiß, das weiß er. Er weiß zum Beispiel, daß ein Magazin nichts weiter ist als ein Aufbewahrungsort für Patronen, eine pro Schuß, und genauso weiß er, daß Jenna sich für Walkers Selbstmord die Schuld geben will. Wenn sie ihre Schuldgefühle genug aufputscht, sieht es für sie aus, als hätte niemand außer ihr welche, also muß sie alles, was ihr in die Quere kommt, mitverantwortlich machen. *Wir sind daran schuld, Ray! Wir alle!*

«Und damit meint sie mich», sagt er sich beim Laufen. «Mich meint sie.»

In Geisteswissenschaft 201 haben sie ein paar Aufsätze über die Moderne Welt gelesen, alle hundertsiebenundzwanzig Studenten, und da gab's einen, Sartre, der hat gesagt: *Jeder ist das, was er tut.* Wer sich umbringt, ist ein Selbstmörder; wer viele Armbeugen macht, kriegt einen starken Bizeps. Du mußt dir ganz einfach nur ausdenken, was du verändern willst, dann kannst du loslegen und zusehen, wie dein Körper wächst. Wenn du beim Stemmen in den

Spiegel schaust, kannst du zugucken, wie der Körper vor deinen Augen wächst, und als er Sartre gelesen hat, dachte Ray, der Typ schreibt lauter Sachen, die ich schon weiß. Er dachte: *Wie konnte der das wissen?*

Eine Zeitlang hat sich Ray deshalb eingebildet, er wäre vielleicht gar nicht mal so blöd, wo er doch die gleichen Gedanken über die Welt hatte wie ein berühmter Philosoph, wohlgemerkt ein Franzose. Ray lächelte sogar öfter in den Seminaren zu seinem Professor hoch, das war ein ganz Irrer, der eine wilde Mähne hatte und wie ein Teenager aussah; der Professor galt als brillant, weil er so jung und so irre war, und vor jedem Seminar fragte er, worüber sie heute sprechen sollten – das hat ihn total fertiggemacht. Inzwischen hat Ray gelernt, was für unbegreifliche Verbindungen auf dieser Welt entstehen können: Telegrammleitungen nach Übersee, Geldautomaten – und Geschichtsbücher, lauter Geschichtsbücher in lauter verstaubten Regalen, die alle nur darauf warten, daß sie einer liest. Der Irre mit der elektrischen Tolle hat Ray noch ein paar Bücher genannt, die er lesen sollte, also machte sich Ray an all die Bücher, die ihm sein Professor genannt hatte, nachts, wo er am meisten eine Beschäftigung nötig hatte. Er wollte seinen Geist erweitern, hatte beschlossen, schlau zu werden, obwohl ihm seine schlechten Aussichten bewußt waren; er brachte einfach von Natur aus nicht genug mit.

Bei der Armee hatte Ray etwas über Munition gelernt, über Verantwortung und das Gefühl, nachts durch den Himmel zu schweben, bis man in einen Baum oder auf einen Steilhang segelte und einen die schwere Ausrüstung tief runter zog in ein Gelände, wo kurz vorher Munition und Proviant deponiert worden waren. Seine Division, berühmt für ihre ständigen Lufteinsätze, war schon mal beinahe aufgerieben worden, dabei hatten sie nur Befehle ausgeführt; und als Ray dann alles mitgenommen hatte, was er als Befehlsempfänger lernen konnte, ist er abgesprungen. Als die Weiterverpflichtung bevorstand in der berühmten Division Nr. 101, berühmt für ihre häufigen Lufteinsätze, die in einem Auslandskonflikt beinahe aufgerieben worden war, hat Ray sein Konto aufgelöst. Er hat sich von der berühmten Division verabschiedet und sich ein Paar Surfer-Shorts gekauft. Einmal, über einem verminten Gelände mit Dienstanweisungen von ganz oben, hatte Ray einen ängstlichen Obergefreiten aus der Luke geschubst.

«Na los», hatte er gesagt. «Los, spring.»

Und dann hatte Ray zugeschaut, wie der Junge mitten durch den Himmel stürzte. Er stürzte mitten durch die Nacht, starrte durch sein Nachtsichtgerät auf den Himmel. Das Sichtgerät ließ die Nacht still und unwirklich erscheinen – was Feind oder Zivilist höchstens ahnen konnten, wir konnten es sehen, so eine hochentwickelte Truppe waren wir, perfekt ausgebildet und mit lauter technischen Wundern bestückt. Denn wir konnten den Feind sehen, aber der Feind war blind.

Damals hatte sich Ray gesagt, sie wären nur im Manöver. Alles liefe weiterhin korrekt ab, und wäre er schlau gewesen, hätte er sich nie gemeldet für die berühmte Division, die bei einem Konflikt im Ausland beinahe aufgerieben worden war; nein, er wäre nach Hause zurückgekehrt, auf die staatliche Universität am Ort gegangen und Handelsvertreter geworden. Aber nein, er ging aufs College und hatte klare Ziele vor Augen: erstens wollte er Lehrer werden, weil Lehrer in der Regel schlaue Leute sind, und zweitens wollte er möglichst weit weg. Nachts las er seine Bücher, das machte er immer so, denn er wollte sich schlau machen, genau wie Abe Lincoln, und nachdem Ray seinem irren Lehrer mit der Sturmtolle erzählt hatte, wo er herkam, nämlich aus einem Grenzstaat, lud der ihn auf einen Kaffee ein und gab ihm eine Buchliste.

Ray hat eine Menge Bücher gelesen. Den Weg nach Arizona legte er auf einem Interstate-Highway zurück, weil die Welt voll atemberaubender Möglichkeiten war, zum Beispiel Landschaften, und ab Flagstaff wußte er, daß er in der Ferne gelandet war. In einem Land, wo die Leute beim Reden einen anderen Sound draufhaben – die Vokale offener, laxer –, und er ließ sich Zeit auf der Fahrt durch die Berge, sah sich die Landschaft an. In Tempe machte er halt und fand einen Job. Seine erste Station war eine Bar am Flußufer. Nachts arbeitete er dort, tagsüber als Zimmermann auf dem Bau, und später führte er dann eine Truppe illegaler Mexikaner an. Sie bauten automatische Beregnungsanlagen auf – hoben Gräben aus, legten PVC-Rohre, bastelten an den Sprengern rum und wurden dabei schön braun. Er sorgte dafür, daß etwas wachsen konnte, und irgendwie gefiel ihm diese Verantwortung; er dachte, *ein Lehrer macht genau dasselbe.* Er schrieb sich in der Uni für Englisch 101 und den Mathe-Grundlagenkurs ein, so blöd war er, und die Achtzehnjährigen auf den Plastikstühlen um ihn herum hatten Klamotten für Hunderte von Dollar am Leib. Seine Ausbilder bauten die meiste Zeit an ihren Bildwerfern herum.

Zuerst ließ er sich die Haare wachsen, dann wieder abscheren; er fand es lästig, wenn sie ihm in die Augen hingen. Die Sommer über schuftete er schwer, und wenn er vor einer Vorlesung mit den Büchern unterm Arm auf dem Gang stand, war er nett und sagte mit verstelltem Sound: *O Mann, ich hab so einiges erlebt.* Er lernte, anders zu sprechen; ab und zu hat er sogar mal einem von diesen Studi-Jungs oder einem der parfümierten Mädchen mit nikaraguanischen Halsketten von sich erzählt, Ausreden für sein Alter geliefert, damit die ihn nicht für abartig hielten, so nach dem Motto: *Tja. Ich hab in Tennessee gewohnt.* Oder: *Naja, bin 'n bißchen in der Weltgeschichte rumgeschwirrt. Also, halt Karibik, Mittelamerika. Bis ich rausgefunden hab, was ich machen will ... Naja.*

Er hat weiter gelernt. Hat gelernt, daß *reisen* in vornehmen Kreisen besser ankommt als *rumschwirren.* Er hat auch gelernt, daß ein fremder Sound in Arizona kein Beweis für Blödheit war; er zeigte halt an, daß man aus einem fremden Ort kam, ganz normal. Manchmal half ihm sein Sound sogar bei den Bräuten, und er hat noch etwas gelernt: wenn er mit einer ins Bett wollte, durfte er auf keinen, aber wirklich auf gar keinen Fall von seiner Zeit bei der Armee reden. Trotzdem hat es nicht allzuoft geklappt, und wenn, schien der Aufwand jedesmal übertrieben: man mußte das Richtige sagen, mußte sich viel besser darstellen, als man in Wirklichkeit war, und dann ständig diese Erklärerei. Zwei Monate lang ging er mit einer aus dem Abschlußjahr, doch dann verliebte sie sich in ihren Professor – den brillanten Irren mit der Chaostolle.

Es war nicht mal unlogisch, nein, und eine Woche nach seinem dreißigsten Geburtstag bekam Ray ein Stellenangebot von der Schule, wo er im Praktikum eingesetzt gewesen war, in Wirtschaftskunde bei Belinda Fullerton. Da lernte er, ihre Lehrpläne abzuarbeiten, während sie Erledigungen machte oder auf dem Parkplatz mit

Andre Langousis schäkerte. Es war gar nicht so viel anders als beim Militär; ständig hakte er Anwesenheitslisten ab. Er führte oft Filme vor, kam ziemlich schnell mit dem Projektor klar, und als es überstanden war, schrieb ihm Belinda Fullerton eine so scheußliche, so vernichtend miese Beurteilung, daß Cal Buckner, der Direktor, ihn anrief und sagte: «Wir brauchen jemand für Verkehrserziehung. Interessiert?»

«Klar.»

«Ich werd sehn, was sich machen läßt. Ringen, stimmt's? Sie waren doch mal Ringer?»

«Stimmt. In der High School.»

«Volltreffer», sagte Cal. «Ich werd sehn, was sich machen läßt.»

Später, beim offiziellen Einstellungsgespräch, stellte Cal Fragen nach der Armee. Als stellvertretender Direktor hatte Cal Buckner mal auf den Bahamas gelebt. *Das Paradies*, sagte er. Er zeigte auf sein Hawaiihemd; das Leben im Paradies fehle ihm immer noch. Dann fing er endlich richtig an: «Also, warum wollen Sie Lehrer werden?»

«Weil ich bei der Armee war», sagte Ray und rückte seine blaue Krawatte zurecht.

Das war's dann wohl, dachte er; die Sache konnte er abhaken und wieder an die Arbeit gehen. Doch es kam anders. Cal sagte: «Die Schule hier ist ziemlich vertuntet. Und die Jungs, die eigentlich gute Armeeanwärter wären, werden lieber Dealer. 'ne Menge dicke Autos. Trotzdem, die Schule ist gut.» Er zündete sich eine Zigarette an. «Neues Blut ist immer gut. Verkehrserziehung, da müssen Sie 'ne Menge in der Gegend rumfahren, aber die Wagen sind alle mit Klimaanlage.»

Ray bekam den Job, und er klammerte seine Vergangenheit aus, die Armee, die Jenna als amoralisch, perniziös und infam bezeichnete. Manchmal verteidigte sie ihren Standpunkt mit Fremdwörtern, die er nicht kannte.

«Patriotismus ist nicht mehr relevant», sagte sie in Pinetop, Arizona. Sie hatten eine Berghütte gemietet, um aus der Hitze rauszukommen, und eigentlich konnten sie sich ein solches Wochenende beide nicht leisten. Am frühen Abend saßen sie im Bett und sahen CNN, wo es immer noch um den Jahrestag von der Sache am

Tiananmen-Platz ging. Offenbar sollten später die Achtziger mit ein paar knallharten Fragen ins Gericht genommen werden.

Jenna sagte: «Einfach nicht mehr relevant. Er ist dem männlichen und weiblichen Geist mittlerweile völlig entfremdet.»

«Das heißt?»

«Das heißt, der Patriotismus ist genauso ein Mysterium wie die Zehn Gebote.» Das sagte sie mit ihrer Lehrerstimme, aber ein bißchen anders, irgendwie noch gereizter, noch strenger. «Wie im Alten Testament», sagte sie. «Christus hat zehn Regeln auf zwei reduziert. Dagegen will der Patriotismus nur eine einzige, die beide ausschließt. Patriotismus eben, als ob man mit Vaterlandsliebe ohne weiteres Mord und Ausbeutung rechtfertigen könnte. Wer sein Land nicht liebt, kann ja gehn – als ob das alles so einfach wär.» Sie wies auf den Fernsehschirm. «Da», sagte sie und zeigte auf einen Panzer. «Das macht die Armee! Die Armee!»

«Das is in 'nem anderen Land», sagte er. «Was is denn daran falsch, wenn man seinem Land treu is?»

«Das Problem sind die Folgen – da ziehen sie dann einen Haufen Fabriken in Mexiko hoch, weil's dort so schön billige Arbeitskräfte gibt. Denn im Namen des Patriotismus kann man Erdöl für Waffen einstreichen, wie Ollie North. Mein Gott, der Typ ist ein Held! Im Grunde bedeutet Patriotismus doch nur, daß man denen in aller Seelenruhe hinterhertrotten kann, auch wenn die sich nur ihre Rohstoffe an Land ziehen wollen. Ihr Kokain, ihr Öl, was soll's.»

«Du bist aus Kalifornien», sagte Ray. «Da blickst du doch gar nich durch.»

«Denk an die Gesetze über Fremde und Volksverhetzung – 1798, Ray. Das war alles schon mal da. Die McCarthy-Prozesse. Du bist derjenige, du blickst nicht durch. Deshalb bist du doch zur Armee gegangen, weil du nicht durchgesehn hast.»

«Zur Armee bin ich gegangen, weil ich wußte, daß ich so was gut könnte.»

«Was denn? Töten?»

Er stieg aus dem Bett, nahm sein Glas und ging ins Bad, pinkeln. Dann drehte er den Hahn in der engen Kochnische auf und wartete, bis kaltes Wasser kam. Er ließ das Glas vollaufen. Die Hütte hatte Holzdielen, und unter seinen Ballen knirschte der Sand. Es war schwül, das alte Kiefernholz schwitzte, und als er wieder ins Zimmer kam, saß sie nackt mit gekreuzten Beinen auf dem Bett und sah fern. Sie hatte den Ton völlig weggedreht.

Er lehnte seinen Kopf an die Wand und sagte: «Man muß nich durchsehn, wenn man nich will.»

Sie schaute zu ihm hoch und gab sich Mühe, nett zu sein. «Du bist anders als ich, Ray.»

«Will ich hoffen.»

«Ich mein, ich weiß nicht recht, ob ich an diese Unterschiede glaube. Du glaubst an andere Dinge als ich.»

«Ich glaube einfach», sagte er, «daß du manche Sachen auf dieser Welt nich wahrhaben willst. Aber die sind nun mal da, ich hab's gesehn. In Managua hab ich 'ne Frau gesehn, die hat sich für einen Dollar 'ne Pistole unten reingeschoben. Für einen lumpigen Dollar, Jen. Dein Liebesgedusel is ja schön und gut, aber wenn wir nich seit vierzig Jahren Panzer in Europa stehn hätten, gäb's überhaupt kein Europa mehr, verdammt noch mal. Ohne diese ganzen Hosenscheißer, die an unsern Grenzen rumschwirren und Briefe an Mami und Papi schreiben, hätten wir überhaupt keine Grenzen mehr, da hätte es sich längst ausgekritzelt. Wenn ein Land Bock hat, sich aufs Kreuz legen zu lassen, findet sich garantiert auch eins, das die Hosen runterläßt.»

«Dieser primitive Humor», sagte sie. «Der steht dir schon richtig.»

«Was bist du denn so zickig?»

«Ich bin keine Zicke, Ray. So hast du nicht mit mir zu reden.»

«So hab ich das doch nich gemeint. Ich versteh echt nich, was hier läuft. Verdammt, ich versteh nich, wieso wir uns hier wegen irgendwelchem Mist aus der Glotze beharken. Was hat das bitteschön mit uns zu tun, möcht ich mal wissen.»

Sie ließ die Fernbedienung fallen, dann schloß sie ein Kissen in die Arme. Auf dem stummen Fernseher stand eine Flasche Sprudelwasser, in der zwei gelbe Blumen steckten; gestern abend hatte sie vorm Schlafengehen eine Aspirin in die Flasche getan. Dabei war Wasser über die Staubschicht auf dem Fernseher getropft, und nun saß sie mit angezogenen Knien da, während er mit dem Finger durch den Staub auf dem Bildschirm fuhr.

«Sieh mal», sagte er. Er hatte noch nicht aufgegeben. «Ich werd sicher nie perfekt sein. Aber ich will mir Mühe geben. Ich mein, ich geb mir Mühe, wenn du's verlangst.»

Ihre Blicke trafen sich, und für einen Moment machte er sich fast wieder Hoffnungen. «Tut mir leid», sagte sie.

Er behielt sie im Blick, atmete tief durch und fragte sich, wen sie eigentlich überzeugen wollte.

Sie starrte ihre Zehen an. «Ich glaub, es kann einfach nichts werden, Ray ... Ich will einfach nicht, daß aus der Sache mehr wird, als bis jetzt gewesen ist.»

Da stand er, spürte den Wind durch seine Brust wirbeln und fühlte sich hundeelend. Er kam sich so unheimlich blöd vor, wie er da stand, splitternackt, und er dachte, er hätte es wissen müssen.

«Okay», sagte er zu ihr und gleichzeitig zu sich selbst. «Okay.»

Er sah sich im Zimmer um, suchte seine Hose. Er konnte die Hose nicht finden und knallte mit dem Schienbein ans Bett, wo war bloß die Hose, und da erwischte er die Flasche, die Flasche mit den Blumen, und sie flog quer durch das ganze verdammte Zimmer.

«Das mein ich», sagte sie und fing an zu weinen. «Genau das mein ich!»

Der Tag draußen ist launisch und unentschlossen, als würde er immer noch darüber nachdenken, was aus ihm werden soll, obwohl doch jeder Mensch auf dieser Welt die Antwort weiß: er wird zur Nacht werden.

Michael Owens, die Zivilpolizistin, sieht aus wie sechzehn, aber in ihrer Handtasche steckt eine Polizeimarke und, so sagen jedenfalls die Kids, eine 38er. Die Kids wissen alle, daß sie bei den Bullen ist. Sie redet mit ihnen, lernt sie kennen, und am College-Tag, wenn all die College-Repräsentanten in ihrem Vertreteraufzug ankommen – vor allem die Frauen, diese Karriereweiber in Nylons und schicken Schuhen –, am College-Tag macht Michael Owens die Tischpläne und schickt die Kids an die richtigen Tische. Die meisten Schüler der Gold Dust High haben durch ihre reichen Eltern keinen Anspruch auf irgendwelche nennenswerten finanziellen Stützen, deshalb ist die Schule ein beliebter Markt für Privatcolleges. Obwohl sie keine einzige Drogenrazzia veranstaltet hat, bekam Michael Owens im letzten Jahr die erste Auszeichnung als beste Collegeberaterin des Jahres von allen Öffentlichen High Schools im Südwesten, verliehen durch den Rat der Privatcolleges für Höhere Bildung und die Vereinigung der Privatcolleges für Höhere Bildung. Das steht auf einer Tafel im Gang neben ihrem Büro. Seit sie hier ist, läuft der Kokainhandel spürbar diskreter ab. Wenn Jenna mal wieder einen Idealismus-Anfall hat, bezeichnet sie Polizisten als Faschisten, vor allem die, von denen sie Strafzettel verpaßt bekommt.

Faschisten, denkt Ray, so nennt Jenna Leute, auf die sie wütend ist, von denen sie fürchtet, daß sie sie nicht mögen, oder die ihr vorschreiben, wo sie parken darf und wo nicht. Bevor Walker Miller sich den Geist weggepustet hat wie Staub, hat Jenna sogar Ray als Faschisten beschimpft.

«Manchmal bist du so ein Faschist», sagte sie. Und war so schön dabei. Er mußte lachen.

Das klang dermaßen blöd aus ihrem Mund; heute nachmittag, auf der Trauerfeier für Walker Miller, hat sie die ganze Zeit geschwiegen. Er hat sie dabei beobachtet, wie sie über den Rasen lief, wie sie über das weiche Gras zum Parkplatz wankte, um dort an seinem Wagen auf ihn zu warten, das wußte er. Er wußte, daß sie Migräne hatte. Manchmal hielt das bei ihr tagelang an, und er sah zu, wie sie im Sonnenschein über die Wiese lief, während er zwischen Cal Buckner und seiner Frau Joyce eingekeilt war. Er hörte Cal Buckner zu, der ihm laufend Fragen stellte.

«Ray», sagte Cal, «halt die Augen offen.»

«Howie», gab Ray nickend zurück, während Jenna auf dem Parkplatz verschwand. «Howie und Jazinski.»

«Ich glaub, Jenna könnte mal 'n bißchen Urlaub vertragen», sagte Cal. «Ein, zwei Wochen. Wir besorgen uns 'ne Vertretung. Sprich doch mal mit ihr, hm?»

«Ein Urlaub wäre bestimmt toll für sie», sagte Joyce. «Vielleicht könnt ihr ja auch zusammen freinehmen, wo doch jetzt ... Na ja, wo sich doch alles wieder eingerenkt hat?»

«Dafür bin ich nich der Richtige, Cal. Ich mein, was soll ich denn da groß sagen ...»

Jeffrey Nadolny, Geschichte, und Robert Horn, Chemie und Bowling, stießen zu ihnen. Ray sah Michael Owens, die am Punschtisch mit einem Priester redete. Sie hielt die ganze Zeit ihre Handtasche fest, Cals Frau Joyce nickte, und jetzt bemerkte Michael Owens seinen Blick und lächelte.

Ray entschuldigte sich und verließ den Kreis.

Michael stand vor einem Riesenkaktus. «Tut mir leid», sagte sie zu Ray.

«Was?»

«Na, alles. Wie das alles gelaufen ist. Dafür kann niemand was, weißt du.»

«Ich weiß, keiner kann was dafür.»

Sie zuckte zusammen und sah an seiner Schulter vorbei, mied seinen Blick.

«Ich mein, ich weiß. Danke», sagte er mit dem Gefühl, etwas wieder geradebiegen zu müssen. «Wie geht's dem Kapitän?»

«Der ist auf hoher See», sagte sie. «Völlig unter Strom. Das wird ihm kaum weiterhelfen. Früher ist er in unseren Kreis in Sankt Christophorus gekommen. Kennst du Jim ...? Pater Lawson? Wir treffen uns regelmäßig. Vielleicht hast du Lust mitzumachen?»

«Ich weiß nich», sagte er nickend. Weggucken, sagte er sich, sonst denkt sie noch was Falsches. Sie stellte sich auf die Zehenspitzen, winkte und rief den Priester heran, Lawson. Ray sah eine Welle über ihre Bluse gleiten. Sie trug eine Seidenbluse; die hatte bestimmt eine Kapitalanlage. Das dauerte alles viel zu lange.

Der Priester kam langsam näher, fragte: «Sie sind Ray? Ray Morrison?»

«Ray Morrison», er nickte. Er wußte nicht genau, ob Priester aufs Händeschütteln Wert legen. In seiner Vorstellung lief in der Kirche immer die gleiche Zeremonie ab. Es gab jede Menge Regeln, man benahm sich anständig und hatte die Obrigkeit nicht in Frage zu stellen.

«Der Ringtrainer?» fragte der Priester.

«Unter anderem, aber ich muß jetzt wirklich ...»

«Er will vielleicht in unseren Kreis kommen», sagte Michael. Und dann, zu Ray gewandt: «Jeden Donnerstagabend. Diese Woche ist *Casablanca* dran.»

«Daran kann ich mich noch erinnern», sagte der Priester. «Ihr wart die grauen. Und die Deutschen hatten blaue Uniformen.»

Michael lachte. «War das nicht andersrum? Die Farben?»

Die beiden verständigten sich offenbar durch einen Code, irgendwas Bedeutungsvolles, Witziges. Er wechselte das Standbein.

Der Priester sagte: «Es ist nicht, wie Sie vielleicht denken, Ray. Wir haben viel Spaß. Kommen zusammen, trinken Wein. Manchmal sprechen wir über das Alleinsein in einer entheiligten Welt. Allein leben ... so in der Richtung.»

«Ich denk drüber nach», sagte Ray. Am anderen Ende der Wiese stand Diana Vanderstock, die ihm ein strahlendes Lächeln zuwarf. Sie winkte ihm zu und schüttelte ihre Haare durcheinander.

«Bring Jenna mit», setzte Michael verlegen hinzu. «Wir sind fast alle solo.» Dann sah sie den Priester an und sagte: «Jedenfalls die meisten ...»

«Ich muß jetzt wirklich gehn», sagte Ray und ließ seinen Blick über den Parkplatz wandern. Er hatte vergessen, wo sein Wagen stand.

«Bitte», sagte Ray zu den beiden. «Meine besten Grüße an die Navy. Ihr wißt schon ...» Er drehte sich um und lief mitten durch die Menge. Er spürte die Blicke der Kids, und ihm war klar, er müßte mit Jenna reden, ihm war auch klar, daß sie Migräne hatte; am besten wäre er zu Hause geblieben, das wußte er außerdem. Zeremonien dienten nur dem Selbstzweck, bei der Armee genau wie in der Kirche. Sie gaben Leuten die Möglichkeit, Grüppchen zu bilden, wo sie sich über ihren kläglichen Zustand auslassen konnten. Selbsthilfegruppen für Verantwortungsträger. Er sah Howie Bently allein an einer Paloverde stehen.

«Hey, Trainer.»

«Howie?»

«Hey. Tja, ich häng hier nur so rum.»

«Du hast genau das Richtige gesagt, Howie. Da drin, mein ich. Die volle Wahrheit hast du gesagt. Dich und Jazinski, euch beide will ich am Montag sehn, klar? Kommt mal 'n bißchen früher, damit wir die Sache mit der Liga klarmachen können.»

«Klar.»

Howie sah auf seine Füße runter, wühlte mit den Schuhspitzen im Schotter. Durch die Schuhe wirkte Howie noch größer.

Ray sagte: «Was denn?»

«Theoretisch hätte man doch gemeint, er wär schlauer. Man hätte doch gemeint, Walker wär schlauer, als daß er so was macht.» Howie zog die Schultern hoch. «Walker war 'n Einzelgänger. So 'n einsamen Abgang hat er nich verdient.» Er schaute zum Parkplatz und sagte: «Ich glaub, Miss Williams erwartet Sie. In Ihrem Wagen. Ich glaub, der geht's nich so besonders.»

«Hör zu, Howie», sagte Ray und drückte seinen Arm. «Die Hauptsache. Wir wollen uns alle mal zusammensetzen und reden. Das ist die Hauptsache.»

Das Ding mit dem Faschisten hat Jenna bei einem Streit in Rays Zimmer losgelassen. Direkt danach hat sich Walker Miller auf den Mars geballert – was nicht unbedingt eine weite Strecke war. Ray mußte lachen, weil sie so süß aussah, als sie das sagte, und dann erwiderte er: «Nein. Also das bestimmt nicht, da bin ich mir doch ziemlich sicher.»

Vor Wut und Scham, weil er sie auslachte, hatte Jenna einen Bücherstapel umgerissen und das Zimmer verlassen. Sie ging raus und wartete dort auf ihn, weil sie zum Essen verabredet waren. Sie wolle sich zurechtmachen, sagte sie. In seiner High-School-Zeit in Kentucky hatte Ray sich *rangemacht*, und er setzte sich an den Schreibtisch, ging den Dienstplan durch und verdrängte, was er über sich wußte und was Jenna von ihm wußte und warum sie so ausgerastet war. Das hatte sie nicht gewollt, ihn so zu verletzen, daß er sagen mußte: ... *Nein. Also das bestimmt nicht, da bin ich mir doch ziemlich sicher* ... Trotzdem hatte sie ihn soweit gebracht, und das war ihre eigentliche Angst. Und plötzlich fiel es ihm wie Schuppen von den Augen – sie hatten beide Angst vor derselben Sache: es gab nie eine Garantie, auch wenn man noch so fest entschlossen war; ein Tag nach dem anderen, ewig, und er brütete viel zu lange vor sich hin, stand mit dem Rücken zum Fenster und dachte über den Sinn dieses Satzes nach ... *Es geht nicht um die Armee, es geht um mich* ... und dann hörte er den Schuß. Dieses Geräusch hatte er seit Jahren nicht mehr gehört – eine 45er Automatik, Armee-Standardmodell. Er dachte, der Knall wäre aus einem Truck-Auspuff gekommen. Er dachte, *Das klang wie eine 45er*, und genau das ist er: ein Lehrer, fünfunddreißig, nur sich selbst verpflichtet, der totale Angst hat, weil er weiß, was jetzt passiert. Er denkt, der Tag ist gleich vorbei; die Leute tun, was sie tun müssen, auch wenn sie schlauer sind.

Die Wahrheit ist hart. Er hat seine Hausarbeiten vergessen, und obwohl er weiß, daß er sie jetzt nicht durchsehen wird, lenkt er seine Schritte zum Simulator – das ist ein weißer Wohnwagen, ähnlich wie der, in dem er als Kind mit seinem Vater Merle gewohnt hat, nur daß dieser hier länger ist und besser angestrichen. Der Wohnwagen steht am Rand des Parkplatzes, er stapft die Stufen hoch, sucht sein Schlüsselbund raus und tritt ein. Er drückt auf den Lichtschalter im Wagen. Der lange Innenraum ist voll leerer Übungsplätze: olivgrüne Autositze mit Armaturenbrettern und Lenkrädern aus den Sechzigern, neunundzwanzig sind es insgesamt, wobei Nummer dreizehn seit Monaten außer Betrieb ist. Genauso hat er früher Panzerfahren gelernt, mit Trockenübungen, schließlich kann man nie wissen.

Am Ende des Wagens steht der Projektor, hinter dem er seine Fahrtests aufbewahrt. Das Schlußlicht ist natürlich Edith McCaw, die nicht mal den Bildschirm sehen kann, geschweige denn die Straßen, auf denen sie fahren soll. Gestern ist sie mit 185 Stundenkilometern durch eine Schulzone geknallt. In den Sechzigern herrschte noch die Ansicht, jeder so schnell, wie er will; da ging es beim Autobau um Komfort und Schnelligkeit. Edith denkt zwar immer ans Blinken, aber dafür biegt sie auch jedesmal in eine Fabrik oder einen Baum ein, je nachdem, welcher Streckenplan gerade dran ist – *Eine Überlandfahrt: Die Gefahren des zweispurigen Verkehrs* oder *Stadtverkehr: Ausweichstrecken finden.* Trotzdem, bei den schriftlichen Arbeiten hat Edith die Nase vorn; sie kann zwar nicht fahren, aber anscheinend kennt sie sich bestens damit aus. Zweimal hat sie sich für *Auf der Straße,* den praktischen Kursteil, eingeschrieben, bei dem Ray mit den Schülern in einem umgebauten Ford Futura durch Phoenix fährt. Der Wagen hat eine Bremse auf der Beifahrerseite, die er oft benutzt, und auf dem Dach ist ein Schild: VORSICHT, FAHRSCHULE. Ray ist noch nicht ganz klar, wen das Schild eigentlich zur Vorsicht mahnen soll, und nicht zum erstenmal an diesem Tag denkt er, manche Sachen sind einfach ungerecht – zum Beispiel, wer fahren darf und wer nicht. Edith macht den Kurs sowieso mit eins, denkt er und nimmt die Arbeiten und sein Notenbuch; er macht das Licht aus und läuft durch den dunklen, leeren Metallwagen. Seine Schlüssel hat er, das Licht ist aus, alle Simulatoren stehen sicher auf ihren Parkpositionen, und er sagt sich, manche Sachen sind einfach ungerecht. Edith gilt amtlich als blind, und dabei kann man doch so vieles ändern, wirklich, man kann so viele Dinge verändern, denn wenn man auch ist, was man tut – die Wahrheit ist hart wie Glas.

Die River Bottom-Bar ist düster und verräuchert.

Freddy, der dicke Besitzer aus New Jersey, ein Mann mit Beziehungen, ruft dem Rausschmeißer etwas zu. Der Türsteher sieht aus wie ein verbrauchter College-Footballspieler, der allmählich in den Herbst seiner Zwanziger abgleitet.

«Okay!» schreit Freddy. «Ray!»

Der Rausschmeißer macht den Weg frei, plustert seinen Brustkorb auf und sagt: «Schönen Tag noch.»

«Danke», sagt Ray.

Ray langt über die Bar und gibt Freddy die Hand. Die ist naß vom Spülwasser, und jetzt klopft Freddy ihm auf die Schulter und sagt: «Mensch. Menschenskind, is das schön, dich zu sehn, Ray. Wie geht's? Wie geht's denn so?»

«Gut. Alles in Butter.»

«Jack Daniels und 'n Bud», sagt Freddy. «Schon in Arbeit.» Er geht zum Ende der Bar, holt eine Flasche, dann stellt er ein Schnapsglas hin und schenkt ein. «Ach Mensch, Professor», sagt er. «Ich sag's immer zu den Mädchen, es is nich mehr wie früher. Nee, Professor, seit du weg bist, isses einfach nich mehr wie früher!» Freddy gießt sich einen Doppelten ein und sagt: «Auf die Pädagogik!»

Ray zögert gerade lange genug, damit die Wartezeit einen Sinn bekommt – er muß nicht, aber er tut's doch, und zwar jetzt.

Ein paar Stammgäste sind im Lokal, und endlich geht die Musik an. Laute Musik: Gitarren, Leder, Schlagzeug, dazu kreischt ein geschlechtsloses Wesen, kreischt und kreischt. Im Spiegel über der Bar beobachtet Ray, wie die sechs oder sieben Mädchen nacheinander aus dem Umkleideraum kommen, wo Freddy auch die leeren Fässer lagert, und sie treten auf die Bühne, schreiten ganz lässig zur

Musik. Die Mädchen tragen Tops und G-Strings, die meisten sind anscheinend unter dreißig, bis auf eine, die kennt er noch von früher, Olivia, die muß schon auf die Vierzig zugehen. Als Ray das letzte Mal hier war, hat Olivia für Freddy die Dompteuse gemacht; sie war verantwortlich für die Mädchen und das Programm, kümmerte sich um neue Talente.

«Ray!» ruft sie, obwohl der sie unmöglich hören kann. Er sieht, wie sie ihn erkennt und von der brusthohen Bühne halb herabstelzt, halb runtertaumelt, und jetzt steuert sie auf ihn zu, mit Pfennigabsätzen und allem Drum und Dran. Ray macht eine Drehung auf seinem Hocker und fängt sie auf, als sie ihm entgegenstolpert. Sie riecht wie eine Flasche Parfüm auf Nikotinbasis. Er verkneift sich mühsam das Niesen.

«Hey», schreit er. «Wie läuft's denn?»

«Was?»

«Wie läuft's denn?» schreit er und muß niesen.

«Freddy», schreit sie. «Dreh doch mal den Scheiß leiser!» Sie angelt sich ein Bier. «Ich bin unter die Haube gekommen!»

«Echt?»

Sie zeigt auf ihre Hand – auf einen Ring mit einem Diamanten so fett wie eine Blase. Nicht gerade der übliche Schmuck für so einen Schuppen, denkt er und sagt: «Gratuliere!»

«Letzten Sommer. Freddy und ich. Mensch, sind wir einfach nach Vegas geflogen und fertig. Haben uns gleich 'n paar Shows reingezogen, weißte. Man muß ja die Konkurrenz im Auge behalten!»

Ray war noch nie in Vegas. Außerdem hat er noch nie eine Strip-Bar gesehen, die sich wesentlich vom River Bottom unterschieden hätte. Trotzdem, zum Biertrinken und Gucken ist es ganz nett. Als er vor Jahren zum erstenmal nach Tempe kam, ist er hier reingekommen und hat ein Bier bestellt, und Freddy sagte: «Bist du 'n Riese! Dir geb ich 'n Job, du Riese!»

Er hat Freddy gemocht. Sie haben eine Menge Bier miteinander gekippt. Bei Ray ist die Theke niemals lange voll geblieben, und wenn er dann im Licht der Kassenlampe über seinen Pädagogik-Büchern hockte, die Ohren offenhielt und dabei einen Bourbon schlürfte, ließ seine bloße Anwesenheit den Laden irgendwie sicher wirken, dabei war man am Parkplatz permanent in Lebensgefahr –

eine Menge Messerstechereien und so. Und er findet es richtig gut, wenn man irgendwo hinkommt, wo sich noch jemand an einen erinnert, auch wenn es nur die Besitzer sind – Freddy und Olivia, die Ray immer Margaret genannt hat, weil das ihr richtiger Name ist. Von den anderen ist keiner mehr da, wie es aussieht, doch das geht schon in Ordnung; die Mädchen waren süß und einsam, und die Zeit rannte ihnen davon. Ihr Geld reichte nie. Sie nahmen viel Koks, weil so die Nacht schneller vorbeiging, und waren nicht viel anders als seine Bräute in Mayfield, Kentucky, nur daß die hier teurere Unterwäsche trugen. In der Regel blieben sie sechs Monate, vielleicht auch neun, bis sie in eine andere Bar wechselten oder nach Los Angeles zogen, wo sie Schauspielunterricht nehmen wollten. *Hollywood.* Einmal brachte Ray seinen brillanten irren Professor mit der Freiheitstolle mit, der die Mädchen anschaute und sagte: «Das ist hier der einzige Ort in Amerika, wo eine Frau wirklich noch die Chance hat, einen Mann auszunutzen.» Mit erhobenem Zeigefinger sprach er weiter: «Das System legt das Mädchen aufs Kreuz, und das Mädchen legt den Mann aufs Kreuz, der das System macht. Ohne ihn auch nur einmal anzufassen!» Der Professor hob sein Glas, der Finger blieb oben. «Lyrik», sagte er lächelnd. «Reklamelyrik.»

Ray kann sich kaum vorstellen, daß außer ihm noch ein Student mit Hauptfach Werkunterricht in einer Tittenbar gejobbt hat. Die Bar füllt sich langsam: Männer ohne Arbeit, die sich jetzt für ihr nächtliches Tagwerk rüsten, oder Männer, die ihre Arbeit demnächst verlieren sollen und immer noch dagegen anwollen; hier im River Bottom, wo süße Frauen halbnackt herumhüpfen. Die Tischtanznummern laufen schon. Hinter den Billardtischen hat eine zweite Bühne aufgemacht. Eine Schwarzhaarige in Cowboystiefeln bearbeitet einen Vertreter – Lexika, vielleicht Staubsauger. Ihre Hand liegt auf seiner Schulter, ihr Bikini-Top auf seinem Schoß; ihre gewaltigen Brüste schaukeln fünf, vielleicht zehn Zentimeter vor seiner Nase, und er atmet das Weib ein, von Kopf bis Fuß, und denkt, wer weiß, vielleicht wird er sich eines Tages daran erinnern, was das für ein Gefühl war, damals im River Bottom, während er's seiner Frau besorgt, die vielleicht früher schön war. Die Tänzerin ist weiß Gott keine Schönheit, aber dafür fast nackt.

Vier Bier später steht Ray auf der Toilette neben einem Indianer, der an seinem Hosenschlitz fummelt. Ray sieht einem College-Jungen dabei zu, wie er sein Shirt in die Hose stopft. Der Junge checkt seinen Umriß in der Aluminiumfolie über dem Waschbecken, schniegelt sich hastig die Haare. Er sieht Ray grinsen und bemüht sich, hart rüberzukommen – steckt sich eine Zigarette an, schnippt das Streichholz ins Pinkelbecken, hustet. Der Kleine atmet tief durch, und Ray lächelt weiter, wo er schon mal so weit gegangen ist. Wie es aussieht, pißt er gerade die siebzehn Monate raus, die er trocken war; er steht neben einem Ureinwohner, der nicht mit seinem Reißverschluß klarkommt; er hat nur eine Sehnsucht – einen draufmachen und lieb sein. Wenn das Jenna wüßte – er, in dem Laden hier, schon leicht wankend und mit dem Schwanz in der Hand –, sie würde nie wieder ein Wort mit ihm reden.

Als er zu seinem Platz an der Bar zurückkommt, sitzt ein Mädchen auf dem Hocker neben ihm. Sie hat ein weites gelbes Teil an (ein Muskelshirt, denkt er sich) und trägt nachgemachte Zweihundert-Dollar-Turnschuhe. Der Aerobic-Aufzug. Ein schmales, hübsches Mädchen, das Gesicht noch relativ unverbraucht, und als sie sich vorbeugt, entdeckt Ray den Anfang einer Tätowierung tief unten auf der Mitte ihrer Brust. Sieht nach einer Eidechse oder einer Schlange aus.

«Hey», sie boxt ihm in die Schulter. «Freddy sagt, du bist 'n Professor!»

«Nich ganz.»

«Ich bin Cathy. Cathy. Mit C. Ich strippe hier.»

«Hi, Cathy mit C. Wie läuft's denn so?»

«Es läuft», sagt sie. «Es läuft.» Sie applaudiert einem Mädchen, das seine Nummer auf der Bühne zu Ende bringt. Plötzlich ist es ganz still im Lokal, und sie klatscht.

Das Mädchen mit den Cowboystiefeln schreit: «Holt die Dinger endlich aus der Hose!»

Jetzt klatschen ein paar Männer, und die Mädchen johlen. Durch den Qualm erkennt Ray den College-Typ mit seinen Freunden, er nickt. Lieb sein, sagt sich Ray ... *ganz locker* ... wie zu Hause.

«So is besser», sagt Cathy zu Ray. «Freddy! Mach mir mal 'n Seven-Up!»

Ray sagt: «Noch mal wie gehabt.»

«Alles klar, Professor», sagt Freddy.

«Der hält mich für 'n Professor», sagt Ray zu Cathy. «Der denkt, wenn ich 'n Professor bin, Menschenskinder, wird aus seiner Bude 'n netter Laden.»

«Hmmm.»

«Früher», sagt Ray. «Früher, vor langer Zeit, da hab ich hier mal gearbeitet.» Lächelnd schaut er auf die Neige in seinem Glas und sagt sich, halt die Klappe. Cathy mit C hat beide Unterarme tätowiert. Könnten Eidechsen sein.

«Oh», sagt er und kippt den letzten Schluck hinunter. «Sieht ja niedlich aus.» Er stellt das Glas auf die Bar und sagt: «Noch einen.» Und, wieder zu dem Mädchen: «Ich laber manchmal zuviel.»

«Das is schön», sagt sie. «Schön, mal mit einem zu reden, der nich vögeln will.»

Woher weiß die denn das?

Sie schiebt ihr Seven-Up zur Seite, drückt ihre Zigarette aus und sagt: «Is schön. Aber ich muß auch bißchen Kohle machen, weißte?»

Er deutet auf den College-Boy mit der geschniegelten Frisur. «Der Kleine da, der wartet schon auf dich.»

«Danke», sagt sie und tätschelt Ray den Arm. «Du bist lieb, Professor. Und schöne Arme hast du. Aber von der Braut da kriegst du bestimmt keine Liebe zurück.»

«Hä?»

Lächelnd zeigt sie auf sein Whiskyglas und geht.

Er schaut ihr hinterher. Sie braucht nur drei, vielleicht viereinhalb Takte, schon zückt der College-Boy seine Brieftasche. Das Lokal ist rammelvoll, dazu der süße Biergeruch und der bittere Nikotingeschmack, der durch den Rauch dringt – das riecht wie Benzin, und genauso bleibt es auch an den Händen. Oder wie eine Frau, wenn sie auf den Händen eines Mannes dahintreibt, die Bombe entschärft ist ... *eine, von der man bestimmt keine Liebe zurückkriegt* ... und die Bar quillt über vor Frauen und Männern; natürlich nicht im gleichen Mengenverhältnis, das ist unabdingbar. Der Rausschmeißer verhandelt an der Tür mit zwei Lederjakken-Typen – ein Mohawk und einer mit Bart. Der Rausschmeißer wünscht ihnen einen schönen Tag, bittet sie, die Lederjacken abzugeben, und Ray weiß, die beiden werden dem Jungen noch zu schaffen machen. Der hat's einfach nicht drauf, und der Mohawk macht sich breit, der Vollbart provoziert, so läuft das Spiel, und der Rausschmeißer wird ganz fahrig. Freddy hat eine abgesägte Zwölfer unter der Bar, am Bierkühler. Jetzt macht der Rausschmeißer Druck. Er erhebt sich von seinem Stuhl, spannt seine Brustmuskeln an.

Ray dreht sich zu Cathy mit C. Er trinkt auf ihren wohlgeformten Hintern – und auf den Pegasus, der wie ein Regenbogen schillert und mit seinen Flügeln über ihre Backe streicht. Der Collegeboy mit den Jungs läuft rot an; er hätte nie gedacht, daß ihm einer abgeht, daß er echt Lust kriegen würde; er hat gemeint, so ein Trip in die Unterwelt wäre vielleicht ganz spaßig, nur mal gucken, wie das so ist, und plötzlich, als ihm vor Cathy einer abgeht, merkt er, wie das ist. Olivia-Margaret ist auf der Bühne, und Freddy pfeift, denn er liebt seine Frau, die immer noch in ihren allerersten G-String paßt, wenn auch mit Mühe, und Ray begreift, daß er endlich hier ist ... *hier* ... und wieder einmal wird ihm klar, daß hier alles passieren kann, immerzu. Er denkt, wenn der Rausschmeißer sich nicht abregt, macht ihn der Mohawk gleich alle. Der Mohawk ist noch am Überlegen, schaut sich prüfend um; alles prima, er kann jeden Moment ... doch jetzt redet der Vollbart auf den Mohawk ein ... *Nu reg dich doch mal ab, Moe. Na komm, erst mal 'n Bier, aufmischen könn wir nachher immer noch* ... und sie streifen ihre Jacken ab. Streifen sie ab und lassen sie beim Rausschmeißer. Noch ein paar Belehrungen, dann verstaut der Rausschmeißer die Jacken unter seinem Stuhl, winkt sie durch, sagt: *Schönen Tag noch*, und jetzt schaut Ray genauer hin. Der Große hat tatsächlich einen Mohawk: der schwarze Haarkamm zieht sich über seinen kahlen Schädel, und sein Ohrring ist so groß wie ein großer Zeh, und jetzt zeigt der Kleine mit dem Bart auf einen Tisch vor der Bühne, genau in der Mitte. Dort sitzt ein Mann – Typ Verkäufer, Lexika oder Haushaltsgeräte – und bestaunt das hautenge Dreß von Margaret-Olivia. Die Rocker pflanzen sich an seinen Tisch, und der Vollbart, das Großmaul von den beiden, dieser kleine bärtige Typ, der sich für Teddy Roosevelt, Häuptling Mohawks sauberen Freund, hält ... *Sauber!* ... T. R. drückt jetzt eine Zigarette im Aschenbecher aus, und der Warenhaus-Typ ... *Haushaltsgeräte?* ... der Typ steht auf, legt einen Geldschein auf die Bühne und taucht im Dunkeln unter.

T. R. dreht seinen Stuhl um und setzt sich rittlings mit dem Rükken zur Bar. Ray trinkt sein Bier aus und ruft Freddy.

«Wo haste denn den aufgegabelt?» sagt er.

«Was?»

«Deinen Türsteher.»

«Hält sich an die Zeit», sagt Freddy. «Macht nich mit den Mädels rum.»

«Mach mal noch 'ne Runde», sagt Ray.

Freddy schenkt ein, bis der Bourbon fast das Glas sprengt und überschwappt, und sieht Ray dabei traurig an. Jetzt zieht Freddy zwei Bier, eins davon für sich selbst, und Ray fragt: «Was 'n?»

«Haste vor kurzem Scheiße erlebt?»

«Vor kurzem», gibt Ray lachend zurück, und er hört, wie Teddy Roosevelt das schwarzhaarige Cowgirl anbrüllt. *Sauber! Sauber!* ... grölt er, und Ray zeigt auf den Spiegel hinter der Bar: «Der Typ da, der Kleine, den du von hinten siehst.»

Freddy horcht auf und guckt.

«Hinter den Studis», sagt Ray. «An der Bühne.»

«Wo?»

«Bei dem Indianer!»

«Ah, ja. Okay, hab ich.»

«Der is bewaffnet.»

«Biste sicher?»

«Revolver, was Großes.»

Cathy mit C kommt von hinten mit einem Tablett voll leerer Gläser an, sie bestellt ... *Zwei Bud und 'n Mic!* ... und Freddy geht zur Kühlbox, die Biere holen.

Jetzt dreht sich Cathy mit C zu Ray um. «Na, und was wünscht der Herr Professor?»

Ray denkt, die ist schlauer, als sie aussieht. Die hat 'ne Menge durch, denkt er. Lächelnd hebt er sein Glas. «'ne gute Ausrede», sagt er und kippt den Whisky hinunter. «Nur eine.»

Bei der Armee hatte Ray nie ein echtes Gefecht miterlebt, obwohl er als einer von Tausenden über Grenada abgesprungen war. Da waren sie in der Überzahl, Overkill, bereit, ihren Senf dazuzugeben. Und in Nikaragua war er auch, als Ausbilder bei den Rebellen. Er hatte zwar noch nie auf ein lebendes Ziel geschossen, aber so was erlebte er nicht zum erstenmal: Walker Miller, und wie er die Menge zurückhielt, weil er den Kids diesen Anblick ersparen wollte. Und Jenna, wie sie schrie: *Das wollt ihr nicht sehn!* und die Sauerei mit ihrem gelben Handtuch zudeckte, wobei ihr nasser Badeanzug herausfiel. Die ganze Zeit wollte Ray den Kids diesen Anblick ersparen.

Aber vielleicht hätten sie es sehen sollen. Den Schädelbatzen zum Beispiel, denn vielleicht sollte jeder wissen, wie der Misthaufen aussieht, der von einem übrigbleibt – wie schwer es ist, den Toten in lieber Erinnerung zu behalten, wenn man dabeisteht, wie die verstreuten Einzelteile aufgesammelt werden, und den Anblick aus dem Gedächtnis streichen will.

Robert Horn – Chemie und Bowling – trägt jetzt in der Schule immer eine kugelsichere Weste unterm Kittel; offenbar befürchtet er, daß sich versehentlich mal eine Kugel in seine Richtung verirrt. In Verkehrserziehung führt Ray den Schülern Schockfilme vor – schlecht gemachte Streifen, die der weltverdrossene Sergeant Jack von der Highway-Streife kommentiert. Das ist so einer, der sich immer noch einen Kopf macht, obwohl in seinem Job tagtäglich Tragödien vor seinen Augen ablaufen, deshalb klingt Sergeant Jacks Kommentarstimme auch so weltverdrossen. Oft schüttelt er betrübt den Kopf, wenn er die entstellten Opfer im Krankenhaus besucht und sich ihre Geschichten anhört, und der Sinn der Sache ist, daß sich die Kids, wenn man ihnen vorführt, wie so ein Flug durch die Windschutzscheibe aussieht, vielleicht eher anschnallen werden. Vielleicht werden sie sich anschnallen, langsam fahren und ihre Hände bei sich behalten, oder noch besser am Lenkrad. Verrückt, was manche Leute im Auto auf dem Highway so alles anstellen; vielleicht sperren die Kids nach den Filmen wenigstens ihre Augen auf, aber die Filme sind schwarzweiß. Sergeant Jacks Hose ist im Schritt ausgebeult, das Blut ist grau, und die Köpfe, die da über den Asphalt rollen, sind so eindeutig aus Plastik wie die Bowlingkugeln in Robert Horns Unterricht, wenn er die Kids mit Plastikkugeln quer durch die Halle auf Plastikkegel zielen läßt. Die Geräusche stimmen auch nie, und vielleicht hätte Ray es so machen sollen:

vielleicht hätte er einfach Walker Millers Leiche am Gürtel hochnehmen und an einen Haken hängen sollen. Jenna wollte die Leiche aus dem Blickfeld räumen, sie wegschließen, und er denkt, er hat genau gemacht, was Jenna wollte: er hat versucht, das Ganze zu verdecken, damals unterm Flutlicht, als alles schrie – die extrem schlimmen Stellen waren durch Jennas gelbes Handtuch fein säuberlich markiert, und ein Stück daneben lag ihr Badeanzug als Blickfang, bis der Krankenwagen kam. So haben sie dagestanden und darauf gewartet, daß ihnen jemand weiterhelfen würde, und heute denkt er, sie hätten ihn einfach an einer Fahnenstange hochziehen sollen.

Hier, so sieht das aus. Seht's euch ganz genau an.

Gesetze, sagt er zu sich. Er schaut in den Spiegel. Du mußt die Gesetze brechen. Und Herzen. Und Knochen ... *Knochen* ... die kann man am leichtesten brechen. Ray sieht, wie der Mohawk und Mr. President den Collegeboy und seine Jungs anpöbeln, und er denkt, so langsam wird es Zeit. Man kann sich auf zwei Arten umbringen, denkt er: schnell oder langsam, und er denkt, beide sind okay, wenn man es für sich behalten kann, aber das geht nicht. Sein Vater, Merle Robert Morrison ... *Merle-Bob* ... hat über Jahrzehnte die langsame Tour durchgezogen: egal warum, egal wann. Egal wann, denkt Ray, der Ausbruch kann jetzt jeden Moment kommen. So was kann er voraussagen, das hat er gelernt – das Wetter zum Beispiel, obwohl er das Gefühl ebensowenig in Worte fassen könnte wie die Antwort auf die Frage, warum er sich der Sache jetzt und hier nicht stellen will.

Cathy mit C macht ihre nächste Tischtanznummer, sie pellt sich gerade aus ihrem Muskelshirt. Auf der Bühne reitet eine im Leopardendreß und schaut dabei in den Spiegel. Sie bewegt sich auffallend gut. Der Spiegel ist verschmiert und voller Fingerabdrücke, und sie schaut hinein. Jetzt zieht sie ihr Oberteil aus, ein Shirt, dazu muß sie die Arme hochnehmen, und sie schaut sich zu, da sieht sie Ray, der ihren Flirt mit dem Spiegel bemerkt hat, und wird rot. Cathy tanzt für die Jungs vom Collegeboy und Mohawk und Mr. President, das Großmaul Teddy Roosevelt, die beiden abgeschnittenen Führer ohne Lederjacken ... T. R. und der Mohawk glotzen, und jetzt kratzt sich der Herr Oberbefehlshaber am Arsch, sein Hemd rutscht langsam hoch, und zum Vorschein kommt eine 38er ... *Und?* ... Jetzt, denkt Ray. *Jetzt.*

«Freddy», sagt er. «Gib mir mal 'ne Rolle Quarters.»

Blitzschnell öffnet sich die Schublade, Freddy schickt die Vierteldollarmünzen über die Bar und läuft zur Kühlbox. Ray geht zur Bühne vor, in einer Hand die Rolle, in der andern einen Fünfdollarschein, weil die Braut da oben echt den Dreh raus hat – wie die sich bewegt und dabei in den Spiegel schaut. Inzwischen liegt sie auf dem Rücken, geht in die Brücke, dehnt ihre Halsmuskeln, und jetzt läßt sie sich den Fünfer von Ray in den Mund schieben. Sie hat reihenweise Schwangerschaftsstreifen auf dem Bauch, die nackte Wahrheit, und jetzt sieht Ray, wie T. R. ausholt – seine Hand landet auf Cathys Hintern, dann saust Cathys Hand durch die Luft, streift das Gesicht von einem der Studis, und auf dem Fußboden drohen sich zwei andere Studis Schläge an. Margaret-Olivia hat in der Garderobe den Schalter gedrückt. Die Musik verstummt.

Durch die jähe Stille wird alles gleich klar, auch der Rauch. Und irgendwie, in diesem ganzen Schwall von Stille und Rauch und Parfüm und Bier, irgendwie hat Ray auf einmal Teddy Roosevelt in der Mangel, dem er mal schnell den Arm verdreht und die 38er aus dem Hosenbund pflückt. Ray bleibt dran und weiß, gleich wird er dem Präsidenten den Arm brechen. Die Braut auf der Bühne greift lautlos nach einem einzelnen Schein, den ihr jemand entgegenstreckt. Ray verdreht weiter den Arm, gleich bricht er. Da holt der Mohawk aus, weit und schnell, und als Ray seinen ersten Hammer landet, weiß er, jetzt gibt es keinen Halt mehr. Die Studis drücken sich an die Wand, und Freddy legt die voll geladene Schrotflinte an, und sogar jetzt ist Ray noch klar, daß er aufhören könnte, wenn er wollte. Er könnte aufhören und die Sache abkühlen lassen, könnte sich geschlagen geben, alles auf den Alk schieben. Nicht mal das Messer mit der blitzenden Klinge, lang wie der Schwanz von einem Mann, kann etwas daran ändern, und jetzt weiß Ray, den macht er fertig. Den macht er ganz böse fertig, und nicht nur das: Ray weiß sogar genau, wie er es anstellen wird. Weil er kein Anfänger ist, und weil er weiß, was jetzt passiert.

Ob im Feld oder auf der Matte – vor allem anderen mußte man lernen, Niederlagen wegzustecken. Wie einen Hurrikan oder einen Tornado mußte man sie nehmen, denn das Wetter ist eben einfach viel, viel stärker, als man je werden kann. Da kannst du Gewichte stemmen, soviel du willst, gegen diese Macht kommst du doch niemals richtig an, und deshalb mußt du lernen, dich ihr hinzugeben – wie einer Frau, wenn sie dich freundlich wegschubst; du mußt dich von ihr führen lassen und zusehen, wie sie dich fallenläßt. Du mußt darauf achten, daß deine Knie gebeugt bleiben, und wenn du auf dem Boden landest, kauerst du dich am besten zusammen und rollst ab, und dann mußt du mit der Sturzkraft weiterrollen. Du mußt rollen, immer weiter rollen, und wenn du Glück hast, zieht der Sturm vielleicht vorüber. Vielleicht zieht sie vorüber, und vielleicht kommst du danach wieder auf die Beine.

Das ist so eine von den Sachen, die er Jenna erklären muß. Ray fährt zu ihr – vorsichtig, denn er weiß, wie gefährlich Alkohol am Steuer ist. Seine Seite brennt, und er hält sich das Pflaster, drückt fest zu, bis er die Hand zum Schalten in den dritten, dann in den vierten Gang braucht. Der Schnitt an seinem Schrägen Bauchmuskel ist länger als sein Mittelfinger, trennt ihm das Fett vom Körper, und er sitzt am Steuer und denkt an Liebe . . . *Liebe* . . . Das bedeutet, eine Frau kann sich einen Mann reinziehen, aber der Mann kann sich nur Bier reinziehen; wenn nicht, ist er ein Sexist. Währenddessen sitzt Ray am Steuer, nimmt ab und zu einen Schluck von seinem Bier und denkt, bis jetzt hat er in seinem Leben immer nur dann Dummheiten gemacht, wenn Frauen oder Flaschen mit im Spiel waren. Jetzt kneift er ein Auge zu, konzentriert sich auf die Seitenstreifen am Highway. Er fährt mit siebzig Sachen, glaubt er, und hat auch automatisch im richtigen Moment geblinkt, was ihm erst hinterher klar wird. Die Straßen sind leer, nur einmal überholt ihn ein Polizeiwagen mit über neunzig und rauscht durch sein Scheinwerferlicht; ab und zu auch mal ein Lieferwagen auf dem Weg zur Arbeit, zu irgendeiner neuen Jobmöglichkeit am anderen Ende der Stadt oder nach Ahwatukee, denn der Normalbürger ist längst daheim bei seinen schicken Haushaltsgeräten, seinem Ehegatten, und jetzt hört er Radio und schaltet auf sein anderes Auge um, das noch nicht ganz so träge ist, hält sich die Seite, das Bier zwischen die

Oberschenkel gepreßt. Er angelt sich ein neues Bier, damit er das andere nicht wegnehmen muß – das ist nämlich so schön kühl zwischen seinen Beinen, es kühlt ihn fast ab. Zum anderen, wenn er sich seine Latte abschneiden und verbluten würde, sich die Leber rausreißen würde, vielleicht könnte er dann nicht mehr überall Scheiße bauen. Er biegt nach links ein, in eine Straße mit einem Blumennamen, und fährt auf den Wohnkomplex Indian Shadows zu. Bis jetzt hat er hier weder einen Indianer noch dessen Schatten zu Gesicht bekommen; das müßte man mal der Verwaltung mitteilen – das ist irreführende Werbung, wie mit der Erlösung. Die Autos schlafen auch allesamt, und er parkt auf dem Platz für BEHINDERTE, betastet den Hebel, um herauszufinden, welchen Gang er drinhat.

Zum Glück bin ich wenigstens normal im Kopf.

Die Treppen sind steil. Vielleicht hält das Schmetterlingspflaster sogar, denkt er. Wenn er genäht wäre, müßte er Erklärungen abgeben, weil er kein Anfänger ist und weiß, daß Stichwunden bei der Polizei gemeldet werden, das steht im Kleingedruckten vom Eid des Hippokrates, und als er vorhin im Hinterzimmer saß und noch nicht völlig weggetreten war, fand er nach einer Menge Kaffee heraus, daß er sich jetzt vielleicht langsam wieder einkriegen könnte. Margaret-Olivia, Freddy, Cathy mit C und die Braut im Leoparden-Dreß – eine Privatparty nach Feierabend, bei der er Olivia-Margaret gezeigt hat, wie man aus Isolierband ein Schmetterlingspflaster macht. Bevor er das Pflaster aufklebte, bat er Cathy, einen Hieb Bourbon in die Wunde zu träufeln, und während sie das tat, umklammerte er seine Ellbogen und hielt sich so im Zaum, während der Whisky ihm unter die Haut ging und ihn durchspülte. Es war wie ein Sterben ohne Ende, man konnte einfach nur dastehn und sich beim Sterben zusehen. Später fühlte er sich dann wieder etwas lebendiger, und sie setzten sich im Hinterzimmer auf leere Bierfässer, hörten Countrymusik und frischten einzelne Teile der Geschichte auf ... *Und dann, watsch! ... He he he ...* und die Frauen zogen sich um. In Jeans und weiten Shirts sahen sie nicht mehr wie Stripperinnen aus, sondern waren auf einmal ganz normale Frauen, und ab jetzt gab es nur noch ein Ziel: die Nacht überstehen. Er trank noch mehr Bourbon und Bier, goß sich Bourbon in den Kaffee, spielte Chemiker, und nach einer Weile wurde ihm klar, daß morgen Sonntag wäre, und am Sonntag bräuchte er irgend etwas, das ihn vor einem neuen Sterben bewahren könnte. Er müßte das alles noch mal durchmachen, sich eine Taktik zurechtlegen, und er fragte sich, warum er das alles noch mal durchmachen mußte. Warum er aufgegeben hatte, wobei er natürlich nicht von Aufgeben sprach, denn er fühlte sich ja so wohl, so geborgen und melancholisch, also hörte er den anderen zu. Er preßte sich ein Geschirrtuch in die Seite, über das Isolierband, und nickte langsam ein.

Cathy, die Stripperin mit C, fragte ihn, ob er Bock auf eine Runde Billard hätte; es stimmte, auf ihrer Brustmitte war wirklich eine Echse tätowiert. Sie bot an, ihn nach Hause zu fahren.

«Du mußt dringend aufgemöbelt werden», sagte sie. «Du mußt so richtig gut aufgemöbelt werden, Professor. Da kann ich dir helfen, weißte. Da kenn ich mich aus.»

Später, kurz bevor Ray abgehauen ist, kam Kyle oder Lyle durch den Hinterausgang rein, der Mann von der Leopardenbraut. Sie küßte ihn und stellte ihm Ray vor, der freundlich hallo sagte. Der Mann war auf dem Weg in einen Tag der Arbeit und Verantwortung; er wollte seine Frau nach Hause fahren, wie sie es jede Nacht machten, und Ray sah den beiden, dem Mann und dem Mädchen, das sich in dem verschmierten, betatschten Spiegel betrachtet hatte, ziemlich schnell an, daß sie sich liebten. Das machte ihn müde.

«Ich muß los», sagte Ray schließlich. «Wird Zeit.»

«Ray», sagte Freddy. Er legte den Arm um Rays Schulter. «Ray. Ray. Mensch, Ray.»

«Freddy.»

«Ich seh das so, Ray. Wir beide, wir sind wie Blutsverwandte, verstehste. Wie Vater und Sohn. Komm, wann du willst, Ray. Jederzeit. Wir wolln uns vielleicht sogar vergrößern. Du gehörst dazu», sagte Freddy und sah Margaret-Olivia an. «Menschenskind, isses nich so? Wie 'n Verwandter!»

Olivia-Margaret nickte; sie gab Ray einen Kuß auf die Wange. Dann trat sie zurück und bewunderte den gleißenden Ring an ihrer Hand.

«Ehrlich», sagte Cathy. «Ich kann dich heimfahren.»

«Nein, laß mal», sagte Ray. «Verprügel ich die Bullen eben auch noch.»

Keiner lachte, was er nicht in Ordnung fand. War doch irgendwie schon komisch. Er könnte für sieben Jahre hinter Gitter gehen, sich ausruhen.

Die Treppen sind jetzt wirklich steil, sieben Treppen, aber er läuft weiter. Er steigt die Treppen hoch, ist voll genug, um zu wissen, daß er es unter Kontrolle hat. Alles unter Kontrolle. Natürlich ist er schwach, schwach durch den Blutverlust, aber jetzt hat er sich wieder im Griff. Er hat sich wieder im Griff, und jetzt, auf den letzten Stufen, denkt er, er hat ihr einiges zu sagen. Sie hat Migräne, trotzdem muß er es ihr sagen ... *Heute nacht nicht mehr, Ray. Ich hab Migräne* ... aber vielleicht hat sie ja gar keine Migräne, es ist schon so lange her ... nicht heute nacht – ewig. Ewig und einen Tag, so lange ist es her, und drinnen brennt Licht. Da brennt Licht, und er stellt sich vor die Tür und klopft.

In der Wohnung nebenan ist ein Fenster ohne Scheibe. Der Wind weht durch die Vorhänge; wenn er wollte, könnte er einfach so durch das Loch in der Wand reingehen. In den Rändern stecken Glassplitter, und er könnte reingehen und sich auf der schönen langen Couch da drinnen schlafen legen. Die ist so schön blau, und ein Fernseher ist auch da, CNN mit lauter knallharten Fragen. Er nimmt sich wieder Jennas Tür vor, klopft an, und nebenan hat jemand aus Versehen ein furchtbar großes Loch offengelassen. Er dreht sich um und blickt zum Pool runter.

Und da ist sie: was für ein Anblick. Sie steht auf dem Sprungbrett und zieht sich ihr Sweatshirt über den Kopf. Jetzt streift sie ihre Jeans ab. Da steht sie, völlig nackt, und schaut in den Pool. Sie schaut in den Pool, und er kann sie sehen, sogar fast deutlich sehen, wenn er ein Auge zukneift, denn sie steht da unten am Wasser. Über ihm lugt der Mond durch einen Wolkenberg, und sein Blick verfolgt die Mondstrahlen zurück ins Wasser, auf ihren Rücken und in den Pool. Sie taucht in den Pool, und fast kann er es hören, wie ihr Körper ins Wasser platscht.

Er trinkt sein Bier aus und wirft die Büchse durch das offene Fenster auf die Couch. Er greift nach dem Balken zwischen Geländer und Dach, klettert auf das Geländer, hält sich mit beiden Armen im Gleichgewicht. Dann legt er die Hände aufs Dach und zieht sich mit einem Schwung hoch. Er kommt fast gar nicht ins Rutschen, bis auf einmal, so zieht er sich auf das Dach von Indian Shadows hoch. Von hier oben kann er die ganze Stadt überblicken. Klar und rein, wie das Wasser im Pool. Die Lichter der Stadt erstrecken sich meilenweit, und er steht auf dem Dach, sieht ins Wasser, sieht die schwimmende Frau, und er weiß, im Wasser ist es kalt, kalt wie der Himmel und blau; jetzt schätzt er die Entfernung ab. Ist nicht besonders tief, da war er schon viel höher, und jetzt macht er einen Schritt zurück, schafft sich Platz, wie er es in der Ausbildung gelernt hat. Er testet den Wind, kontrolliert die Luftbewegung. Er schafft sich schön viel Platz, und jetzt rennt er los, rennt in den Himmel, der ihn nie, niemals halten kann.

Für einen Moment ist es ein vertrautes Gefühl, durch die Luft zu segeln, und er weiß, er wird seine Markierung weit verfehlen. Er hat vergessen, den Wind einzurechnen; Knie anziehen und abrollen, hämmert er sich ein, diesmal muß er gerettet werden, weil er völlig hinüber ist, aber niemand wird ihn retten, diesmal nicht, denn *jetzt kommt's. Jetzt kannst du nur noch den Aufprall abwarten. Sieh zu, daß du Luft holst ...*

Die Oberfläche sehnt sich danach, daß er sie zerreißt. Und Jenna schreit.

Er wischt sich das Wasser aus den Augen, und ihm wird klar, daß er mächtig hart aufgeschlagen ist. Das Wasser ist voll Blut – seine Finger, seine Hand, sie wischen das viele Blut weg. Irgendeine Arterie ist ihm geplatzt, und das Wasser ist immer noch da und klatscht gegen den Beckenrand. Überraschender Wellengang. Jenna schreit nicht mehr. «Sieh mich an», sagt er. «Sieh mich an!»

Sie schlägt ihm ins Gesicht. Sie schlägt hart zu, und er weiß wieder, wie das gewesen sein muß. Überall um ihn herum gehen Lichter an. Die Leute kontrollieren ihre Türschlösser, spähen verstohlen durch die Vorhänge. Er kann keine Gesichter erkennen.

Jenna sagt: «Komm raus.»

«Sieh mich an!»

Sie schlägt ihn noch einmal. Er packt ihre Arme, denn er könnte sie durchbrechen, *in zwei Hälften*, und jetzt weint sie, und er weiß, sie wird ihm nie verzeihen können. Er weiß, es ist hoffnungslos, und sie soll wissen, daß er es weiß. Er will sagen: *Ich weiß, was ich gemacht hab, ich bin nicht bescheuert ...* und er will sich entschuldigen, will aufhören zu heulen.

Es geht nicht um die Armee, es geht um dich ...

«Du kannst nichts dafür», sagt er. «Tut mir leid. Verdammt noch mal, tut mir leid!»

Er läßt sie los und schwimmt zum Sprungbrett. Er hält sich am Brett fest, versucht sich zu erinnern, wie er atmen muß, denn das Wasser gefriert, erstarrt zu Eis, und jetzt schwimmt sie auf ihn zu. Sie kommt auf ihn zu, und jetzt dreht sie ihn an den Schultern zu sich.

«Ray», sagt sie und wischt ihm das Blut vom Gesicht. Von ihrem Körper steigt Dampf in die Luft, denn selbst Eis kann wärmer sein als Luft, und sie wischt ihm das Blut von den Augen.

«Du kannst nichts dafür», sagt er. «Du kannst nichts dafür!»

«Nein?» sagt sie. «Wer dann?»

2

Schwindel

Blut ist dicker als Haut. Blut nährt die Knochen, direkt unter der Oberfläche, während Haut die Liebe nährt, die man schmecken und schlucken lernt, auch schon beim allererstenmal. Auch schon beim allerersten Kuß.

Ediths Haut ist weiß – irgendwie trifft das die Farbe nicht, genau wie *schwarz, gelb, braun. Hautfarben* ist weiße Haut, aber eigentlich auch wieder nicht, und das Blut ist bei allen gleich. Es kommt aus den Adern. Der Arm ihres Vaters steckt in einer *Schiene,* und seine Fingerspitzen sind violett und blau angelaufen. Er hat Überstunden im Büro gemacht, wollte eine Grünpflanze aufhängen; dabei ist er ausgerutscht und hat mit der Faust die Fensterscheibe eingeschlagen. Weil mehrere Nervenstränge beschädigt waren, mußte er ins Krankenhaus fahren; er hat kein Gefühl mehr in den Fingern, sagt er. Jetzt sitzt er im Fernsehsessel, steckt sich mit der heilen Hand Erdnüsse in den Mund und guckt Football, das Thanksgiving-Spiel. Die Mannschaft aus L. A. war früher in Oakland zu Hause, und bis vor ein paar Augenblicken dachte Edith, Oakland läge in Oklahoma.

«Warst du da schon mal?» fragt sie ihren Vater.

«Ist halt 'ne ganz normale Stadt, nichts Besondres. Das war 69. Nein, 70. 1970 bin ich in LAX gelandet – Los Angeles. Ich bin mit deiner Mutter zusammen geflogen. Wir waren auf Hochzeitsreise. Wollten weiter nach Hawaii.»

Edith wollte eigentlich wissen, ob er in Oklahoma war, sagt aber: «Wo ihr Anderson gekriegt habt.»

«Naja, sagen wir mal, wo wir mit ihm angefangen haben.»

«Das mein ich ja.»

«Freilich.»

«Hast du ein Gefühl in den Fingern?»

«Ja, ich kann sie bloß nicht richtig bewegen.»

Das erinnert Edith an ihr eines Auge, das mit den kaputten und schlecht reparierten Muskeln. Ihre Armmuskeln machen Edith breiter, und Joe sagt, er kennt kein stärkeres Mädchen als sie. Er sagt, er steht auf ihren Trizeps – das ist der lange Muskelstrang hinten im Arm. Bei Joe steht sie auf die Quadrizeps-Muskeln, durch die die Jeans so knackig sitzen, und dann noch auf die Großen Rükkenmuskeln und die zwischen Schultern und Hals – die Delta- und Trapezmuskeln. Letzte Woche, als sie draußen in Fountain Hills waren, hat er Edith bei den Armen gegriffen und sie über seinen Kopf gehoben, und als ihr Pullover hochrutschte, küßte er sie auf den Bauch und dann auf den Nabel. Die Sterne leuchteten dicht an dicht, wie Schlagsahne, und Joe hielt sie hoch in den Himmel. So lange, daß sie Zeit für einen Drink gehabt hätte, aber sie war nicht durstig – alles, was sie zusammen machen, ist für sie was Neues. Sie überlegt ständig, was als nächstes passieren wird, und Joe hat ihren Bauchnabel geküßt. Noch vor vier Monaten hätte sie sich das nie träumen lassen.

Ob Joe gemerkt hat, daß sie ihre Tage hatte? Bei Hunden ist das so, die müssen das irgendwie mitkriegen. Ihre Mutter leidet an prämenstrualen Depressionen. Letzte Woche hat sie gefragt, ob Edith die Pille bräuchte.

«Mutti!»

Da saßen sie im Auto und fuhren zum Thanksgiving-Ausverkauf bei Dillards. Das war die beste Einkaufsgelegenheit des Jahres, einen Tag nach Thanksgiving. Auf den Straßenlaternen waren schon Weihnachtsbäume und Zuckerstangen, und ihre Mutter Ellen sagte: «Hab dich doch nicht so, Edith.» Sie fuhr zu schnell. «Die Pille verhütet Mißgeschicke.»

Später, als sie im Café saßen, schlürfte Edith an ihrem Schoko-Soda und sagte: «Davon kriegt man Krebs.»

Ellen trank Kaffee. Sie zündete sich eine Zigarette an. Neben ihr auf der Sitzbank stapelten sich die Einkaufstüten vom Thanksgiving-Ausverkauf. Edith hatte zwei neue BHs mit Vorderverschluß bekommen, ihre ersten von der Sorte, und einen marineblauen Kaschmirpullover, auch den ersten. Der Pullover hatte über zweihundert Dollar gekostet, aber Mutter meinte, was soll's, ist doch verbilligt. Schließlich gehöre es zu ihren Pflichten als Mutter, ihrer

Tochter den ersten Kaschmirpulli zu kaufen. «Hier, fühl mal», hatte Ellen gesagt.

So etwas hatte Edith noch nie gefühlt. Sie dachte daran, wie sie ihn auf der Haut tragen und wie er sich anfühlen würde. Jetzt schaute sie über den Cafétisch zu ihrer Mutter hoch, die den Aschenbecher suchte.

«Krebs kann man von allem kriegen, Edie. Aber ihr müßt euch vorsehn.» Sie fragte: «Ist Joe vorsichtig?»

«Mutti ...»

«Auch der tollste Junge kann ein Mädchen schwanger machen. Und anstecken. Wir werden mal Kondome für dich besorgen. Hat Joe Kondome?»

Edith starrte ihr Glas an. Sie wußte nicht, ob Joe Kondome hatte.

«Laß mal. Schon gut. Aber eines Tages passiert's – ob nun mit Joe oder mit einem andern. Das ist nicht entscheidend. Bei uns war das noch ganz anders, aber heute – alle halbe Stunde treibt's irgendwer im Fernsehen. Als ob die gar keine andre Beschäftigung hätten. Als ob die sich dabei nie was tun. Als ob's so einfach wär. Ist es ja auch», sagte sie und griff nach ihrer Kaffeetasse. «Es ist ganz einfach. Aber gleichzeitig auch nicht.»

«Weiß ich doch.»

«Ich mein, die guten Sachen sind niemals einfach. Niemals.»

«Oh», sagte Edith. Den Spruch kannte sie doch von ihrem Vater. Sie fragte: «Was ist mit Dad?»

«Jetzt geht's um dich, nicht um Dad.»

Edith fand, sie sollten lieber über Dad reden, darüber, was er getrieben hatte. Warum sollten sie sich jetzt ausgerechnet ihretwegen Gedanken machen. Sie hatte noch nicht mal irgendwas angefaßt.

«Meine Mutter», sagte Ellen, «Oma Jean. Weißt du, was die mir zum Thema Sex gesagt hat?»

«Was denn?»

«Sie hat gesagt: Bade dich oft, lies im Bett und gib dich niemals einem Mann hin, der dich nicht schön findet.» Ellen lachte. «Du würdest sie als modern bezeichnen.»

Edith weiß nicht recht, was daran so modern ist; wenn sie badet, bleibt sie manchmal stundenlang in der Wanne. Sie trank aus und warf einen Blick auf ihre Einkaufstüte. Sie wollte ihren neuen Pullover anziehen, aber nicht ohne einen vernünftigen Grund; manchmal wollte sie allein sein, manchmal nicht.

Sie schob das leere Glas zur Seite, und Ellen sagte: «Du bist wunderschön, Edith. Weiß Gott, du kannst ein Jungenherz brechen!»

Von wegen schön, dann hätte sie ja wohl feuerrote Haare wie Carol Cunningham, und ständig würden alle Jungs sie anstarren wie Diana Vanderstock, und sie würde sich genauso zur Schau stellen oder schwarze Sachen tragen wie Lacy, die Tänzerin, und sich gar nicht darum scheren. Jetzt sitzt Edith hier, ihr Vater guckt die Parade zur Halbzeitpause, die fern von Oklahoma stattfindet, und sie denkt, wenn sie auch nicht schön ist, Herzen brechen kann sie doch. Dazu muß einen nur jemand lieben, und häßliche Leute heiraten schließlich auch und kriegen Kinder. Sie denkt, indem man jemanden verletzt, testet man seine Liebe – genau das tut ihr Vater, doch es scheint gefährlich und falsch. Da müßte man einfach nur fragen, und was macht man statt dessen? Man rennt rum und muntert sich auf, indem man andere verletzt: mit Worten, hin und her. Mit Türenschmeißen. Sie will vor allem eins wissen: ob sie sich Sorgen machen muß.

Carol sitzt am Steuer. Sie fährt den Wagen ihres Vaters, einen Bronco, denn der ist riesengroß, und ihr Vater glaubt, wenn sich Carol immer schön anschnallt, kann ihr in einem großen Auto nichts Schlimmes passieren. Letztes Jahr ist auf der Tatum ein schicker Pick-up über eine Klippe gerast. Er fuhr zu schnell; am Steuer des Lieferwagens saß ein Junge, Robin Mendelberg, der eine Show vor seiner Freundin abziehen wollte. Die Freundin hieß Suzy Dribble. Suzy hatte Glück, daß sie so hübsch war, sonst wäre sie sicher wegen ihres Nachnamens gehänselt worden, aber sie war ja hübsch, und die beiden fuhren zu schnell und rasten in den Abgrund und starben. In Robin Mendelbergs Taschen wurde Kokain gefunden. Jetzt darf man an der Stelle nur noch fünfundfünfzig fahren, und auf beiden Seiten der Kurve stehen Polizisten mit Radarfallen. Hinterher hat Mr. Buckner was ins Mikrophon gesprochen, und jedes Jahr, denkt Edith, jedes Jahr stirbt jemand anders.

Auf dem Parkplatz vorm Supermarkt stellt Carol den Bronco ab und sagt: «Okay?»

«Okay», sagt Edith.

Sie gehen rein, vorbei am Frisiersalon für alte Damen – solche mit blauen Haaren – und weiter durch die Lebensmittelabteilung in den Bereich, wo es Elektrogeräte, Fernseher und sprechende Wecker gibt. Dann am Radar vorbei in die Musikabteilung. Edith hat vierzig Dollar in ihrer Jeanstasche, sie stöbert mit Carol die CDs nach Sonderangeboten durch. Ediths Vater hat noch einen Stapel Tonbänder, die stehen in einem Regal neben den Platten, aber das Tonbandgerät funktioniert nicht mehr. Als Edith und Anderson klein waren, haben sie oft die Carpenters gehört. Karen Carpenter ist an Magersucht gestorben. Ihr Gesang klang immer so schön und einsam, sogar vom Tonband, das zwischen den Liedern immer *klick* machte, und dann hat sie sich totgehungert. Schlagzeug hat sie auch gespielt – der Sound von Haut und Knochen. Ediths Vater sagt, er war schon immer in Karen Carpenter verschossen, was vollkommen unlogisch ist, auch wenn er verheiratet ist, und Edith hat noch nicht mal einen CD-Player.

Aber wenn sie was Schönes findet, kann sie es ja auch auf Kassette kaufen, ist eh billiger. Sie kann natürlich auch was für Joe kaufen. Auf den CDs sind die Bilder größer. Schöne Bilder in leuchtenden Farben.

«Wo bleibst du denn?» sagt Carol.

Edith trennt sich vom Rockmusik-Regal und folgt Carol durch den Radar aus der Musikabteilung zu den Arzneimitteln, quer durch die Spielwaren und dann nach rechts zur Vitrine mit den Kondomen. Sie bleiben in sicherer Entfernung davor stehen, als wollten sie vorm Zahncreme- oder Shampookauf nur mal einen neugierigen Blick riskieren, nur leider kann Edith auf die Entfernung nichts erkennen. Sie sieht nur Schachteln mit Bildern von schwermütigen Sonnenuntergängen.

«Gleitfähig», flüstert Carol. «Das bedeutet, sie flutschen besser.»

«Womit machen die das denn?»

«Mit Öl. Die da sind bunt.»

Echt schräg, denkt Edith, doch als sie näher an die Vitrine tritt, wird ihr auf einmal klar, daß es nicht schräg ist, sondern bescheuert, in diesen Markt zu gehen. Jetzt kommt sie sich nicht mehr vor wie eine erwachsene Frau, die einen ganz normalen Haushaltsartikel kaufen will, sondern wie Roxanne, die mit der Störung, wenn sie sich in der Mittagspause das halbe Sandwich auf den Schoß krümelt. Alle aus Ediths Gegend, darunter auch Roxannes Mutter, kaufen hier ein. Manchmal sieht man ihr Auto draußen in der Lücke für BEHINDERTE stehen. Sie hätten in einen Supermarkt in Glendale oder Wickenberg gehen sollen; in College-Wohnheimen gibt es Kondomautomaten, da kriegt man die Dinger einzeln. Anderson sagt, manche kaufen sich gleich fünf oder sieben Stück auf einmal, und damit meint er sich, denn er wohnt mit seiner Freundin zusammen, Laurie Nochwas, die noch keine zwanzig ist. FORMANPASSEND, liest sie blinzelnd. FÜR SICHERHEIT BEI DER LIEBE. ZUR FREUDE DER FRAU. Als Edith noch ein Kind war, hat Anderson mal gesagt, Kondome sind fast wie Luftballons, nur daß sie niemand aufpustet.

Sie greift in die Vitrine und nimmt sich eine Schachtel mit VERSCHIEDENEN MODELLEN – dreizehn Stück, wie bei Keksen. Carol nimmt dieselben, und jetzt gehen sie wieder zur Musikabteilung, pfeifen ganz lässig vor sich hin, werfen im Vorbeigehen einen Blick auf die Spielsachen. Die Schächtelchen tragen sie in Hüfthöhe mit den schwermütigen Dämmerbildern nach innen, und sie laufen mit Schwung. Edith nimmt eine Kassette mit Pazifik-Cover, dann dreht sie sich um, läuft auf die Kassenreihe mit siebenunddreißig Kassen zu. In dem Markt hätte ein ganzer Flughafen Platz, und auf dem Weg nimmt sie sich noch ein Päckchen Kaugummi und sagt sich, das ist ein ganz normaler Einkaufstag, liebe Freunde und Kunden ... *Sortierte Ware – damit Sie's auf die Reihe kriegen* ... und an der Kasse steht ein Junge, sie kennt ihn nicht, picklig wie Walker Miller. Er checkt ihre Einkäufe durch, und ausgerechnet bei den Kondomen kriegt er Probleme, weil das Lesegerät den Preis nicht nehmen will, und jetzt muß er die ganzen Ziffern selbst eingeben. Langsam tippt er die Ziffern ein, mit einem Finger, und sie merkt, wie verlegen er ist. Er zittert, und seine Ohrspitzen sind puterrot angelaufen.

«Mein Mann», sagt Edith. «Sie wissen schon ...»

Carol kichert, und während Edith wartet, nimmt der Junge Carols Schachtel, schaut hin und schluckt – so viele Ziffern! Jetzt arbeitet er im Zweifingersuchsystem, damit es schneller geht, danach piept er

Carols Shampooflaschen und Tampons durch, und Carol wühlt ihr Portemonnaie durch. Ihr fehlen fast neunzig Cent; Tampons kosten eben eine Kleinigkeit. Hinter ihr steht eine Frau, die mit lauter Lebensmitteln und Kindern beladen ist – die hat offensichtlich keine Kondome benutzt –, und drängelt mit ihrem Wagen. In den Ohren des Kassenjungen pulsiert das Blut, er wartet auf Carol, die ihr Kleingeld durchzählt. Carol stößt den Einkaufswagen von sich weg zu der rücksichtslosen Frau und sagt: «Edith, kannst du mir ...?»

Jeden Moment wird Carol entweder in Tränen oder Gelächter ausbrechen, Edith weiß nicht was. Sie reicht Carol einen Dollar und sieht, wie Mrs. Fullerton, die Wirtschaftskunde-Lehrerin, durch den Vordereingang kommt. Sie trägt gelbe Leggings und etliche Silberketten.

Edith denkt, so ein Brummer wie die Fullerton geht bestimmt oft in die Lebensmittelabteilung. Vielleicht will die auch Kondome kaufen. Dazu Mortadella und einen 20-Kilo-Sack neue Kartoffeln, und jetzt zupft Carol Edith am Ärmel, sie lacht, und Edith weiß, daß der verlegene Junge denkt, Carol lacht ihn aus. «Schönen Tag noch», sagt er, denn sonst würde er rausfliegen, und Edith hat Mitleid mit ihm. Seine Ohren sind so rot, so heiß.

«Danke», sagt Edith.

«Hi, Mrs. Fullerton!» Carol winkt.

Die Fullerton guckt und sieht die beiden. «Hallo», sagt sie.

Carol rennt vor Edith durch die automatischen Türen auf den Parkplatz. Ob die Fullerton jetzt denkt, sie wären auf 'nem Trip? Zum Beispiel Kokain, was dieselbe Wirkung hat wie Adrenalin, nur daß man von Kokain krepiert. Edith denkt, die Fullerton meckert bestimmt gleich los, aber anscheinend erkennt sie Edith gar nicht. Da steht sie nun, die Fullerton, die was mit Ediths Biologielehrer Mr. Langousis hat, hinter ihrem leeren Wagen und beglotzt ein Mädchen mit dicken Brillengläsern in einem Supermarkt mit den Ausmaßen eines internationalen Flughafens, und gleich wird Mrs. Fullerton ihren Wagen mit Lebensmitteln volladen.

«Hab nur mal reingeguckt», sagt Edith und geht zum Durchgang.

Als sie endlich im Freien ist, überlegt sie angestrengt, wo das Auto abgestellt war. Sie steht auf dem Bordstein, mit ihren Kondomen, die die Liebe sicher machen, und schaut nach allen vorbeifahrenden Autos. Insgesamt dürften es so sieben Milliarden sein, und aus der Entfernung sieht es aus, als hätten sie alle vier Räder. Sie haben vier Räder und sehen alle gleich aus.

Die beiden kommen zu spät zum Training, Miss Williams ist sauer.

«Ihr seid zu spät», sagt sie im Umkleideraum.

Im Wasser will Edith ihr Zuspätkommen wiedergutmachen. Mr. Rolf bläst in die Trillerpfeife, das macht er immer, und sie schwimmt kraftvoll und schnell: dreiunddreißig Freistilzüge zum Aufwärmen, wie üblich. Nachher kommen dann Kamikaze-Sprints, und das Wasser ist kühl und weich. Bei ihrer ersten Wende geht sie zu früh in die Drehung und kommt aus dem Tempo, die Wand ist zu weit entfernt, und sie muß zu früh mit dem nächsten Armzug einsetzen – wie wenn ein Auto im falschen Gang durch den Regen bergauf tuckert. Sie bekommt Wasser in die Chlorbrille, das Chlor schmeckt süß, und sie wird es wiedergutmachen. Das schafft sie, sie wird so lange schwimmen, bis Miss Williams nicht mehr böse ist und sie wieder Jenna zu ihr sagen darf, wobei man natürlich bedenken muß, daß Miss Williams schon eine ganze Weile böse ist. Sie hat Schluß gemacht mit Mr. Morrison, und nun spricht der kein Wort mehr, schreitet ständig die Gänge ab und stiert dabei auf die Wände oder den Fußboden. Wenn sich Miss Williams und Mr. Morrison auf dem Gang begegnen, lächeln sie sich nicht mal an, allerdings grüßt Morrison jedesmal. Hey, sagt er und hört sich an wie einer aus Alabama, und dann läuft er weiter über den Gang, tut so, als wollte er wirklich weggehen, weil er ja niemals schläft. Genau so sieht der Mann aus: als ob er niemals schläft.

Stoß!

Am linken Beckenrand läuft Jenna auf Ediths Höhe mit. Sie läuft mit ihr mit, trägt einen blauen Badeanzug, blau wie ein düsterer Himmel, und brüllt Edith an – *Power Power Power* –, und als Edith in die Wende gehen will und sich nach der Wand streckt, packt eine Hand ihren Arm und zieht daran.

Wasser läuft ihr aus der Nase, sie prustet. «Was ist?»

«Dein Kopf», sagt Jenna. «Du läßt deinen Kopf hängen. Nimm den Kopf hoch!»

«Okay.»

«Guck ins Wasser. Nimm den Kopf hoch, so verschenkst du ja 'ne halbe Stunde! Nimm den Kopf hoch, Edith!»

«Es läuft mir in die Augen!»

Jenna greift nach Ediths Chlorbrille. Sie nimmt sie, zerrt den Gummi hinter ihren Ohren vor, durch die Haare. Edith schaut hoch und kann kaum den Umriß ihrer Trainerin ausmachen.

«Ja, na und? Ist das irgendwie wichtig? Nimm den Kopf hoch! Du mußt ins Wasser *reinschwimmen*. Und leg dich nicht immer nur auf die rechte Seite.»

«Mach ich gar nicht.»

Jenna schwingt sich ins Wasser. Gleich schlägt sie zu, denkt Edith. Statt dessen steht Jenna bis zum Bauchnabel im Wasser und sagt, mach dich lang. Sie hält Edith in der Balance, und ihre Hände sind warm vor lauter Wut, so warm, daß die Hitze von ihren Fingern durch Ediths Badeanzug dringt. Edith versucht, sich zu konzentrieren und stillzuhalten.

«Auf der linken Seite Luft holen», sagt Jenna. «Okay, jetzt rechts.»

Edith will sich nach rechts drehen. Sie hat noch nicht mal den Mund aus dem Wasser, da läßt Jenna sie los. Edith schwimmt sich frei, und mit einem Ruck ist Jenna hinter ihr, packt sie am Nacken und dreht ihren Kopf nach rechts.

«Da. Merkst du's? Hast du das gemerkt?»

«Ja.»

«Das ist es. Jedesmal. Da hängst du jedesmal. Du hängst. Der Hänger muß weg, Edith. Gewöhn dir das ab, und halt die Augen grade!»

Edith dreht sich um, damit sie ihr Gegenüber sehen kann, aber sie sieht überhaupt nichts – nur etwas Blaues, Jennas Badeanzug –, und Edith weiß, Jenna ist wütend, und sie weiß auch, Jenna ist schön. Sie starrt Jenna an und denkt, ich hasse diese Frau. Sie sagt sich, daß sie diese Frau haßt, die sie fürs Zuspätkommen gleich so anbrüllt, egal wie schön sie ist, und jetzt machen die anderen Schluß. Sie paddeln in einer Reihe unter den Startblöcken und hören zu, wie Jenna ihren ganzen Haß auf Edith abläßt. Sogar Mr. Rolf, der normalerweise anderen was erzählt, hört zu. Alle hören sie zu und sehen Miss Williams an.

«Erst kommst du zu spät. Dann bist du unkonzentriert. Was willst du?»

«Nichts.»

«Nichts? Du willst nichts?»

«Nein.»

«Dann geh raus. Raus mit dir, Edith, und komm erst wieder, wenn dir eingefallen ist, was du willst.»

Jenna schwingt sich auf den Beckenrand, das Wasser läuft von ihrem Badeanzug, sie brüllt: *Auf die Blöcke! Aufstellung!*, und prompt stellen sich alle in einer Reihe auf. Edith könnte natürlich bleiben, aber dann müßte sie vor aller Augen allein ihre Aufwärmung beenden. Die Jungs stehen bibbernd mit verschränkten Armen da, weil sie weniger Fett haben; daneben die Mädchen, Arme in die Hüften. Edith stemmt sich aus dem Wasser hoch, und Carol sagt: «Hey. Hey!»

Edith dreht sich um, aber Miss Williams würdigt sie keines Blikkes. Sie ist mit der Stoppuhr beschäftigt. Im Umkleideraum hört Edith durch die offene Tür, wie die Schwimmer ins Wasser platschen – wie das Wasser aufschäumt. Normalerweise sehen Ediths Sprünge vom Startblock so aus: sie streckt sich und versucht, weit zu kommen; dann sind die anderen aber auf der Mitte der Bahn; Edith denkt bei jedem Sprung, diesmal wird er vielleicht perfekt. Als sie unter der Dusche steht und ihren Badeanzug auswäscht, sagt sie sich, daß sie Jenna haßt ... *Ich hasse die Frau* ... Sie wringt den Badeanzug aus. Sie steht unter der Dusche; heulen wird sie auf keinen Fall, denn jeder Sprung ist eine neue Chance, perfekt zu sein, und sie kann die Stimmen von draußen hören, die Trillerpfeife von Mr. Rolf, das schäumende Wasser im Schwimmbecken – das wird immer in den Augen brennen, bis sie bluten.

Die Kondome sind *transparent*, das heißt, sie sind hautfarben, je nachdem, was die Haut für eine Farbe hat. Joes Arme und Schultern sind braungebrannt, ein richtiges Rehbraun, das zur Brustmitte hin völlig verblaßt; sie weiß nicht, welche Farbe sein restlicher Körper hat, wahrscheinlich die gleiche wie sein Mund. Anderson sagt immer, die wichtigsten Stellen haben die gleiche Farbe wie die Lippen. Man muß einfach nur auf den Mund schauen. Joes Mund hat sie gespürt, und auch die Farbe, die unter seinen Jeans anschwillt. Seine Jeans sind blau, genau wie die Finger ihres Vaters, weil sie vom Blut geschwollen sind, und eigentlich hat sie überhaupt keine Ahnung, wie sich so was anfühlt. Aus dicker Baumwolle sind die Jeans und vom vielen Waschen an manchen Stellen fast weiß.

Unten in ihrem Schrank steht eine Umzugskiste mit der Aufschrift ZIMMER EDIE, in der sie ihre alten Schlittschuhe aus Michigan findet. Heute läuft sie nicht mehr Schlittschuh, weil sie in Arizona wohnt, wo es kein Eis gibt; sie legt die Kondomschachtel in einen der Schuhe, so daß die Lasche darüber sitzt, und sie denkt, irgendwann ist es soweit. Letzte Woche, vor dem Trip nach Fountain Hills, sind sie zu einer Party in der Wüste gefahren. Die Party stieg in der Nähe der 106ten Straße – am Arsch der Welt also, es gab Bier vom Faß auf Pick-up-Ladeflächen, und dazu leuchteten ein paar Geländestrahler den Himmel an. Die Party-Leute waren vom Phoenix College und von der Scottsdale Community High, also eigentlich dem Scottsdale Community College. Das Phoenix College wird FK genannt, aber den Witz hat Edith erst nach einer Weile gerafft. Es war ein ziemliches Treiben in der Wüste, lauter Leute aus allen Ecken. Ein Stück weiter nach Osten standen neu gebaute Wohnhäuser, riesengroß und millionenschwer, und Joe stellte seinen Wagen an einer Einfahrt ab, weg von den vielen Autos und dem Lärm. Er sah sich die Gegend an.

«Vor fünf Jahren», sagte Joe, «war hier nichts als Wüste. Da mußte man nich so weit rausfahrn wegen 'ner Party.»

Vor fünf Jahren war Joe zwölf, dachte sie. Langsam näherten sie sich der Party. Die Leute schlenderten rum und tranken Bier aus Plastikbechern. Nach einer Weile holte Joe sich Bier, quatschte mit Howie Bently, mit McGregor und ein paar Typen vom FK, die mal Ringer an der Gold Dust High waren. Edith hörte Musik und schaute in den Himmel. Ein schöner Himmel, voll von Sternen und Licht, und unter ihnen im Tal lag Mesa, wo die Mormonen wohnen, die mit fünfzig verschiedenen Frauen ins Bett gehen. Die Mormonen-Frauen tragen ganz spezielle Unterwäsche, die kaum jemand zu Gesicht bekommt, und Edith weiß nicht, woran die glauben.

«Hey», sagte Howie Bently.

«Hi, Howie.»

«Wie geht's?»

«Gut. Schön hier draußen. Schöner Abend.»

«Ja», sagte Howie. «Mit Walker war ich öfter hier. Fand er total stark. Wir sind hier rausgefahren und rumgekurvt, weißte. Sind bißchen rumgekurvt und so. War echt schau.»

Joe kam mit McGregor, dem Hünen, und Colin Houston zu ihnen rüber.

«Hey, Ed», sagte McGregor.

«Edith», korrigierte sie ihn.

«Scheiße, eh», sagte McGregor. «Wo hast 'n deine ganzen Kumpels gelassen?»

«Keine Ahnung.» Colin Houston zuckte die Schultern. Alle Blicke ruhten auf Colin, der einen Joint ansteckte. Edith roch das furchtbar gerne – *Marihuana*.

Joe ging sich noch ein Bier holen, und auf einem Pick-up tanzten ein paar Mädchen. Edith hörte Gekreische aus einem der Autos. Colin hockte im Schneidersitz auf dem Boden und paffte seinen Joint. Friedensjoint sagte er dazu. Ab und zu schaute er hoch und grinste. Howie fragte, ob irgendwer ein bißchen Stoff hätte, dann zog er ab. Sie wußte nicht, wo Joe steckte, der konnte überall sein, und als Howie zurückkam, fragte er Edith, ob sie Bock auf eine Ladung Koks hätte, aber sie wollte nicht, aus Angst vor den Folgen, obwohl sie es eigentlich immer schon ausprobieren wollte, nur mal so. Howie öffnete ein kleines Päckchen aus Alufolie. Er leckte seinen Finger an, nahm ein bißchen Koks auf die Spitze und sagte: «Fletsch mal deine Zähne.»

«Was?»

«Na los, stell dir vor, du haßt mich.»

«Aber ich haß dich doch gar nich, Howie», säuselte sie.

«Los, mach schon. Tu einfach so.»

Sie versuchte es, und dann rieb er seinen Finger über ihr Zahnfleisch. Sie spürte seinen Finger im Mund; das reichte genau zum Probieren. Wie Kreide, und sein Finger, und nach einer Weile kriegte sie Lust aufs Knutschen. Ihr Mund lebte auf, und sie wollte sieben Stunden lang knutschen. Dann nahm Howie seinen Löffel von McDonald's, so einen zum Kaffeeumrühren, und schnupfte. Sie stand gedankenversunken da und betastete ihren Mund.

«Is wie Sex», sagte Howie. «Weißte ...»

«Kennst du Carol?» fragte sie ihn.

«Carol?»

«Jaja, Carol Cunningham, weißte?»

«Ach ja, klar. Rote Haare.»

«Feuerrot.»

«Die is echt süß. Willste nich doch mal probieren?»

«Hä? Probieren?» sagte Colin.

«Hä? Süß?» sagte McGregor. «Das würd mich ja mal interessieren. Wer is hier süß?»

«Mach 'ne Fliege», sagte Howie.

«Haare. Süße Haare», sagte Colin und nickte. «Echt rot.»

«Kack ab, Bently», sagte McGregor. «Du blö ...»

«Hey!» Colin fuchtelte mit seinem Joint in der Luft. «Hey!»

«Hey ...», rief Joe, der auf sie zu gerannt kam, ohne Bier. Er nahm Ediths Schulter und blickte zu Howie. «Los, komm!»

«Was 'n?»

«Bullen. Kommt!»

Sie rannten los. Zuerst langsam, im lockeren Tempo an den Rändern der Lichtkegel entlang. Als sie ins Dunkle kamen, spürte sie Howies Hand auf ihrer Schulter, wo Joe sie vorher angefaßt hatte. Howie führte sie, weil sie in der Finsternis absolut blind war. Sie rannten gerade an den Rändern lang, da ging es los: Sirenengeheul durchschnitt die Luft, und von hinten strahlten Suchscheinwerfer den Himmel an – mindestens fünf Streifenwagen. Sie hörte McGregor keuchen, *O Scheiße, Scheiße, Scheiße,* und Colin Houstons Lache, und weiter hinten kreischten die Mädchen im Lkw-Container auf. Die Sirenen verstummten, und ein Bulle kommandierte durch eine Flüstertüte ... *Keine Bewegung! Anhalten! Stehenbleiben! ...* Sie rannten weiter, durch Büffelgras und Kakteen, wie das piekte, dann durch einen vertrockneten Bach und einen Wasserlauf runter in Richtung Mesa, wo Meilen entfernt die Mormonen wohnten.

Plötzlich erkannte sie eine Mauer mitten durch die Wüste – eine weiße Mauer, so groß wie Howie, die irgendein Privatgrundstück eingrenzte und im Mondlicht schimmerte –, und ihr war klar, daß sie da rüberklettern mußte, hinter Joe und Howie her, die beide oben draufstanden und ihr hinüberhalfen. Sie griffen nach Ediths Armen, und als sie einen Blick zurück werfen wollte, sah sie nichts.

«Colin», sagte sie. «Wo bleibt Colin mit McGregor?»

«Los, komm!»

Sie zog an den Armen der Jungs, zog sich hoch auf die Mauerkante, und der Putz scheuerte die weichen Stellen unter ihren Armen auf. Sie setzte sich rittlings auf die Mauer und schwang sich runter. Dann blieben sie ganz still auf dem Boden sitzen und atmeten schwer.

Sie waren in einem riesigen Garten – so groß wie ein Fußballfeld –, und vor ihnen war ein hoher Maschendrahtzaun mit einem Tennisplatz dahinter. Sie konnte Licht sehen, einen Swimmingpool, taghell erleuchtet.

«Ich hab's geahnt», sagte Joe. «Den Scheiß hab ich geahnt.»

«Tja», sagte Howie lachend. «Da hätten se uns ja fast geknackt!» Er griff in seine Army-Kutte, brachte zwei Bier zum Vorschein und ploppte sie auf. «Willste?» sagte er und streckte eine Büchse vor.

«Scheiße», sagte Joe. «Diese scheiß FK – die ganzen Arschgesichter von der FK ...»

Edith beugte sich vor und gab Joe einen Kuß auf den Hals. Sie küßte ihn auf den Hals, es schmeckte nach Salz, und dazu der Geruch. Howie lachte.

«Mann», sagte Howie. «Da hätten wir ja beinah ein' auf Walker Miller gemacht!»

«Beinah», sagte sie. Ob sie einen sitzen hatte? Sie hielt es für möglich, obwohl sie wußte, sie könnte noch meilenweit rennen, ohne aus der Puste zu kommen. Sie wußte nicht, ob sie einen sitzen hatte. Auf jeden Fall blieb ihr fast die Puste weg.

Sie sitzt in ihrem Zimmer, überfliegt die Mitschriften von Geschichte. Sie wartet auf Joe, und sie denkt, was mache ich hier eigentlich. Sie müßte sich die Mitschriften durchlesen, alles über Vietnam und die Frauenbewegung, aber irgendwie ist ihr beides ziemlich schnuppe. Ist doch alles kalter Kaffee; die in den Sechzigern haben das Land halt zu dem gemacht, was es heute ist.

Pleite, sagt ihr Vater.

Ein Land voll demokratischer Energie, sagt Mr. Nadolny. *Gleichheit für alle bedeutet Gleichheit für alle ...*

Ganz schön wild, wenn du mich fragst, hat Walker mal gesagt.

Es klingelt, und sie weiß, es ist Joe. Auf dem Flur bleibt sie stehen und sieht zu, wie ihr Vater mit ihm redet.

«Hallo, Jim.»

«Hi, Mr. McCaw. Wie geht's Ihrem Arm?»

«Edie!» ruft ihr Vater. «Dein Liebster ist da!»

Sie steht im Flur, versteckt sich fast. Sie belauscht das Verhör ihres Vaters. Er strengt sich mächtig an, um Fragen zu finden. «Wollt ihr heut abend ausgehn?»

«Ja, genau», sagt Joe. «Mal sehn, vielleicht 'n Film angucken.»

«Welchen?»

«Is egal», sagt Joe. «Was halt grad läuft.»

«Hast deinen Wagen lackiert, hm?»

«Ja», sagt Joe. «Fast. Is erst die Grundierung. Die andre Seite muß ich noch machen. Na ja, von hier sieht's aus, als wär's schon fertig.»

Jetzt gehen ihrem Vater die Fragen aus; er spekuliert, warum Edith so lange braucht. Wie sie so den Rücken ihres Vaters betrachtet, seine Schulterbewegungen beim Sprechen, denkt sie, bestimmt mußte ihr Vater dasselbe auch durchmachen. Bestimmt mußte auch er sich mit Eltern unterhalten und lauter solche Fragen beantworten. Ihr Vater glaubt, daß sie mit Joe schläft – *fickt* –, weil das alle machen. Sie stellt sich vor, wie ihr Vater ihren Schreibtisch und ihren Schrank durchstöbert, wie er in ihrem Tagebuch liest und die Kondome in ihren Schlittschuhen findet. Einen Augenblick lang will sie fast welche holen.

Wieviel denn?

«Edith?» sagt ihr Vater.

«Hi!» sagt sie und küßt Joe auf die Wange.

Er wird rot, weil sie ihn hier vor ihrem Vater geküßt hat. Jetzt küßt sie ihn auf den Mund.

«Seht euch vor, Kinder», sagt ihr Vater.

«Okay», erwidert Joe und ist ganz rot im Gesicht.

«Nein», sagt ihr Vater. «Nicht okay. Ihr sollt euch vorsehn, weil da draußen 'ne Menge Verrückte rumlaufen.» Ihr Vater zeigt mit zwei violetten Fingern nach draußen. «Da draußen», sagt er, «da gibt's Leute, die sind so was von verrückt. Die murksen dich schon wegen einem Blick ab. Seht euch vor, darum geht's mir. Seht euch ganz doll vor. Ich mein, ich kenn dich ja kaum, Jim.»

«Tschüs, Dad!»

Sie nimmt Joes Arm und wartet darauf, daß ihr Vater die Tür hinter sich schließt, aber er macht keine Anstalten. Sie gehen über den Schotter zu Joes Wagen, der hinter den Yuccapalmen steht, und sie merkt, daß Joe vor Aufregung zittert. Leise sagt er: «Carol hat erzählt, du hattest heut Ärger mit Miss Williams.»

«Ach Quatsch. War nichts weiter.»

Als die Tür in ihrem Rücken endlich zuklappt, denkt sie, langsam wird es Zeit. Langsam wird es Zeit, daß sie mit der Schwimmerei aufhört und erwachsen wird. Sie denkt, wenn die Tür zu ist, heißt das, ihr Vater weiß genau, was sie jetzt machen wird. Im Wagen sieht sie Joe zu, wie er den Zündschlüssel einsteckt, und hat ein taumeliges, bedrohliches Gefühl.

«Na, Jim», sagt sie lachend. «Was machen wir jetzt?»

Wenn man von der Scottsdale Road aus auf dem Shea Boulevard zweiundzwanzig Kilometer ostwärts fährt, bergauf am Tal entlang und über die 124te Straße weg, kommt man nach Fountain Hills. Das ist eine Wohnsiedlung, die durch ihren Baggersee mit Springbrunnen hervorsticht. Der Springbrunnen schaltet sich zu jeder vollen Stunde an und ist der größte von ganz Amerika, vielleicht sogar der Welt. Er schleudert tonnenweise Wasser in den Wüstenhimmel, und die Leute kommen aus Berlin und Rio de Janeiro her, um ihn zu bestaunen. Kilometerweit kann man das Wasser in den Himmel schnellen sehen und den Regenbogen, der dabei entsteht, und da fahren Edith und Joe meistens hin – nach Fountain Hills, weil sie dort leicht einen Parkplatz finden, wo sie ungestört sind. Sogar Sicherheitspatrouillen gibt es dort. Die fahren langsam um den See und leuchten mit ihren Scheinwerfern die Wiesen ab, so daß der Himmel über einem aufleuchtet, und weil sie nett sind, leuchten sie niemals ins Auto. Statt dessen lassen sie ihren Lichtkegel einfach über einem kreisen, damit man weiß, daß sie immer in der Nähe sind.

Während Joe aus der Stadt herausfährt, schaut Edith zu, wie die Lichter in Wellenlinien über die Motorhaube seines langen Wagens rieseln. Die Motorhaube ist lang, und der frische Lack wellt sich überall, so daß im Licht ein Meerwasser-Effekt entsteht – grau und sehr, sehr dunkel. Nachts ist die Stadt wunderschön, wie auf einer Postkarte, und sie schaut das Licht an. Im Wagen läuft Musik, und Joe klopft mit der flachen Hand den Beat mit, seine Handfläche prallt vom Armaturenbrett ab; diesen riesigen Wagen steuert er nur mit einer Hand. An den Simulatoren in Verkehrserziehung müssen sie ihre Hände wie auf der 10 und der 2 vom Zifferblatt halten, aber Edith weiß, so fahren in Wirklichkeit nur alte Leute. Einmal, als Edith ihrer Mutter sagte, sie solle die Hände nicht so halten, sagte die nur «Okay» und machte das Radio an. Wenn ihre Mutter nachdenken will, sagt sie immer «Okay».

Und so sieht die ganze Welt aus, denkt Edith: alles in Butter, alles wird gut, okay. Seit Edith denken kann, hat ihre Mutter gesagt, wenn sie kein Fleisch gegessen hätte, wer weiß ... vielleicht wäre dann der Parasit – *Toxoplasma* – nie in ihren Körper eingedrungen, und damit auch nicht in Edith. Sie hat Embryos auf Bildern gesehen, die sahen aus wie kleine Leute mit zugekniffenen Augen, und manchmal stellt sich Edith vor, wie sie in einem kleinen Wasserbekken tief im Leib ihrer Mutter steckt und ihre Augen ganz fest zudrückt, damit nichts Schlimmes reinkommen kann – Krankheitserreger, Parasiten, lauter Dinge, die die Augenhornhaut befallen, so daß man erblindet.

«In richtigen Städten», sagt ihre Mutter, «fährt doch niemand mehr Auto. Ist viel zu stressig.»

Mr. Morrison sagt immer, das Leben ist keine Wassermelone und Streß ist ganz was anderes. Streß ist so ein Wort, das Lehrer benutzen, wenn sie vor ihren Schülern total verständnisvoll rüberkommen wollen, und durch Joes Frontscheibe hat man den ultimativen Arizona-Blick: Himmel, Staub und Massen von Autos. Wenn ihr Vater bei ihr gut Wetter machen will, sagt er, daß er ihr vielleicht mal ein Auto kauft, aber das sind garantiert nur leere Versprechungen, weil so was einfach nicht passiert. Heute haben sie am Simulator paralleles Einparken geübt, und sie hat einen Cockerspaniel überfahren. Sie hat ihn gar nicht gesehen, aber sie wußte, daß Mr. Morrison hinten in seinem Kabuff jetzt das Bild scharf stellte und sich Notizen machte.

«Der Hund!» schrie er die Schüler an. «Paßt auf den Hund auf!»

Jetzt fährt sie mit Joe in östlicher Richtung nach Fountain Hills, und er fragt: «Was is denn?»

«Bitte?»

«Was hast 'n du?»

«Ich hab heut 'n Hund totgefahren. In Verkehrserziehung.»

Joe dreht den Kopf, er lächelt. «Den Cockerspaniel?»

«Genau den.»

«Is dir schon mal aufgefallen, daß die immer nur kleine Hunde nehmen? 'ne dänische Dogge oder 'n Bernhardiner kommt da niemals vor.»

Sie nimmt seine Hand und schaut sie an. Überall Schwielen vom Hantelstemmen; in den Ritzen ist grauer Lack vom Auto, und sie denkt daran, wo seine Hand schon überall war und wo sie noch hinkommen wird: er wird seine eigene Kreditkarte darin halten, sein Waschmittel und seine Gesetzbücher, denn wahrscheinlich wird Joe Rechtsanwalt wie sein Vater. Oder Makler, eins von beiden. Die Hand wird Schuhe putzen, und jeden Tag, jeden Tag in seinem ganzen Leben wird sie durch seine Haare gleiten. Er wird damit die Lenkräder von allen Autos festhalten, die er mal fahren wird, und jedes Jahr wird er Leuten zum erstenmal die Hand schütteln. Er wird all die Dinge tun, die man eben in einem Leben so tut, aber darüber weiß Edith nicht Bescheid. Die Zigeuner können das, die müssen sich nur die Linien einer Hand ansehen und können es einem sagen, und sie schließt die Augen, hält seine Hand und denkt, sie haben noch so viel vor sich. So viele Dinge, so viele Ziele.

In der Nacht neulich, als sie sich vor der Polizei in den Millionärsgarten geflüchtet hatten, wo sie an der Mauer hockten und Howies letztes Bier tranken, legte sie ihren Arm um Joes Taille und küßte ihn auf den Hals, und bald stellte sie fest, daß sie nicht allein waren. McGregor und Colin Houston hatten sich irgendwie zum Highway durchgeschlagen und sich dann von jemandem aus der Scottsdale Community High nach Hause fahren lassen, aber Edith, Joe und Howie, die in dem Garten hockten und ihr Bier austranken, hörten auf einmal Stimmen, und dann kamen die Stimmen raus auf die beleuchtete Terrasse und drangen durch die trockene Luft wie über einen stillen See ... *weit* ... und die drei saßen wie versteinert und lauschten: eine Frau, fröhlich lachend und voller Musik, und ein Mann, genauso fröhlich, und dann spritzte das Wasser. Der Mann und die Frau sprangen in den Pool. *Guck mal!* sagte der Mann, er stand auf dem Sprungbrett und sprang hinein. Die Frau lachte. Edith überlegte: Waren die beiden verheiratet, oder betrogen sie gerade Menschen, die sie schon liebten? Oder waren sie einfach ganz normale Leute, die mitten in der Nacht auf dem Grundstück eines Millionärs ein Bad im Pool nahmen? Sie hörte Howie in der Dunkelheit atmen. Sie spürte das Kokain auf ihrem Zahnfleisch, ihr Mund wurde wäßrig, und sie schlang den Arm ganz fest um Joes Taille und flüsterte ihm ins Ohr: «Hey. Was machen die da?»

«Baden», raunte er zurück.

«Die baden.» Howie redete fast laut. «Aber echt, Leute. Echt, das macht gar nix.»

«Aber was haben die denn vor?» flüsterte sie, und jetzt drückte sie Joe noch fester, legte die andere Hand zwischen seine Beine und merkte, daß er einen vollen Steifen hatte – steif wie ein Buchrücken. Das mußte doch weh tun, wenn er einem so stand und man ihn nirgendwo reinstecken konnte. Sie kannte das bisher nur aus Büchern, und nun saß sie da und hatte ihre Hand auf dem Rücken von seinem Schwanz.

«Joe, was haben die denn vor?»

Als die Stimmen verstummten, wußte sie, was die beiden im Pool vorhatten. Die Frau hörte auf zu singen, und jetzt war nur noch das Wasser zu hören und die Luft, die sie alle einatmeten ... ab und zu ein Plätschern ... und Howie robbte auf dem Boden nach vorn. Er sah aus wie im Film. Er machte Lärm; solchen Lärm hatte Edith noch nie gehört, und hier lag ihre Hand, zwischen den Beinen von ihrem Freund, und sie wollte auch in dem Pool sein.

Das war vor einer Woche. Jetzt öffnet sie die Augen und schaut aus dem Fenster – vorsichtig, als würde sie in einen Traum abgleiten. Ein einsamer Suchscheinwerfer von der Patrouille wandert draußen vorbei, füllt die Landschaft mit Licht beim Schwebeflug über Gras und Wasser zum anderen Ufer. Der dunkle Himmel, das viele Gras und der Lichtschein, der langsam über ihnen wandert – ein Leuchtsignal, das einem den Weg weist; Joes Hand ist unter ihrem Pullover, hakt den Verschluß auf, und ihr Körper ergießt sich in seine Hand – sie spürt die rauhen Stellen seiner Hand auf ihrer Haut, die sich fast flüssig anfühlt, wie Wasser. Der Lichtstrahl wandert durch den Himmel; blaß wie ihre Haut, sucht er einen Landepunkt, und als sie Joe küßt, ganz konzentriert, sagt sie sich ein paarmal, daß sie ihn liebt. Sein Mund ist eine Droge, denkt sie, und sie lenkt seine Hand über ihre Haut, ihren Nabel, in ihre Jeans, und als ihre Jeansknöpfe aufgehen, ihrer beider Hände sich die Kleider vom Leib reißen, klingt es wie Feuerwerk – wenn es loskracht, genau wie das immer klingt, wenn es kracht.

Später, im Fond des Leichenwagens, betrachtet sie zum erstenmal seinen nackten Körper. Sie hockt im Schneidersitz und betrachtet seinen Körper, fährt mit den Fingern über seine Hüftknochen, über den schmalen Haarpfad zum Bauchnabel, und sie denkt, auch er war mal in einem Bauch, wie wir alle. Er hat kleine Brustwarzen wie ein Mädchen, und bevor ein Körper wächst, besteht er aus lauter Muskeln und Blut und später auch aus Samen. Sie hat Durst und denkt an das Schwimmbecken, an Chlor, das das Wasser reinhält, und sie kann gar nicht fassen, was sie gerade für ein Gefühl hat, weil sie noch niemals in ihrem Leben so sicher und zugleich so ängstlich war. Weil sie weiß, das kann nur Liebe sein. Und weil sie es jetzt kennt und nicht weiß, was sie danach sagen soll; und Joes Mund, sein Mund, wie er sich an ihrem Körper labt. Der menschliche Körper ist ein Geheimnis. Er besteht zu neunzig Prozent aus Wasser, der Rest treibt einfach so dahin und hält das Ganze irgendwie zusammen – Haut und Haare, die Knie, und jetzt hört sie vom Wasser her den Springbrunnen: die Pumpen im See starten, und die vielen Scheinwerfer gehen an, damit die ganze Welt zuschauen kann. Die beiden hören zu, wie das Wasser hochschießt, hoch in die Luft, bis es zerstäubt und ein Regenbogen entsteht. Den Dunst trägt der Wind mit sich fort, dahin möchte sie jetzt auch, und nun weiß sie, daß sie panische Angst hat, denn das Wasser ist kalt. Eiskalt; sie schaut auf den Springbrunnen und zu Joe, und die weiße Haut auf ihrer Brust streicht über die dunkle an seinem Arm, und sie denkt, im Moment hat sie keinen größeren Wunsch als ein Glas Wasser für ihre trokkene Kehle.

«Ich bin total glücklich», sagt sie schließlich und küßt ihn. «Aber können wir losfahren?»

Die Haut ist das größte menschliche Organ, gefolgt vom Verdauungstrakt, der die Energie liefert, und von den Lungen, die den Körper mit Sauerstoff versorgen ... und dem Herz, das durch den Blutkreislauf Sauerstoff in den Körper pumpt. Sie will jetzt Ärztin werden. Das hat sie gerade entschieden, weil sie sich nichts Vernünftigeres mehr vorstellen kann, als zu erforschen, wie der Körper funktioniert und was sie tun kann, um ihn ewig zu erhalten.

Nächste Woche muß Spencer ins Krankenhaus, damit sie die Stahlplatte aus seinem Bein rausnehmen können. Wenn sie Fachärztin wäre, zum Beispiel für Knochen, könnte sie Spencer gesund machen. Sie überlegt, ob Knochenärzte gute Augen brauchen, und endlich fällt der Groschen: natürlich müssen sie gut sehen. Sie müssen die vielen kleinen Risse im Knochen erkennen. Sie könnte niemals Ärztin werden. So, wie sie die Hunde abschlachtet, langt's nicht mal zur Tiermedizin. Pferdeärztin ginge vielleicht noch, Pferde sind groß; sie muß einen realistischen Berufswunsch finden, denkt sie. Bis zum heutigen Tag hat sich Edith eingebildet, Oakland läge in Oklahoma; sie hat sich sogar eingebildet, daß sie mal Schwimmtrainerin werden würde.

«Woran denkst du?» fragt Joe in der Einfahrt.

«Ach, nichts.»

Sie stehen schweigend unter der Paloverde, denken nur und halten sich aneinander fest, bis Ediths Sperrstunde um zehn Minuten überschritten ist, dann um fünfzehn.

Sie sagt: «Ich muß jetzt rein.»

«Ich weiß.»

«Willst du wirklich Anwalt werden?»

«Ich weiß nich. Wahrscheinlich eher Makler. Verdienste mehr.»

«Dann mußt du ja zur Makler-Schule, was?»

«Tja. Glaub schon.»

Nach Ediths Rechnung muß Joe mindestens noch sieben Jahre die Schulbank drücken, vielleicht auch acht, je nachdem. Sie denkt, acht Jahre, das ist noch sehr lange hin, obwohl, so lange nun auch wieder nicht. Vor acht Jahren war sie gerade mal neun, aber das kommt ihr irgendwie spanisch vor: daß sie vor acht Jahren wirklich erst neun Jahre alt gewesen sein soll.

«In acht Jahren», sagt sie, «bin ich fünfundzwanzig.»

«Was?»

«Da bist du auch fünfundzwanzig. Schon fast dreißig, wenn man mal drüber nachdenkt.» Sie küßt ihn und sagt: «Ich ruf dich nachher an, ja?»

«Okay.»

Sie verabschieden sich ... *tschüß* ... noch dreimal, dann geht sie endlich rein. Im Haus ist es totenstill. Sie sieht zu, wie Joe abfährt, und geht in die Küche, um sich ein Mineralwasser zu holen. Im Bad putzt sie sich zweimal die Zähne und wäscht sich das Gesicht. Es ist rot und aufgequollen – wie wenn sie zu lange geschlafen oder sehr schlimm geweint hat. Sie nimmt ihre Kontaktlinsen raus.

Sie zieht ihr Nachthemd an, schnappt sich das Telefon vom Flur und nimmt es mit in ihr Zimmer. Sie geht ins Bett und stellt sich das Telefon auf den Schoß. Manchmal quatscht sie die ganze Nacht mit Joe. Manchmal wacht sie morgens auf, und das Telefon steht neben ihrem Kopfkissen oder auf dem Fußboden, und sie überlegt, worüber sie geredet haben könnten. Manchmal, wenn es gut ist, erzählen sie sich, was sie aneinander am meisten mögen, und das ist das schwerste: jemandem etwas zu sagen, worauf er einen für immer festnageln kann. Zum Beispiel hat sie neulich erfahren, daß sie eine angenehme Stimme hat, daß es angenehm klingt, wenn sie redet. Das hat sie vorher nicht gewußt, genau wie andere Dinge, die ihr Joe sagt. Und mit dem, was sie zu Joe sagt, ist es nicht anders, zum Beispiel, wie er seine Turnschuhe zuknotet oder wie er immer auf seine Zehen guckt, wenn jemand was Nettes über ihn sagt. Manchmal, wenn sie weiß, daß sie nette Dinge über ihn sagt, die er gern hört, stellt sie sich vor, wie er im Bett liegt und auf seine Zehen guckt. Sie fragt sich, wo dann seine Hand ist und was er wirklich fühlt.

Manchmal verrät er es ihr, weil sie jetzt kein Mädchen mehr ist. Sie ist siebzehn Jahre alt, und in einem Jahr darf sie zur Wahl gehen und allein wohnen, wenn sie ans College geht. Gerade setzt sie sich auf, um Joes Nummer zu wählen, da hört sie Schritte auf dem Flur – ihr Vater. Er bleibt vor ihrer Tür stehen und klopft an. Schnell läßt sie das Telefon unterm Kissen verschwinden und versucht, die Schnur zu verstecken.

«Edie?»

«Ja?»

«Da bist du ja», sagt er und tritt in das dunkle Zimmer. «Ich hab mir Sorgen gemacht.»

«Ich war pünktlich.»

«Ich weiß. Ich hab das Auto gehört. Hab mir trotzdem Sorgen gemacht.» Ihr Vater reibt über die Schiene an seiner Hand. Er setzt sich zu ihr auf die Bettkante und tätschelt ihr Knie.

«Geht's dir gut?»

«Ja doch», sagt sie. «Bin nur müde.»

«Du hast nicht zufällig das Telefon gesehn, wie?»

Ertappt! Sie kichert gekünstelt und zieht das Telefon unterm Kissen vor. «Hab's sozusagen grad hier gefunden.»

«Deine Mutter ist noch nicht zu Hause», sagt er. «Sie hat angerufen und gesagt, sie verschwindet für ein paar Tage.»

«Ein paar Tage?»

«Sie ruft vielleicht noch mal an.»

«Also warten wir beide auf einen Anruf», sagt sie und begreift langsam.

«Seit wann telefonierst du denn im Schlaf? Laß doch das Telefon. Du brauchst Schlaf.»

«Wann kommt sie wieder?»

«Sicher bald. Sie ist furchtbar böse auf mich.» Er zündet sich eine Zigarette an, und für einen Augenblick läßt das Streichholz ihr Zimmer und die Gesichtszüge ihres Vaters aufleuchten. Er macht das Streichholz aus und sagt: «Edie.»

«Hm?»

«Ich liebe deine Mutter. Wahrscheinlich kannst du das nicht verstehen, aber ich liebe deine Mutter mehr als alles auf der Welt. Ich liebe sie so, wie du deinen Jim liebst, nur noch mehr, weil ich deine Mutter schon länger als ein halbes Leben kenne. Und genau das Gefühl, das du jetzt hast und glaubst, daß es niemand sonst verstehen kann ... genau das Gefühl habe ich auch. So sehr liebe ich deine Mutter. Und dich. Dich lieb ich genauso.»

«Joe. Er heißt Joe.»

«Is mir doch wurscht, wie er heißt. Ich liebe dich. Und ich hab's deiner Mutter versprochen, jetzt ist Schluß. Mit diesen Sachen ist ein für allemal Schluß, also müssen wir uns keine Sorgen mehr machen. Irgendwann wirst du das verstehen. Wenn ...»

«Ich älter bin. Wenn ich älter bin, Dad.»

Er dreht sich um und lächelt betrübt. Warum hab ich mich darauf eingelassen, denkt sie und ärgert sich über jedes nette Wort. Sie hätte ihn einfach brüllen lassen sollen.

«Und davon wird die Sache gut?» sagt sie. «Davon wird alles prima, oder was?»

«Was denn?»

«Was du treibst, Dad?»

«Edith ...»

«Ja, Dad. Was du treibst.»

«Sprich nicht in diesem Ton mit mir.»

«Was für 'n Ton?»

«Na dieser. Sprich ...»

Sie steigt aus dem Bett, verheddert sich mit den Füßen im Telefonkabel und reißt den Apparat runter. Er sitzt auf ihrem Bett, qualmt ihr die Bude voll, und alles, was sie besitzt, hat sie nur durch ihn. Sie selbst besitzt gar nichts. Er starrt zitternd auf seine Zigarette, und sie weiß, jetzt kann sie alles sagen, was sie will.

Das macht sie fast übermütig. «Meinst du, davon wird's gut?» schreit sie. «Findest du das in Ordnung, was du treibst? Du bist 'ne Schwuchtel, Dad! Ich weiß, was du treibst! Das weiß ich ganz genau, und ich an Moms Stelle würde *dich* verschwinden lassen! Hau doch ab und krepier an irgend so 'ner Scheißkrankheit, Dad. Hau ab ...»

«Halt die Klappe, sonst ...»

«Ach nee! Was denn sonst? Kaufst du mir sonst kein Auto? Schmeißt du mich sonst raus? Verpetzt mich bei Mom, weil ich Schwuchtel zu dir gesagt hab?»

Sie rennt aus dem Zimmer und weint, weil sie meilenweit rennen kann; sie rennt über den Flur, raus auf die Veranda, wo sie sich neben den Palmen fallen läßt, und schluchzend krümmt sie sich auf dem Boden und denkt daran, was sie ihm noch alles hätte sagen können – wie es geschmeckt hat, als es hinten auf die Zunge lief, und wie sie die Zunge unten lassen mußte, um sich nicht abzuwürgen, und wie sich das Ding in ihrer Kehle anfühlte. Wie sie auf ihre Zähne aufpassen mußte, und das Gefühl, wie seine Hände sie da unten hielten, während sie wegen ihrer Zähne Angst hatte, und sein Körper, wie er sich in ihre Kehle ergoß ... vielleicht könnte ihr

Vater ihr ein paar Tips geben? Vielleicht könnte er ihr sagen, wie man es richtig macht, und sie weint; sie denkt, sie weiß gar nichts über all die anderen Sachen, weiß nicht, was das Ganze soll, und sie braucht einen Schuldigen; irgendwer muß doch schließlich schuld sein. Auf irgendwen muß man's doch schieben können, weil hier irgendwer Mist gebaut hat. Irgendwer, und jetzt wird es hier nie mehr so sein wie früher. Weil nichts wirklich ist, überhaupt nichts, nur wie du dich fühlst und wie das Gefühl danach ist und wie du es dein Leben lang für dich behalten mußt.

Laß mich deine Augen schließen und träumen

Der Schlaf hat Angst vor der Dunkelheit; deshalb müssen wir die Augen schließen, und doch passiert es. Die Dunkelheit dringt ein, und man muß in sich gehen und sehen, daß man sie vertreibt.

Es geht ganz allmählich vor sich, man schlittert einfach rein, der Körper akklimatisiert sich, allmählich, wie dich eine Frau reinläßt, wenn die Sache noch am Anfang steht. Vielleicht bildet sie sich ein, sie kann dich retten. Liebe fordert Verantwortung. Jetzt ist Verantwortung gefragt; Liebe ist blind, und er sitzt auf der Bettkante, den Kopf in die Hände gestützt, und weiß nicht, wofür er die Verantwortung tragen will. Für den Tag vielleicht, der früher oder später anbrechen muß, und für die Ereignisse des Tages, in denen er eine gewisse Rolle spielt – da muß er Verantwortung zeigen, das steht fest. Er muß seine Unterrichtsstunden geben und Leute auf dem Gang grüßen. Er muß den Tag durchstehen.

In der Nacht, der Nacht mit dem Supersprung, hatten Freddy und sein Rausschmeißer die beiden Kerle hinten in Freddys Pick-up geschubst. Die Jungs waren ziemlich ramponiert – der Mohawk atmete stockend; höchstwahrscheinlich hatte sich eine Rippe in seine Lunge gebohrt, und der andere hatte keinen Mucks mehr von sich gegeben, seit Ray ihm das Schlüsselbein gebrochen hatte. Sie brachten die beiden nach Scottsdale zum Gericht und luden sie dort auf dem Rasen ab. Freddy steckte dem Mohawk einen Zwanziger an die Jacke. Der Mohawk war noch bei Bewußtsein, und Freddy sagte: «Hier, Taxigeld.» Dann nahm er die 38er, die Ray schon leergeknallt hatte – die Hülsen mußten irgendwo auf dem Parkplatz vor dem River Bottom rumliegen –, und steckte sie dem gedrungenen Kerl in den Gürtel.

Er sah den Mohawk an. «Kannste mich hören?» Er gab ihm eine Ohrfeige, dann noch eine, und sagte: «Hey, ob du mich hören kannst!»

Der Typ nickte.

«Kannste mich klar und deutlich hören?»

Wieder nickte er.

«Wir tun euch hiermit 'n Gefallen, klar? Wir kümmern uns drum, daß ihr Hilfe kriegt. Hey, der Arm da. Der Arm sieht irgendwie kaputt aus. Wir kümmern uns drum, daß ihr ins Krankenhaus kommt, aber vorher merk dir eins: Wenn ihr euch noch einmal, noch ein einziges Mal hier blicken laßt, macht Miss Cathy auf Vergewaltigung, dann hängt die das an die große Glocke, und ihr kommt vielleicht nie mehr raus. Haste das kapiert?»

Der Typ nickte, und Freddy packte ihn am Kinn. «Kein Wort darüber, wo ihr gewesen seid, du Arschloch! Und daß ich euch nie mehr bei uns sehe!»

Der Rausschmeißer wurde losgeschickt, um ein Taxi zu holen. Ray und Freddy fuhren eine Ecke weiter und postierten sich hinter einer Palmengruppe. Das Polizeirevier von Scottsdale war keine hundert Meter entfernt, auf dem Parkplatz standen massenhaft blau-weiße Streifenwagen, und Ray stieg aus dem Lieferwagen, blieb unterm Laternenlicht stehen und blickte zum Himmel. Die Schnittwunde war lang, er hielt sich ein Barhandtuch an die Seite; dazu war er noch betrunken und konzentrierte sich angestrengt auf seine Atmung.

Als er später nach Geschäftsschluß im River Bottom saß, sagte Cathy mit C: «Tja, Professor, wenn ich auf Vergewaltigung machen soll, wird's ja wohl schlecht ohne Beweise gehn.»

Sie zog ihre Jeans an, welche Wandlung, und Ray sagte: «Und das heißt?»

«Das heißt, ich brauch Beweise, sonst nix.»

«Wenn's echt so weit kommt», sagte Freddy, «sind wir alle angeschissen.» Damit meinte er alle außer sich selbst, denn Freddy war aus New Jersey, der hatte Beziehungen. Im Grunde wollte er damit nur sagen, *dann is Ray angeschissen.*

«Wenn die wiederkommen», gab Ray zurück, «dann bestimmt nich mit Bullen.»

«Du mußt dringend aufgemöbelt werden», sagte Cathy. «Du mußt so richtig gut aufgemöbelt werden.»

Ewigkeit heißt Ungewißheit – Ungewißheit darüber, was uns die Zukunft bringen wird, und das Hier und Jetzt kann man nicht wieder heil machen, wenn es erst zerbrochen ist. Ein gebrochenes Bein, eine Hand kann man heil machen; eine Schnittwunde auf dem Kopf heilt irgendwann – aber das Verlangen kann man nicht heil machen, nicht den Wunsch, damit weiterzuleben bis zum Schluß. Wenn man nicht lernt, damit zu leben, muß man es ohne schaffen.

Cal Buckner, im Hawaiihemd und mit einem Basecap von den Chicago Cubs, tritt durch die Tür in sein Dienstzimmer. Er klopft Ray auf den Rücken.

«Ray», sagt er mit strahlendem Lächeln, und jetzt bittet er Ray hinein, macht die Tür zu, läuft um den Tisch und nimmt eine kleine Flasche Gin raus. Er gibt einen Schuß davon in einen Plastikbecher mit Orangensaft.

Ray nickt wissend, weil Cal hinter seinem Schreibtisch so ein befangenes Grinsen aufsetzt. Cal sagt: «Na ja ... Damit sieht der Tag gleich freundlicher aus.»

«M-hm.»

Auf Cals Aktenschrank liegt die Discokugel. Cal bewahrt sie hier im Dienstzimmer auf, damit die Kids sie nicht klauen können. Ray will irgendwas Optimistisches sagen, aber vor lauter Erschöpfung macht er nicht mal den Versuch; das hier ist sein jährliches Personalgespräch, bei dem er eigentlich rausfliegen müßte, und jetzt blättert Cal in Rays Akte. Ray sitzt ungemütlich, hat die Beine in einer Art Ruhestellung halb übereinander geschlagen, so daß die Adern abgeklemmt sind.

Cal schlürft an seinem Drink, schaut hoch und sagt: «Du hast gute Beurteilungen, Ray. Wirklich, nicht übel.»

Ray kratzt sich am Kopf, sucht nach einer vernünftigen Ausrede; er spürt einen Schmerz in seinen Haaren, hat die Augen geschlossen, und wahrscheinlich schaut Buckner jetzt ausgerechnet auf seine Augen. Cal Buckner lugt forschend über den Glasrand nach Rays geschlossenen Augen – Cal ist einer von denen, die ganz problemlos schon vor der Frühstückspause trinken können. Er ist der Direktor.

«Allerdings meinen wohl 'n paar von den Schülern – das ist natürlich nicht weiter tragisch ...»

«Aber?» fragt Ray optimistisch.

«Na ja, ist nur wegen der Lehrbücher, Ray. Daß du mal die Lehrbücher einbeziehst. Ein paar wenige von deinen Schülern im Frühjahrssemester waren der Meinung, daß du die Lehrbücher nicht optimal ausgenutzt hast. Das ist natürlich nur 'n Vorschlag.»

«Ich hab das Lehrbuch nich ausgesucht.»

«Ja, natürlich, schon klar. Gewinnen wir den Lokalausscheid?»

Ray atmet auf; er ist noch mal um den Rausschmiß gekommen. «Wir schneiden sicher gut ab. Jazinski kann's schaffen – der is toll drauf. Heut abend werden wir's ja erfahren.» Er kratzt sich in den Haaren, wo immer noch der Schmerz sitzt, und blickt Cal an. «Du hast natürlich recht. Ich hätt merken müssen, daß meine Schüler mit den Lehrbüchern arbeiten wollen. Im nächsten Semester achte ich drauf.»

Das strahlende Lächeln ist auf Cals Gesicht zurückgekehrt, Ray zwinkert ihm zu – es läuft wirklich toll zwischen ihnen. Letzte Woche wurden dreißig Kids an der 124ten verhaftet, Kokain und unerlaubter Alkoholgenuß; die Namen standen alle in der Zeitung, und es tat gut, daß kein einziger von der Gold Dust High School dabei war.

Buckner sagt: «Ja. Bestimmt.» Und dann: «Wunderbar.»

«Heut abend», sagt Ray und atmet tief durch, «werden wir's erfahren.»

«Cholla.»

Ray nickt. «Ja, heut geht's gegen Cholla.» Jetzt kommt der Schmerz in seiner Seite wieder. Gestern ist ihm die Wunde aufgebrochen, als er gerade mit McGregor trainiert hat. Die Haut hatte gerade wieder angefangen zusammenzuwachsen, und das Blut lief ihm ins Hemd und tropfte auf die Matten. McGregor dachte, er hätte was falsch gemacht. McGregors Mutter ist im Elternbeirat – die wissen genau über die Lehrbücher Bescheid. Sie benutzen ein Lehrbuch, indem genausoviel drinsteht, das genauso umfangreich ist wie jedes andere, und jedes Jahr erscheint eine neue Ausgabe, damit die Kids keine gebrauchten kaufen. Ray sieht Cal hinter seinem Tisch und überlegt, was der Mann eigentlich genau macht.

Was machst du eigentlich den ganzen Tag?

Cal sagt: «Wie war dein Thanksgiving?»

«Gut», sagt Ray. «Gut. Na, du weißt ja.»

«Jaja», sagt Cal und nickt. «Joyce und ich, wir wollten dich zum Essen einladen, aber dann dachten wir, du hast sicher andre Pläne. Wo du doch jetzt wieder solo bist und so ...»

«Trotzdem danke», sagt Ray und nickt.

«Ich behalt's im Kopf», sagt Buckner. «Ich behalt's im Kopf, ja?»

«Mein Gott», sagt Jenna. «Du siehst ja schlimm aus.»

«Is die Bluse neu?»

Sie stehen im Flur am Trinkwasser-Brunnen; ein herzliches Gespräch, sagt sich Ray. Wie soll er denn in seiner Verfassung anders aussehen? Vorhin auf dem Lehrerklo hat er Nathan Rolf getroffen. Sie grüßten einander, Schulter an Schulter, sprachen übers Wetter, die Schwänze fest im Griff wie Rettungsseile. Wenn ein Mann verkatert ist, hat er Gleichgewicht nötig, und nach dem Händewaschen nahm Nathan Rolf seinen Flachmann und schraubte mit einer fast schon graziösen Bewegung den Verschluß auf. Nathans Krawatte paßte überhaupt nicht zu dem Jackett aus geschecktem Tweed, und er nickte, nahm einen Hieb. Er reichte Ray den Flachmann. «Na, 'n Schluck auf den Kater?»

Die Hände wäscht sich ein Mann nach dem Pinkeln nur, wenn gerade ein Kollege zusieht, denkt Ray. Er sieht Jenna an und rechnet – noch sechs, vielleicht sieben Stunden. Zu Hause im Spülschrank hat er noch eine halbe Flasche Billig-Bourbon, im Eisschrank liegen vier Bier. Er muß nach der Schule noch beim Einkaufszentrum vorbei, aber heute abend treten sie ja gegen die Cholla High School an – das dauert sicher ewig. Jenna blickt ihn an und lächelt ihr typisches Lächeln.

«Bist wohl gestern spät ins Bett, hm?»

«Echt», sagt er und zeigt auf einen Knopf an ihrer Bluse. «Echt schick, die Farbe.»

Er läuft über den Flur zu seinem Klassenraum. Wenn er nicht aufpaßt, fällt er hin; das ist ihm letztens wirklich passiert, und jetzt kommt ihm Jenna hinterhergerannt. Sie zieht ihn am Ärmel.

«Sicher, es hat sich was verändert», sagt sie. «Ich mein, klar, es hat nicht funktioniert ...», jetzt flüstert sie; die beiden stehen mitten in einem Strom von Schülern, «... aber ehrlich mal, Ray ... Deshalb mußt du doch nicht so ...»

«Vorsicht», sagt er. «Sonst denkt noch einer, wir unterhalten uns.»

«Tun wir doch auch.»

«Und worüber?»

«Über einen zivilisierten Umgang miteinander. Darüber, daß wir mit dieser Sache umgehen sollten wie erwachsene Menschen.»

«Diese Sache?» sagt Ray. «Diese Sache? Mit dieser *Sache* umgehen? Was denn für 'ne *Sache*, Jen? Der Club der Vögelfreunde? Kollegiales Koitus-Syndrom? Laß dich nur lang genug drüber aus, dann kannst du dir vielleicht einreden, daß die *Sache* echt 'n Thema is.»

«Warum kannst du nicht wieder nett zu mir sein.»

Koitus – das hat er noch nie laut gesagt, denkt Ray. Hat er das Wort überhaupt richtig ausgesprochen? «Jaja. Okay. Ähm, du, Jen ...»

«Hm?»

Er sollte netter zu ihr sein; wenn du eine Frau echt verletzen willst, gib ihr was, das ihr nicht mehr zusteht. Um weitere Konflikte zu vermeiden, sagt er: «Du, ich muß jetzt gehn.»

«Weißt du schon, was die Fullerton denkt? Die denkt, du hast 'n Verhältnis mit Diana Vanderstock.»

Er bleibt stehen – auf dem Gang wimmelt es immer noch von Schülern – und lacht. Diana Vanderstock ist in der Oberstufe, sie ist Cheerleader und macht beim Schülerrat mit. Gestern hat ihr Auto gestreikt, das Getriebe hatte sich im zweiten Gang verhakt, und Ray schlüpfte runter und brachte die Sache in Ordnung. Er riet ihr, die Kupplung überprüfen zu lassen; der Wagen war zwanzig Jahre alt und ein echtes Kapital, genau wie Dianas Eltern, und gerade, als Ray an Diana Vanderstocks Auto lehnte, kam Belinda Fullerton vorbei. Ein Mädchen im Pullover hatte er da vor sich, mit den Schulsachen vor der Brust – braves Mädchen, und sie stand da und redete mit ihm, nickte, sagte ja zu allem, was er von sich gab. Da kam die Fullerton vorbei und zischelte irgendwas zu Langousis.

«'n Verhältnis», sagt er. «Heißt das jetzt so?»

«Für sie schon.»

«Weiß Diana davon?»

Jenna lacht nervös. «Nimm das nicht auf die leichte Schulter. So was passiert immer wieder. Auch hier bei uns. Sieh dich bloß vor, Ray. Sieh dich vor.»

Er kennt die Geschichte. Der Mann war so ein Hirni, Fennerstrom hieß der, aber er war beliebt, und ein hübsches Mädchen verliebte sich in ihn; daraufhin ist er durchgedreht. Hat sich zu Weihnachten im Auto von einer Klippe gestürzt, während die Kleine mit Freunden in Utah oder Colorado auf Skiurlaub war. Die Zeitungen waren monatelang voll davon – Liebesbriefe, Zeugenaussagen –, und Ray denkt, wenn die Leute mal nicht weiterwissen, nehmen sie sich immer gleich das Leben.

«Ich muß jetzt gehn, Jen.»

«Übrigens», sie hält ihn zurück, «Michael Owens möchte wissen, ob du Katholik oder Episkopalist bist.» Jenna setzt eine schnippische Miene auf. Sie streckt eine Hüfte raus, wie eine Frau ein Baby trägt oder die ganze Welt – nur durch ihren Hüftschwung.

Mit solchen Tricks will sie andere auf sich aufmerksam machen, und jetzt klingelt es. Der Gang ist leer, der Strom vertrocknet. *Ausgetrocknet* – für normale Leute ist das etwas anderes, die machen sich gar keine Gedanken darüber; anscheinend kümmert es kein Schwein, wenn irgendwo was austrocknet. Sie fahren einfach Container mit neuem Wasser in die Stadt. Für normale Leute bleibt alles beim alten.

«Was?» Ray wechselt das Standbein.

«Gehn wir mal zusammen Mittag essen oder so? Ich mein, nur zum Reden?»

«Klar», sagt er. «Jaja, klar.»

Merle, sein Vater, sagte immer, das Leben ist nur ein Traum, und das ist der Alptraum: wenn sich eine wahllose Folge von Ereignissen keinem bestimmten Alptraum zuordnen läßt. Die Ereignisse sind wirklich wie das Leben selbst und genauso erschreckend, wiegen tödlich schwer, und bestimmte Momente sind Gift für das Selbstvertrauen – finstere Skelettknochen, die man hinter einer Schranktür verschwinden läßt. Der Schrank heißt Suff. Freddy hatte ihn gleich gewarnt. «Die Kleine is echt scharf, Professor. Tätowiert. Wirst schon sehn.»

Nun müssen Tattoos ja nicht immer gleich was Schlimmes sein, zumal wenn sie die richtigen Stellen betonen – als eine Art Schönheitsmal, ein Makel am Rand von etwas anderem, etwas Fremdem. Ray ist älter geworden, müßte eigentlich weiser sein, und wäre er schlauer gewesen und hätte die Zeichen erkannt ... *die Zeichen an der Klowand* ... hätte er jeden weiteren Kontakt vermieden – tja, wäre er nur schlauer gewesen und hätte auf die freundliche Stimme der Vernunft gehört. Mach langsam, hatte die Stimme gesagt, *langsam,* so wie man sich auf das Schlimmste vorbereitet: Steuern, einen Kater, den Bruch vor der Scheidung, wenn es wirklich auseinanderbricht und alles auf einmal riskant und anstrengend wird.

Er dachte, die Zeit ist ein Fluß, und Flüsse vertrocknen. Er dachte, was uns nicht umbringt, macht uns hart, außer es bringt uns doch um. Die sieht irre aus, dachte er.

Total irre ...

«Der Typ», erzählte sie, «dieser Große mit dem Mohawk. Mit dem leb ich zusammen, kann man sagen.»

Das war zu Thanksgiving, als sie bei Ray auf der Couch saßen. Sie hatte seine Adresse im Telefonbuch nachgeschlagen und ihm Hähnchen aus einem Imbißladen gebracht. In einem rosa Kleid stand sie vor seiner Tür, eine Schachtel voller Hähnchenteile in der Hand. «Frohes Fest!»

Kaum war sie drinnen, machte sie die Stereoanlage an und schlenderte durch seine Zimmer, fragte, warum er keinen Fernseher hätte, griff sich ein paar Bücher und schaute rein. Man hat mehr von Büchern, wenn man sie anfassen kann, und sie stand da und blätterte vertieft. Sie fragte sich wohl, was es ihm bringen könnte, so viele verstaubte Bücher durchzulesen; und als sie auf der Couch saß, beguckte sie die Bücher auf dem Tisch – eins über Vietnam, eins über Drogendealer in Mexiko, ein Roman über sehr lange Brücken. Unter dem Tisch stand eine leere Wodkaflasche.

«Er war in Vietnam», sagte sie und hob den Blick.

«Logisch», sagte Ray.

«Tja. In Nam. Hat so 'ne Platte im Kopf, da dreht er manchmal durch. Unter dem Mohawk. Deshalb kommt das Ding auch nie unters Messer.»

«Der Kopf.»

«Sein bester Freund is in seinen Armen gestorben.»

«Spezialeinheit?»

«Nee, nur Fußvolk. Wie in dem Film mit John Wayne, weißte?»

«Jaja», sagte Ray. «Und jetzt schreibt er Songs, geht zur Abendschule, besucht Lyrik-Vorlesungen. Und schreibt ein Gedicht nach dem andern.»

«Wie hast 'n das rausgekriegt?» fragte sie mit funkelnden Augen.

«Ach, wie geht's ihm denn überhaupt?»

«Freddy schmeißt mich raus, is dir das klar? Du willst doch nich, daß Freddy mich rausschmeißt, oder, Professor? Louis geht eben manchmal auf die Palme, aber er is echt in Ordnung. Hat halt 'n paar Probleme gehabt, sonst nix. Im Ernst, du würdest ihn bestimmt mögen. Ihr seid euch ganz schön ähnlich, echt. Er feiert Thanksgiving bei seiner Mutter.»

«Ach so.»

«Hab mir gedacht, du bist vielleicht einsam.»

Einsame Männer tun einsame Dinge. Ray ploppte ein neues Bier auf; das ist doch wohl besser, als Gedichte zu schreiben, dachte er – der brillante Irre mit der Chaostolle hatte Ray gesagt, er dürfe nie, niemals ein Gedicht schreiben, wenn er sich seine Selbstachtung bewahren wolle. Später, als Cathy ihm das Hemd auszog und aus ihrem Kleid schlüpfte, fragte Ray die Kleine mit der irren Optik, ob ihr eigentlich klar wäre, was sie da macht. In dem rosa Kleid hätte sie seine Tochter sein können, angenommen, er hätte eine, und vielleicht war die Idee gar nicht so schlecht – ein Tapetenwechsel sozusagen, dabei wußte er natürlich genau, daß es nicht gerade schlau war, fremde Frauen reinzulassen. Fremde Frauen sind tätowiert. Als nächstes kommt sie zum Frühstück vorbei, nur mal so zum Quatschen, und dann auf einmal will sie keine Kondome mehr, denn auf die Sicherheit achten wir doch selber ... *Oder etwa nicht, Schatzi?* ... und dann wird sie schwanger, und ihre Mutter kommt aus Indiana angedüst und will sich um die Enkel kümmern; kann auch New Orleans sein. Die sucht dann neue Möbel aus, die sie komplett abzahlen können, einen Farbfernseher ... und deshalb hatte er ihr die Frage gestellt.

Is dir klar, was du da machst?

Hinterher lag er splitternackt da und fragte sie noch mal.

«Klar», sagte sie. «Ich mag dich.»

«Und was is mit Häuptling Donnerschlag?»

«Nee», sagte sie kopfschüttelnd. «Der heißt Louis.»

«Louis», sagte er. «Schön romantisch, so muß 'n Veteran heißen. Echt schöner Name.»

Sie kam hoch. Jetzt saß sie rittlings auf ihm und sah ihm in die Augen – erst das eine, dann das andere. Sie sagte: «Du bist geschieden, stimmt's? So was kann ich sehn.»

«Ich war nie verheiratet.»

«Aber du hast's mal gewollt. Genau. Einmal, da wolltest du geschieden sein.»

Sie langte nach einer Zigarette, drückte ihn und sagte: «Nach so 'ner Scheidung sieht irgendwie alles logischer aus. Da kann dir keiner mehr was erzählen.» Sie blies Rauch aus. «Ich glaub, du solltest es mehr nach außen tragen. Öfter mal drüber reden. Da kenn ich mich total gut aus.»

«Erzähl mir was vom Häuptling.»

«Louis. Der Mann heißt Louis. Er hat gesagt, wenn er dich noch mal sieht, bringt er dich um. Erst ballert er dir die Eier weg. Dann guckt er zu, wie du verblutest.»

Ray lachte, und sie beugte sich runter und drückte ihn. «Echt, Professor, das hat er gesagt. Hat echt 'ne üble Wut angestaut.»

Er befreite sich von ihr und ging aufs Klo, wo er pinkeln und in Ruhe nachdenken konnte. Während er sein Ding in der Hand hielt, stellte er sich vor, wie ihm einer auf die Nüsse zielt; nimm einem Mann die Lust, und du nimmst ihm das Leben. Er hatte zuviel von dem Thanksgiving-Hähnchen in sich reingestopft, wollte noch ein Bier und wußte nicht, wie er sie wieder loswerden sollte. Seine Hände rochen nach Gummi und Sex, und er stand da, hatte sich im Griff, oder ihn ... *Is das blöde. Das is so was von blöde* ... und stellte sich Louis vor, wie er irgendwo da draußen im Verkehr mit einer 30-06er Remington im Arm lauerte. Ray war klar, wenn die Entfernung stimmte, konnte man jeden umlegen; das war die Grundvoraussetzung für Kriege – früher Pfeil und Bogen, heute das ballistische Geschoß. Bei dem Verkehr konnte Louis überall sein, und wenn nicht Louis, dann lagen vielleicht die Bullen auf der Lauer, denn man konnte nichts ausschließen, niemals. Gestorben wurde rund um die Uhr. Eine gefährliche Welt war das, und auch er wurde immer gefährlicher. Erst passiert ein Ding, sagte er sich, dann das nächste, und immer so weiter.

«Ich hätt's dir ja schon eher gesagt», rief Cathy durch die Klotür. «Aber dann kriegste nur die Wut, dacht ich mir. Und wenn du deine Wut nich unter Kontrolle hast, machste nur Miese beim Wütendsein. Dann wird's destruktiv!»

«Raus ...» Er kam durch die Tür und kratzte sich am Kopf. «Ich muß noch mal raus, tut mir leid.»

«Ach, das macht nix. Brauchst nich denken, daß er Verdacht schöpft oder so. Er is bei seiner Mutter, hab ich doch gesagt. Und ich würd nie was verraten.»

«Nein», sagte er. «Das läuft uns aus der Hand. Das haben wir doch bald gar nich mehr unter Kontrolle.»

Sie griff nach ihm und hielt ihn in der Hand. «Aber schön isses, Professor. Wunderschön!»

Zwischen der letzten Stunde und dem Wettkampf gegen Cholla geht Ray in sein Zimmer und findet Cathy auf dem Schreibtisch – sie hat die Beine gekreuzt, und die Tätowierung auf ihrer Brust leuchtet grell im Lampenschein. So sitzt sie auf seinem Schreibtisch und guckt einen Stapel schriftlicher Arbeiten durch.

Heute hat er seine Schüler über die Bedeutung des doppelten Schulterblicks schreiben lassen, denn auf die Weise konnte er so tun, als käme er seinen Lehrerpflichten nach, während sie über ihren Arbeiten saßen. Er tat sogar, als würde er lesen, blätterte das Lehrbuch durch, das McGregors Mutter mit ausgesucht hatte; ein Haufen zweckdienlicher Abbildungen und Beispiele, und zum erstenmal seit Monaten stellt sich Ray die Frage, ob er wirklich gern Lehrer ist. Eigentlich hat er doch nicht besonders viel zu vermitteln, denkt er ... *Macht's, wie ich sage* ... und nun sitzt diese Braut vor ihm, garantiert unter einundzwanzig, mit Shorts und Tattoos. Das ist genauso wie mit seinem angeblichen Verhältnis mit Diana Vanderstock – für so was wird kaum jemand viel Verständnis aufbringen.

«Hi», sagt sie.

«Wer hat dich denn reingelassen?»

«Ich bin seit Jahren in keiner Schule mehr gewesen», kichert sie. «Und hier unterrichtest du also?»

Er setzt sich auf den Stuhl vor dem Schreibtisch, wo manchmal Schüler sitzen, wenn sie Probleme haben. Er sieht zu, wie sie ein Arbeitsblatt nach dem anderen vom Stapel nimmt und begutachtet. Aus der könnte eine gute Lehrerin werden, das steht schon mal fest. «Schöne Schrift», sagt Cathy. «Wirklich hübsch.»

«Was liegt an?»

«Haste mich schon vergessen, Ray?»

«Wie bitte?»

«Haste mich vergessen? Wenn ja – hier bin ich, damit ich dir wieder einfalle.»

«Aha.»

«Hey, wenn du's nich vergessen hast, dann ruf mich doch mal an. Oder komm mal vorbei. Oder geh mal mit mir essen.»

Sie legt die Arbeiten auf dem Schreibtisch ab und macht einen Schmollmund. «Ich laß mich gern ausführen, is doch klar. Nix Dolles – Essen gehn oder vielleicht mal ins Kino. 'ne Flasche Wein. Danach gehn wir zu dir oder zu mir, bloß bei mir is 'n bißchen voll, weißte ja. Jedenfalls gehn wir danach irgendwohin, aber das geht natürlich nich, wenn du mich schon total vergessen hast, verdammt noch mal.»

«Ich kann mich nich erinnern, daß ich dich hergebeten hab, Cathy.»

«Nee, du nich», sagt sie. «Aber Louis. Der is echt sauer auf dich, Ray, weil du so mit mir umspringst.» Sie läßt sich vom Schreibtisch runter, stellt sich vor dem Fenster auf.

Draußen der Rasen, der Parkplatz – und die Stelle, wo Walker Miller sein Gehirn zum Pluto geballert hat. Auf der anderen Straßenseite, am Ende des Feldstreifens, der irgendeiner Kirche gehört, richten ein paar Männer auf einem Dach Weihnachtsdekorationen auf – einen Weihnachtsmann, Tiere, einen Baum aus Lämpchen, eine Zuckerstange von zwei Metern. Und auf dem Rasen tummeln sich inzwischen die Kids, warten auf ihre Busse, und Cathy zieht sich das T-Shirt über den Kopf. Sie steht ihm gegenüber, die Echse schwimmt mitten in ihre Brust, genau durch den schmalen Knochen da, und jetzt wendet sich Cathy zum offenen Fenster.

Sie sagt: «Ray, is dir klar, daß dein Fenster sperrangelweit offensteht?»

«Zieh dein Shirt an.»

Sie dreht sich zu ihm. Zitternd sagt sie: «Du willst mich doch nich vergessen, Ray, hab ich recht? Warum willst du nichts mehr von mir wissen?»

«Cathy! Zieh dein Shirt an.»

«Los, sag's mir. Sag, daß du mich nich vergessen willst. Sag, daß du mich retten willst.»

Sie knöpft ihre Jeans auf, läßt die Hand hineingleiten. Sie wühlt mit ihrer Hand, macht die Augen zu, sagt: «Guck's dir an, Professor, ich hab dich nich vergessen! So sehr muß ich an dich denken, immerzu, und du bist nich mal nett zu mir.»

«Cathy», sagt er. «Cathy, zieh dich jetzt an und hör mit dieser Scheißnummer auf!»

«'ne Nummer», sagt sie. «Genau. 'ne Nummer schieben, das is 'ne geile Idee, hm?»

«Bitte. Hör auf.»

«Ich glaub, du streichst mich bald aus deinem Gedächtnis, Ray. Ich glaub, du willst mich nur ausnutzen. Louis steht drauf, wenn die Leute glotzen, weißte? Er guckt total gern zu, wie sie glotzen. Vielleicht krieg ich sogar 'n Abgang, Professor. Willste mal hörn, wie mir die Luzi abgeht?»

Jetzt packt er sie am Arm, reißt sie herum. «Zieh ...»

«Ich schreie», zischt sie so fies, daß es weh tut. «Ich schwör's dir, ich schrei, bis alle denken, du hast mich gefickt, Professor. Na los, Professor. Fick mich, sonst schrei ich!»

Er läßt ihren Arm los. «Was willst du?»

Sie macht seinen Hosenstall auf. «Sag mir was Liebes», sagt sie und geht in die Knie. Sie kniet hinterm Schreibtisch, und Ray sieht aus dem Fenster. An der Bushaltestelle steht Edith McCaw mit ihren Schulsachen. Er macht eine vage Handbewegung, und Edith starrt mit weit aufgerissenen Augen in seine Richtung. Hinter dem Feldstreifen fällt ein Rentier vom Dach, und die Männer sehen von oben zu, wie es durch die Luft segelt, Strömungstest, und Cathy raunt: «Sag was Liebes! Los, sag mir sofort was Liebes!»

Der Rasen ist grün und naß. Cal Buckner nimmt sein Basecap

vom Kopf ab, er redet mit Langousis, und Diana Vanderstock hat ihre Schulsachen unterm Arm. Jetzt geht Edith McCaw, und Ray fragt: «Was denn?»

«Alles», sagt Cathy und nimmt ihn.

Der brillante irre Professor mit der prähistorischen Tolle hat mal zu Ray gesagt, die Dinge geraten dir aus der Hand, wenn du nicht weißt, wo du sie hintun sollst ... *Deine Hände, Ray. Deine Hände!* ... und jetzt, denkt Ray, jetzt hat er wirklich nichts mehr im Griff.

Seine Schüler äußern plötzlich ihr Mißfallen über seine Haltung zu den Verkehrserziehungs-Büchern, sein Körper wird immer schlaffer, und es vergeht keine Nacht, wo er nicht kotzen muß. Alles läuft in einer Spirale, sagt er sich, und zwar voll in die falsche Richtung, wie wenn ein verirrter Hubschrauber außer Kontrolle gerät und der Propeller Feuer fängt. Die Zeit ist reif – wenn er's jetzt nicht anpackt, kann er sich ausklinken. Er ist im Kraftraum am Kletterseil; seine Jungs vom Ringen ziehen sich noch um. Heute abend werden sie's allen zeigen – Cal Buckner, dem Elternbeirat, den Gold Dust Boosters. Heute abend lassen die Jungs anständig knacken, das steht fest, und er klettert am Seil hoch und sagt sich, wenn er weiterklettert, einfach immer weiterklettert, vielleicht kann er sich dann aus dem Sumpf ziehen.

Er sieht nach unten. Da wartet Howie Bently und trommelt mit dem Fuß.

«Trainer?»

«Ja.»

«Trainer ...»

«Moment.»

Ray läßt sich schnell am Seil runter, und seine Hände brennen, weil er es festgehalten hat; wenigstens das leuchtet ihm ein – warum seine Hände brennen. Auf dem Fußboden schwitzt er die Biere von gestern abend aus, alle fünfzehn. Seine Hände zittern, und er ist viel aufgelöster und erschöpfter, als der Körper jemals sein darf.

Erholung. Ich brauch dringend Erholung.

«Trainer?»

«Was gibt's?»

«Ach, nix.»

«Wie bitte? Was soll 'n der Scheiß?»

«Wir warten einfach bloß, Trainer. Sonst nix.»

Im Turnraum, der ganz weiß ist vor Puder und Staub, checkt Ray seine Mannschaft. Mit dem Ringen ist es wie mit dem Entzug – es ist kein Mannschaftssport; Enthaltsamkeit funktioniert erst, wenn man den Willen dazu aufbringt. Houston will irgendwas sagen, aber Ray läßt ihn nicht zu Wort kommen. *Warte mal*, sagt Ray, denn abwarten hat er gelernt, und seine Mannschaft bevölkert den kleinen vollgepuderten Raum, den für die *Puderpüschel*, denn die Turner sind graziöse, dürre Knaben. Die Ringer dagegen sind *Drecklecker*, die wissen, wie das Leben manchmal schmeckt und wie man durchkommt: indem man schön dicht am Boden bleibt, aber nicht zu dicht. Bently macht Schwünge am Barren, ganz schön waghalsig; einer hockt auf dem Pferd, und McGregor pumpt sein Ego auf, übt Niederwürfe mit drei Freshmen, immer der Reihe nach. Jazinski sitzt allein und bindet sich die Schuhe zu.

«Fertig werden», sagt Ray, und jetzt merkt er, wie sehr er gebraucht werden will. Wenn er auch aufgerieben ist, das hat er wirklich drauf. Das kann er gut, genau wie mit einer M-60 feuern oder sich in den Sumpf reinreiten. Die Jungs formieren sich zur Gruppe, klopfen sich den Staub ab; ein Sieg heute abend würde sie an die Spitze der Südwest-Liga setzen, aber das ist gar nicht mal entscheidend: schließlich und endlich gibt es keinen Mannschaftssieg.

«Houston?» sagt Ray.

«Was?»

«Alles klar?»

«Alles klar.»

«Das sind nur 'n paar Jungs», sagt Ray leise. «Merkt euch das. Das sind nur 'n paar ganz normale Jungs, die furzen und in Geschichte durchfallen und keine Freundin finden. Im Zweifelsfall ...»

Voll drauf!

«Was?»

VOLL DRAUF!

Und jetzt geht's los, sie joggen gemächlich in die Halle, wo sie von den Eltern und Cheerleaders bejubelt werden. Der Thermostat ist auf 18 Grad runtergedreht, aber es ist immer noch heiß. Ray begrüßt den Trainer von Cholla – ein Dicker mit Spitzbart, der insgeheim gern selbst gegen Ray antreten würde, das sieht Ray in seinen Augen, aber er sieht auch Angst: die tiefe, unentrinnbare Angst eines Mathelehrers, der aus dem Leim gegangen ist, der sich hinter der Stärke seiner Mannschaft versteckt wie ein Gerichtsbeamter oder ein Schuldirektor. Vielleicht hat er ja was mit einer Stripperin, die auf Kriegsveteranen und Tattoos steht. Vielleicht hat er auch was mit der Flasche.

«Hals- und Beinbruch», sagt der Trainer mit breitem Grinsen, und Ray merkt, daß das auf keinen Fall falsch ankommen soll. Der Typ will, daß man ihn richtig versteht, so einer ist das, und jetzt verzieht er sich wieder in seine Ecke, ganz sachte, schließlich ist er nur ein Mathelehrer. Der Ringrichter, die freiwilligen Punktrichter, die Eltern auf den Zuschauerbänken – alle wissen sie Bescheid. Diana Vanderstock macht eine tolle Figur in ihrem schicken Pullover, sie trägt schlichte, leuchtende Ohrringe; und Michael Owens, die katholische Polizistin, preßt ihre Handtasche an sich. Sie trifft Rays Blick, und Ray sucht vergebens nach dem Priester – Jim Lawson, der immer Filme vorführt und mit einsamen Singles redet. Roxanne, das gestörte Mädchen, sitzt mit ihrem Diktiergerät bewaffnet in der ersten Reihe und lauscht gespannt. Jetzt ist seine Mannschaft auf der Bank, ein Lautsprecher kündigt den ersten Kampf an, der Pfiff ertönt.

Ray setzt sich auf die Bank und sieht zu, wie einer von den Jungs einen plumpen Niederwurf über sich ergehen läßt. Der Ringrichter verlangt eine Wertung, und als sich Ray zur Anzeigetafel umdreht, sieht er Jenna, die neben Cal Buckner sitzt. Cal zerrt an seinem Basecap, macht irgendwelche Zeichen und runzelt trainermäßig die Stirn. Ray stützt seinen Kopf auf die Hände und sagt sich, das ist erst der Anfang. Das dicke Ende kommt erst noch, wie immer – vor allem für den dürren Hampelmann auf der Matte.

«Hoch», brüllt Ray, als er hinschaut. «Komm hoch!»

Er hört eine Stimme von hinten. «Trainer?»

Es ist Michael Owens mit ihrer Handtasche.

«Ja.»

«Wie steht's für uns?»

«Was?»

«Ich hab doch von so was keinen blassen Schimmer», sagt sie.

«Keine Sorge. Das kriegen wir schon hin.» Hinter ihr in den Zuschauerrängen sieht er Cal Buckner mit ausgestreckter Hand und Jenna, die Cals Finger anstarrt. Anscheinend ist Jenna voll bei der Sache.

«Ehrlich?» sagt Michael.

«Hier, komm», sagt er und macht ihr auf der Bank Platz. «Mach du doch den Boß.»

Dieser Vorschlag scheint noch der bequemste Weg zu sein, und wie er da so sitzt und sich die Leiden und Triumphe seiner Mannschaft anschaut, denkt er, das ist gar nicht so furchtbar kompliziert, wie es sich die meisten Leute wahrscheinlich gern vorstellen. Er ist der Trainer, und seine Mannschaft macht sich gar nicht schlecht. Er denkt, vielleicht wird alles wieder gut, und er rührt nie wieder ein Bier an. Hat Jenna ihn nicht eben angelächelt?

Wieso?

Später, als es immer noch Hoffnung gibt und Colin Houston auf der Matte kämpft und siegt, sagt Ray zu Michael Owens: «Manchmal ... Manchmal, da kommt's mir vor, als wär ich einer von denen.»

Freddy erkennt ihn schon von weitem. Er macht ihm einen Schnaps und ein Bier fertig.

Ray sagt sich, daß er Cathy sucht, obwohl sie gar nicht hier ist. Er weiß, sie treibt sich woanders rum. Nach dem Wettkampf ist sie mit Howie Bently abgezogen, hat Ray beim Gehen zugelächelt und gewunken, und er stand neben Michael Owens und mimte den verantwortungsvollen Trainer. Wenn man Cathy so winken sah in ihrem langärmeligen Pullover, hätte man sie glatt für eine Schülerin halten können. Michael fragte Ray, ob er vielleicht Lust hätte, mit ihr was trinken zu gehen.

Freddy mustert Ray fragend. «Alles in Ordnung?»

«Ich brauch 'n neuen Job.»

«Komm zu Papi», sagt Freddy und breitet die Arme aus. «Menschenskind, komm doch wieder zu uns.»

«Wo is 'n die Tätowierte?»

«Cathy?»

«Genau, Cathy. Mit 'nem dicken C. Weißte, was die heute gemacht hat?»

Plötzlich wird Ray klar, daß er nicht Cathy sucht, sondern Louis, ihren Freund, den Riesen mit Mohawk, der sich an Ray rächen will, indem er ihm die Eier klaut. Er erzählt Freddy von Cathys Stippvisite und von ihrem Veteran, läßt aber offen, wer der Junge ist – Häuptling Mohawk mit 'ner Platte im Kopf, unter seinem Mohawk. Freddy sagt: «Na so was, und ich hab gedacht, sie wär lesbisch. Ich hab gedacht, sie wohnt bei irgendner Yolanda in Buckeye, oder war's Ajo. Hat erzählt, sie wär von außerhalb, oder meinte sie vom anderen Ufer?»

«Mach keine Witze», sagt Ray.

«Ist ja wie in einem schlechten Film», sagt Ray, und Freddy nickt; er weiß genau, welcher Film gemeint ist. In einem heißen Körper können sich ganz unbegreifliche Veränderungen abspielen; Ray trinkt noch ein Bier. Den Schnaps läßt er weg. Ab jetzt ist er nur noch Biertrinker. Dann kommt er wieder ins Lot, weil Bier den Körper ins Lot bringt, in Balance hält. Mal sehen, vielleicht gibt er morgen auch noch das Biertrinken auf. Er fühlt sich langsam zu alt, um ständig irgendwas aufgeben zu müssen, und je eher er sich ganz und gar aufgibt, um so früher hat er es hinter sich. Dann geht es einzig und allein ums Überleben, und darin hat er ein Spezialtraining durch. *Überleben*. Morgen gibt er wieder Verkehrsunterricht.

«Ich bin nur noch Biertrinker, Freddy. Alles klar? Nur Bier.»

«Na dann, prost Bier!»

Und was bitte soll er machen? Die Polizei anrufen? Michael Owens fragen, ob sie Bock hat, ihn zu beschützen? Er sagt zu Freddy: «Sag der Kleinen, sie soll mich in Ruhe lassen. Ich mein's ernst, Freddy. Langsam wird's nämlich eklig. Sag ihr, sie fliegt raus. Sag ihr von mir aus, ich hab 'ne Scheibe, Hauptsache sie kapiert's. Ich bin zu alt für so 'n Scheiß.»

«Dafür biste nie zu alt.» Freddy lacht.

Die Luft ist extrem verräuchert, und Ray will sich ein Grinsen abringen. Sein Gesicht schmerzt schon von dem Versuch. Vielleicht sollte er lieber wieder mit dem Rauchen anfangen. Wenn er das doch nur könnte – aus gutem Grund mit jemandem zusammensein. Wenn er doch nur rational sein und das dumpfe Gefühl loswerden könnte, aber vielleicht wollte ihm Cathy wirklich schaden. Nein, eher ihr Lieblingsveteran Louis, der wahrscheinlich auf Methadon ist und nachmittags Gedichte schreibt, wenn nicht noch schlimmer. Solche Hänger wie der haben doch nicht mal das Rekrutenlager überstanden.

«Sag ihr, ich bin gefährlich», sagt er zu Freddy. «Sag ihr, ich bin in Wirklichkeit 'n Bulle. Sag, was du willst, Freddy.»

«Daß ich sie rausschmeiße.»

«Die harte Tour, genau. Das wär echt toll.»

Ray sieht Olivia-Margaret, die von hinten aus dem Lager kommt. Heute im Indianer-Look. «Professor!» ruft sie.

«Für dich», sagt Freddy zu Ray, «mach ich alles. Alles, und zwar auf Kosten des Hauses.»

Irgendwie hat er's wieder geschafft – er ist blau, ruft Jenna an. Als sie endlich ans Telefon geht, weiß er nicht, was er sagen soll.

«Hallo?»

«Ich bin's», sagt er. Ganz schön schlau, denkt er; je weniger er redet, um so weniger kriegt sie mit, wie blau er ist. Und außerdem, wer weiß, worüber sie reden will.

«Ray?»

«Ray. Genau. Ray. Was 'n los?»

«Ich. Ich bin's. Dachte, du rufst an.»

«Ich bin nur lieb. Will nur lieb sein.»

«Das ist allein seine Verantwortung. Jazinski mein ich. Das hat keiner von ihm verlangt, Ray. Was kann 'n Trainer dafür, wenn einer von seinen Jungs Mist baut.»

«Ich hätt's genauso gemacht.»

«Er war einfach nur mies drauf. Mit ihm und Edith ist nämlich Schluß.»

«Er hat's richtig gemacht. Weißte was, Jen?»

«Was denn?»

«Ich lieb dich nich. Du weißt schon, das Wort mit L, mit fünf Buchstaben.»

«Es ist schon spät ...»

«Weiß ich selber. Ich dachte nur, du willst's vielleicht wissen, damit du keine miesen Gefühle kriegst oder so. Mir ging's mies, Jen. Mies.»

«Was soll denn das?»

«Mies. Da werd ich 'n Buch drüber schreiben. 'n Lehrbuch, weißte? Wo drinsteht, wie man rauskriegt, was man machen muß. Damit's einem nich mehr mies geht. Mies. Ich tu Bilder rein und Zitate von Prominenten – Ty Cobb, stell dir mal vor. Was meinst du, was ich da alles reintue, und zwar Sachen, die du richtig gebrauchen kannst. Wo die Leute so was von scharf drauf sein werden, daß sie's gebrauchen können. Und mit richtigen Wörtern. Mit *F* am Anfang. Und mit *L*.»

Er findet, eigentlich ist sie jetzt an der Reihe ... Das ist fast schon komisch; er weiß nicht mehr, wo er sein Bier hingestellt hat. Sein Drink verendet irgendwo als Pfütze auf dem Fußboden. Nach einer Pause sagt er: «Findest du mich grad sehr daneben, Jen? Wie ich dich hier vollquatsche? Wie ich dich vollquatsche mit meinem bekloppten Buch? Ich mein, was hast du denn bitteschön gegen Ty Cobb? Stehste nich auf Baseball?»

«Nein, nein, Ray. Alles bestens. Tolle Idee.»

«Das sagst du doch nur, weil du nich drüber reden willst. Ich bin nich blind, verstehste. Ich erkenn doch die Zeichen. Das schreib ich auch rein. Die Zeichen an der Wand. Ich nenn's *Ray schreibt Zeichen an die bekloppte Wand*.»

«Ray, alles klar mit dir?»

«Ich bin allein. Ich bin so allein, und Merle-Bob krepiert im Wohnwagenpark. Aber verrückt bin ich nich. Also, nich daß du denkst. Scheiße, eh, ich bin nich Walker Miller, verstehste. Ich mach dir keine miesen Gefühle.»

«Du brauchst Schlaf, Ray.»

«Komm vorbei. Komm vorbei, ja? Ich werd auch alles vergessen, ich versprech's dir.»

«Geh schlafen, Ray. Wir reden später. Bestimmt reden wir, aber jetzt schlaf dich aus. Überschlaf das mit deinem Buch, Ray.»

«Mit der Wand», sagt er.

«Geh schlafen.»

Also ist niemand dran schuld? Aber irgendeiner muß doch schuld sein! Zuviel Angst bringt einen Mann auch zum Träumen. Cathy war ohne Begleitung in der Halle erschienen, so reichlich bekleidet, wie Ray sie noch nie gesehen hatte: die Jeans reichten runter bis zum Knöchel, dazu ein Pullover und ein Seidentuch, als wäre sie gerade aus Italien zurück. Sie lief vor die Zuschauerränge, blieb stehen und sprach Howie Bently an, der ihr einen schmachtenden Blick zuwarf. Ray wußte genau, wonach er schmachtete; Cathy lächelte und schlenderte an den Rängen lang, bis sie auf Rays Höhe war. Ein paar Augenblicke vergingen, dann sagte sie: «Hey, Pauki.»

Sie stieg in die Ränge, Ray tat gleichgültig. Michael Owens löcherte Ray mit Fragen, und Jazinski machte gerade seine Dehnungsübungen. Ray ging zu Jazinski, fragte ihn, wie er drauf wäre.

«Gut», sagte er.

«Gut?»

«Den Kumpel mach ich voll platt, wenn Sie das meinen.»

«Du sollst ihn nich platt machen, Jazz. Siegen sollste, das will ich.»

Jazinski ging betont langsam auf die Matte, ließ sich von Danny Ernest beäugen, während auf den Rängen die Hölle losging. Ernest war sieben Zentimeter größer, hatte also eine längere Reichweite. Sie gingen in Stellung, und gleich nach dem Gong packte Jazinski seinen Gegner am Arm, zog ihn über die Schulter, und während Ernest durch die Luft segelte, brüllten die Massen los ... *Jazz! Jazz! Jazz!* ... Jazinski machte eine blitzschnelle Drehung, wollte gleich einen Nackenhebel ansetzen, aber Ernest befreite sich voller Wucht, und zum Ende der ersten Runde waren die beiden hoffnungslos ineinander verknotet. In der zweiten Runde kam Ernest in Führung – er hatte sich freigekämpft, im Anschluß einen Umschwung und dann noch einen Überwurf geschafft. Jazinski war auf den Bauch geknallt, kroch im Schneckentempo, und jetzt wurde er rumgerissen; er ging in die Brücke, stemmte sich auf mit den Verhärtungen in seinem Genick, doch da kam der rettende Pfiff. Zwei Punkte lag Jazinski zurück, und nach dem dritten Gongschlag baute er mächtig ab. Ray war inzwischen aufgesprungen, lief auf und ab und beobachtete wortlos den Kampf. Jazinski war zu träge, die beiden lagen ineinander verkeilt, und plötzlich verstummten die Schreie. Jetzt hörte man nur noch die Atemgeräusche, die Spannung war unerträglich, und auf einmal schrie eine Kinderstimme: *Mach ihn alle, Joe!*, und Ernest riß Jazinski ruckartig hoch und schwang ihn wieder rum. Jazinski strampelte sich hektisch frei, und dabei mußte er den Arm gesehen haben, mit dem sich Ernest auf der Matte abstützte, und Ray kann es sich nicht erklären, aber als er den durchgedrückten Arm sah, den für Sekunden freien Arm, war ihm klar, was Jazinski vorhatte: er hatte es auf den Arm abgesehen.

Den Arm von Danny Ernest, und dann sah Ray die Hand, die offene Hand, wie sie aus Jazinskis Körper heraus und durch die Luft schnellte. Den Ellbogen. Und wie Ernest aufjaulte.

«Oh, mein Gott!» kreischte Michael Owens.

Der Ringrichter sprang auf die Matte und kümmerte sich um den Jungen. Henderson, die Krankenschwester, rannte mit Ray und dem Trainer von Cholla zum Ring, und Jazinski stand auf, ging über die Matten und verschwand durch die Pendeltür, die hinter ihm zuklappte. Aus Ernests Arm ragten Knochen heraus, die Haut war aufgerissen. Jetzt war selbst Buckner im Ring; der Ringrichter vergaß nicht, den Kampf auszurufen, Ernest wurde herausgetragen, und das stumme Spalier der Zuschauer in den Rängen hörte ihn brüllen.

Jazinski hockte im Duschraum auf dem Boden, das Wasser spritzte mitten auf sein Trikot. Ray ging rein, wollte dem Strahl ausweichen, wurde aber unweigerlich naß gespritzt. Jazinskis Kopfschutz trudelte überm Abflußloch.

«Was war los?»

«Nichts.»

«Was los war!»

«Nichts!»

«Nichts? Du hast dem Jungen grad 'n Arm gebrochen. Der hat jetzt sein Leben lang 'n versauten Arm wegen dir, und du sagst einfach: Nichts?»

«War nich mit Absicht.»

«Scheißdreck.»

Jazinski hockte auf dem Boden, den Kopf zwischen den Knien. Seine Turnschuhe waren fest zugeknotet, und jetzt kam ein kleiner Junge, sein Bruder, an Krücken in den Umkleideraum gehumpelt. Auf dem nassen Boden rutschte eine Krücke weg, und Spencer fiel hin.

«Autsch!» kreischte Spencer. Er rappelte sich auf und hopste über die Abflußrinne in den Duschraum – die Krücken ragten vor wie lange, dürre Stelzen.

Ray wandte sich gerade dem Ausgang zu, da hörte er Joe in seinem Rücken sagen: «Ich hatte Schiß.»

«Wovor?»

«Vorm Verlieren! Ich hatte Schiß, daß ich verliere!» Er hockte auf dem Boden und ließ das Wasser auf sich herabdonnern, während Spencer sich nach einem Handtuch umsah.

«Mann, Joe», sagte Spencer und ließ seinen Blick durch den Raum wandern. «O Mann.»

Das Wasser lief und lief, und Ray fand, irgendwer sollte es endlich abdrehen.

«Hallöchen», sagte Spencer mit einer Handbewegung zu Ray. «Mein Gips darf nich naß werden.»

Weil das Leben wie ein Fenster ist

Der Glaube ist eine Handvoll Fleisch. Einmal mit dem Knochen verbunden, löst sich ein Menschenleben auf – von der Lippe zur Rippe, von der Brust zum Gebein. Genug, um einem für immer den Atem zu nehmen. In Phoenix ist das Licht meistens weiß.

Sie denkt, wenn wir mit einem Knall anfangen, mit einem Knall, den wir *Theorie* nennen, müssen wir auch mit einem Knall enden – Armageddon, Verfall, Chaos, Treibhauseffekt, alle damit verbundenen Großbrände; und das jetzt, die Geschichte von Liebe und Leid, eine Welt, unendlich bis zum Ende, und sie denkt, wir müssen die Augen offenhalten. Wir haben alle schon mal gelebt, denkt sie auf der Treppe, während sie ihre Lebensmitteleinkäufe hochschleppt und sich Fragen über Fragen stellt. Sie schleppt ihre Tüten die sieben Stockwerke hoch, und jetzt rutschen sie ihr gleich weg, aber der Besuch bei Tante Nicky in Sedona hat ihr wenigstens etwas Kraft gegeben; sie stolpert zwar, verlagert dann aber ihr Gewicht und gewinnt die Balance zurück. So viel Essen hat sie seit Monaten nicht mehr eingekauft, und seit kurzem spielt sie mit dem Gedanken, einen Hund anzuschaffen.

Ihre Wohnungstür fliegt auf – sie war nicht verschlossen. Der Schlüssel, den sie über Bills Lampe deponiert hatte, steckt im Schloß. In ihrer Wohnung hat eindeutig jemand Hand angelegt. Zerstört worden ist nichts, nur durchstöbert und neu geordnet, wie der Frühverkehr. Auf dem gelben Teppich liegen Bücher verstreut. Sie stellt ihre Einkäufe auf der Küchentheke ab und wirft einen Blick in den Spülschrank, wo sie in einer leeren Flasche Messingreiniger zwei Diamantringe von ihrer Großmutter und vierhundert Dollar aufbewahrt. Abgesehen von einer Bankkassette in New Hampshire sind das ihre einzigen Ersparnisse. Aber das Geld ist noch da, und als sie wieder hochkommt, sieht sie, daß jemand an ihren Schränken und am Kühlschrank war. Es fehlen drei Bier, und den restlichen Morgen geht sie ihre Wohnung bis in den kleinsten Winkel durch und macht Inventur. In der Nachttisch-Schublade liegt ihr Tagebuch, und es besteht kein Zweifel: da war jemand dran. Jemand hat erkundet, was sie da zu Papier gebracht hat. Später, unter der Dusche, als ihr die Tränen kommen und sie sich immer noch gegen die schreckliche Gewißheit wehrt, fühlt sie sich vollkommen umzingelt – alle beobachten sie rund um die Uhr, durchstöbern ihr Privatleben bis ins kleinste Detail. Das Duschwasser ist salzhaltig; sie schmeckt das Salz, denkt an den Wandschrank im Schlafzimmer ... *Nein!* ... und jetzt wickelt sie sich in ein sauberes Handtuch, stürzt aus der Dusche zum Wandschrank, reißt die Tür auf.

Ihre Geschichte ruht in einer Kiste. Die Kiste wird von Jahr zu Jahr ein bißchen schwerer – Briefe von Sammy, von Nicky und Claire, und dann Nickys lange, einsame Briefe. Dazwischen Papiere: ihre Geburtsurkunde, High-School-Abschlußzeugnis und College-Diplom, der Magisterbrief von der Uni in Berkeley, Teile einer Doktorarbeit, unfertig und schlecht durchdacht, dann ein Stapel Steuererklärungen, Flugtickets nach Paris und Lissabon, nach Madrid, ihre allererste Konzertkarte und schließlich die Fotos ... *die Fotos!* ... Wenigstens sind die in Sicherheit. Die Kiste war ursprünglich für Orangen gedacht und hat Luftschlitze an der Seite, damit das Obst auf dem Transportweg ausreifen kann, und irgendwie hat jemand den gesamten Inhalt der Kiste durchgekramt. Eines Tages wird sie diese Kiste wohl oder übel vernichten müssen; die Haltbarkeit läuft irgendwann aus ... *Wann?* ... und jetzt nimmt sie sich das Bett vor. Sie hebt die Matratze hoch.

Ihr Vibrator ist noch darunter, sie nimmt ihn vorsichtig hoch. Er ist angeschaltet, die Batterien sind leer.

Sie läßt ihn auf den Boden fallen und schreit.

Als sie zwölf war, sind ihre Eltern bei einem Flugzeugunglück über Australien umgekommen. Jenna wuchs in Nordkalifornien bei ihrer Tante Nicky auf, die damals Bewährungshelferin für Minderjährige war. Claire machte eine langwierige Krankheit durch; in den Ferien flog Jenna von Neuengland nach Kalifornien, und bei ihren Besuchen erzählte sie von ihrer Arbeit – sie war Lehrerin in einer Schule für Jungen mit Dyslexie; die Jungs brachten ihr Skifahren bei und wie man richtiges Jungs-Basketball spielt, und eines Tages war plötzlich alles vorbei. Claire starb, und Nicky ging auf Alaska-Kreuzfahrt. Danach sagte Nicky, sie wolle die Wüste sehen und vielleicht an einen sonnigen Ort ziehen. Vielleicht könnte die dauernde Strahlung ihren Bedarf vollkommen stillen. Vielleicht wäre das ein sicherer Wohnort.

«Also», sagt der Polizist – Jenna kennt ihn von der Nacht, als sie ihren Nachbarn ins Krankenhaus gebracht hat –, «vermissen Sie irgendwelche Wertgegenstände?»

«Nein», sagt sie. «Nichts Wertvolles.»

In der Nacht damals trug er gelbe Gummihandschuhe. Heute ist er nur in Uniform – kugelsichere Weste und Dienstwaffe. Durch die Weste ist seine Brust extrem aufgeplustert. Er wirft ihr einen vielsagenden Blick zu, sie bietet ihm einen Sitzplatz und eine Tasse Tee an.

Er wählt Kaffee mit viel Zucker ... *Viel Zucker, schönen Dank* ... und offensichtlich macht ihm dieser Teil seiner Arbeit Spaß – Protokolle aufnehmen, mit Leuten reden, mit Frauen in Not ... Bis auf ein paar Kassetten und ein Herrenjackett fehle anscheinend nichts, gibt sie zu Protokoll. Sie hat sich noch nie vorgestellt, wie das wäre – in Not zu sein.

«Hört sich an, als ob der Täter Sie kennt», sagt der Polizist. Er notiert etwas in einem Heft und macht es wieder zu.

«Wie bitte?»

«Oh, nicht unbedingt. Es kann sein, muß aber nicht. Wann kann man das schon so genau sagen? In unsrer Stadt gibt's mehr Spanner als Drogensüchtige. Ehrlich. Sehn Sie sich doch mal um – lauter Frauen im Bikini, und was sich hier so alles im Swimmingpool aalt ... 'tschuldigung, ich wollte Ihnen nicht zu nahe treten. Das bringt die Arbeit eben so mit sich.» Er schlürfte an seiner Kaffeetasse und nickte. «Aber hier wimmelt's wirklich von Perversen. Davon krieg ich zwei oder drei die Woche. Und alle in derselben Gegend. Im selben Block. Schnappen wir Tom, gehn uns Dick und Harry durch die Lappen – können Sie mir folgen? Entschuldigung. Jetzt fang ich schon wieder so an.»

«Aber ich hab nie jemand gesehn.»

«Vielleicht 'n Freund von früher, hm? Einer, der immer noch feuchte Augen hat? Lassen Sie die Jalousien runter, okay? Immer schön runterlassen. Denken Sie dran, Miss ...»

«Williams. Jenna.»

«Denken Sie dran, Jenna – darf ich Sie so nennen?»

«Ja.»

«Jenna – ist das nicht 'ne Pflanze? Ich heiße Jim.» Er steht auf und gibt ihr die Hand. Er kramt eine Zigarette aus der Tasche, entzündet das Streichholz und steckt sie an, weiß nicht, wohin mit dem Streichholz. Er trägt einen Ring am Finger, und als sie den bemerkt, kommt ungewollt ein Lächeln auf ihre Lippen – der Mann steckt in einer gesetzlichen Verbindung. Wenn sie Lust hätte, könnte sie ihn zum Gesetzesbrecher machen.

Das kommt ihr ungehörig vor; das Lächeln verschwindet, und sie schaut zu ihm hoch – er hat ihren Blick auf den Ring bemerkt. Er setzt sich hin und bläst Rauch aus. «Wie ich schon sagte ... Jenna?»

«Ja?»

Er rückt seinen Gürtel zurecht. «Wie ich schon sagte, die Sache ist die, die Sache mit Ihren Jalousien ist die ...»

«Ja?»

«Na ja, wenn Sie sich selbst sehen, können Sie auch gesehen werden.»

«Durch die Fenster?»

«Genau, die Fenster», sagt er nickend. Er blickt sie scharf an und wiederholt feierlich: «Die Fenster.»

Er geht an die Tür, macht auf und wirft einen kurzen Blick nach draußen. Offenbar steht der Streifenwagen unverändert in der zweiten Parkreihe. Er nimmt noch einen Zug, pafft, und der Rauch erstickt den Lichtstrahl, der durch den offenen Türspalt dringt. Jetzt dreht er sich um und deutet auf das Fenster. «Das Leben ist ein Spiegel, Jenna. Ein großer Spiegel. Vor allem nachts.»

«Ich laß die Jalousien zu», sagt sie. «Ich werd rund um die Uhr die Klimaanlage laufen lassen.»

«Vorsicht ist alles. Seien Sie vorsichtig, ja? Wir machen natürlich eine Anzeige fertig, aber aufpassen müssen Sie schon.»

Auf einmal überkommt sie die Angst. Ein Schock, wie von einem Gespenst.

«Okay?» sagt er. «Alles okay? Sie sind eher sensibel veranlagt, hab ich recht?»

«Mir geht's gut.»

«Denken Sie dran», sagt er und hält seine Zigarette in die Luft. «Das Leben ist ein Spiegel. Und manchmal, manchmal muß man aufpassen, daß man sich an die Regeln hält.»

«Die Regeln», sagt sie und nickt.

«Das Leben ist ein Spiegel, und Sie wissen ja, was passiert, wenn man einen Spiegel zerschlägt, nicht, Jenna?»

«Dann hat man Pech. Massenhaft, ein Leben lang.»

Er blickt auf seinen Ring, sieht nach, ob er noch da ist, und sagt voll Mitgefühl: «Sie müssen sich immer schön an die Regeln halten. Okay? Nicht mehr im Bikini an den Pool gehn oder nachts in Unterwäsche rumlaufen. Ich will Ihnen nicht zu nahe treten, Jenna, aber lassen Sie um Himmels willen Ihr Schlafzimmerfenster zu. Nachts, verstehn Sie? Ich mein, falls ...»

«Ich hab keine Waffe, hab noch nie eine besessen.»

«Ach so?» sagt er und faßt nach dem Verschluß an seinem Gurt. «Hätten Sie gern ...»

«Nein, ich meinte, ich bin dagegen.» Sie steht auf. «Das Leben ist ein Spiegel», sagt sie. «Ich hab's kapiert.»

«Ach so.»

«Ich schaff mir wahrscheinlich 'n Hund an», sagt sie. «Einen Dobermann.»

Er zuckt die Schultern, steigt offenbar nicht ganz dahinter. Soll er vielleicht Verstärkung ranholen? Er schnippt die Kippe durch den Türspalt und sagt: «Gar keine schlechte Idee.»

Jetzt schaut er nach seinem Auto, dem mit den vielen Scheinwerfern; dann blickt er zurück, betrachtet lächelnd ihren Körper, mehrere Stellen auf einmal, nimmt Abschied, sagt adieu. Er sagt: «Überhaupt keine schlechte Idee, Jenna.» Er geht aus der Tür, dreht sich noch einmal um, schickt ein Lächeln zurück. «Jetzt sind Sie wirklich vernünftig, wenn ich mal so sagen darf. Jetzt sind Sie wirklich vernünftig.»

Eine Frau braucht Liebe und keine Pistole, denkt sie.

Ray kommt vorbei, er will ihr helfen, ein neues Bolzenschloß einzubauen, dazu noch ein weiteres Bolzenschloß und zwei Türketten. Während er sich an der Tür zu schaffen macht und Löcher bohrt, liest sie die Bauanleitungen durch und witzelt über New York; sie war erst einmal da, aber was sie aus dem Fernsehen kennt, reicht ihr. Eine enorme Kriminalität haben die. Da beklauen sich die Leute aus Not. Oder Neid. Die reichste Stadt der Welt. Das ist alles so absurd.

Überall im Zimmer stehen frisch besprühte Pflanzen; sie geben Sauerstoff ab und sorgen mit dafür, daß der Rauch verschwindet.

Ray dreht sich zu ihr. «Ich weiß, was du denkst», sagt er. «Aber ich war's nich. Ich sag's nur, falls es nötig is. Ich war's nich, Jen.»

«Das weiß ich.»

«Warum guckst du dann so?»

«Ich glaub, du hast 'n Problem. Sonst nichts. Und ich glaube, du mußt dringend was dagegen unternehmen.»

«Meinst du die Werkelei hier?»

«Nein. Du weißt doch ganz genau, was ich meine.»

«Du meinst das, worüber du nich redest.»

«Worüber *du* nicht redest, das mein ich. Ich finde, du mußt dir dringend helfen lassen. Das ist 'ne Krankheit, weißt du? Daran sterben manche. Auch Leute, die dir nicht egal sind.»

«Stimmt.»

«Du kannst die Sache behandeln lassen. Wenn du willst ...»

«Mein Gott», sagt er angekotzt. «Warum wollen ständig alle darüber reden. Warum müssen alle andauernd mit der Nase in der Scheiße wühlen?»

Er packt den Bohrer auf den Teppich, und sie weiß, daß sie eine Tabugrenze verletzt hat. Sie weiß, wie sehr er jetzt an sich halten muß. Er krempelt die Ärmel hoch, und sie denkt, sie kennt keinen stärkeren Mann. Seine Arme sind so dick wie Balken, die eine Decke stützen, den Himmel.

«Okay, noch mal im Klartext», sagt Ray, «ich hab also 'n Problem ...»

«Ja ...»

«Na gut, wenn dem tatsächlich so ist, dann würd ich dich doch sehr bitten, daß du die Sache verdammt noch mal mir überläßt!»

Sie weiß, was er damit sagen will, denkt sie, obwohl er im Irrtum ist. «Wenn's dir nicht selber was ausmachen würde», kontert sie, «würdest du ja wohl nicht drüber reden. Dann würdest du mich ja wohl nicht mitten in der Nacht anrufen, Ray.»

«Ich hab mich doch entschuldigt. Das tut mir ja leid.»

Sein Gesichtsausdruck verrät ihr, daß sie das Thema lieber fallenlassen sollte; sie kennen sich wirklich gut. Jenna denkt, Ray hat vor allem Angst vor einer Blamage, während sie vor allem befürchtet, daß ihr die Dinge entgleiten. Wo ist da der Unterschied, denkt sie. Sie wird es sich lieber für ein andermal aufheben, sich langsam an das Thema herantasten, eine Metapher verwenden ... *achte auf die Signale, halt dich an die Regeln, wenn ein Land Bock hat, sich aufs Kreuz legen zu lassen* ... und ihr ist klar, daß er jetzt all ihre Gespräche gewissenhaft nach den Momenten durchforstet, in denen er sich blamiert hat. Hätte er sie nicht angerufen, wäre ihm diese Blamage erspart geblieben; sie freut sich ja, daß er angerufen hat, aber natürlich wäre es ihr lieber, wenn er das auch ohne Alkohol fertiggebracht hätte.

Jetzt drückt er die Augen ganz fest zu, und auch das hat sie schon mal gesehen: bei Walker Miller. Damals, als sie Walker Miller im Krankenhaus besucht hat – wie der seine Augenlider runterklappte und alle Türen verrammelte. Weil er sich in Sicherheit bringen wollte. Weil er nichts in sich reinlassen wollte.

Oder raus. Vielleicht will er, daß nichts rauskommt?

«Nein», sagt sie.

«Nein?»

«Nein, verdammt!»

«Das is mein Bier», warnt Ray sie. «Das geht kein Schwein was an, Jen. Und wenn sich einer drum kümmern muß, dann nur ich.»

«Nein. Das geht alle an. Alle, die dich lieben ...»

«Lieben? Hast du lieben gesagt? Mach ruhig weiter», sagt er und krempelt die Ärmel wieder runter. «Mach ruhig weiter so, Jen, vielleicht kannste ja diese ganze Scheißwelt retten.»

Er macht einen Schritt aus der Tür, muß aber noch mal zurück, weil er sein Schlüsselbund vergessen hat. Er nimmt es von der Lautsprecherbox und bleibt stehen. Jetzt schüttelt er den Kopf, schaut auf seine Ärmel runter und sagt: «Bescheuert. Das is alles so bescheuert. Ich hab das einfach alles nich mehr drauf.»

«Ray ...»

«Paß auf, es war 'n Fehler. Tut mir leid, ja? Scheiße, ruf 'n Tischler an, Jen. Hol dir 'n Handwerker ran.»

Dann geht er, nimmt auf der Treppe zwei Stufen auf einmal, wie immer. Er läuft die Stufen runter, zwei auf einmal, und schon wünscht sie sich, daß er zurückkommt und zu Ende bringt, womit sie angefangen hat – die Türschlösser, diese ganzen Messingbolzen und Ketten. Wenn er so wäre, wie sie ihn gern hätte, könnte sie ihn dann überhaupt lieben? Und wer weiß, wenn sie schlauer gewesen wäre, müßte sie nachts vielleicht nicht allein schlafen. Es liegt nicht am Alkohol, das weiß sie. Der Alkohol ist die Signalflagge – gerade erst wiederentdeckt, aber eben doch nur eine Flagge, die alle Regeln bricht. Genauer gesagt Ray, der langsam unter der Last dieser riesigen Flagge zerbricht, dem langsam der Mast aus den Händen gleitet. Aber das Erschreckende ist nicht die Flagge, sondern das Land und wozu die Menschen in diesem Land fähig sind. Zum Beispiel in eine Wohnung einzudringen, die Hosen runterzulassen und womöglich rumzuschnüffeln, die Batterien leer zu machen, und vielleicht eine zu rauchen, während sie vorm Spiegel posieren und denken: *Na und, hab ich eben Pech gehabt, was soll's? Muß ich eben selbst Hand anlegen, na und?*

Manchmal kann es passieren, daß man die Wüste verliert und gewinnt den Himmel, oder die Sterne. Nachdem Ray zu ihr in den Pool gesprungen und mit dem Kopf an die Betontreppe geknallt war; nachdem er sich die Schuld gegeben hatte ... *Alles meine Schuld!* ... führte sie ihn die sieben Treppen hoch in ihre Wohnung. Sie hatte keine sauberen Handtücher mehr; die waren alle voll Blut und steckten in irgendeinem Müllkasten in Maricopa. Krankenhausmüll.

Sie gab Ray ein frisches Laken zum Abtrocknen. Als er sein Hemd auszog, fiel ihr Blick auf die Schnittwunde an der Seite, die mit breitem silbernem Klebeband zugeheftet war. Solches Band nahm man normalerweise für Kartons und Rohre.

«'ne Tür», sagte er und deutete auf die Wunde. «Bin in 'ner Tür hängengeblieben.»

Sie säuberte die Wunde – zwei Finger tief, so lang wie ihre Hand –

und dann den Kratzer über seinem Auge. Es war das erstemal, daß sie einem Mann die Wunden verband. Für seine Seite nahm sie ein Kotex-Pflaster und schlug ein zweites Laken um ihn. Sie gab ihm ein Glas Wasser mit fünf Aspirin und legte ihn zum Schlafen auf die Couch. Dabei sagte sie: «Aber nicht, daß das zur Gewohnheit wird.»

«M-hm.»

Im Schlaf hatte er zweimal Anstalten gemacht zu gehen, und beide Male hielt sie ihn zurück, während er dastand und sich mit halb offenen Augen im Raum umschaute, obwohl er die ganze Zeit schlief. *Daddy?* sagte er einmal. *Daddy?* Und sie begriff, er war einfach zu betrunken, um richtig schlafen zu können. Vielleicht hatte er auch eine Gehirnerschütterung, dann hätte er gar nicht schlafen dürfen, aber das wußte sie nicht mehr so genau. Das war eben das Dumme an der Ersten Hilfe: im entscheidenden Moment wußte man nie, wie man sie anwenden mußte. Sie blieb die ganze Nacht wach und horchte auf seinen Atem. Sie saß auf ihrem Küchenstuhl, beobachtete die Flugzeuge im Anflug auf Sky Harbor – die blinkenden Lichter. Als Ray dann endlich losschnarchte, ein vertrautes, fast angenehmes Geräusch, nahm sie ihr letztes Fiorinal, danach das allerletzte, ihre Notreserve, und trank noch zwei Glas Wein. Wie sie da saß und mit dem Weinglas in der Hand im Fiorinal-Rausch schwebte, sagte sie sich, so ist es, wenn man absolut nichts spürt. Nichts außer Gedanken, und es machte ihr angst, wie sie sich treiben ließ und den Himmel ansah, die Flugzeuge, und wie angenehm sie dieses Gefühl fand ... *Schweben.* Das war so schön, daß sie Angst vorm Einschlafen hatte, denn dann würde sie die Reise verpassen; sie wußte ja, daß sie vorübergehen würde, und ganz langsam geschah es.

Irgendwann wurde ihr klar, daß mehrere Stunden vergangen waren, und sie machte Tee, falls Ray aufwachen sollte, und als er gegen sechs tatsächlich aufwachte, ging er an ihr vorbei in die Küche, durchsuchte die Schränke nach einem Glas. Er konnte kein Glas finden. Dann machte er den Kühlschrank auf und nahm sich zwei Bier.

«Durst», sagte er und nickte.

«Suff», gab sie zurück; sie war immer noch schwach und leicht benebelt. Es kam ihr vor, als hörte sie jemand anders sagen ... *Suff.*

«O Mann», sagte er. «O Mann, das kannste laut sagen.»

Er wankte ins Bad, und sie hörte, wie er hinfiel und mit dem Kopf ans Waschbecken und die Duschwanne knallte. Er brauchte ewig zum Pinkeln, und als er mit nur einem Bier wieder zur Couch kam, legte er sich hin; er bibberte und zerrte an dem Laken, das sich um seine Taille schlang. Bibbernd schlief er ein, und sie wollte ihn aufwecken, ihn wärmen, wollte seine Ohren berühren, seinen Hals und die Stellen, die ihr einmal so vertraut gewesen waren, daß sie sie geküßt hatte. Sie ließ das Bier an der Couch stehen; wenn er morgen aufwachte, würde er es finden, und wieder einmal wäre das Bier eine lauwarme, schale Erinnerung an alles. Nach einer Weile ging sie zum Balkon, beobachtete den Frühverkehr und schlief dabei ein. Endlich spürte sie, wie die Sonne aufging.

Sogar sonntags waren die Straßen voll, machten sich wichtig – lauter Leute, die losrasten, um sich dem Begehren ihres jeweiligen Herrgotts zu widmen. Nachdem Ray gegangen war, wobei er sich verschämt entschuldigte und gleichzeitig aggressiv wurde, fuhr sie zum Zehn-Uhr-Gottesdienst in die St.-Christophorus-Kirche. Dort predigte Jim Lawson über das Verlangen nach Glauben. Dieses Wort sprach er jedesmal so, als bestünde es nur aus Großbuchstaben ... *GLAUBE.* Zweifellos glaubte er an alles, was er laut sagen konnte. Dann kam der Schlußchoral ... *O Himmelreich, wem dürstet nicht nach Ruh'?* ... und danach gab Pater Lawson den Segen.

Aber noch davor, bevor sie losging, lehnte Ray am Geländer ihres Balkons und blickte nach unten ins Wasser.

«Du hättest draufgehn können», sagte sie.

«Ja», sagte er. «Glaub schon.»

Also fing er gerade wieder an, sich zu erinnern; das war nicht unwahrscheinlich und wohl auch nicht angenehm – die Erinnerung an etwas, das man niemals im Leben verdrängen kann, genau wie Alpträume. Bei solchen Momenten hindert die Seele den Geist am Vergessen. Sammy Coughlin fuhr aufs Meer hinaus und ertrank. Oder Walker Miller, auf der Wiese. Oder dein Liebster, sein Blut im Chlorwasser in einem Swimmingpool.

Im Verlauf der folgenden Schulwoche konnte sie beobachten, wie Ray sich immer wieder bemühte, nett zu sein – er grüßte Leute auf dem Gang, gab sich vor den Schülern heiter. Insgeheim wäre er bestimmt sehr gern Katholik gewesen, denn die hatten anscheinend als einzige Verständnis für das Verlangen nach Leid, nach Schuld und Vergebung. Das Verlangen nach Absolution, obwohl du gesündigt hast und zu den Episkopalisten gegangen bist. Nach Wiedergutmachung, wodurch auch immer, nach einer katholischen, apostolischen Kirche, die endlich ihren Segen loswerden will.

Bill, der Nachbar von Jenna, hatte ihr zehn Dollar Benzingeld gegeben und einen Satz Handtücher für sie gekauft. Aus einem Edelkaufhaus, wo sie manchmal vorbeifuhr. Die hatten so enorme Preise, daß Jenna den Laden nur von außen kannte. Bill hatte die Handtücher in eine Geschenkbox mit Schleife packen lassen und sich entschuldigt, daß sie ohne Monogramm waren; er wollte Jenna nicht warten lassen. Nach dem Einbruch schaute er kurz bei ihr rein und sagte ihr, er hätte nichts mitbekommen. Er hätte besser aufpassen sollen, sagte er.

«Gefallen dir die Handtücher?»

Sie sah gerade Arbeiten durch, Hausaufsätze zu den Auswahlthemen «Die Auswirkungen der Rekonstruktion nach dem Sezessionskrieg» und «Der Marshallplan» – sowie für Freiwillige «Die Monroedoktrin». Die Arbeiten lagen nach Themen gestapelt auf dem Fußboden; einige Schüler hatten es geschafft, die meisten Wörter richtig zu schreiben, manche hatten sogar eine Quellenangabe gemacht – und nun stießen all die Zufallsgedanken hier vor ihrer Nase aufeinander. Bill sagte, wenn man einen Hund anschaffen will, sieht man am besten die Annoncen durch.

«Da stehn immer Angebote drin. Die reinrassigen», sagte er und setzte sich zu ihr auf den Fußboden, «die sind irre teuer. Da leben manche Leute von. Von den Hunden, mein ich.»

«Ich hab mich noch nicht entschieden», sagte Jenna. «Will mich erst mal 'n bißchen umgucken. Unser Mietzuschlag für Haustiere hat sich gewaschen. Vielleicht sollte ich lieber umziehen.»

«Hund is Hund», sagte er. «Die fühlen sich überall wohl. Man muß halt nur viel mit ihnen spielen.» Er nahm die Zeitung von Jennas Couch und schlug sie auf. «Autos», sagte er. «Suchste 'n günstigen Wüstenflitzer?»

«Muß nicht sein.»

«Oder vielleicht 'n nettes Vergnügen?»

«Siehst du da irgendwo 'n Spaniel? Am liebsten wär mir 'n Springerspaniel. Die haben so tolle Ohren. Auf so einen war ich schon immer scharf.»

«Riesenohren», sagte er. «Die hörn gut.»

«Das wird mir jetzt zum erstenmal bewußt. Daß ich immer 'n Hund wollte.»

«John», sagte Bill und sah in die Zeitung. «Da hab ich 'ne Anzeige unter ‹Einsame Herzen› aufgegeben. Hätt nie gedacht, daß es klappt. Ich konnt's gar nich fassen.»

«Es hat geklappt», sagte Jenna lächelnd.

«Eigentlich nich. Johns Therapeut meint, er kann noch was dran ändern. Er macht sich total fertig wegen seiner Familie und so. Meiner Meinung nach kann der mir die Sache mit dem Fenster einfach nich verzeihen. Das hätt ich nich machen dürfen. Hast du vielleicht 'n Tee oder irgendwas?»

Sie ging in die Küche und setzte Wasser auf. Bill kam ihr hinterher und sagte: «Nee, ich meinte Eistee.»

Er mußte mit einem Glas Wasser vorliebnehmen. Er schaute aus dem Küchenfenster. «Ich weiß nich. Ich persönlich bin ja mehr für Katzen, schon immer. Katzen, die haben ihren eigenen Kopf. Denen kannst du nichts vorschreiben. Das is eben das Blöde an den Männern – daß sie immer so verfluchte Schlappschwänze sind.»

«Wenn's Gott gefällt», sagte Jenna lächelnd. Sie dachte an Ray, an seinen Schwanz und wie sie ihn manchmal in der Hand gehalten hatte, wenn er einschlief. Wenn Ray müde war, paßte er bequem in ihre Hand.

Bill schüttelte den Kopf und winkte ab. «Die Welt is so groß, Jenna. So riesengroß. Es gibt so viele ...»

Sie wußte, worauf er hinauswollte, und überlegte, ob sie sich trauen würde, wenn er die Augen schloß. Ob sie Bill im Dunkeln lassen und dennoch glücklich machen könnte.

«Denk nur ans Meer», sagte Bill und gestikulierte. «Was da alles drin is. Und da kann man eben nich einfach so was dran ändern. Da is ja in dem Sinne eigentlich nichts kaputt! Mein Gott, 'n Hund kann man heil machen! 'ne Katze! So 'n scheiß kaputtes Fenster kann man heil machen!»

Aber was war mit ihr? Was konnte der Mann für sie tun?

Er könnte dich lieben, und vielleicht wäre das nicht mal genug.

«Laß mal, Bill», sagte sie. «Laß mal, ist schon gut.»

«Tut mir leid», sagte er und sammelte sich wieder. «Is wohl besser, ich halt die Klappe und gehe. Jedesmal, wenn ich den Mund aufmache, kommt was Falsches raus.»

«Mensch, red ruhig mal mit 'ner Frau, die weiß, wovon sie redet. Ich mein, ich denk mir meinen Teil. Aber ich hab natürlich keine Lösungen oder so was im Kopf.»

«Na gut», sagte er. Er wußte genau, worauf sie anspielte, und wollte ihr zeigen, daß er auch schon mal daran gedacht hatte. Wahrscheinlich war es schon so. Er sagte: «Was denkst du denn?»

«Ich denk, die Liebe bricht dir das Herz. Jedesmal.»

«Klingt ganz schön bitter.»

«Auf der anderen Seite denk ich aber auch, nur die Liebe kann's hinterher wieder heil machen.»

«Ach so», sagte er. «So yin-yang-mäßig, oder was.»

«Das ist bloß leider keine Lösung.»

«Sieht so aus.»

Sie zwinkerte ihm zu und wußte, daß ihre Entscheidung gefallen war. Die Entscheidung war gefallen; jetzt wußte sie, was sie wollte. Du mußt dich einfach nur entscheiden und zwinkern, dachte sie; damit muß man sich doch nicht ein Leben lang aufhalten.

«Du kannst mitkommen», sagte sie auf dem Weg ins Wohnzimmer.

«Wohin denn?»

Sie nahm die Anzeigenseiten und sagte: «Du kannst ihn mit mir aussuchen kommen!»

Nicht seine Schwäche macht ihr angst, sondern seine Kraft – seine Stimme und diese Entschiedenheit bei allem, was er von sich gibt. Sein Wille und die enorm schwere Selbstdisziplin, die er Tag für Tag auf Genick und Schultern wuchtet, um nur ja nicht so zu werden, wie er sich vielleicht in Wirklichkeit sieht. Und dann die Vorstellung, daß sie vielleicht ein anderer Mensch werden muß, nur um ihm in sechs oder auch in siebenundzwanzig Jahren eins auszuwischen – nur damit er sie dann braucht; sie, die es so sehr braucht, für andere zu sorgen. Aber damit ist nicht gesagt, daß er dann auch für sie sorgen will. Verlangen – sie verlangt nach Liebe, und es ist nur eine Frage der Entschiedenheit, eine Mutfrage, ob man das Wagnis eingeht, auch wenn es einen umbringt, was ihrer Meinung nach unabwendbar ist. Das ist der wahre Ursprung von Geschichte: *Liebe* und das Verlangen – und was unabwendbar auf den Versuch folgt, alles herzugeben oder wiederzuholen, wie durch Zufall.

Nicky sagte immer: *Zufälle gibt es nicht. Nur anderslautende Pläne, von denen wir nichts wissen.*

Jenna hat Nicky mal ein *Arizona Highways-Abo* geschenkt, damit Nicky sich ein Bild vom Leben in Sedona, Arizona, machen könnte – einem Leben zwischen Rentnern und Touristen aus Kalifornien oder Paris, zwischen lauter Verfechtern eines neuen, überkandidelten Zeitalters. Inzwischen lebt Nicky wirklich in Arizona, und Jenna hat schon von mehreren Leuten wohlmeinende Erklärungen über die Bedeutung des *New-Age*-Begriffs gehört. Dabei verwenden sie oft die Begriffe *Vortex, Zentrum, Energie* und Wendungen wie *Flug entlang der Astralebene*.

Ihre Eltern sind bei einem Flug ums Leben gekommen, aber das paßt nicht zum Thema. Der Landstrich nördlich vom Verde Valley ist imposant und voll von Geheimnissen. Ideale Landschaft zum Grübeln. Der Himmel ändert sich ständig – ein unstetes Gewölbe, als suche er nach einer Entschuldigung. Ideal für einen Flug entlang der Astralebene oder eine Tour über den Highway 89A zum Oak Creek Canyon, wo man einen unverschmutzten Blick auf die Welt hat – ist schon ein ungewöhnlicher Flecken Erde, den man da unten sieht, wenn man auf der Brüstung steht. Eine unendliche Weite. Da arbeiten die Gesteinsmassen, und die Luft ist so sauber, daß es weh tut und man beim Atmen röchelt. Nicky hat neue Freunde gefunden. Sie wohnt allein im Ranch House Circle am Oak Creek.

In Sedona, Arizona, sagte Nicky: «Erzähl mir was von deinem Leben.»

«Mein Leben ...», sagte Jenna lachend. «Mein Leben.»

Sie saßen im großen Zimmer, Nickys Labrador Albert lag bei ihnen. Der Hund war zu groß, um ihn in einer Wohnung zu halten; er brauchte schon ein Haus wie dieses, eins mit Kamin. Hinter dem Haus lag ein Golfplatz. Jeden Morgen ging Nicky mit Albert zum

Freibad, das in der gleichen Straße gelegen war. Während Albert in der Sonne döste, leitete Nicky einen Wassergymnastik-Zirkel für verwitwete Männer und Frauen. Nicky glaubte an Körpertraining und lange Spaziergänge.

«Das Gute und das Miese», sagte Nicky. «Erzähl mir, was du so treibst.»

«Was ich halt immer treibe», sagte Jenna.

«Du bist mit diesem Mann auseinander, diesem Raymond?»

«Ray», sagte sie. «Da ist bißchen was schiefgelaufen.»

Sie spazierten am Creek entlang, vorbei an dem Haus, wo angeblich mal ein berühmter Filmregisseur gewohnt hatte; die Leute erzählten sich, er sei so fett und behäbig gewesen, daß er mit einem Kran über den Creek gehievt werden mußte.

«Ich hab's gewußt», sagte Jenna und blieb stehen. «Ich wußte, daß ich darüber reden muß, wenn ich herkomme.»

«Dann hattest du wohl auch das Bedürfnis dazu.»

«Ich weiß nicht, was ich machen soll.»

«Inwiefern?»

«Ich will da raus. Ich will das nicht mehr.»

«Meinst du die Schule?»

«Die Schule, alles. Ach Nicky, manchmal frag ich mich, wie die Menschen das machen. Ich frag mich, wie sie es schaffen, jeden Tag weiterzumachen. Zum Beispiel Abwasch. Jeden Tag muß man abwaschen. Manchmal kommt's mir vor, als ob ich einfach nicht mehr abwaschen kann. Ich frag mich, wie die das alle durchstehn!» Sie vergrub die Hände tief in den Taschen ihrer Shorts. «Ray», fuhr sie fort, «Ray trinkt. Verstehst du? Der macht alles kaputt. Ich mein, es wird immer schlimmer, und ich weiß, ich werd ihn da nicht rausholen oder so, aber Fakt ist, bevor dieser ganze Scheiß passiert ist, war bei ihm alles in Ordnung. Und dann auf einmal dröhnt der sich voll und bringt sich in meinem Pool fast um. Das ist doch Wahnsinn.» Sie wischte sich die Augen ab, und es klang fast, als ob sie lachte. «Ich mein, ich hab überhaupt nichts Böses gedacht, als er aufgekreuzt ist, und dann das!»

«Was willst du denn nun machen?»

«Ich weiß nicht, ob ich das noch länger durchstehe. Nicky, ich weiß es nicht.»

«Kündige doch», sagte Nicky. «Kauf dir 'n paar Pappteller und mach 'ne Kreuzfahrt. Wie wär's mit Alaska?»

«Ich will nicht nach Alaska.»

«Mach, was du willst, Jenna. Lies im I Ching. Trink Kräutertee und Wasser.»

«Ich glaub, ich will nur, daß Ray mich will. Ich will, daß er mich braucht, und ich will gern so sein, daß ich ihn genauso brauche.»

«Ray?» sagte Nicky.

«Ja. Ray. Ich will ... Nicky?»

Und Jenna fiel ihrer Tante in die Arme, verschwand ganz in diesen gewaltigen Armen, spürte Nickys Atem über ihren Hals rieseln, während sie weinte. In diesem Moment, als ihre Tante sie im Arm hielt, hatte Jenna das Gefühl, sie könnte noch tagelang so weinen, und nach einer Weile wurde ihr besser. Warum das so war, würde ihr für immer unerklärlich bleiben. Walker, Ray und ihr ekelhaftes Verhalten Edith gegenüber – wie sie sie aus der Mannschaft geschmissen hatte ... Vielleicht war es wirklich so, vielleicht müßte sie sich nur ein bißchen mehr Mühe geben.

«Es wär fast passiert!» heulte Jenna. «Er hätte draufgehn können!»

«Na komm, ist ja gut.»

Warum bloß? Warum mußte er das tun?

Jetzt sitzt sie in ihrer Wohnung auf dem Fußboden zwischen Pflanzen und Möbeln, die man in so eine Wohnung stellt, und den Arbeiten ihrer Schüler, und sie denkt, das ist eine neue Frage, an die sie sich mit der Zeit gewöhnen muß, eine Frage wie:

– *Warum ist Wasser schwer?*

– *Warum schwimmt Eis auf Wasser?*

– *Warum mußte er das tun?*

Macht, Geschichte, das enorme Gewicht der Zeit und Walker Miller und ihr Nachbar Bill. Bill steht draußen, klopft leise an, obwohl die Tür immer noch einen Spalt offensteht. Es ist spätnachmittags, ein undefinierbar warmes Licht dringt herein, und Bill hat eine neue Zeitung dabei. Er erzählt ihr, daß es irgendwo in New River einen Spaniel-Wurf gibt.

«New River?»

«Ja, wie New Age. New River.»

New River ... hat sie davon nicht neulich was gehört? Das liegt hinter einer Stadt mit dem Namen Carefree. Sie wählt eine Nummer, und am anderen Ende meldet sich eine Frauenstimme. Die Frau ist kurz angebunden, fast schon grob; sie belehrt Jenna, daß sie Schecks nur mit Bankkarte nimmt. Barzahlung wäre ihr lieber. Die Hunde kosten zweihundert Dollar, sagt sie, *Liebhaberpreis.*

Sie fahren ewig auf dem Scottsdale Highway, und endlich wird es schön. Die Sonne sinkt. Jenna sitzt auf einem dicken Polstersitz in Bills Edelschlitten und starrt aus dem Fenster. Bill hat sich als Fahrer angeboten, damit Jenna auf dem Rückweg den Hund im Arm halten kann, falls ihm übel wird, was laut Bill bei Hunden oft vorkommt.

«Hunde haben's gern, wenn man sie im Arm hält», sagt Bill. «Vor allem junge.»

Nach einer halben Stunde Fahrt nördlich aus Scottsdale raus biegen sie westwärts ab, auf die Sonne zu. Sie halten nach einer unbefestigten Straße Ausschau. An einem Schild mit der Aufschrift HUNDEZWINGER WUNDERLAND fährt Bill auf die einzige unbefestigte Straße meilenweit. Langsam fahren sie durch den Staub und um die Schlaglöcher herum. Noch ein paar Meilen in dem Schneckentempo, dann kommen sie an einen kleinen Wohnwagen. Das Hundegebell sagt ihnen, daß sie am Ziel sind. Überall bellen Hunde – Hunde aller Rassen –, und schon springen ein paar um den Wagen herum. Ein kleiner Mann erscheint auf dem Vorbau des Wohnwagens. Er hat ein weißes T-Shirt an und schwenkt einen Besen. Ein schmales Lächeln kommt auf seine Lippen, und als Jenna ihn bemerkt, stellt sie gleichzeitig fest, daß hier weit und breit kein Fluß zu sehen ist.

Er kommt vom Vorbau herunter und ruft: «Sind Sie die mit dem Hund?»

«Ja», schreit Jenna durch das offene Fenster.

«Na dann», sagt er. «Kommen Se doch am besten mal rein und gucken sich um.»

«Auf keinen Fall», sagt Bill, der im Wagen sitzt und den Hundeschwarm anstarrt. «Kommt gar nich in die Tüte!»

Der Mann lächelt und hält inne, bis Jenna merkt, daß er Bill verstanden hat. Der wiegt bestimmt nicht mehr als fünfundvierzig Kilo, wenn überhaupt.

«Hundchen!» brüllt der Mann. «Kommt, Hundchen!» Sofort lassen alle Hunde von dem Wagen ab. Dann trotten sie durch das Tor, das der Mann aufhält. Bis auf eine Ausnahme, einen Deutschen Schäferhund.

«Sam!»

Sam ist viel zu sehr damit beschäftigt, am Fenster rumzulungern und Bill anzukläffen. Der Mann nimmt den Besen hoch und wirft nach dem Hund. Er hat gut getroffen; Sam jault auf und verschwindet auf der Stelle in Richtung Tor. Jetzt kommt der Mann über die staubige Einfahrt und apportiert seinen Besen. Er nimmt eine Zigarette raus, steckt sie in ein schwarzes Plastik-Mundstück, so eins wie aus den Zwanzigern, und zündet sie an. Er kratzt sich am Kopf – das dünne schwarze Haar ist mit Panade oder Haaröl angeklatscht –, dann sagt er durch den Zigarettenrauch zu Bill: «Mögen Sie keine Hunde?»

«Wie bitte?»

«Na, wenn einer bis hier rausfährt, der mag eigentlich meistens Hunde.»

«Nein», sagt Jenna, «wir sind mehr für kleine Hunde.»

«Die alte Dame, die steht auf dänische Doggen. Fragen Se mich nich, wieso. Kommen Se doch mal rein», sagt der Mann mit finsterer Miene. «Kommen Se rein zur alten Dame.»

Die alte Dame war noch kleiner als der Mann. Damals in Kalifornien hat Claire Nicky immer so genannt: *die alte Dame;* ein Familienwitz, den Jenna nie versucht hat zu verstehen. Nicky fand die Idee gut, einen Hund anzuschaffen. Einen lieben Hund, zu dem man auch lieb sein mußte, für den man sorgen mußte. Nicky meinte, die meisten Leute hätten *mit ihren Partnern* das Problem, daß sie ständig für sie sorgen wollten.

«Für Hunde kann man sorgen», sagte Nicky und tätschelte Jennas Arm. «Aber nicht für Partner.»

«Ich weiß.»

«Außer natürlich, wenn der andere im Sterben liegt. Dann bleibt dir gar nichts übrig.»

Als Claire im Sterben lag, ließ Nicky sich beurlauben. Die beiden lasen sich den ganzen Tag über laut vor, bis Claire sich nicht mehr auf die Worte konzentrieren konnte. Danach las nur noch Nicky; sie hielt sich ständig in dem Zimmer auf und las lange, dicke Bücher über so vermeintlich einfache Themen wie Leben und Tod, über Leid, und wie es vorübergeht. In Claires immer kürzer werdenden Momenten der Konzentration faßte Nicky zusammen, und nach einer Weile gingen sie zu Gedichten über: das war beim Warten auf den Tod sinnvoller, denn bei Gedichten erübrigten sich die Zusammenfassungen. Walker hat gar nicht erst auf den Tod gewartet, denkt Jenna, sondern ist einfach darauf zugerannt. Die andere Seite, so nennt man das. Als wäre es einfach nur ein anderer Tag. Als ob es irgendwo anders ernsthaft einen Unterschied zu hier geben könnte.

Jenna findet, das Himmelreich ist da, wo man es selbst einrichtet. Als ihre Eltern starben, war sie auf einem Picknick-Ausflug. Sie trug ein weißes Kleid und unterhielt sich mit einem Jungen aus ihrer Gemeinde, Sammy Coughlin – Sammy, mit dem sie später gelebt und geliebt hat. Und wer konnte es damals ahnen, wer hätte es ihr sagen können bei dem Picknick mit Orangenpunsch, Haferkeksen und erwachsenen Aufpassern – wer hätte es ihr damals sagen können? Von dem warmen Punsch behielt man einen süßen Geschmack auf den Lippen, und wer konnte es damals ahnen?

«Im Zweifelsfall», sagt Ray immer, «voll drauf!»

Aber wenn man die Leute gerade richtig kennengelernt hatte, starben sie. Oder, was noch schlimmer war, sie machten Dummheiten – gingen auf einem LSD-Trip schwimmen. Egal ob lebendig oder tot, einen Körper konnte man nicht einfach so in die Ferne schießen. Sammy wollte Rockstar werden wie Walker Miller, und er schrieb Songs über Frieden und Liebe und Tod, bis sie eines Morgens einen Knorpel in seiner Brust ertastete. Sie waren neunzehn und lagen im Bett; Jenna sorgte gerade für seinen Schwanz, der eben hochgekommen und dick angeschwollen war, und als sie ihre Hand zu seiner Brust hochwandern ließ, spürte sie auf einmal den Knorpel – hart wie eine Walnuß, genau in der Mitte der Brust. Zuerst war sie nicht sicher, ob sie weitermachen sollte, und am Nachmittag drängte sie Sammy, er solle einen Arzt anrufen. Den Rest des Tages verbrachte Sammy teeschlürfend über seinen Tagebüchern. Er schrieb einen

Song für sie, «Jenna in the Morning», zu dem ihn Leonard Cohen mehr angeregt hatte als sie, und am Abend spielte er ihr den Song auf der Gitarre vor. Sie fand ihn gut; früher hat sie ihn oft vor sich hin gesummt, doch irgendwann war die Melodie weg – es war so lange her, daß Sammy sie ihr vorgesungen hatte.

«Ist bestimmt nichts weiter», hatte sie gesagt. «Nur 'n kleiner Knorpel.»

Und genau so war es. Es war nichts weiter als eine Rippe, die sich aus dem Brustbein löste.

«Is nur 'n Stück Knochen», erklärte ihr Sammy später. «Nur Knochen. Das is wie mit den tektonischen Platten. Na, du weißt schon, die verschieben sich doch auch. Überhaupt kein Grund zur Sorge.»

Erdbeben, dachte sie, rätselhaft und nie vorhersehbar, und manchmal, wenn sie daran denkt, daß Sammy vielleicht bewußt im Meer ertrinken wollte, hat sie wieder seinen Gesichtsausdruck vor Augen, als er ihr das erklärte – nur ein Knochenstück, das ein wenig verrutscht war, als wäre der Knorpel in seiner Brust nur ein logischer Auswuchs der San-Andrés-Inseln. Und dann sieht sie wieder diesen wahrhaft erleichterten Ausdruck auf seinem Gesicht: Sammy in roten Boxershorts, wie er in der Küche einen Eistee schlürfte. Eine Woche danach machte er mit Freunden eine Autotour, wollte seine Ex-Freundin besuchen. Er küßte Jenna auf die Wange und sagte, sie solle ein liebes Mädchen bleiben.

«Nein», sagte sie. «Du meinst: *sauber bleiben.*» Sie sagte: «Bleib sauber, Sammy», und dann fuhr er los.

Später, sie kam gerade aus der Bibliothek, traf sie einen hageren Mann auf dem Collegehof, der ihr 350 Dollar anbot. Er hieß Frederick Aliston, war groß gewachsen und apart gekleidet. Vielleicht würde es Sammy gefallen, dachte sie, wenn er seiner Ex-Freundin ein Bild von ihr zeigen und sagen könnte, das hat Jenna nur für mich gemacht. Dieser Gedanke stachelte sie an. Na und, dachte sie, soll er doch seine Ex-Braut ficken. Er wird leben, wird Songs schreiben müssen. Er würde bestimmt wollen, daß ich's mache.

Aliston fragte sie, ob sie vielleicht Bodylotion da hätte. *Bißchen Creme?* Am Strand fing er an zu fotografieren; er sagte ihr, sie solle sich langsam eincremen und erst mal so tun, als ob sie allein wäre.

Dann sollte sie sich vorstellen, er wäre jemand anders. «Tu so, als ob ich dein Freund bin», sagte er. Zum Schluß stiegen sie in Alistons Auto und fuhren zu ihr, und sie schloß die Augen und dachte, so was Blödes, ich und Model. Sie dachte an Sammy und daran, was ihre Mutter denken würde, wenn sie noch könnte, und daran, wie das in ihrem Gedächtnis haften würde. Aliston setzte die Nikon ab, machte seinen Reißverschluß auf und gab seine Erklärung ab.

«Jetzt gehöre ich dir», sagte er. Und später, am nächsten Morgen: «Rutsch mal rüber.»

Sie dachte, er hatte sich vielleicht mehr was Hausbackenes vorgestellt, und sie weiß noch, daß sie am Ende nicht besonders überrascht war, außer über den Schmerz. Sie weiß noch, wie sie um ihr Geld bangte, und spürt noch seine Stimme, wie sie von hinten kam, über den kühlen Schweiß auf ihrem Hals hinweg.

Ruhig. Ganz ruhig.

Es gab andere nach Sammy. Meistens Künstler, die ihr sagten, daß sie ihre Formen bewunderten – ein paar Fotografen; ein Rasta-Typ, der überwiegend Landschaften machte; ein Italiener, der *echt 'n totaler Filmfreak* war. Mittlerweile nahm sie zuviel Drogen, war ein Stück nach Norden gezogen, hatte so ganz nebenbei ihr Hauptstudium absolviert – Geschichte natürlich, weil da niemand je dahintersteigen konnte; wenn man hinter die Geschichte steigen wollte, müßte man erst mal wissen, was sie einem bringt. Zum Beispiel, daß Walker Miller sich wegballern würde, und noch etwas: daß er nicht der einzige bleiben würde – diese Ahnung, die man hat, wenn ein Sturm aufzieht, und doch trifft er einen immer unvorbereitet.

Es kann jeden treffen ... *mich etwa?* ... Das war klar, auch wenn man nicht ernsthaft genug auf die Signale achtete. Man mußte sie im Auge behalten, immer schön im Auge behalten. Schließlich, nachdem sie ihr Verlangen nach einer ordentlichen Dissertation überwunden hatte – das Thema hatte im weitesten Sinne mit den letzten Zuckungen der panamerikanischen Bewegung zu tun, und Tag für Tag wälzte sie das *Dissertationsverzeichnis* –, bewarb sie sich um eine Stelle in Neuengland. New Hampshire. So weit, wie sie ohne Paß von Kalifornien (oder Panamerika) wegkommen konnte. Noch zwei Monate, und ganz New Hampshire würde im Schnee versinken. Sie packte ihre Bücher zusammen und stapelte sie bei Nicky und Claire in der Garage; dann gab sie Nicky und Claire einen Abschiedskuß, und Nicky sagte ihr, sie solle zu sich selbst finden.

«Dyslexie», sagte Nicky. «Ein interessantes Problem. Ich hab mehrere Kinder mit Dyslexie. Die sehen vieles anders.»

«Ich weiß.»

«Nein», sagte Nicky. «So einfach ist das gar nicht.»

Und sie hatte recht. Die stülpten nicht einfach nur ihre Buchstaben um oder verdrehten die Worte – nein, die Ursache der Verwirrung lag auf einer viel tieferen Verstandesebene. Diese Verwirrung ging über den Bereich des Sichtbaren hinaus – die waren nicht einfach nur *wortblind*. Bei einem Dyslexiker war es durchaus möglich, daß er das Wort *Meerglas* als andere Bezeichnung für *Fenster* ansah. Dazu kamen die Aufmerksamkeitsengpässe, die inzwischen mit Ritalin behandelt wurden – eine Art cleanes Speed in Arzneiform für kleine Jungen, die ohne ihre fünfzehn Milligramm Stoff nicht mal sehnsüchtig aus dem Fenster gucken konnten. Bei denen war alles verdreht, nicht nur die Worte, und während sie in New Hampshire zusah, wie diese Jungen trotz aller Schwierigkeiten denken lernten, hatte Jenna zum erstenmal im Leben Heimweh nach Kalifornien.

Genau wie diese Jungen war sie noch nie von ihrem Zuhause, der Pazifikküste, weg gewesen, und in Kalifornien, als kleines kalifornisches Mädchen, das auf seine Körperentwicklung wartete und mit Mühe die Frage unterdrückte, wo ihre Eltern wirklich waren ... *irgendwo in Australien, wo es ganz, ganz staubig ist* ... spazierte Jenna oft am Strand und suchte nach Meerglas – dem Geröll einer picknick-geilen Bevölkerungsschicht, die mit Vorliebe den Strand bevölkerte. Sie sammelte die von der Brandung abgerundeten glatten blauen und grünen und silbrigen Scherben, um sie später auf den Boden ihres Aquariums zu legen. Das Meersalz hatte sie abgeschliffen, und der Mann, von dem Jenna den Hund kaufte, war auch aus Neuengland; das erkannte sie an der Sprache und an der ganzen Art.

Lakonisch, dachte sie. Ob er wohl jemals den Pazifik gesehen hatte? Vielleicht war er nie weiter westwärts vorgedrungen als bis Arizona. Dieser Gedanke stimmte sie traurig – das viele Wasser, wie es die Scherben abschliff, die auf ihren Entdecker warteten. Der Mann kannte sich garantiert blendend mit Ahornsirup aus. Ein Saft, den man den Bäumen abziehen mußte wie Blut.

«Maine», sagte der Mann, nachdem sie einen Scheck ausgeschrieben hatte. «Paris, Maine. Natürlich geht's bei uns auch ohne Bankkarte. Das sagt die alte Dame nur so.»

Und hinter dem Wohnwagen in New River, Arizona, auf dem kleinen, von Maschendraht eingezäunten Hof, sah sie:

Eine winzig kleine Frau, die auf einem orangefarbenen Liegestuhl in der Sonne lag, aus einer Büchse mit Strohhalm Sprudelwasser trank und eine Fliegenklatsche in der Hand hielt. Hinter der Frau die Wüste, düster und voller Schatten, mit riesigen Kakteen und dem süßen, staubigen Geruch von Salbei und Büffelgras. Ein alter Lieferwagen lag da auf Granitblöcken; der schwarze Lack war von einer weißen Patina überzogen. Auf dem Hof schwirrte es von Staub, Fliegen und Hunden – ein Zwinger, HUNDEZWINGER WUNDERLAND –, und in einer Ecke des umzäunten Hofes stand ein Stapel Altreifen und Wasserflaschen für je vierzig Liter. Der alte Mann und die alte Dame mußten das Wasser mit dem Laster ranfahren, und in einem kleinen Swimmingpool, so einem aufblasbaren für Kleinkinder – einatmen und pusten, einatmen und pusten –, in dem trockenen Pool schlief ein Wurf Welpen, sechs an der Zahl, die ineinander verschlungen lagen, hechelten und vom Leben träumten.

Schon jetzt fragte sich Jenna, was sich die Kleinen wohl in ihren Träumen ausmalten. Sie sah zu, wie sie wach wurden, schnupperten und an den Rand des Pools krabbelten, damit sie mit ihnen spielte, und sie entschied sich für den Kleinen, der betont gleichgültig im Hintergrund hockte und sich einen Scheißdreck um seine Geschwister kümmerte.

Der Mann sagte, er und die alte Dame kämen aus Paris.

«Paris, Maine», sagte er, um Irrtümer zu vermeiden.

«Meine Schwester hat auch 'n Schwarzen geheiratet», sagte die winzige Frau und wedelte mit dem Arm. «Die wohnen in Tampa, Florida.»

«Jaja», der Mann sah den kleinen Hund an. «Der hat seinen eignen Kopf.»

Als sie vor der Abfahrt im Auto saßen, lachte Bill und sagte: «Also das passiert mir echt andauernd. Ich hab mehr Ehefrauen, als sich die meisten jemals träumen würden. Vor allem so 'ne weißen Bräute wie dich.»

«Nette Leute», sagte Jenna und winkte dem Mann zu.

Der Mann hielt mit beiden Händen den Besen und befahl den Hunden: *Klappe zu!* Sie gehorchten nicht, und er warf den Besen an den Zaun. Die Hunde bellten weiter, und ihr war klar, daß sie sich erst beruhigen würden, wenn Bill mit dem fremden Wagen wegfuhr. Er drehte ab und fuhr langsam los, um die Schlaglöcher herum, und sie hörten auf das Hundegebell, bis es hinter ihnen im Staub verstummte. Jenna hatte das Hundebaby auf dem Schoß, spürte seinen Atem an der Brust. Sie krabbelte ihn am Ohr und knautschte eine Handvoll Fell zusammen.

Jenna nannte den Hund Paris.

Paris, nach dem Knaben, der Helena stahl und den einzigen Krieg vom Zaun brach, der je eine Schilderung auf Papier verdient hat. Diese Geschichte verdiente sogar das Augenmerk der Götter. Ein Stoff, der zum Mythos taugte – und nun, zwei Tage später, hockte der kleine Kerl am Boden ihres Autos, gerade mal so groß wie ein Football.

Sie fuhr auf die Einfahrt von Edith McCaws Haus und ließ Paris raus. Er verhedderte sich ständig mit den Pfoten in seiner Leine. Jenna hatte beschlossen, nach dem Schwimmtraining hier vorbeizufahren; vielleicht war es ganz gut, wenn sie Paris mitbrachte, der den ganzen Tag über ihre Küche vollgepinkelt hatte. Einen Hund sollte man nicht ewig in der Küche lassen. Ein Hund könnte helfen, das Eis zu brechen.

Die Tür ging auf.

«Hi», sagte Edith verkrampft.

«Hi. Ich dachte, ich komm mal vorbei. Wenn du mir noch böse bist, hau ich wieder ab.»

Edith trat verlegen aufs andere Bein. Dann sah sie zu Paris herab und lächelte. Sie kam über die Schwelle und kniete sich hin, um ihn zu streicheln.

«Das ist Paris», sagte Jenna. «Ein sehr berühmter Hund.»

«Wieso berühmt?»

«Dieser kleine Kerl hat den Trojanischen Krieg angefangen.»

Edith zuckte zurück und kicherte los. «Der mit den ganzen Griechen», sagte sie lächelnd.

«Und Penelope.»

«Penelope», sagte Edith und schaute den Hund an. «Dabei verbieg ich mir immer die Zunge.»

Sie gingen in den Garten hinterm Haus, Edith brachte Jenna ein Glas Seven Up Light. Jenna ließ die Leine los, damit Paris um den Swimmingpool dackeln konnte. Im Wasser sah er zum erstenmal sein Spiegelbild. Er jaulte einen Gruß.

«Warst du inzwischen wieder schwimmen?» fragte Jenna.

«Ehrlich gesagt, nein.»

«Ich hätt nicht so böse zu dir sein dürfen», sagte Jenna. «Das war 'n Fehler. Hätt ich nicht machen dürfen ...»

«Schon in Ordnung.»

«Nein. Das war falsch von mir. Manchmal, da machen wir eben nicht alles richtig. Es hat mir nicht gepaßt, daß du zu spät gekommen bist. Ich dachte, du gibst dir nicht genug Mühe, und das wollte ich dir klarmachen. Manchmal ist es so, daß man böse wird, obwohl man eigentlich gar nicht sauer ist.»

«Ich weiß.»

«Das macht die Sache wahrscheinlich auch nicht leichter. Meine Tante Nicky», Jenna lachte, «sagt nach so was immer: ‹Ist die Sache ausgestanden?›»

Ein Auto kam in die Einfahrt, dann fiel eine Tür ins Schloß.

«Mein Vater ...»

«Ich stehe mitten in der Einfahrt. Ich muß eh wieder los», sagte Jenna und schaute nach Paris. «Paris», rief sie. «Paris!»

Er schnupperte im Blumenbeet herum. Als sie näher kam und nach der Leine greifen wollte, hüpfte er durch die Blumen davon, vorbei an den Yuccapalmen und dem Kugelkaktus. Er stolperte über einen Sprenger, verhedderte sich in der Leine, würgte sich die Kehle ab und jaulte. Jenna entschied sich für die freundliche Anpirsch-Variante, kroch langsam auf allen vieren über den Rasen. Von hinten kamen Stimmen.

«Dauert nicht mehr lange, Dad», rief Edith. «Ich fahr ihn nachher rein.»

«Klar», sagte eine Stimme. «Du und der Weihnachtsmann.»

Jenna stand auf und wischte sich das Gras von den Knien. Sie bastelte immer noch an einer Erklärung – wegen ihrem Hund, der noch nicht auf seinen Namen hörte ... *Paris, der berühmteste Name aller Zeiten* ... als ihr Blick auf den wuchtig geschienten Arm fiel. Dann auf seine Frisur, seine Kinnform, und sie erinnerte sich, wie er in jener Nacht ausgesehen hatte, als er ihren Treppenabsatz vollblutete. Das Blut war rausgeschossen wie aus einem Gartenschlauch. Hinter ihm stand eine Palme mit schwingenden Wedeln, und sie wandte den Blick nicht von der Palme, als Edith sagte: «Dad, das ist meine Lehrerin, Miss Williams. Sie trainiert mich.»

«Hi ...»

«Hi», John hielt sich die Schiene. «Ich glaub, wir sind uns schon mal irgendwo begegnet.»

Die Gegenwart, sagt sie sich, das ist der Punkt, wo wir alle immer wieder ankommen. Sie ist das Geschenk, das wir uns selbst machen müssen, und als Jenna Ediths Vater grüßte, tat sie, als würde sie ihn nicht kennen. Das Leben war schwieriger, als sie dachte, und einsamer auch, und daß sie John McCaw kannte und Edith und ihren Nachbarn Bill – daß sie das Leben all dieser Leute kannte, stimmte sie traurig; sie kam sich taktlos und unerwünscht vor, wie eine Mitschuldige. Ihre Vergehen in diesem Leben waren simpel und ausgesprochen banal, selbst wenn man bedachte, daß ihre lesbische Tante sie zur Auflehnung gegen den Katechismus erzogen hatte – ein paar kleine Diebstähle, Lügen und Betrügereien, eine Menge Sex in Verbindung mit Ehebruch. Ein unzureichendes Maß an Verhütung, was zwangsläufig zu einer Abtreibung führte – ein absoluter Schritt, für den, wie sie sich sagt, wenn sie auf dem Reuetrip ist, keine Vergebung existiert. Dann waren da noch ein paar unbezahlte Strafzettel, und sie hat sogar absichtlich versucht, andere zu verletzen; genau diese Dinge haften in ihrer Erinnerung, und sie weiß, daß die meisten nicht hätten passieren dürfen, aber zum anderen hatte sie eigentlich kaum eine andere Wahl. Vielleicht gibt es die gar nicht. Vielleicht gibt es nur unsere Taten und den Druck, irgendwann am nächsten Morgen aufwachen und einen Kaffee machen zu müssen – also wozu dann das Ganze? Wieso ist jemand bei ihr eingebrochen? Wieso war jemand scharf auf ihren Besitz? Wieso? Und wie definiert man Vergebung? Mit Verantwortung und dem Verlangen nach etwas, woran man sich festhalten kann? Wenn Ray Verlangen spürt, greift er nach der Hantel oder einem Bier; sie nach dem warmen Punkt auf dem Kreuz eines Mannes, und vielleicht ist der Glaube nichts weiter als das Streben nach einer größeren Reichweite. Und vielleicht schaute da draußen gerade jemand durch ihre Jalousien und fragte sich, woran sie dachte. Da draußen, von wo die Lichter der Stadt durch die Jalousien schwemmten . . . vielleicht war gerade jemand da draußen? Jemand, der sie beobachtete. Der zusah, wie die Hand einer Frau sich hob und den warmen Punkt fand, den Punkt im aufgeblätterten Fleisch. Den Punkt, wo alle Gedanken aufhören, wenn du genug Übung hast. Wo dir die Sinne schwinden und du sie weit hinter dir läßt, während du im Bett dahintreibst, denn auch das Verlangen kann dich zum Höhepunkt bringen, wenn du wirklich danach verlangst. Auch wenn du weißt, es ist hoffnungslos. Auch wenn du weißt, daß es dein allerstärkstes Verlangen ist.

Der Aufsatz deines Lebens

Das Herz ist so groß wie eine Faust. Und die Schwerkraft besteht vor allem aus Schamgefühl. Nur deshalb bleiben die Menschen friedlich und auf dem Erdboden – weil ihnen zu allem anderen auch noch das Schamgefühl aufgeladen wird. Das Herz beispielsweise wiegt runde vierhundert Gramm.

Nach dem Krafttraining spürt Joe sein Herz mit voller Kraft an seiner Brustwand pumpen, woraus er schließen kann, daß es schlägt. Es ist stark, es schlägt mit voller Kraft, und er sagt sich, dieses Gefühl ist genauso, wie wenn er eine Faust macht: wenn sein Herz das Blut durch die Adern im Handgelenk pumpt. Genau das hat er gewollt, und jetzt liegt er schwitzend auf der Couch – das hat ihm seine Mutter nie erlaubt: *Kein Schweiß auf die guten Möbel!* Er hat Hanteln gestemmt, und jetzt ruht er sich aus, schaut ein Buch an, das sein Vater am Wochenende vor seiner Abreise nach Miami auf der Couch liegengelassen hat. Jetzt ist es soweit, jetzt muß Joe den Aufsatz seines Lebens für Mr. Rolf schreiben.

Morgen geht Spencers Behandlung weiter: die Ärzte nehmen die Platte in seinem Bein raus, und Brad Jazinski schwebt mit dem Flugzeug aus Seattle ein; er will aufpassen, daß alles *nach Plan läuft*. Joe holt seinen Vater mit dem Leichenwagen vom Flughafen ab, der Wagen ist fast so groß wie eine Limousine. Zum Glück gibt es Flugzeuge, sonst würde sein Vater jedesmal Tage brauchen. Im Frühjahr will sein Vater ihn ganz alleine nach Neuengland schicken, damit er sich ein paar Colleges ansehen kann – Massachusetts, Connecticut und sogar eins in Rhode Island stehen auf dem Plan. Da sind die ganzen Edel-Unis, sagt sein Vater. Er meint, bei der Ausbildung darf man nicht knausrig sein. «Alles nur 'ne Frage des Geldes, mein Junge», sagt er immer.

Joe war noch nie in Neuengland. Er legt das Buch von seinem Vater beiseite und holt sich den Atlas. Der steht im obersten Regalfach, und Joe muß sich auf die Zehenspitzen stellen. Der Atlas ist so wuchtig, daß er damit seinen Bizeps trainieren könnte; er setzt sich auf den Boden, den Atlas auf dem Schoß, schaut sich die Vereinigten Staaten von Amerika an, und jetzt sieht er, daß Neuengland vielleicht gerade mal so groß wie Arizona ist. Falls Edith in Boston studiert wie ihr Bruder, wird Joe ihr bestimmt mal über den Weg laufen. Vielleicht auf einem Flughafen, zum Beispiel in den Weihnachtsferien oder zum Abschluß. Natürlich nur, wenn *er sie* erkennt, denn bei ihren Augen würde sie sonst glatt an ihm vorbei ins Terminal spazieren. Wer weiß, vielleicht säßen sie dann im Flugzeug nebeneinander und würden sich Drinks kommen lassen, über ihre aktuellen Partner sprechen, und nach einer Weile könnte er sich dann zurücklehnen und vor Erschöpfung nach all den Prüfungen die Augen zumachen. Könnte auch sein, daß er die Leselampe anknipst und sich ein Buch reinzieht, von dem sie noch nie was gehört hat, vielleicht ein französisches.

«Nein», sagt er, denn er hat soeben beschlossen, daß Weibergeschichten bei seinem Studium in Neuengland absolut tabu sind. Genau wie Ringkämpfe. Der Scheiß hat sich erledigt. Karate, denkt er, während sein Blick über die Freeways um Philadelphia wandert. Das wär doch was. Vielleicht geht er in eine Karate-Mannschaft und lernt, wie man anständig knacken läßt; hätte er Ernest nicht den Arm gebrochen, wäre er vielleicht an ein Stipendium in Iowa gekommen, was bekanntermaßen die beste Uni für Ringer ist. Auf dem Atlas sieht man, daß Iowa genau im Herzen des Landes liegt, und sein Vater meint, Iowa besteht nur aus Feldern und Mähdreschern.

«Das ist nicht deine Kragenweite», sagt sein Vater. «Da ist ja Nebraska noch besser.»

Joe wollte mal von seinem Vater wissen, wie man rauskriegt, wo man am besten hinsoll. Sein Vater meinte, man möchte natürlich so nah wie möglich an einem Flughafen sein, und jetzt, beim Blick in den Atlas, sieht Joe, wieviel Platz in Arizona zwischen den einzelnen Ortsnamen ist – Wickenberg, Nogales. Bis vor ein paar Jahren kannte er Arizona nur vom Hörensagen, und jetzt blättert er um, will sich den langen Staat an der Küste ansehen – Kalifornien, Land der Dürre, der Computerchips, mit Hollywood und San Francisco, wo die ganzen Schwulen wohnen. Die Erdbeben sind auch in San Francisco zu

Hause. Da surfen die Leute von früh bis spät im Meer und nehmen Drogen. Da liegt irgendwo hinter Los Angeles ein nacktes Mädchen auf einem japanischen Schlafmöbel und blickt mit dem Anflug eines Lächelns in die Kamera. Sie heißt Miss Williams, allerdings ist das nicht die Miss Williams, deren Ausführungen Joe in Amerikanische Geschichte mitschreibt, und auf der Rückseite steht: *Wär schön, wenn du jetzt bei mir wärst*. Er erkennt die Handschrift und den freundlichen Blick; auf dem Foto sind ihre Haare so lang wie ein Highway. Jenna Williams hatte mal richtig lange Haare, und traurig sieht sie aus, als ob sie in Gedanken eigentlich ganz woanders ist.

Spencer will den Grand Canyon sehen.

«Kannst du doch bald. Im Sommer, mit den Pfadfindern.»

«Nein. Ich meinte, jetzt gleich. Mr. Moose will auch mit. Wir wolln sehn, wie groß er is!»

Spencer hat sich genug Milch in sein Müsli gegossen, er greift sich einen Doughnut. Jetzt steht er mit dem Müsli und dem Doughnut da und weiß anscheinend nicht so recht, wie er zum Küchentisch kommen soll. Er darf zwar jetzt an Krücken gehen, aber was hat er davon, wenn ihm zwei Hände fehlen. Er steckt sich den Doughnut in den Mund, klemmt beide Krücken unter einen Arm, denn schließlich soll er ja immer *beide* benutzen, und guckt auf sein Müsli. Er schüttelt den Kopf.

«Warte», sagt Joe und will ihm zu Hilfe kommen.

«Nee, nee», nuschelt Spencer durch den Doughnut. Er läßt die Krücken fallen, nimmt die Müsli-Schüssel und hopst damit zum Küchentisch. Als er es endlich geschafft hat, ist der ganze Fußboden mit Milch vollgekleckert. Er nimmt den Doughnut aus dem Mund und beguckt den Fußboden. «War halt 'n Versuch», sagt er.

«Na bravo», sagt Joe.

«Dad hat gesagt, ich darf hin, wenn ich will. Er hat gesagt, du bringst mich hin.»

«Ich kann dich nich hinbringen.»

«Wieso nich? Biste denn nich rausgeflogen?»

«Trotzdem hab ich genug zu tun, Spencer. Ich hab zu tun. Hab alles mögliche zu erledigen.»

«Was denn?»

«Alles mögliche halt. Ich hab Hausaufgaben, und außerdem muß ich für die ARP lernen.»

«ARP ... ah ja, alles klar. Aha. Edith hat gesagt, sie bringt mich hin.»

«Edith kann doch gar nich Auto fahren.»

«Du kannst sie bloß nich mehr leiden, sonst nix.» Spencer mampft seinen Doughnut und starrt gedankenversunken auf Joes Orangensaft. «Ich aber», sagt er und nickt. Er nimmt einen Schluck von Joes Saft. «Die ARP, was is 'n das?»

«Das heißt Akademische Reifeprüfung. Die besteht aus mehreren Tests, ist die allergrößte Prüfung von allen. Wenn du da schlecht abschneidest, kannste die guten Unis in Neuengland vergessen.»

«Oh», sagt Spencer. «Du Joe, bist du morgen dabei?»

«Klar.»

«Dad auch?»

«Logo. Dad is dabei, alle sind wir dabei.»

«Mom nich.»

Zu Thanksgiving haben sie einen Brief von ihrer Mutter bekommen, in dem sie schrieb, sie wolle im Sommer in Portugal einen Anwalt, einen Mr. Wallenstein, heiraten. Bei ihrem Vater hatte sich *etwas verzögert*, er konnte seinen Flug nicht schaffen, deshalb schickte er ihnen den Brief per Fax aus Minneapolis. Mrs. Amato las ihnen die Stellen vor, die ihr Vater zum Vorlesen für sie angestrichen hatte. Sie setzten sich auf die schönen Möbel, in Sonntagssachen, denn sie wollten ja wegen Thanksgiving mit ihrem Vater in der Stadt essen gehen; sie warteten, tranken Kräuterlimonade, und dann kam Mrs. Amato mit dem Fax aus Vaters Büro an. Sie las die *wichtige Nachricht* vor und erklärte Spencer, daß ihre Mami sie beide immer noch sehr liebhätte und daß es bei allen Menschen nun mal *Veränderungen gibt*. Danach gab sie noch ein paar Stellen zum besten, und nach der Mitteilung, daß es bei ihrem Vater länger als erwartet dauern würde, stiegen sie zu dritt in Joes Leichenwagen und fuhren trotzdem in die Stadt zum Essen; schließlich waren ja drei Plätze reserviert.

«Sie ruft bestimmt an», sagt Joe zu Spencer; er meint ihre Mutter, die bald in Portugal heiratet.

«Es tut weh, weißte. Deshalb wirste nämlich eingeschläfert, damit du nix mitkriegst. Mr. Moose auch.»

Joe merkt, daß Spencer kurz vorm Heulen ist. Joe steht auf und nimmt sich noch einen Doughnut, er sagt: «Willste auch?»

«Nee, nee.»

«Ich muß an meinem Auto basteln, Spence.» *Mein Auto* – bei diesen Worten fühlt sich Joe wie zwanzig; jemand muß die Milch auf dem Boden wegwischen, denkt er, aber bestimmt nicht er.

«Ich weiß», sagt Spencer.

«Willste mitmachen?»

«Zum Grand Canyon will ich. Alle können zum Grand Canyon!»

«Mrs. Amato kommt nachher. Vielleicht nimmt die dich mit.»

Das hat Joe lustig gemeint, und er denkt, Mrs. Amato kann ja die Milch wegwischen. Die wischt sowieso auf. Beim Aufwischen singt Mrs. Amato auf spanisch. Sie kocht verschiedene Essen vor, legt Zettel mit Anleitungen dazu und packt sie in Dosen in den Kühlschrank. Mr. Jazinski meint, sie ist *zuverlässig;* donnerstags kocht sie immer Makkaroni aus frischen Zutaten.

«Mrs. Amato», sagt Spencer auf einmal ernst und schiebt sein Müsli beiseite. «Die fetzt nich!»

«Komm doch mit raus und hilf mir», sagt Joe und nimmt sich einen Lappen.

«Nee.»

Von der Garage aus hört Joe, wie Spencer die Musik im Fernsehen mitträllert. Als ihr Vater erfuhr, daß Spencer die Grand-Canyon-Tour im Sommer mitmachen darf, hat er einen Rucksack und ein Zelt für Spencer bestellt; die Paketsendung kam aus Minnesota, und später, als Joe Edith nach dem Abend in Fountain Hills nach Hause gebracht hatte, hat Joe beschlossen, daß er verliebt ist. So schwierig war das gar nicht; er hatte einfach den Beschluß gefaßt zu *lieben.* Am nächsten Tag, als er die Farbe von der Kühlerhaube seines Wagens runterschliff, spürte er ihren Geruch an seiner Hand. Er schaltete den Schleifer ab, setzte sich auf den Garagenfußboden und roch zwischen seinen Fingern, roch an der Haut. Er fragte sich, wie lange der Geruch an ihm bleiben würde.

Damals, an dem Abend, war sie auf dem Rücksitz seines Wagens hochgekommen, hatte ihn angeschaut und die Hand auf seine Brust gelegt. «Das Herz ist ein Muskel», sagte sie. «Der wichtigste Muskel im Körper.»

«Keine Angst», sagte er. «Ich sag's bestimmt nich weiter.»

«Was denn?»

«Ich sag's nich weiter, sonst nix.»

«Ach so», sagte sie. «Ich bin echt ganz doll glücklich. Aber können wir jetzt fahren?»

Und da wußte er, daß er Mist gebaut hatte. Am Tag nach dem Wettkampf sagte Howie, um ihn aufzuheitern: «Hey, is doch nur High School. Is doch nich schlimm.»

Danny Ernest sei eh ein Sack gewesen, sagte Howie, und dann kündigte er ihm was ganz Irres an.

«Ich hab da ganz was Irres», sagte Howie und ploppte ein Bier auf. «'s gibt 'n paar Geheimnisse zu knacken, Jazz. 's gibt 'n paar Sachen zu entdecken!»

«'n paar Ecken», setzte Joe dazu, obwohl er keine bestimmte im Kopf hatte. Er dachte gerade daran, wie seine Hand über bestimmte Ecken von Ediths Körper gefahren war; so was würde er nie mehr erleben, nie wieder, weil sie jetzt *nur noch gute Freunde* waren.

Howie saß neben Joe auf dem Dach von Mrs. Bentlys Kombi, so einem, in dem man Kinder und Hunde transportiert, dabei war Howie Einzelkind. Die Stereoanlage in dem Wagen war nicht übel. Sie saßen auf dem Wagendach, tranken Bier und schauten zum Himmel, wo einen Flugzeuge hinbringen; die Sonne sank schnell, und der Himmel leuchtete rot und orange, war zum Greifen nah, wenn man die Augen schloß und darüber nachdachte, aber das tat Joe nicht; schließlich hatte er Ziele ... *Sachen zu entdecken.* Edith hatte ihn gebeten, in der nächsten Zeit nicht anzurufen, weil sie für die ARP lernen mußte, aber vielleicht könnten sie nächsten Monat zusammen Analogie üben.

Spencer kam rausgehumpelt, an seinem Kinn baumelten drei Bierdosen aus einem Sechserpack, die er mit den Zähnen an der Plastiklasche hielt. Joe müßte sich erst in einer knappen Woche darüber Gedanken machen, woher er neue Biere beschaffen könnte, damit die Sache nicht auffiel.

«Bier», babbelte Spencer durch die Zähne.

«Was?»

«Bier!» sagte er, und diesmal gaben seine Zähne die Lasche frei; die Dosen knallten auf den Asphalt. «Is immer noch 'ne Menge drin.» Spencer zeigte mit der Krücke auf die Bierdosen. «Wenn ich ins Krankenhaus zur Operation muß, frag ich Dr. Ripley, ob er mir 'n Respekt gibt.»

«Rezept.»

«Ach ja, klar. *Exakt* das wollt ich sagen.»

«Wir müssen los», sagte Howie. «Spence, du hältst hier Wache, okay? Und laß noch was vom Bier übrig.»

«Na logo», sagte Spencer traurig. Er drehte sich um. «Bier is eklig.»

«Falls irgend jemand kommt», befahl Howie, «sag, die Truppen sind ausgerückt. Sag, wir müssen Proviant besorgen. Eis, verstehste, Spence? Wir holen Eiscreme ran.»

«Himbeer», sagte Spencer. «Das schmeckt Mr. Moose am besten.»

«Daß du ja niemand erzählst, wo wir hin sind», sagte Joe, dabei wußte er gar nicht, wohin sie wollten.

«Du meinst Edith», sagte Spencer. «Kann ich Edith anrufen?»

«Geht nich», erwiderte Howie. «Edith is in Kalifornien. Wir suchen uns jetzt nackte Weiber! Das is Männersache, Spence. Wenn du Edith nich anrufst, bringen wir dir 'n Eis mit. Erdbeer.»

«Himbeer», sagte Spencer.

«Himbeer», wiederholte Joe. Er dachte, Howie weiß es noch gar nicht. *Er weiß gar nicht, daß wir nur noch gute Freunde sind ...* und dann sagte Spencer: «Hauptsache, ihr denkt ans Fotografieren!»

Das hat ihre Mutter immer zu Vater gesagt, früher, als sie sich noch liebhatten, und Howie und Joe hüpften von Mrs. Bentlys Autodach und fuhren in Richtung Süden, die gar nicht üble Stereoanlage voll aufgedreht, nuckelten an ihren Bierdosen, und Howie erklärte, wenn einer irgendwo geext wird oder aus der Mannschaft fliegt, eben lauter so Sachen, dann ist vögeln angesagt. Genauso machen's die Navy-Seals nach jedem Einsatz, *die vögeln, Jazz.*

Auf der Nebenspur kam ein Cabrio voller Mädchen auf ihre Höhe. Howie streckte seinen langen Oberkörper aus dem Fenster und brüllte rüber. Joe übernahm das Lenkrad, und dann lüpfte ein

Mädchen mit schwarzen Locken ihren Pullover, worauf Howie noch lauter brüllte, weil sie nichts drunter hatte; Joe achtete währenddessen auf die Straße, das Bier fest im Griff, tappte mit dem Fuß zum Gedröhne aus der Anlage, und draußen sauste ein Mädchen mit halb ausgezogenem Pullover in einem Cabrio über den Highway. Schließlich bogen die Girls kreischend und winkend ab, und Joe und Howie fuhren weiter südwärts. Howie sagte: *Hier lang, hier geht's lang ...* bis sie schließlich über den Curry zum Flußufer kamen. Jetzt waren sie am Stadtrand von Tempe mit den Massagesalons und den nackten Weibern.

«Weiber», sagte Howie mit ausgestrecktem Finger. «Hier isses!»

«Wo denn?»

«Hier. Genau hier, Großer. Das River Bottom.»

An der Tür checkte der Rausschmeißer, ein ziemlicher Hüne, ihre falschen Ausweise, dann lächelte er und wünschte ihnen einen schönen Tag.

«Schönen Tag noch», sagte er.

In der Bar wimmelte es von riesigen Kerlen, die größer waren als Joe und Howie übereinander, und die paar kleinen sahen noch härter aus. Die sahen aus, als hätten sie Messer dabei, wie Psychopathen; Heavy Metal beschallte den Laden, der wie ein großer Aschenbecher stank, und dann sah Joe ein Mädchen – ein Weib, sagte er sich – in schwarzem durchsichtigem Shirt und Unterwäsche. Von solcher Unterwäsche hatte seine Mutter eine ganze Schublade voll, bevor sie zum Friseur abhaute – schwarz und irgendwie kribblig. Joe fand, man sollte schwarze Unterwäsche für Mädchen verbieten, zumindest bis zum High-School-Abschluß, und so wie die ihn über ihre Coke weg anguckte, hätte sie in einen Spätfilm im Kabelfernsehen gepaßt, nur ihre Zahnlücke in Bleistiftkaliber fiel aus dem Rahmen. Howie und Joe setzten sich an einen kleinen runden Tisch in der ersten Reihe, und Howie fragte: «Na, was meinste?»

Das kann alles heißen, dachte Joe. Eine Frau in einem roten, zu engen Teil steuerte auf ihren Tisch zu. Sie legte die Hand auf Joes Bein und drückte zu. «Ooooh, das is ja mal 'n süßes Doppel!»

«Michelob», sagte Howie grinsend.

«Michelob, alles klar. Ich bin Olivia.»

«Ich heiß Howie.»

Olivia ließ die Hand auf Joes Bein, und er spürte, daß sein Schwanz hart wurde. Sie war halbnackt; ihre Haut wirkte unsauber und fahl, voller Ruß, oder lag das etwa nur an der Beleuchtung; wenn er den Dreck auf ihrer Haut ansah, konnte er seine Latte vielleicht bremsen. Olivia drückte noch mal zu, mit Nachdruck sozusagen, und säuselte: «Mensch, ich komm aus dem Staunen nich raus! Ihr Jungs werdet wirklich jeden Tag süßer!»

«Kannste laut sagen», gab Howie zurück.

Joe wußte, die Frau war älter als seine Mutter. Er fragte sich, ob seine Mutter wohl jemals in einem solchen Laden war – oder noch schlimmer, sein Vater –, und jetzt hatte er nur noch einen Wunsch: diese Tante sollte endlich sein Bein loslassen. Und sein Schwanz sollte wieder absinken und sich anständig benehmen. Auf der Bühne ritt ein Mädchen auf dem Cowboystiefel eines Mannes. Sie hatte kurze gelbe Haare und war mitten auf der Brust tätowiert.

«Hey», sagte Howie. «Fällt dir irgendwas auf?»

«Nee, was denn?»

«Cathy», Howie streckte den Finger aus. «Cathy. Weißte nich mehr, Walkers Schnalle in der Anstalt?»

«Mein Gott.»

«Für 'n Zwanni bläst se dir einen, wenn du willst.»

«Hey, woher willst 'n das wissen?»

«Mein Name is Howie», sagte Howie. «Ich weiß Bescheid.»

Sein Schwanz puckerte schon wieder los; Mann, dachte er, für zwanzig Dollar einen geblasen kriegen, und Olivia, die seine Mutter sein könnte, brachte das Bier. Howie bezahlte und gab fast fünf Dollar Trinkgeld, worauf sie lächelnd ihre hauchzarte Unterwäsche aufriß und für einen kurzen Moment beide Dinger sehen ließ. Bei ihr sah das ganz anders aus als bei dem Mädchen im Cabrio.

«Huch», sagte Joe.

Lachend strubbelte sie ihm durchs Haar und zog ab. Howie hielt sein Bier in die Luft und sagte: «Ein Prosit!»

«Prost», sagte Joe.

«Aufs Entdecken», sagte Howie. «Auf die unerforschten Ecken!»

«Einverstanden», sagte Joe, und dann wurde er blau.

So blau wie noch nie. Inzwischen war er schon zum zweitenmal kotzen gegangen, *Tequila Sunrise*, weil ihm der Name gefiel. Und

Bier. Dann war er irgendwie unterwegs, und jetzt trank er ein Bier aus dem Kühlschrank seiner Geschichtslehrerin, er lachte, und Howie ... *Nee, guck mal, hier hat sie ihren Schlüssel! Ohne Scheiß, die kommt erst in paar Tagen wieder* ... und jetzt überlegte er, wieso er eigentlich noch nie auf so eine Idee gekommen war, und er dachte, die unerforschten Ecken sind überall da, wo man noch nie gewesen ist – Kalifornien, die Uni ... Was man noch nicht mit eigener Hand berührt hat. Sie fanden Jenna Williams' Vibrator unter der Matratze am Fußende des Bettes. Knappe acht Zentimeter lang, das Teil, mit Batteriebetrieb.

«Guck mal hier», sagte Howie und hielt sich den eingeschalteten Vibrator an die Schläfe, «das is ganz was Gefährliches!»

Joe wußte immer noch nicht, wozu das Teil gut war, und sie machten das Bier alle, kappten eine Flasche Wein und sahen ein bißchen fern. Die Wohnung war voller Pflanzen, und Cathy sagte: «Hier wohnt also die Schnalle von Ray?»

«Mr. Morrison», sagte Howie und hob seine Bierdose. «Auf Mr. Morrison!»

«Ich geh jetzt duschen», sagte Cathy. «Will jemand zugucken?»

«Komm mal», sagte Howie zu Joe. «Ich muß dir mal was zeigen.»

Joe folgte Howie ins Schlafzimmer. Der Vibrator lag auf der Matratze. Die Kissen steckten in dunkelgrünen Bezügen, und überall standen Kerzen: so kleine, wie in der Kirche. Auf der hölzernen Anrichte lag eine Frisierbürste mit schwarzen Haarsträhnen zwischen den Borsten. Eine Schublade der Anrichte war voller Unterwäsche – BHs und Slips, Socken. Badeanzüge. Joe warf einen Blick auf die Unterwäsche und war eben auf eine Herren-Unterhose gestoßen, genau seine Marke, als Howie eine große Kiste aus dem Kleiderschrank zerrte. Das war so eine Orangenkiste mit Schlitzen an der Seite.

«Hier haste was zum Angucken», sagte Howie. «Ich geh unter die Dusche.»

In der Kiste stapelten sich Papiere, Ringbuchmappen und College-Urkunden. Er bemühte sich gerade, das Gekrakel zu entziffern, da entdeckte er in der Ecke ein Foto. Als würde sie ihn heimlich beobachten. Dann sah er den Rest, die meisten von ihr, manche auch von Männern. Einer von denen hatte Haare bis über die Schultern, aber oben wurde er langsam kahl, und die Haare hingen ihm seitlich am Kopf runter. Ein anderer hatte ein bißchen Ähnlichkeit mit seinem Vater, nur daß der sich wohl kaum splitternackt mit Gitarre in ein Blumenbeet stellen würde.

Aber jetzt die Fotos von ihr, von dieser Frau, die ihn in Geschichte unterrichtet hatte – auf einem hat sie eine Blume in der Hand, wahrscheinlich eine aus dem Blumenbeet, und ein anderes zeigt sie auf dem Klo, mit zusammengepreßten Beinen, als ob sie sich schämt. Sie schämt sich aber gar nicht, sonst würde sie ja nicht so in die Kamera sehen. Der Mann im Blumenbeet hat nicht mal einen Steifen, und am Boden der Kiste findet Joe ein Foto in Taschenbuchgröße: da liegt sie auf einem japanischen Bett, einem Futon, und hat ein Laken über die Taille geworfen. Man sieht ihre Brüste und einen Ansatz zum Doppelkinn, und Licht strömt durch das Fenster – dieses Bild findet Joe am besten. Es gefällt ihm wegen dem Licht, wegen dem Laken und weil ihr Haar so toll nach hinten fällt, so daß ihr Ohr mit einem kleinen Ohrloch zum Vorschein kommt. Er sieht den Flaum in ihren Achselhöhlen, hört dabei das Wasserrauschen und die Stimmen aus der Dusche – Cathy und Howie; und hinter der Schlafzimmerwand heult ein Mann. Wasser läuft aus einem Hahn, und Joe nimmt das Bild und steckt es unter sein Shirt. Er spürt es auf der Haut, spürt das Foto, und jetzt sieht er in die Schublade – Spitze, Baumwolle, bunte Socken. Er greift die Herren-Unterhose, wischt seine Fingerabdrücke weg von den Fotos, den Mappen und Tagebüchern.

Für einen Moment ist er völlig weggetreten, doch dann kommt die Erinnerung zurück, und mit ihr kommt die Angst, er könnte Spuren hinterlassen. Jetzt wischt er alle Möbel im Schlafzimmer ab, auch die Bürste und den Vibrator, den er wieder unter der Matratze verstaut. Die Kiste schiebt er mit dem Fuß in den Schrank zurück und deckt ein Paar Jeans und ein Kapuzenshirt darüber; der Mann hinter der Wand heult immer noch, und draußen im Wohnzimmer kniet Cathy nackt auf dem Fußboden, Howie sitzt auf der Couch, hat die Hände auf ihrem Kopf, und Joe weiß, gleich kommt es ihm. Gleich wird es Howie kommen, und ihm ist klar, daß er nie wieder hierherkommen darf, denn hinter der Wand wimmert jemand, und das ist garantiert ein schlechtes Zeichen. Er fühlt sich ertappt.

Er bleibt stehen; irgendwann muß ihn doch jemand bemerken. Cathy kniet auf dem Boden, und Joe sieht ein Pferd, ein Pferd mit Flügeln, das über ihren Hintern fliegt. Das macht es tatsächlich ... *es fliegt*. Die Haut an ihrem Hintern ist straff gespannt wie ein Segel, und jetzt kriegt er mit, wie er zur Tür geht, immer noch mit dem Slip in der Hand, und er wischt den Türknauf ab und rennt die Treppe runter. Inzwischen stürmt es draußen. Der Morgenhimmel ist grau; in dem starren Dämmerlicht sieht die Welt aus, als ob ein Filter davor wäre. Er weiß es zwar nicht, aber so sieht es tatsächlich aus: Phoenix – und einer, der durchspurtet. Hier sieht alles nach Phoenix aus, denkt er, alles ist grau und schmutzig im heißen weißen Licht. Auf dem Parkplatz muß er bestimmt kotzen, denkt er und wirft den Slip in einen Müllcontainer. An dem Container durchwühlt ein Mann einen Müllsack nach Dosen, vielleicht auch nach seinem Frühstück, und jetzt startet Joe voll durch. Er rast auf dem Indian School Boulevard nach Osten, wo Neuengland liegt – Neuengland, das er nur aus Büchern kennt.

Joe muß endlich den Aufsatz seines Lebens für Mr. Rolf schreiben, und wenn Joe sich einreden kann, daß er nichts Schlimmes getan hat, wenn er das schafft, kann er sich genauso einreden, daß es keinen Grund gibt, sich zu schämen. Das Dumme ist nur, ihm ist dabei die ganze Zeit klar, daß er Danny Ernest den Arm gebrochen hat, *absichtlich*, und daß er außerdem in die Wohnung von Jenna Williams eingebrochen ist. Sogar sein Herz, sein faustgroßes Herz hat er sich brechen lassen, von Edith McCaw, und wenn er nicht in ihren Mund gespritzt hätte, wäre das alles vielleicht nie passiert. Vielleicht würde er dann jetzt neben Edith im Auto sitzen und Spencer zum Grand Canyon bringen, und vielleicht würden sie sich dort an die Klippe setzen, den Himmel und das Farbenspiel der Felsen ansehen. Vielleicht würde Spencer ihnen was aus seinen Büchern über den Canyon erzählen. Der Canyon, würde er erzählen, ist vor vielen, vielen tausend Jahren entstanden, als es hier noch gar keine Menschen gab.

Morgen ist Montag, der Anfang einer Schulwoche, sieben Tage, was angeblich auch die Zeit ist, die Gott gebraucht hat; und morgen muß Joe wieder in die Schule, er muß durch die Gänge laufen, wo ihm überall die Schülerzeitungen ins Auge stechen werden, vor allem die Kolumne von der gestörten Roxanne, wo sie sich lang und breit darüber auslassen wird, wie Joe Danny Ernest den Arm gebrochen hat, weil sie sich einbildet, *die Hintergründe* zu kennen. Außerdem muß Spencer morgen zur Operation ins Krankenhaus, Joe wird seinen Vater in der Mittagspause vom Flughafen abholen, und er wird nie wieder ein Wort mit Edith sprechen. Er wird gar nicht erst zur Schule gehen, denn er weiß genau, was die gestörte Roxanne ablassen wird, und er weiß auch, daß die Polizei inzwischen garantiert die Fahndung aufgenommen hat und daß sein Vater jetzt in Atlanta oder New Hampshire mit einer Frau im Restaurant sitzt, während seine Mutter in Portugal, auf der anderen Seite vom Globus, neben einem Anwalt im Bett liegt, und außerdem weiß Joe, daß er Mist gebaut hat.

Schlimmer noch, er weiß genau darüber Bescheid. Ihm ist völlig klar, was er getan hat, und er wird es niemals vergessen, weil man so was einfach nicht darf; man spritzt es einer Frau nicht in den Mund, jedenfalls nicht, wenn man sie liebt. Sondern man hält es zurück, bis man entweder verheiratet oder richtig in ihr drin ist, aber im Mund, das geht nicht, das machen nur Huren. Die schlucken es sogar runter, und auch Edith hat es geschluckt, und hätte er das nicht gemacht, hätte er sie nicht zu so was Entsetzlichem gezwungen, hätte sie das Zeug nicht schlucken müssen, hätte er es einfach bleibenlassen, dann hätte Edith vielleicht nicht am Telefon gesagt: «Tut mir leid, aber ich glaub, es wär echt besser, wenn wir nur noch gute Freunde sind.»

So was vergißt man nicht. Spencer ist in seinem Zimmer, er baut sein verbogenes Fahrrad auseinander. Dabei singt er zum Radio und möchte gern wie ein Rockstar klingen, und einmal, als Joe in einem Buch über Huren las, hat er sich in seiner Phantasie ausgemalt, er wäre mit einer zusammen und würde es mit ihr treiben. Er lag mit dem Buch im Bett und war gerade mittendrin, als Spencer plötzlich reinplatzte.

Spencer war damals erst sechs und vergaß ständig, anzuklopfen. Er fragte: «Joe, was machst 'n da?»

«Nichts.»

Joe wußte damals schon, daß man nicht darüber redet, wenn man sich die Hand in die Hose steckt und phantasiert, also tat er einfach so, als wäre es ganz normal.

Sein Vater war gern mit sich allein, und Joe wußte, daß Männer nicht ohne Grund die Einsamkeit suchten; das lag an den Sachen, für die sie sich schämen mußten. Perverse wichsen, sind verpickelt und stinken, und wenn du wichsen mußt, paß bloß auf, daß es keiner mitkriegt, und geh oft unter die Dusche, damit niemand was von deiner Perversion merkt. Einmal hat Joe an einem einzigen Nachmittag neunmal hintereinander. An dem Tag lief im Fernsehen ein Tarzan-Film, natürlich mit Jane, und hinterher konnte er vor Schmerzen kaum noch gehen. In der Nacht hat er zum allerletztenmal geheult.

Er dachte immer, Vibratoren wären lang und dick wie Bananen; als er das Ding unter Jenna Williams' Matratze sah, wußte er zuerst gar nicht, was es war. Vielleicht eine Taschenlampe, dachte er, für Notfälle, und Edith kann ihre Bücher schön alleine lesen, weil er nie wieder ein Wort mit ihr reden wird. Er wird seinen Bruder zum Krankenhaus bringen, seinen Vater vom Flughafen abholen. Und nächsten Monat schafft er bei der ARP die höchste Punktzahl seiner Klasse, Harvard bietet ihm eine vorzeitige Immatrikulation an, und irgendwann kann er es dann seinen Kindern erzählen – wie er nach Harvard gekommen ist, als einziger aus der ganzen Schule, und zur gleichen Zeit eine klitzekleine Straftat beging ... *Einbruch, logisch* ... und daß Edith McCaw, seine High-School-Liebe, den Rest ihres Lebens einsam über Büchern verbrachte.

Phantasie ...

Nur leider funktioniert das nicht. Beim Kampf gegen Danny Ernest von der Cholla High war Joe klar, daß er nicht siegen würde. Er wußte zwar nicht, warum das so war, aber er konnte es spüren: irgendwie sagte ihm eine innere Stimme das Ende voraus, bevor sie überhaupt am Boden waren. Seine Atemtechnik war Mist, er machte einen Fehler nach dem anderen, zum Beispiel als er sich freikämpfte und Ernest ihn packen und dadurch seinen ersten Umschwung landen konnte, weil Joe einfach nicht genug bei der Sache war und weil da irgendwo in ihm diese Stimme war und zu ihm sagte: *Macht doch nichts. Mußt ja nicht jedesmal siegen ...* aber damit war er nun auch nicht einverstanden. Er brauchte einfach den

Sieg, aber auf der anderen Seite wollte er diesen Zwang loswerden, und ihm war klar, wenn ich nicht siege, verliere ich, und alle kriegen es mit, denn diesmal würde er auf jeden Fall verlieren; Edith hatte Schluß gemacht, sie sollten nur noch *gute Freunde* sein, und Joe wußte: bisher war er unschlagbar. Er war der Jazz. Der Typ, der irgendwann ganz groß rauskommen würde, also würde er auch siegen, aber diesmal eben leider nicht: diesmal würde er verlieren, und selbst in dem Moment, als Ernest ihn per Überwurf auf die Matte rammte, als ihm Ernests Arm voll ins Gesicht sauste, selbst da wußte Joe noch, daß er eigentlich gar nicht siegen müßte. Er könnte genausogut verlieren. Wie gern hätte er das gekonnt – verlieren, einfach aufstehen und sagen: *Okay, is nich mein Tag heute, ich bin am Ende, meine Freundin hat mich satt. Okay, ich geb auf* ... doch da sah er seine Chance, er kam hoch und machte eine Drehung, wie er das immer machte ... *blitzschnell* ... dann noch eine, und jetzt hatte er freie Bahn, seine Hand klappte auf, und als er traf, wußte er sofort, daß er das Scheißteil voll durchgeknickt hatte.

Walker Miller könnte das verstehen, denkt er, der versteht was von Blödheit, aber Walker Miller ist tot. Walker Miller hat bei Howie Bently eine 45er Automatik aus der Garage geklaut und sich damit ins Auge geschossen. Letztes Jahr, als Howies Vater auf Arbeit war und seine Mutter in der Bibliothek Bücher bestellte und machte, was Bibliothekarinnen eben mit Vorliebe tun, hat Howie Walker und Joe die Pistole gezeigt.

Mr. Bently hatte sie in einem Holzstapel versteckt, zweite Reihe, dritter Klotz von rechts. Sie war in Lappen eingewickelt, die nach Öl rochen und voller Holzsplitter waren. Howie führte ihnen vor, wie man die Pistole mit einem *Magazin* voller Patronen lud. Sein Vater hatte ihn schon mal damit schießen lassen. Er sagte, man müßte immer die *Schnauze* kontrollieren.

«Das is das *Patronenlager*», sagte Howie. «Er wollte nich, daß ich die Knarre finde und mich aus Versehn damit umbringe.»

«Aus Versehn», sagte Walker lachend. «Na klar, aus Versehn!»

«Unfälle gibt's nun mal», sagte Howie.

«Brauchste nur mich angucken», sagte Walker und nickte.

Beide Jungs sahen Walker an. Howie sagte: «Mein Dad denkt,

ich bild mir ein, sie is im Schlafzimmer unter den *Playboys*. Weil er's mir so erzählt hat.»

«Sieht schwer aus», sagte Joe.

«Und wie», sagte Walker. «Und wie schwer die is.»

«Weil, wenn ich denke, sie is im Schlafzimmer», fuhr Howie fort, «geh ich sie nich suchen und kann mich nich aus Versehn damit umbringen. Is 'n Psycho-Trick.»

Walker nahm die Pistole und hielt sie mit beiden Händen im Anschlag wie ein Bulle. «Keine Bewegung», sagte er.

Und dann ging sie tatsächlich los. In Walkers Händen, und der Rückstoß schleuderte ihn voll in den Holzstapel.

Der Schuß durchschlug Howies Basketball, der auf einem Regal mit Terpentinflaschen und alten Pinseln stand. Nach dem Knall herrschte Totenstille; nur das Zischen der Luft aus dem Basketball war zu hören. Der Rauch stank, und hinterher dachte Joe: *Die Dinger gehn ja wirklich los,* und zwar lauter, als man denkt ... *laut* ... und ganz urplötzlich. Man mußte nur einen Fingermuskel und die Muskeln im Handballen anspannen, und päng, war die Sache erledigt.

Sie durften nicht vergessen, den Basketball wegzuwerfen, damit Howies Vater ihn nicht finden konnte. Die Patrone war in einem Kantholz eingeschlagen, saß darin fest wie ein roter Bleipfropfen. Offenbar hatte sie eine ganze Reihe anderer Gegenstände, sogar auch einen Ziegelstein, durchschlagen, und Howie verstopfte das Loch im Kantholz mit Sägespänen und Holzkitt. Dann wischte er die Fingerabdrücke ab, falls die Waffe irgendwann mal in einen Mordfall verwickelt sein sollte, aber Joe hatte sie eh nicht berührt. Nach dem Wunsch seines Vaters sollte Joe Börsenmakler oder vielleicht auch Anwalt werden, und das Problem war jetzt nur noch, daß im Magazin eine Patrone fehlte. Und natürlich die Hülse, die Howie mit dem Basketball zusammen in den Müll warf. Dann sagte er: «Hoffen wir mal einfach, mein Alter kriegt's nich spitz.»

Damit meinte Howie die fehlende Patrone, und er hatte tatsächlich Glück. Später diente die Story den dreien immer wieder zur Erheiterung – wie Walker geguckt hatte, als der Schuß losging. Tagelang bangten sie, ob Howies Vater was merken würde. Howie legte ein Haar auf den Lappen unterm Holzklotz, um zu checken, ob

Mr. Bently überhaupt nach der Waffe sah. Howie wollte lieber vorbereitet sein.

«Der hatte 'ne Hacke», hat Howie danach gesagt. «Ich hätt euch das Ding nie zeigen sollen. Der hatte doch 'ne Hacke, und jetzt krieg ich von allen die Schuld, verdammte Scheiße!»

Sie fuhren mit Joes Leichenwagen ziellos in der Gegend rum, kurvten einfach so am Stadtrand, tranken Bier und hörten Musik auf der Anlage. Jetzt waren nur noch Joe und Howie da, sie saßen im Auto, Edith paßte gerade auf Spencer auf, und Walker Miller war tot. In der Stadt war es dunkel, überall Verkehrsunfälle, und Joe steuerte seinen großen, langen Wagen.

«Du bist nich dran schuld», sagte er zu Howie, und damit wollte er auch sich selbst freisprechen.

«Mein Gott, Jazz, ich weiß ja, daß *ich* nich schuld bin. Aber alle werden jetzt *denken*, ich bin schuld, so hab ich das gemeint.»

«Scheiß drauf.»

«Das hätt er nich tun dürfen», sagte Howie. «Wie konnte er so was machen, ohne uns ein Wort zu sagen?»

«Da is niemand dran schuld, Howie. Niemand.»

«Eins muß man ihm natürlich lassen – er is echt noch 'n Schritt weiter gegangen. Und ich hab mir eingebildet, die Navy-Nummer wär schon der volle Hammer!»

Joe übersetzte: *Ich habe mir eingebildet, mein Wunsch, mich zur Navy zu melden, würde allen die Schuhe ausziehen.*

Joe bat Howie, auf seiner Seite die Scheibe runterzulassen, und er dachte: *Er hat nicht mal meinen Wagen zu sehen gekriegt.* Er dachte, das hätte Walker nicht tun dürfen, *Punkt.* «Nein», sagte Joe. Jetzt wußte er, was er sagen wollte. «Er is nirgendwohin gegangen. Er is tot.»

«Nee, Joe. Der is weitergegangen. Der is jetzt eine Stufe weiter. Bloß wir traun uns nich mit, weil wir totale Schisser sind!»

«Er war verrückt, das wußten doch alle», sagte Joe. «Alle.»

«Seine Mutter war auch verrückt. Vielleicht is das ja erblich?»

Joe startete zum Überholmanöver gegen eine Teenie-Karre. Er sagte: «Weiß ich nich.»

«Bitte sag's mir, Joe. Falls du's irgendwann machen willst, sag's mir vorher.»

«Howie, ich mach das nich.»

«Bitte sag's mir. Du mußt mir schwören, daß du's mir vorher sagst.»

Vielleicht war es ja wirklich *erblich*. Umbringen kannst du dich mit allem. Da brauchst du keine Kanone. Du kannst genausogut eine Schere aus dem Kunstunterricht nehmen. Du kannst dir einen blauen Kugelschreiber durch die Rippen jagen, ins Herz oder in die Milz. Du kannst dich vor einen Bus schmeißen oder dir einen Ziegelstein um den Hals binden und in ein Flußbett springen. Die Perversen würgen sich manchmal mit Hundehalsbändern und sterben dann beim Wichsen, in New York, total schräg, und es stimmt wirklich: du kannst alles machen. Du kannst sogar zu deinem besten Freund nach Hause gehen, die Pistole von seinem Vater klauen und dich vor aller Augen umbringen, so daß alle genau mitkriegen, was das für ein Gefühl ist. Joe hat es zwar nicht live gesehen, aber dafür im Traum:

Walker sitzt auf den Matten in der Ringerhalle, fuchtelt mit der Pistole rum und sagt: *Hey, Jazz. Hey, das Ding is echt ganz schön schwer!*

Und wenn du mitten in der Runde kurz vorm Aufgeben bist, und plötzlich schießt deine Hand los, dann kriegst du dieses *Schamgefühl*. An dem Morgen, als Joe auf dem Indian School Boulevard nach Osten lief, ist Joe die ganze Strecke bis nach Hause gerannt, die ganzen acht Meilen, und als er ankam, ging er auf die Veranda, stand da, schwitzte Bier und Tequila Sunrise aus und stieg aus seinen Klamotten. Er trocknete das Foto ab, ließ es unter seinem Sweatshirt verschwinden und sprang in den Pool; er blieb untergetaucht in dem eisblauen Wasser und sagte sich, alles wird gut, so was passiert nur im Fernsehen, du kannst jederzeit abschalten. Seine Knöchel taten weh, und ihm war klar, daß niemand genau wußte, wie es aussieht, wenn jemand das Gesicht bei voll laufendem Motor in den Ventilator seines Wagens hält. Man hörte immer, so was passiert andauernd, aber wer glaubte denn schon wirklich daran, und jetzt, als Joe an seinem Schreibtisch sitzt und überlegt, was er in den Aufsatz für Mr. Rolf schreiben soll, ist ihm klar, daß seine Ahnung absolut korrekt ist.

Blut, schreibt er, *sieht in Wirklichkeit anders aus als im Fernsehen ...*

Er denkt an Tiere in Afrika oder Südamerika, die jeden Tag töten müssen, und Joe hat mit Spencer oft genug Natursendungen gesehen, er weiß, wie Tiere kurz vorm Töten aussehen. Durstig sehen sie aus, wie Mr. Rolf im Unterricht, wenn er sehnsüchtig auf das Klingelzeichen wartet. Spencer hat Blutgruppe AB negativ, die seltenste auf der Welt, und wenn Spencer morgen zur Operation kommt, müssen die Ärzte darauf achten, daß sie für den Notfall ein paar Flaschen extra da haben. Joe sitzt am Schreibtisch, schaut hoch zu der Stelle, wo früher ein Foto von Edith im zweiten Schuljahr angepinnt war, gelächelt hat sie da; und er brütet über dem Aufsatzthema seines Lebens. Das Leben ist riskanter, als ihm lieb ist, denkt er und hört zu, wie das Telefon klingelt. Das ist bestimmt mein Vater, denkt er. Oder die Polizei, die jetzt die Fahndung aufnimmt. Und er sitzt hier an seinem Schreibtisch, starrt auf das Telefon und grübelt.

Manchmal, schreibt er, *kann man es sogar riechen, wie ein Tier auf Beutezug.*

Bei einem ihrer Trips nach Fountain Hills, sie hatten das Auto gewaschen und sich ein Waffeleis geteilt, fragte Edith, ob Joe an Gott glaubte.

«Wie bitte?»

«Na du weißt schon, die Kirche. Gehst du in die Kirche oder so was?»

Sie trug ein weißes T-Shirt, und Joe konnte die Umrisse von ihrem BH erkennen. Sie duftete nach dem Shampoo, das sie immer nahm, und er wußte nicht genau, was er darauf sagen sollte; vielleicht müßte er ja an Gott glauben, also sagte er: «Klar. Wir sind Baptisten.»

«Echt? Wir sind katholisch. Wir mußten früher immer im Rock zur Schule. Da hatten wir Nonnen als Lehrerinnen.»

«'ne Schule gibt's bei uns nich, nur die Kirche. Na ja, halt sonntags, aber jetzt gehn wir nich mehr. Ich mein, wir warn halt Baptisten.»

«Glaubst du trotzdem noch an Gott?»

Er legte ihr den Arm um die Schulter. Draußen tollte ein Mann mit einem Golden Retriever. Der Hund rannte über die lange Rasenfläche. Er trottete nicht einfach nur wie manche Hunde, nein, er rannte richtig schnell, sauste in weiten Kreisen hin und her und wühlte das Gras auf. Immer, wenn er bremsen wollte, schlitterte er zwei Meter übers Gras und bellte.

«Ich glaub nich», sagte Joe.

«Ich schon», sagte Edith. «Ich mein, ich weiß zwar, daß meine Mom nicht dran glaubt, aber ich schon. Die hat mich nur zur Katholikin gemacht, damit ich zur katholischen Schule gehe und Anstand lerne. Mein Vater ist Existenzberater, der glaubt also auch an gar nichts. Aber ich schon.»

Existenzberater, dachte Joe; anscheinend lief das alles darauf hinaus, daß Edith *gut* war, weil sie an Gott glaubte und katholisch war, was im Klartext hieß, sie würde später mal heiraten, war gegen Abtreibung und letztlich auch gegen Sex. Er bräuchte sich also jenseits vom Händchenhalten keine Hoffnungen zu machen, und dann sagte er: «Aha. Na gut. Ich mein, das is echt gut, denk ich mal.»

«Ja», sagte sie. Dann nahm sie seine Hand und schaute zu dem Hund. «Der ist total süß», sagte sie. «Wie der da rumrennt.»

Inzwischen war eine Frau bei dem Mann, eine große schlanke mit braunen Haaren und langen sonnengebräunten Beinen. Sie gab dem Mann einen Kuß auf den Hals, kniete sich aufs Gras und rief den Hund. Wahrscheinlich waren die beiden verheiratet.

«Dann mußt du wohl auch öfter beichten?» fragte Joe.

«Klar. Aber nur mir selber. Na ja, in der Kirche natürlich auch. Aber meistens mir selber.»

Jetzt küßte sich das Paar auf dem Rasen; wahrscheinlich waren sie doch nicht verheiratet. Nach der Hochzeit küßten sich die Leute nicht mehr so oft. Joe hat seine Eltern nur Spencer küssen sehen. Einmal, als Joe zehn war, war er verlegen, als sein Vater ihm einen Kuß gab. Daraufhin sagte sein Vater: «Na, ab jetzt reicht uns wohl 'n Händedruck, was?» Und genau so begrüßte Joe seinen Vater jedesmal am Flughafen. Mit einem Händedruck.

Joe drückte Ediths Hand. «Wie sieht er denn nun aus?»

«Wer denn?»

«Gott.»

Sie lachte auf. «So wie ich, würd ich sagen. Nur älter», sagte sie und hielt seine Hand.

Er hatte als Antwort *Jesus* erwartet, Jesus, der am Kreuz starb und vorher ewig geblutet hat. Genaugenommen ist Jesus gestorben, weil seine Lungen durch den enormen Druck gegen den Brustkasten gequetscht wurden – er ist erstickt wie ein Asthmatiker, denn selbst Jesus mußte Luft holen, und manchmal kriegt Joe überhaupt keine Luft, weil alles so staubig ist, weshalb er die Fenster am liebsten immer unten läßt, und jetzt denkt er, auch wenn wir nicht an Gott glauben; eines Tages müssen wir vor ihn treten. Er denkt, wenn Edith gebeichtet hat, wird er erklären müssen, warum er es ihr in den Mund gespritzt hat, auch wenn er gar nicht an Gott glaubt ... *weil Edith an ihn glaubt* ... und weil Gott vielleicht Bescheid weiß, denn sie wird ja wohl darüber beichten. Eines Tages muß er für alles geradestehen, was er im Leben gemacht hat. Bisher hat Joe immer anständig gelebt, hat gute Zensuren gekriegt und war nie ein Schisser, aber dieses Kapitel ist jetzt vorbei. Spencer klopft an die Tür.

Er liegt noch im Bett, und Spencer klopft an: inzwischen ist Spencer groß genug, um ans Klopfen zu denken, und der Himmel draußen ist starr und düster, typischer Winterhimmel. Im Winter dauert es länger, bis die Sonnenwärme durchdringt, sogar in Phoenix ist das so.

«Was gibt's?» sagt Joe.

Spencer steht mit abgespreizten Krücken in der Tür, er hat seinen neuen Rucksack auf. Obenauf thront Mr. Moose in Campingshorts. Spencer hat geweint, das sieht Joe, und jetzt sagt Spencer: «Was machst 'n da?»

«Nachdenken.»

«Es is soweit», sagt Spencer. «Ich muß zur Operation.»

«Okay.»

«Ich hab die schweren Sachen nach oben gepackt», sagt Spencer. «Trägt sich blöd. Dad kommt nich.»

«Was?»

«Der is in Newark City. Er hat gesagt, Mrs. Amato kommt her, und du bist mein Begleiter und sollst alles unterschreiben. Danach sollste zur Schule gehn. Das hat er uns *gefaxt*.»

«Scheiß auf die Schule.»

«Mrs. Amato fetzt nich. Ich sag Dad nix, wenn du dableibst.»

«Geh mal weg, ich will mich anziehn.»

«Hast du deine Hausarbeit fertig?»

«Geh weg.»

«Kann ich mal lesen?»

«Spencer, geh und mach uns 'n Müsli, okay?»

«Ich darf doch nich essen. Und außerdem will ich deine Hausarbeit lesen.»

Joe denkt, die Hausarbeit kann er keinem Menschen zeigen, nicht mal Mr. Rolf. Er muß noch mal von vorn anfangen, sich ein belangloses, sicheres Thema aussuchen, damit niemand dahinterkommt, was er wirklich meint; könnte ja sein, daß Mr. Rolf den Aufsatz laut vorliest, und dann wüßte die ganze Klasse Bescheid, und wenn er jetzt aus dem Bett aufsteht, sieht Spencer seinen Steifen, und dann sagt er was zu Mrs. Amato oder zum Vater, wenn sie nächsten Monat zusammen essen, falls sein Flug keine Verspätung hat und er es pünktlich nach Hause schafft. Joes Aufsatz liegt auf dem Schreibtisch, und er merkt, wie Spencer nach den Großbuchstaben linst.

«Spence, geh doch mal.»

«Privatsache is jetzt nich», sagt Spencer. «Wir sind spät dran!»

«Okay», sagt Joe, «okay», und jetzt schwingt er sich aus dem Bett und schaut sich nach seinen Jeans um.

«Mann o Mann, Joe, du hast ja vielleicht 'n Riesenschwanz!»

«Geh weg!»

«Nun hab dich doch nich so! Du müßtest doch wohl nett zu mir sein, schließlich muß ich ins Krankenhaus, wo jeden Tag welche sterben, wie bei *Marcus Welby*! Ich muß doch wohl ins Krankenhaus. Ich!»

«Du stirbst aber nich.»

«Das find ich überhaupt nich zum Lachen», sagt Spencer.

«M-hm», macht Joe und greift seine Turnschuhe.

«Man macht aber erst die Schnürsenkel auf.»

Joe zieht sich ein Shirt an und geht an Spencer vorbei auf den Flur in Richtung Küche. Spencer folgt ihm schnaufend.

«Cheerios oder Wheaties?» fragt Joe.

«Cheerios!»

Spencer setzt sich an den Küchentisch und wartet, den Rucksack behält er auf. «Aber ich darf ja vierundzwanzig Stunden lang nich essen. Vor 'ner Operation is Essen streng verboten. Sonst erstickt man nämlich.» Er verschränkt die Hände auf der Tischplatte und sagt: «Ich tu einfach so.»

Während Joe ißt, nimmt Spencer die Arme hoch und versucht, seinen Bizeps anzuspannen. «Cheerios», sagt er mit einem Blick auf das Müsli, «die geben am meisten Kraft.»

Als Joe noch klein war, durften sie bei ihrer Mutter Müsli mit Marshmallows essen. Doch dann entdeckte sie ihre Vorliebe für schwarze Unterwäsche und legte gleichzeitig fest, daß Bio-Kost ein wichtiger Bestandteil des Tages ist, und von da an kaufte sie Kleiekekse, Kleiebrei und Süßigkeiten ohne ein Gramm Zucker. Joe ißt jetzt schon seit sechs Jahren Wheaties, und das findet er auch gut so. Er macht es schon immer. *Ich esse Wheaties ... Ich benutze einen blauen Kugelschreiber. Ich trage Jeans und Hemden mit Knopfleiste und binde nie einen Gürtel um.* Und wenn er sich richtig Mühe gibt, kann er vielleicht eines Tages von sich sagen: *Ich lasse mir niemals was zuschulden kommen.*

«Weißte noch, der Bio-Fraß?» sagt Joe.

«Echt blöd.»

«Echt total blöd.»

«Echt total blöd.» Spencer nimmt seine Schüssel hoch und tut so, als würde er trinken. «Weißte, was ich später mal mache?»

«Na, was denn?»

«Football spielen. In der High-School, mein ich. Wenn ich groß bin.»

«Echt?»

«M-hm. Ich will als Tackle spielen. Mrs. Amato hat gesagt, Tackle is 'ne ganz besondere Position. 'ne Menge Astronauten waren früher Footballspieler, weißte.»

Football wäre für Joe nie in Frage gekommen; Mutter hielt überhaupt nichts von Gewalt, und jetzt fährt Joe zum Krankenhaus. Er nimmt den kurzen Weg durch die Siedlungen, denn welcher Polizist würde schon in so einer Gegend lauern, wo alles noch schläft. Er fährt schnell, und Spencer darf die Musik aussuchen.

Im Krankenhaus geht Joe an den Schalter und stellt sich der Dame dort als Spencers erwachsener Begleiter vor. Im Krankenhaus ist es still, auf vielen der Stühle dösen alte Leute. Grün und Orange dominieren.

«Sind Sie schon achtzehn?»

«Na klar», lügt Joe, und damit steht er wieder ganz am Anfang; jetzt kann er nicht mehr sagen: *Ich lasse mir niemals was zuschulden kommen.*

Spencer fragt: «Wo is Dr. Ripley? Ich hab sein Auto nich gesehn.»

Und jetzt muß Joe ein dutzendmal unterschreiben ... *Joseph Trevor Jazinski* ... und die Schwester, die wie eine echte Schwester aussieht, nicht wie eine aus dem Fernsehen, denn die sind immer alle schön, setzt Spencer in einen Rollstuhl. Sie sagt, Dr. Ripley wird *jeden Moment* hier sein, und gibt Joe Spencers Rucksack zu tragen, der fast so schwer ist wie Spencer.

«Mein Gott», sagt Joe, «was hast du denn da drin?»

«Ach, nur 'n paar Fahrradteile, meinen Reise-Baukasten, das Schachspiel von Mr. Moose, die Geschichte der NASA und General Patton und Jane Addams. Die hat in Illinois studiert», sagt er zur Krankenschwester. «War 'ne sehr berühmte Sozialarbeiterin.» Spencer rutscht auf dem Rollstuhl herum, um die richtige Lage zu finden. «Und dann noch meinen Kocher, die Wanderstiefel, 'ne Thunfischdose, Blaubeertörtchen ... Und ganz viel Natron.»

Die Schwester schiebt Spencer über den Flur, und er sagt noch: «Oh, und meinen Kompaß.»

«Deinen Kompaß», sagt die Schwester und bleibt vorm Fahrstuhl stehen. «Den brauchst du wohl, damit du dich nicht verirrst?»

«Na logo.»

3

Geheimnisse sind immer wahr; eben deshalb müssen wir sie stets geheimhalten. Sonst könnte ja jemand dahinterkommen. Die *Wahrheit* sitzt tief im Knochen – sie ist das Mark, flüssig und ständig in Bewegung, während unsere Entdeckungsreise auf der Suche nach dem wahren Ich, dem wirklichen Bewußtsein immer weitergeht.

Das Skelett brauchen wir zum Stehen und auch zum Gehen, weil wir gelernt haben, bestimmte Teile zu beugen: Knie, Schultern und Hüften; wir lernen, daß wir unser Gewicht tragen müssen, weil sie immer dasein wird, diese geheimnisvolle, unergründliche Last unter der Haut, und Edith denkt, sie hat jetzt schon genug Geheimnisse fürs ganze Leben. Und dabei will sie überhaupt keine; sie will Klarheit ... *Transparenz* ... und fragt sich, was dieses ewige Versteckspiel soll – da sagt ihre Mutter, sie soll ihr mal die Schuhe reichen, die blauen Pumps, aus dem Schrank neben Vaters Tennisschläger.

Edith kann nicht Tennis spielen, schlägt aber gern Bälle; dieses Ploppen klingt manchmal ganz irre. Ihre Mutter wohnt jetzt schon seit zwei Wochen nicht mehr zu Hause, sie hat ein Hotelzimmer, und heute ist sie nur gekommen, um noch mehr von ihren Sachen aus dem Haus zu schaffen. Inzwischen ist Dezember, und es regnet.

«Ist wirklich besser so», sagt Ellen. «So können wir alle freier leben. Rundum offener.»

«Du meinst, du und Dad.»

Ihre Mutter hält inne, sie hat gerade ihren grauen Plisseerock zusammengelegt ... *den Power-Rock* ... und schaut hoch. Sie sieht Edith an und sagt: «Nein, ich meine uns alle.»

«Und wieso ziehst *du* dann aus?»

«Ist doch nur vorübergehend, nur bis zur Scheidung. Danach verkaufen wir das Haus, und du ziehst zu mir, solange du noch nicht studierst.» Jetzt hebt ihre Mutter den Kopf und lächelt traurig. «Wie zwei Schwestern, Edie. Wird bestimmt lustig.»

Edith weiß, daß es gar keine andere Alternative gibt, als bei ihrer Mutter zu wohnen, denn kein Gericht würde sie jemals zu ihrem schwulen Vater ziehen lassen, der schließlich ebenfalls wegen *ehelicher Untreue* die Scheidung eingereicht hat; das Gericht muß ja nicht unbedingt wissen, daß er schwul ist. In Arizona ist Schwulsein strafbar, und geheim bleiben muß die Homosexualität, nicht etwa die *eheliche Untreue*. Die ist ganz normal und muß vor niemandem geheimgehalten werden; wenn Ediths Vater das Sorgerecht einklagt, kommt die Wahrheit ans Licht, und dann darf sie ihren Vater nicht mal am Wochenende besuchen, was ihr nur recht sein kann. Sie steht sowieso nicht auf Tennis.

Der Regen pladdert laut aufs Dach, und Edith sagt: «Weißt du schon, wo wir hinziehen?»

«Die Schuhe», sagt ihre Mutter und stopft das Paar in eine Mülltüte. «Schuhe mußt du beim Packen immer in Plastik einwickeln.» Sie verstaut die Schuhe in einer Ecke, dann kommt sie hoch und streckt ihren Rücken durch, dehnt die Muskeln an ihrem langen Rückgrat – Ellen ist so groß, so kräftig.

Ellen seufzt. «Ich werd schon was für uns finden. Wird schon alles gut, und wenn du nächstes Jahr aufs College kommst, ist das ganze Hickhack sowieso vorbei.»

Es hat tüchtig geregnet. Im Pool schwappt das Wasser über; der Himmel ist grau wie ein Winterhimmel in Michigan, dabei darf es hier eigentlich gar keinen Winter geben. Hier in Arizona, wo eigentlich immer die Sonne scheinen muß, weil die Leute mit Sonnenbrillen rumlaufen. Am Wochenende läuft ihr Vater mit Sonnenbrille, Polohemd und Turnschuhen rum; er bildet sich ein, daß ihn dieser Aufzug jünger macht. Lächerlich.

Das Tragische setzt eine Entscheidung voraus, und Edith findet, es gibt nichts Schlimmeres, als wenn der eigene Vater sich aus eigener Entscheidung *lächerlich* macht. In drei Tagen soll Edith zusammen mit dem größten Teil der Abschlußklasse die ARP ablegen. Das heißt, die ARP findet am Tag nach der Weihnachtsdisco statt. Die Disco wird von der Abschlußklasse ausgerichtet und steht unter dem Motto «White Christmas» – das ist natürlich ein Scherz, weil es in Arizona nicht schneit; hier laufen die Erwachsenen mit Sonnenbrille im weißen Sonnenlicht rum, sehen gebräunt und lächerlich aus. Hier blendet die Sonne jeden, egal wie blind du schon bist, außer wenn es regnet. Letzte Woche hat Edith zusätzlich zu den Kontaktlinsen eine Sonnenbrille von ihrem Vater getragen, als sie bei Mr. Morrison ihre praktische Fahrstunde *Unterwegs auf der Straße* absolvierte.

Mr. Morrison erklärte ihr, so ähnlich heiße auch ein berühmtes Buch, dessen Autor wegen seines regen Drogenkonsums viel zu früh gestorben sei. Morrison persönlich findet das Buch ziemlich unreif, aber er sagte, jeder muß sich selbst ein Bild machen, auch wenn das Bild auf dem Einband eher häßlich ist.

«M-hm.»

«Edith», sagte er freundlich, «beide Hände, die Zehn und die Zwei. Und keine Hektik mit der Bremse.»

Sie waren noch nicht vom Parkplatz runter. Edith war aufgeregt, und Morrison ließ wie Joe die Fensterscheibe unten, starrte raus und redete über Dinge, von denen sie noch nie was gehört hatte, um ihr die Aufregung zu nehmen ... *blablabla* ... was sie nur noch nervöser machte, weil sie sich zum Zuhören verpflichtet fühlte. Plaudern und Autofahren auf einmal, das war zuviel für sie. Auf dem Parkplatz standen drei Autos, und Mr. Morrison ließ sie zuerst einparken, damit sie mal das Gefühl kriegte, dicht an anderen Autos zu sein, auch wenn sie stillstehen, und die Sonnenbrille ihres Vaters rutschte ihr ständig von der Nase, ihre Kontaktlinsen waren zu sehr angetrocknet, weil sie sie abends nicht gereinigt hatte; sie trug die Dinger jetzt schon zum fünftenmal in der Woche ... *weit überm Limit, aber was soll's.* Außerdem wäre diese Karre eher was für ihre Oma, falls sie eine Oma hätte. Sicher, der Wagen hatte eine Spezialausstattung, aber die Farbe sah einfach nach Oma aus. Von dem bißchen, was sie an Verwandtschaft hatte, lebt niemand mehr, und ihr Vater meint, er hat jetzt endlich sein wahres Ich entdeckt.

Wieso denn erst jetzt, Dad?

«Edie», sagt ihre Mutter im Schlafzimmer. Sie zieht die Reißverschlüsse an ihrem Koffer zu. «Ich möchte, daß du nett bist.»

«Bin ich doch.»

«Versteh mich nicht falsch. Ich möchte, daß du nett zu deinem

Vater bist.» Ellen klappt den nächsten Koffer auf und schmeißt Söckchen, Strumpfhosen und Unterwäsche hinein. Ediths Mutter hat eine reichere Auswahl als die ganze Damenwäsche-Abteilung im Kaufhaus. Schade drum, denkt Edith, denn wer kann schon sehen, daß man Edelwäsche drunter hat.

«Aber ich möchte nicht», sagt Edith.

«Er liebt dich.»

«Jaja», sagt Edith ... *na klar* ... und jetzt bringt sie Ordnung in die Wäsche ihrer Mutter, legt alles zusammen – einen Slip, ein Morgenjäckchen ... Ihre Mutter erklärt das mit der schönen Unterwäsche so: man muß sie doch nicht unbedingt sehen, wenn man weiß, daß sie schön ist. Sie sagt, durch Unterwäsche *fühlst* du dich einfach schön als Mädchen, und Ediths Bruder Anderson, der immer Boxershorts trägt, weiß noch gar nicht Bescheid, das heißt, eigentlich wußten die beiden es ja schon immer; in Michigan haben sie jeden Streit ihrer Eltern mit angehört, jedes Wort, und Anderson zuckte dann immer mit den Schultern und erzählte zur Ablenkung von seinen Freundinnen. Wenn er lange genug erzählte, könnte Edith nicht auf den Gedanken kommen, daß aus ihrem großen Bruder irgendwann genauso ein Mann wie ihr Vater werden würde. Auf der Fahrt in der Karre mit dem Oma-Look sagte Mr. Morrison, manchmal kommen die Menschen trotz aller Mühe einfach nicht miteinander klar.

«Manche Leute können halt einfach nich miteinander», sagte er.

Damit meinte er Howie Bently und McGregor. Den hatte Howie Bently letzte Woche auf dem Parkplatz so übel verdroschen, daß Howie für den Rest des Semesters von der Schule suspendiert werden mußte; er wird seinen Abschluß also nicht rechtzeitig zum Studium machen können. McGregor mußte mit seiner Nase zum Gesichtschirurgen, und zur Begründung hat Howie laut Carol Cunningham nur gesagt *Den fetten Sack konnt ich noch nie leiden.*

Edith war immer noch beim Einparken auf dem Platz, Mr. Morrison übte den doppelten Schulterblick mit ihr.

«Manchmal», sagte Morrison, «bringen die Menschen einfach nich den Willen auf, ihre Probleme zu bewältigen.»

Sie wußte, daß ihre Mutter *unter vier Augen* mit Mr. Morrison gesprochen hatte, sonst hätte Edith die praktische Fahrstunde nicht machen dürfen, weil sie ja ohnehin keine Chance hatte, den Führerschein zu bekommen; sie wußte auch, daß Mr. Morrison betont sanft mit ihr umging. Jetzt dachte Edith an Miss Williams – alle wußten, daß sie ihn sitzengelassen hatte, oder war es andersrum, oder hatten sie sich vielleicht nie richtig befreundet, so daß sich nun keiner der beiden verletzt fühlen mußte? Schüler, die miteinander gehen, sind Freunde – *Freund* und *Freundin*. Erwachsene haben *Geliebte*, egal ob Mädchen oder Junge, Männlein oder Weiblein, Freund oder Feind. Außerdem hat ihre Mutter Mr. Morrison alles über die Scheidung erzählt, und wenn Miss Williams und Mr. Morrison ein Liebespaar waren, haben sie das Normalste von der Welt getan, nicht mehr und nicht weniger. Edith warf ihrem Lehrer einen flüchtigen Blick zu, sie stellte sich Mr. Morrison dabei vor, und ihr wurde klar, daß die Sache überhaupt nicht weiter wichtig war. Das machten alle, sogar Fahrlehrer.

«Manchmal», sagte Morrison, «is es schwer, miteinander klarzukommen.»

Jetzt geht's um mich und Joe, dachte sie ... *Um wen geht's jetzt?* Sie rutschte ein Stück auf dem Fahrersitz und sagte: «Waren Sie schon mal verheiratet, Mr. Morrison?»

«Nein», sagte er lachend. Für einen Moment hörte er sich nach Kentucky an. Er blickte aus dem Fenster, seine Stimme klang traurig. «Wenn man's richtig angeht, kann man ein Leben lang Kind bleiben.» Dann deutete er auf ihren Hals und sagte: «Wenn du deinen Kopf weiter so rumschleuderst, bricht er dir noch ab.»

Sie wurde rot, und er fuhr fort: «Ich glaub, in der Ecke hier mußt du wohl kaum mit besonders üblem Verkehr rechnen.»

«Okay.»

«Willst du nich mal versuchen, auf den Freeway zu fahren? Stell dir vor, das da is 'n Freeway.» Er machte eine Kopfbewegung zur Zubringerstraße.

Die Straße mündete in den Parkplatz der Schule. Auf der anderen Straßenseite baute die Communication Church of Christ eine neue Kirche. Früher konnten alle hier parken, auch Joe, doch das ewige Rein und Raus wirbelte so viel Staub auf, daß man hinterher den Wagen waschen und einwachsen mußte, wenn einem der Lack nicht egal war. Joes Wagen war inzwischen mit einer perfekten Lackschicht überzogen – glatt, gleichmäßig und glänzend vom Wachs –, *Engelsweiß*. Manchmal, wenn sie am Straßenrand auf den Bus wartete, schaute sie zu, wie Joe über den Parkplatz fuhr. Von den Weihnachtsdekorationen auf den Dächern hinter der Kirche erkannte sie so gut wie gar nichts, nicht mal den riesigen Weihnachtsmann mit der zwei Meter langen Zuckerstange oder die Rentiere. Das erinnerte sie an Michigan, lauter verschwommene Dekorationen, und sie fuhr langsam über die Zubringerstraße, um am Ende wieder auf den Parkplatz zu schwenken, mit Blinklicht, wo sie von neuem einparkte.

Edith schaltete den Wagen in Parkstellung und sagte: «Siebzig Prozent aller Ehen werden geschieden, also könnten sich die meisten Leute das Heiraten schenken. Rein statistisch betrachtet.»

Mr. Morrison lächelte. «Meinst du?»

Sie nickte. «Mein ich.»

«Wie sieht der Öldruck aus?»

«Okay.»

«Batterie?»

«Okay.»

«Was hast du hinter dir?»

«Den Football-Platz.»

Er legte seinen Arm auf die Sitzlehne, genau wie Joe, wenn sie in seinem langen Wagen unterwegs waren. Morrisons Arm war fast an ihrer Schulter, aber eben nur fast; Joe zog sie immer auf seine Seite und lenkte mit einer Hand, manchmal sogar nur mit einem Finger; durch die Servolenkung ging das, und jetzt lehnte sich Morrison in seinem Kunststoffsitz zurück. Er stöhnte und schwang ein Bein aufs Armaturenbrett.

«Edith», sagte er, «kann ich dir 'n Geheimnis anvertrauen?»

«Klar», erwiderte sie voller Erwartung.

«Ich finde, das is alles 'n riesengroßer Scheißdreck. Wirklich wahr, Edith, wirklich wahr.»

Seit zwei Wochen hat sie kein Wort mehr mit Joe gesprochen. Einmal sah sie ihn im Umkleidebereich mit Diana Vanderstock und Colin Houston stehen, und als sie vorbeiging, hat Joe nichts gesagt. Das Gespräch verstummte, bis sie die Leute erkannte, und dann sagte Edith: «Hi, Joe.» Joe guckte weg, und Colin Houston sagte: «Hey, Edith.»

Sie kam zu spät zur Fahrt mit Miss Williams, und dummerweise geriet man als Sehbehinderte ständig durch Dinge in peinliche Situationen, die einem verborgen blieben. Ihre Mutter meint, Verliebte sehen alles durch die *rosarote Brille*, aber da ist Edith offenbar eine Ausnahme. Ihre Augen sind mit vernarbtem Gewebe garniert, nicht mit Rosen; das kommt durch ihre Hornhautschäden – ein Geburtsfehler, aber nicht ganz so schlimm wie bei der gestörten Roxanne. Da hilft auch keine Sonnenbrille, und manchmal kommt ihr der Gedanke, daß sie sich durch ihren Geburtsfehler vielleicht niemals verlieben kann, denn schließlich muß man dazu eine rosarote Brille aufsetzen. Miss Williams meint, man muß die Welt nur ganz nüchtern betrachten, dann sieht man, wie hell alles leuchtet.

Sie fuhren auf der Scottsdale Road in Richtung Tempe; das Training fand jetzt immer im Wassersportzentrum der dortigen Universität statt. Noch hatte die Regenzeit nicht begonnen, die Sonne schien wie eine helle Glühlampe mit zig Milliarden Watt. Die Bassins lagen hier unter freiem Himmel und waren größer als zu Hause – Olympiamaß. Das Wasser war auf Badetemperatur geheizt; sie trainierten jetzt gemeinsam mit der Uni-Mannschaft, und Jenna hatte gesagt, bei einer guten Plazierung in den Ausscheidungskämpfen könnte Edith mit Einladungen von Unis dieser Größenordnung an lauter fremden Orten rechnen – North Dakota, Pennsylvania, vielleicht auch Florida.

Im Moment ging es um Wahrheit, und Edith fragte: «Was meinst du damit?»

«Die Wahrheit. Die Wahrheit, also die echten Tatbestände. Die Wahrheit ist ein helles Licht. Darum war Tiresias auch blind, genau wie Milton, wie Ray Charles. Weil die immer nur die Wahrheit sehn.»

«Hm», sagte Edith. Tiresias kannte sie. «Kommt Milton bei meiner ARP dran?»

«Nein, aber Tiresias vielleicht.»

«Wer war Milton?»

«Gib mal 'n Tip ab.»

Edith sah aus dem Fenster; die Klimaanlage war ausgeschaltet, und Edith fing an zu schwitzen, dabei war schon Dezember. Sie dachte an Jennas Klassenzimmer mit dem Frankreich-Poster und den Karten von Nordamerika. «Vielleicht 'n Entdecker?»

«Dichter», sagte Jenna. «Aber hab mal keine Angst, der kommt nicht dran. Siebzehntes Jahrhundert und Adam und Eva, alles klar? Du machst deine Sache eh gut, aber Milton kommt jedenfalls nicht dran. Eins ist natürlich auf jeden Fall dabei: Analogien.»

Am Fenster rauschten Palmen vorbei. Edith sagte: «Was ein Baum fürs Wasser, ist ein Motor fürs Benzin.»

«Mein Gott», lachte Jenna. «Geht so was? Ich mein, geht so was, daß Leute mit solchem Schwachsinn Geld verdienen?»

«Non dubito», gab Edith zurück, und ein Lächeln kam auf ihre Lippen; das hatte sie noch nie laut gesagt. Sie fühlte sich erwachsen, wie eine Lehrerin. Sie sagte: «Ich hab geübt.»

«*Transparent*», sagte Jenna.

«Klar und logisch. Zum Beispiel Wasser oder Worte.»

Jenna korrigierte ihre Handhaltung am Lenkrad. «Und *omnipräsent*?»

«Überall zu finden, glaub ich. Wie Palmen.»

Jenna sagte: «So was sagen zum Beispiel nur Idioten in der Öffentlichkeit. *Pathetisch* ...»

«Das sind solche Leute, die *omnipräsent* sagen», erwiderte Edith stolz.

«*Ambivalent*», sagte Jenna. «Das ist eins von denen, wo man sich immer irrt.»

«Zwiespältig, glaub ich.»

«Hut ab. Das Wort hab ich erst mit fünfundzwanzig gelernt.»

Edith starrte aufs Armaturenbrett, dann auf die Frontscheibe. Sie dachte sich einen Satz aus, denn am besten prägte man sich die Anwendung eines Wortes ein, indem man es sich zu eigen machte ... *Bevor mein Vater sein wahres Ich entdeckt hat, war er sehr, sehr ambivalent.*

An der Ampel Ecke Van Buren bog Jenna ab. Sie lächelte, trommelte mit allen acht freien Fingern auf dem Lenkrad und sagte: «Du machst deine Sache gut, Edith. Bestimmt.»

Genau das hat Joe auch zu ihr gesagt. Genau denselben Satz hat er gesagt, als sie ihn neulich abends anrief und fragte, ob er Lust hätte, irgendwann mit ihr Analogien oder Antonyme zu üben. Zuerst sagte er, er hätte mit dem Auto und Spencer genug am Hals, und dann: «Du machst deine Sache gut. Bestimmt. Wissen doch eh alle, daß du die Schlauste in der ganzen Schule bist.»

Wie so 'n abartiger Computerfreak, dachte sie, aber wenn sie schlau wäre, hätte sie nicht ständig das Verlangen, ihn anzurufen. Nach der Ankunft in Tempe zog sich Edith in der riesigen Umkleide um und ging ins Wasser. Die Sonne schien warm und hell, und Edith schwamm sich in dem langen Becken warm. Jenna lief am Beckenrand mit, brüllte herum; auf den Bahnen ringsum schwammen die anderen aus ihrer Mannschaft, und Edith wußte, Joe würde ihr nie wieder beim Schwimmen zusehen. Auf den Zuschauerbänken aalten sich Studenten vom College in der Sonne. Ein paar saßen auch und hatten Bücher auf dem Schoß. Die College-Leute waren schon älter, manche lebten zusammen, manche studierten Medizin, und sie sagte sich, wenn ich schön den Mund halte, gehe ich vielleicht auch als Studentin durch. Und was konnte sie im Wasser schon groß reden, wo ihr der Freistil weder die Zeit noch die Puste dazu ließ. Trotzdem führte sie beim Schwimmen immer Selbstgespräche. Sie spürte die Wärme des Wassers auf Rücken und Armen, und heiße Sonnenstrahlen drangen durch den Himmel, durch das Ozonloch und heizten das Wasser auf.

Sie hatte die Prügelei zwischen Howie Bently und McGregor nicht mit angesehen, aber nach der Schule erzählte Carol ihr im Bus davon. Seit mit Joe Schluß war, mußte Edith immer mit dem Bus heimfahren. Da stank es nach Maischips, nach ausgelatschten Turnschuhen und Staub, und zwischen all den Computerfreaks fühlte sie sich in ihre Freshmen-Zeit zurückversetzt; sie saß also im Bus und starrte aus dem Fenster, als Carol ihr die Szene ausmalte – wie McGregor mit blutverschmiertem Gesicht auf dem Asphalt gelegen hatte; dazu Howies Gebrüll. Er brüllte wie ein Wahnsinniger.

«Der brauchte echt erst 'ne Abkühlung», sagte Carol. «Verstehste?»

Genau wie ich jetzt, dachte Edith; sie schwamm ihre Bahnen, kühlte sich ab, dabei schwamm sie sich eigentlich gerade warm. Sie schwamm sich warm für die Ausscheidungskämpfe, bei denen sie über fünfzig und hundert Meter Brust starten sollte. Falls sie sich noch verbesserte, würde Miss Williams sie eventuell auch die fünfzig Meter Freistil schwimmen lassen, und ein Wettkampf-Start im Freistil wäre für eine Blinde ganz schön beachtlich. Im Wasser hatten alle die gleichen Bedingungen, in allen Augen war es blau und brannte. Ediths Augen brannten jedesmal, und noch Stunden nach dem Training blieb das Brennen. Dann nahm sie Augentropfen – künstliche Tränen – und strengte sich an, ihre Augen so lange geschlossen zu halten, bis sie endlich abkühlten und Edith nicht mehr an den Schmerz dachte. Das Chlor schützte vor Krankheitserregern, aber für die Augen war es Gift, genau wie für die Haare, die total strohig wurden, wenn man keinen Conditioner nahm. Mit Konditionstraining verbessert man die Herzfrequenz, und die Herzfrequenz hält den Körper im Rhythmus, Schlag für Schlag, während man der Kondition zuliebe im Wasser schwimmt. Und wenn man durchhält, wird einem klar, daß man immer weiter durchhalten kann, auch wenn die Augen noch so weh tun.

Draußen regnet es tüchtig. Wahrscheinlich wird es noch tagelang so weiterregnen, denkt sie. Auf dieses Unwetter haben alle gewartet, wollten es endlich hinter sich haben, und jetzt sitzt sie am Schreibtisch über ihren Wortlisten, macht sich Notizen. Normalerweise wäre sie jetzt schon im Bett, aber sie kann gerade nicht schlafen; sie weiß nicht, was mit ihr los ist: warum sie nicht schlafen kann, wenn sie will, und warum sie diese Traurigkeit nicht los wird.

Der Regen pladdert nun schon seit Tagen, weicht die ganze Wüste durch, und ihre Mutter fährt gerade durch die Stadt in ein Hotel, wo sie bleiben wird, bis Edith irgendwann im nächsten Semester zu ihr kann, irgendwann vor Ostern, und Edith hat keine Ahnung, wo ihr Vater ist. Vielleicht hat er ein Rendezvous. Ihr wird speiübel, wenn sie sich vorstellt, wie ihr Vater sich schick macht – *Antonym* heißt Gegensatz, aber man verabredet sich mit dem anderen Geschlecht, nicht mit dem entgegengesetzten: Junge und Mädchen, Liebe und Haß. Ihr Vater meint, man kann nicht hassen, ohne zu lieben, und wenn Sie die richtige Lösung wissen, schreiben Sie sie vollständig in das freie Feld, und benutzen Sie dabei bitte einen Kopierstift. Wählen Sie nun das Ihrer Meinung nach geeignetste *Antonym* aus.

Daß sie nur noch *gute Freunde* sein sollten, hat sie damals zu Joe gesagt, um sich Erklärungen zu sparen. Sie unterhielten sich auf dem Parkplatz, saßen auf der Motorhaube seines weißen Wagens, und Edith sagte: «Ich find einfach, wir haben jetzt beide 'ne ganze Menge zu tun, weißte?»

«Ja.» Er blinzelte in die Sonne. «Klar.»

Einen Moment lang dachte sie, er könnte sie verstehen. Vielleicht würde er weiter nett zu ihr sein, auf dem Gang mit ihr reden, und vielleicht könnte sie ihm sogar die Geschichte mit ihrem Vater erzählen ... *Tja, mein Vater, der ist nämlich homosexuell* ... aber natürlich würde sie es Joe nie erzählen, das wußte sie, auch wenn sie ihn liebte, und dann dachte sie, *liebe ich ihn wirklich? Ist es das?* ... und später kam ihr der Gedanke, daß sie sich vielleicht irgendwann besuchen könnten, später, wenn sie zum Studieren allein in einer fremden Stadt wohnte und große Ferien hätte, und wer weiß, vielleicht könnten sie dann noch mal ganz von vorn anfangen oder sogar heiraten. Natürlich erst, wenn sie ordentlich Geld verdient hätten. Vielleicht könnten sie zusammen auf ein College gehen und noch mal ganz von vorn anfangen; müßte ja niemand was davon erfahren.

Joe saß auf seinem Wagen und blinzelte in die Sonne. «Klar, ich mein, ich hab dich schon verstanden.»

«Wie geht's Spence?» fragte sie erleichtert.

«Spence?»

«Ja, na du weißt schon, dein Bruder.»

Und dann glitt Joe von der Motorhaube seines frisch eingewachsten Wagens und sagte: «Verdammte Scheiße, was geht 'n dich das an?»

Da wurde ihr auf einmal klar, daß er ihr nicht verzeihen würde. Er würde ihr die Freundschaft abschlagen, und sie würde nie wieder was Nettes von ihm auf dem Gang zu hören bekommen. Er würde erst gar nicht mit ihr reden, nein, er würde so lange hier an seinem Wagen lehnen, bis sie endlich weg wäre. Und dann ging sie, ganz langsam ging sie weg. Wenn sie nämlich richtig langsam ging, müßte er ihr beim Weggehen nachschauen, und er würde nie mehr vergessen, wie sie dabei ausgesehen hat, beim Weggehen: khakifarbener Rock, blauer Kaschmirpulli, darunter ihr guter BH – der einzige, den er korrekt aufmachen konnte – und die Sandalen, die sie immer trug, weil sie zu allem paßten und man sie im Unterricht ausziehen konnte. Er würde zuschauen, wie sie wegging und aus seinem Leben verschwand.

Aber vorher noch, bevor sie ging, sagte sie: «Tschüs, Joe» und gab ihm einen Kuß auf die Wange.

Er wischte sich die glatte, salzige Wange; sie hatte ihn schnell geküßt, damit er nicht ausweichen konnte. Trotzdem wischte er den Kuß weg, und dann nahm sie ganz langsam ihr Schulzeug und ging. Und wußte nicht mal, wohin.

Jetzt denkt sie, und nicht zum erstenmal, daß sie einfach nicht genug weiß. Sie denkt, ein Baum braucht ein ganzes Leben zum Wachsen, und wenn er irgendwann ausgewachsen ist, ist sein Wachstum ein völliges Rätsel. Sie legt ihre Wortlisten weg – dafür mußten Bäume sterben –, steht auf und rekelt sich. Sie hat Rückenschmerzen, hat zu lange krumm dagesessen, und auf dem Schreibtisch unterm Wörterbuch liegt ein Brief an Anderson, an dem sie seit ein paar Tagen schreibt, aber den wird sie wohl kaum jemals abschicken.

Ursprünglich wollte sie Anderson aufmuntern, weil seine Freundin Laurie Nochwas Schluß gemacht hat, aber dann wurde ein Erguß über Joe und seinen Haß daraus. Ein Brief von seiner kleinen Schwester aus Arizona ist bestimmt das letzte, was Anderson jetzt brauchen kann. Wenn Jungs irgend etwas Schlimmes passiert, haben sie am allermeisten davor Angst, daß es jemand mitbekommt; sie bilden sich ein, sie könnten dann als Schwächlinge oder Idioten dastehen, und genau deshalb wird Joe nie mehr ein Wort mit ihr reden, das weiß sie. Heißt das vielleicht ... *daß er sie liebt?* Wenn er mit ihr reden würde, hieße das doch, daß ihm ihr Verhalten nichts ausmacht, und *wirklich hassen kann man nur, wen man am meisten liebt.* Wenn Joe sie haßt, dann liebt er sie vielleicht auch. Ihre Mutter meint, Jungs merken sich alles, was man ihnen antut, und Mädchen vergessen es einfach.

Edith rekelt sich; sie sieht sich in der gläsernen Schiebetür, die in den Garten, zum Pool führt. Die Vorstellung, daß Joe sie in Wirklichkeit vielleicht doch nicht haßt, macht sie richtig heiß; sie rekelt sich, geht zum Fenster und schaut in den Regen, auf ihr Spiegelbild und das Wasser, das in Strömen an der Scheibe runterläuft. Sie betrachtet ihren Körper, wie es Mädchen manchmal im Bad tun, wenn sic sich unbeobachtet fühlen, denn sie weiß, daß niemand dasein kann, und ihre Beine ... sie hat kräftige Beine, breite Schultern, aber perfekt wird sie nie sein, dazu ist ihr Körperbau zu knabenhaft, und das Wasser läuft an den Scheiben runter, läuft ihr über Schultern, Arme und Beine, und jetzt, als plötzlich eine männliche Gestalt in ihr Bild taucht, als ihr Geist durch das Fenster starrt, braucht sie einen Moment, bis ihr klar wird, daß da plötzlich jemand anders vor ihr steht, als sie eben noch dachte.

Sie schreit, und der Mann hält sich die Ohren zu, lächelt und ruft ... *Hey. Hey!*

Das ist Howie Bently, der da durch die Glasscheibe ruft. Er klopft ans Fenster. Er klopft an ihr Fenster und sagt ... *Hey! Reg dich ab!*

Edith schiebt die Tür auf. «Was?»

«Hi. Wie geht's?» sagt Howie. Seine Sachen sind pudelnaß – genau wie Haare und Gesicht, und der Regen läuft ihm in die Augen.

«Was machst 'n du hier?»

«Hab mir gedacht, ich komm mal vorbei. Wollte halt mal sehn, wie's dir geht und so.» Er zeigt auf ihr Nachthemd. «Hey, das Teil is echt heiß.»

«Hm?»

«Dein Nachthemd mein ich nur. Echt cool.» Er nimmt ihre Hand und sagt: «Los, komm!»

«Wohin denn?»

«Komm», sagt er und zerrt sie nach draußen.

Nein, denkt sie, es kann nicht stimmen; Joe liebt mich nicht, unmöglich. Draußen ist es bestimmt kalt, und richtig, der Regen prasselt eisig auf ihre Haut, ihr Nachthemd, das sich immer enger an ihren Körper schmiegt, wie ein Badeanzug. Und sie hat keinen BH an, das heißt, unter dem Stoff bleibt wirklich nichts verborgen, zumal die Kälte auch ihre Wirkung tut, und Howie guckt nicht mal. Er zeigt auf den Whirlpool, von wo der Dampf in den Regen aufsteigt, zu den Palmen und Yuccas, die durch den Regen und das unnatürliche Licht wie Schatten aussehen.

Howie sagt: «Wie wär's denn mal mit 'nem Spaziergang im Regen?»

«Mir ist kalt!»

«Daran gewöhnste dich. Echt. Ich mein, der Regen is geil. Wenn's so regnet wie jetzt, da wird dir einiges klar. Da weicht nämlich alles durch ... Da kapierste, warum Männer zur Navy abhauen. Bei der Navy gewöhnt man sich nie an das ganze Wasser, so toll isses da.»

Er läßt sie los und springt in den Whirlpool. «Alles okay», ruft er. «Is keiner zu Hause!»

Sie steht am Whirlpool und starrt Howie an, der voll bekleidet im Wasser hockt. Er streckt die Hand nach der Schaltung aus und drückt einen Knopf; jetzt kommen Luftblasen von unten, seine Sachen schwimmen oben, und jetzt drückt er den anderen Knopf, den für die Beleuchtung, und schon strömt Licht in das kleine Wasserbecken.

«Komm rein», sagt er. «Is warm!»

Kichernd läßt sie sich in den Whirlpool gleiten, und der Luftstrom bauscht ihr Nachthemd auf. Sie drückt es herunter und preßt es an ihren Körper, damit keine Luft mehr hereinkann, und Howie hat recht, im Wasser ist es wirklich wärmer. Der kalte Wind streicht ihr über Kopf und Schultern, aber das Wasser ist heiß, und der Luftstrom aus den Düsen hat eine milde Kühle ... Antonyme, denkt sie. *Heiß und kalt*.

Sie läßt sich tief ins Wasser gleiten und sagt: «Wie geht's Joe?»

«Was weiß ich.»

«Der is sauer auf mich.» Edith denkt an Joe.

«Da kommt er drüber weg. So 'n Typ wie der steckt alles weg. Na ja, er is natürlich nich halb so hart, wie alle denken.»

«Immerhin hat er diese ...» Sie hält inne, blinkert ... .. diese Sache beim Wettkampf gemacht.»

«Na und? Sonst hätt's halt 'n andrer für ihn erledigt. Der Typ is 'n Arschloch. Mann, ich an seiner Stelle hätt dem Wichser das Genick gebrochen.»

Jetzt läßt Howie wieder den Harten raushängen, denkt sie, wie immer. Der Typ hat McGregor *nur so zum Spaß* krankenhausreif gedroschen, und der Spaß hat McGregors Nase so übel zertrümmert, daß er zum Gesichtschirurgen mußte; so was hätte Joe nie getan, das weiß sie ... *oder auch nicht*. Ihre Hände schlüpfen unter das Nachthemd auf den Bauch, sie schließt die Augen. Sie war nicht bei dem Wettkampf dabei, hat nur davon gehört, außerdem kennt sie die Stellen aus Roxannes Kolumne, wo Roxanne die Sache geschildert und Joe dafür verantwortlich gemacht hat.

«Knack!» tönte der Arm in seinem Schmerz. «Knack!» …

Edith fragt Howie: «Wieso hast du das gemacht?»

«Was denn?»

«Na, die Prügelei mit McGregor. Wieso hast du dich von der Schule schmeißen lassen?»

«Ach, Schule», sagt Howie nachdenklich. «Zur Schule gehn die, die noch nich wissen, wo sie hinsollen. Was sollste denn da lernen, Mathematik vielleicht? Wie man mit Aktien handelt? Bob hat sieben Äpfel, wie viele will sein Hund fressen? Ich scheiß auf die Schule, Edith. Scheiß drauf. Ich mein, siehst du in der Schule irgend 'nen Sinn? Siehste irgendeinen in *mir*?»

«Ja», sagt sie. «Logisch.»

Sie preßt die Hände auf ihre Haut und denkt über das Gefühl nach. Sie kommt sich mächtig reif und vernünftig vor; in einem Whirlpool über Probleme reden, obwohl es regnet, das ist sehr erwachsen. Vielleicht hilft sie ihm sogar, wie eine Beraterin.

«Ich geh gern zur Schule. Und aufs College will ich auch …»

«Ja, ja.» Howie wischt sich das Wasser aus den Augen. «Na toll.»

Jetzt grient er sie an und fragt: «Sag mal, wie geht's eigentlich dem Alten?»

«Wem?»

«Na deinem Papi. Wie geht's dem Alten denn so?»

Ihr Herz fängt an zu flattern, sie spürt es unter dem Nachthemd. Sie schaut ihn an, er grient immer noch. Er kann praktisch durch ihr Nachthemd gucken, das ist ihr klar, und sie spürt die Blutwallung in ihren Adern.

«Hey, mein Name is Howie, ich weiß Bescheid», sagt er achselzuckend.

Vorsichtig sagt Edith: «Deshalb gehst du auch nicht zur Schule.»

«Ja, weil ich weiß, wo ich hingeh. Da, wo alle hingehn, nur bei mir geht's 'n bißchen fixer. Ich hab das übrigens für dich gemacht. Das mit McGregor. Den hab ich echt zerlegt, o Mann. Aber das hab ich nur für dich gemacht, ob du's glaubst oder nich. Los», sagt er, «leg die Hand aufs Herz und sprich mir nach.»

Ihr Nachthemd ist aufgebauscht; die Hand ist ganz kalt auf ihrer Haut, auf der Brust, die wunderbar hineinpaßt.

Howie sagt: «Na los.»

«Alles klar, ich mach schon, du siehst es bloß nicht.»

«Na gut. Also, dann sprich mir jetzt nach.»

«Sprich mir jetzt nach.»

Er verkneift sich das Lachen, er sagt: «Ich, Edith McCaw, gelobe hiermit, die folgenden Worte geheimzuhalten. Ich werde das Geheimnis lieben und hüten, bis der Tod mich ereilt.»

«Wie bitte?»

«Na los, mach schon. *Ich, Edith ...*»

«Nein.»

«Nein? Was soll denn das heißen?»

«Mach ich nicht.» Ihre Brust fühlt sich wie geschwollen an, innen pulsiert das Blut, und dabei bekommt sie so ein Gefühl; da entsteht so ein Gefühl ganz tief im Bauch, und die Hand gleitet über ihre Haut. Sie sagt: «Na los, du wolltest doch was sagen.»

Er dreht sich weg. Er rückt ein Stück im Wasser und sagt: «Wenn du's irgendwem erzählst ... Edith, wenn du's irgendwem weitererzählst ... du, ich krieg alles fertig.»

«Dann behalt's doch für dich», mault sie und kommt hoch. Sie legt die Hand auf den Bauchnabel und setzt sich gerade hin. «Behalt's einfach für dich, Howie, es interessiert mich sowieso nicht!»

«Hey», lacht er. Er packt ihren Arm und drückt zu. Das hat Joe auch manchmal gemacht, und jetzt sagt Howie: «Hey, is doch gar nich so tragisch. Ich wollt nur sagen, daß ich zu den Navy-Seals geh, nix weiter. Hab schon unterschrieben und alles.»

Er zieht die Hand zurück und verschränkt die Arme. «Die haben gesagt, ich brauch nich mal 'n Abschluß! Sind anscheinend total heiß drauf, mich einzuzocken!» Er lacht und schüttelt gekünstelt den Kopf, wie in einem Armeefilm.

Er sagt: «Das is echt kein Zuckerlecken, glaub's mir. Ich mein, die Seals sind als erste dran. Aber das geht volle Kacke ab, sag ich dir! Is echt voll brutal, verstehste?»

«Kannst du mir mal sagen, was du meinst?»

«Ich geh für 'ne Weile weg. Für 'ne ziemliche Weile, verstehe, Edith? Wenn du auf See gehst, bleibste nämlich manchmal jahrelang draußen. Und als Seal darfste niemand erzählen, wo du bist. Da biste immer in Bereitschaft, verstehste? Da mußte immer für alle notwendigen Aktionen bereitstehn. Du bist immer auf Abruf, weil's jeden Tag sein kann, daß du ranmußt, verstehste, und deshalb siehste niemand von früher wieder, niemals ...»

Ob Joe davon weiß? Ob er Howie erzählt hat, daß sie mit ihm Schluß gemacht hat? Oder er mit ihr? Und warum erzählt Howie ihr das alles? Sie sagt: «Du gehst also weg?»

Howie nimmt seine nasse Armbanduhr ab und sagt: «Genau, und das wollt ich dir halt sagen, daß ich zur Navy geh. Bloß, meine Eltern wissen's noch nich, klar? Soll sozusagen 'ne Überraschung sein, und wenn ich erst bei der Navy bin, sehn wir beide uns nie wieder. Aber na ja, is ja nich weiter tragisch.»

Er hält die Uhr in den Lichtstrahl der Terrassenlampe und betrachtet sie. «Die geht nich mehr. Ich mein, sie is nich wasserdicht, aber ich möcht sie dir gern schenken, Edith. Hier, nimm. Ich möcht sie dir gern schenken. Die hat Walker gehört, hab ich von 'ner Freundin von ihm, aber ich hab mir gedacht, hey, was soll's, sie geht nich mehr, und was willste bei der Navy mit 'ner Uhr, wo Wasser reinkommt ...»

«Vielleicht kann man sie ja reparieren, Howie. Vielleicht kannst du sie reparieren lassen.»

Er sieht sie an, als ob er wütend oder enttäuscht wäre – als ob sie ihm gerade einen Korb gegeben hätte. Howie Bently hat es noch nie bei ihr versucht, und jetzt steckt er sich die Uhr in die Jeanstasche. «Okay. Na gut.»

«Ich weiß, wo du sie hinbringen kannst.»

Seine Hand kommt auf sie zu, gleitet über ihr Nachthemd, über ihre Brust. Die Hand ist heiß, und sie spürt den Druck auf ihren Rippen. Sie denkt: *Howie Bently berührt meinen Körper.* Sie denkt, er will seine Uhr gar nicht reparieren lassen. Sie denkt: *Das steckt hinter der ganzen Sache ... Das steckt also dahinter!*

«Howie ...»

Er knetet ihre Brustwarze. «Hey, weißte, was passiert, wenn Männer auf See gehn?»

Natürlich, es ist nur wegen Joe, weil er von ihr erzählt hat. «Laß das ...»

«Komm, Edith. Los, komm ...»

«Howie, hör auf!»

«Hey, ich werd's bestimmt nich verraten. Muß Joe doch nie erfahren, verstehste?»

Jetzt knöpft er sich die Jeans auf – eine Hand ist im Wasser, sucht den richtigen Winkel, damit der Reißverschluß aufgeht, nur daß seine Jeans Knöpfe statt Reißverschluß haben, und mit der anderen macht er sich mächtig an ihrer Brustwarze zu schaffen. Der Regen prasselt unaufhörlich, das Wasser ist heiß, und sie weiß, was kommt. Sie sieht es am Himmel. Sie spürt es in ihrer Brust, und ihre Brustwarze tut weh, weil der Himmel voller Wolken hängt, voll grauer Wolken, also muß der Mond noch irgendwo da oben sein, denn der macht sie grau, und immer noch gießt es in Strömen. Vielleicht kommt das Grau auch von den Lichtern der Stadt, und sie denkt, der meint's ernst; sie stößt ihn weg, schlägt auf ihn ein, schreit: *Laß das! Hör auf!*, und jetzt steigt sie aus dem Wasser, schrammt sich am Beckenrand das Knie auf. Sie steht im Regen, fast außer Atem. Der Regen ist eiskalt, und sie steht schreiend am Bekkenrand. «Kannst du jetzt bitte abhaun? Los, hau ab!»

«Hey, Edith.» Howie ist immer noch im Wasser, er schaut zu ihr hoch. «Hey. Du bist echt 'ne alte Kuh, weißte das?»

«Du sollst abhaun, Howie! Hau ab!» Und jetzt merkt sie, daß sie weint. Sie hat noch nie vor jemandem geweint, der nicht zu ihrer Familie gehörte; vor einem Jungen, der sie bumsen will, so einer, der sich mit Mädchen verabredet und dann über sie herfällt, aber sie hatten ja nicht mal eine Verabredung, und sie weiß, daß Joe sie nie bumsen wollte; der hat ja nicht mal versucht, in sie einzudringen, und eben deshalb hat sie ihn verletzt ... *weil er mich liebt!* ... und jetzt schreit sie: *Hau ab! Hau ab!* und wüßte so gern, was Joe Howie erzählt hat und was Howie Joe erzählen wird, denn vielleicht wird sie von niemandem geliebt ... *von niemandem!* ... und dieses Gefühl, seine Hand an ihrer Brustwarze, der Schmerz, weil der Himmel aus Eis ist und weil niemand zu Hause ist. Niemand, und der Himmel voller Eis, und sie schreit aus Leibeskräften.

Hau ab! Hau doch endlich ab!

Und jetzt prescht er über den Rasen davon, springt über die Mauer und verschwindet im Regen.

Hau ab!

Worte bedeuten genau, was man sagt, auch wenn es unbeabsichtigt ist – Worte wie *Ich hasse dich*, wie *Okay* und *Sieh dich vor.* Worte wie *Gut, du machst deine Sache bestimmt gut*, obwohl man weiß, daß man in seinem ganzen Leben nichts mehr gut machen wird. Worte bringen alles nur noch mehr durcheinander, weil sie niemals scharf genug sind, um sich durch alles zu schneiden, was zwischen dir und deinen «Lieben» liegt. Walker Miller hat nach seinem Tod kein Wort mehr gesagt, und Edith straft ihren Vater seit einer Weile mit Schweigen, denn sie weiß, wie schwer Worte wiegen, und mit Schweigen kann sie ihren Vater wirklich verletzen. Ihr Englischlehrer Mr. Rolf meint, nur Worte können Wunder vollbringen; nur Worte können Wasser in Wein verwandeln. Nur Schweigen kann das Herz wirklich durchbohren.

«Ich möchte, daß du nett bist», sagte ihre Mutter, bevor sie aus dem Haus ging.

Sie waren mit dem Packen fertig, und Ellen wollte noch etwas klären. Sie saßen am Küchentisch, tranken Früchtetee, sonnengetrocknet, von wegen, es regnete doch schon seit Tagen, und Edith sagte: «Das hat er nicht verdient.»

«Das hat jeder verdient. Jeder.»

«Er ist schwul, Mom, schwul. Und er ist mein Vater. Wie soll ich denn damit umgehn, Mom? Wie denn?»

Ellen nickte traurig; damit wollte sie Verständnis demonstrieren, und dann steckte sie sich eine Zigarette an und sagte: «Du bist seine Tochter, stimmt. Er hat dich gezeugt. Natürlich bist du genauso auch meine Tochter, und natürlich haben wir dich beide sehr lieb, weil wir dich gefüttert haben, weil wir miterlebt haben, wie du sprechen gelernt hast. Wir sind deine Eltern, stimmt ...»

«Aber ...»

«Kein Aber. Edith, ich glaube, du begreifst das nicht. Ich nehm's deinem Vater doch nicht übel, daß er schwul ist. Ich nehm's ihm nur übel, daß er nicht mehr nach den Regeln mit mir leben will, die wir mal ausgemacht haben. Ich nehm's deinem Vater übel, daß ...»

«Daß er schwul ist!»

«Nein. Nein!» Ellen fuchtelte mit ihrer Zigarette herum. Dann hielt sie inne, fing sich wieder und starrte in ihren Früchtetee. Sie atmete tief durch und sagte ganz ruhig: «Mir geht's um Treue. Einfach ist gar nichts, niemals.»

Das sagt ihr Vater auch immer ... Einfach ist gar nichts, außer Steuern zahlen und *Sterben* ... und Edith weiß, was Treue bedeutet: das Gegenteil von *Promiskuität*. Sie weiß, die guten Sachen sind niemals einfach.

«Er erlaubt mir nicht mal, mich mit Joe zu treffen.»

«Ja, aber nur, weil du so 'ne kleine Zicke warst. Das nimmt er dir halt noch übel. Er hat mir erzählt, was du gesagt hast.»

«Das spielt doch keine Rolle.»

«Doch, genau das, und ich hoffe wirklich sehr, daß du ab jetzt vorsichtiger bist.» Ihre Mutter zog die Brauen hoch, genau wie ihr Vater, wenn er ihr vormachen wollte, er wüßte genau über sie Bescheid; sie, seine Tochter, denn er war ihr Erzeuger. Er war mal einer von den ganz normalen Männern, die Kinder zeugen, aber auf einmal hat es ihm so nicht mehr gefallen, weil er sein wahres Ich erkannt hat.

Ellen sagte: «Du weißt schon, was ich meine.»

Da bin ich mir gar nicht so sicher, dachte Edith und langte nach ihrem Tee. Sie war sich nicht sicher, und darüber reden wollte sie nicht, weil es inzwischen keine Rolle mehr spielte. Manche Geheimnisse waren schlimmer als andere. Daß Diana Vanderstock die Pille nimmt, wissen alle.

«Das spielt doch keine Rolle, Mom.»

«Aber natürlich. Und wenn du tatsächlich so darüber denkst», sie blies Rauch aus, «wirst du dich dein Leben lang vor den Dingen verstecken, die wirklich 'ne Rolle spielen.» Ellen stand auf. Sie drückte ihre Zigarette in dem BOSTON UNIVERSITY-Aschenbecher aus und sagte: «Hilf mir mal das Auto beladen, ja?»

«Mach ich.»

Ellen sagte: «Irgendwann, eines Tages, wirst du für diese Erfahrung dankbar sein.»

Sie trugen die Koffer raus und beluden das Auto im Carport. Draußen pladderte es tüchtig, und ihre Mutter stellte ihren Eistee beim Beladen auf das Wagendach; sie hatte immer gern etwas zu trinken dabei, falls es einen Stau gäbe, was der Normalfall war. Ellen ging um den Wagen zur Beifahrertür und machte das Handschuhfach auf. Sie drückte Edith eine braune Papiertüte in die Hand. Dann umarmte sie ihre Tochter blitzschnell und unerwartet. Und dabei sagte sie: «Im Schlittschuh werden sie dir nicht viel nützen.»

Ellen weinte ein paar kleine Tränen, woraus Edith schließen konnte, daß sie nur kurz weinen würde. Sie sagte: «Sieh dich vor, Edith. Sieh dich vor.»

«Mom ...»

Ellen wich zurück und schaute Edith an. Sie wischte sich die Tränen ab. «Gehst du zur Disco?»

«Joe redet nicht mal mit mir.»

«Dann rede du doch mit ihm. Und Edith, rede mit deinem Vater.»

Und dann gab ihr Ellen einen Kuß auf die Wange. Sie wischte sich die Tränen ab, stieg ein und fuhr los. Und wäre sie nicht losgefahren, hätte sie im eigenen Haus schlafen können ... *im eigenen Bett* ... wo sie hingehörte. Als Edith wieder im Haus war, legte sie die Kondome – in dem kleinen Etui paßten sie bequem in die Handtasche oder in einen Schlittschuh – auf ihren Schreibtisch, wo ihr Vater sie auf keinen Fall übersehen könnte. Jetzt thronte das kleine blaue Etui auf dem Wörterbuch und den Wortlisten.

Sie schwimmt im Regen. Sie zieht ihre Bahnen im Freibecken der Universität, wo man eine berühmte Schwimmerin werden kann, wenn man schnell genug ist. Sie denkt, wenn sie Joe von der Sache mit Howie erzählt, wird er vielleicht den Grund dafür kennen ... *warum der sich so idiotisch aufführt!* ... und sie wüßte gern, wieso Howie sich eingebildet hat, er könnte einfach bei ihr antanzen und loslegen: einfach bei ihr in den Whirlpool hüpfen und loslegen, denn nur weil sie Kondome besitzt, wird sie's doch nicht mit jedem beliebigen Kerl treiben, der in ihren Whirlpool springt. Und vielleicht redet Joe wirklich nie wieder mit ihr, aber falls doch, vielleicht fällt ihr dann sogar der richtige Satz ein. Vielleicht: *Tut mir leid. Ich hab gelogen.* «Ach, komm doch mit zur Disco», sagte Carol. «Kannst ja mit Colin Houston tanzen.» Und was Edith an dem Ball vor allem abschreckt, ist der Gedanke, Joe mit Diana Vanderstock sehen zu müssen. Diana ist groß und hübsch, ihr Vater leitet die größte Unternehmensgruppe in ganz Phoenix – Ediths Vater bringt dort auch öfter Leute unter –, und außerdem fährt Diana in einem roten Mercedes zur Schule, und immer, wenn sie Edith auf dem Gang trifft, sagt sie *Hi!*, und das macht sie nur, weil Edith mit Joe geht oder mit ihm gegangen ist, und dann flirtet Diana Vanderstock noch mit Lehrern. Joe wird nie wieder ein Wort mit Edith reden, aber wenn er mit Diana Vanderstock tanzen will, tanzt er halt mit Diana Vanderstock, so einfach ist das. Heute morgen am Frühstückstisch hat sie zum erstenmal seit Wochen mit ihrem Vater geredet und sich bemüht, nett zu sein. Sie hat sich bemüht, mit ihm zu reden, denn lieben kann man nur, wen man haßt, und Antonyme bedeuten, nichts ist einfach. Weil eben nichts einfach ist, niemals; weil man nur hassen kann, wen man ganz bewußt liebt, und weil das Wasser voller Regen ist, und jetzt schwimmt sie wirklich schnell und weiß es.

Heute ist sie vorm Schwimmtraining mit Carol in die Sporthalle gegangen, Schneeflocken ausschneiden. Bing Crosby dudelte auf dem Plattenspieler, damit die richtige Stimmung aufkam, und die Mädchen aus dem Festausschuß der Abschlußklassen – Mitchell Hemly, der verpickelte Typ aus Mr. Nadolnys Geschichtskurs, war auch dabei – behängten die Hallenwände mit weißen Girlanden. Vorhin hatten sie Diana Vanderstock beim Aufstellen der Stühle und Tische geholfen, und danach kam Wiz, der Wachmann, mit der Discokugel. Er ließ ein Drahtseil von der Hallendecke runter, machte die Discokugel daran fest und zog sie zur Decke hoch. Die Kugel wurde in Mr. Buckners Dienstzimmer aufbewahrt, weil sie ein begehrtes Objekt zum Klauen war.

Als Wiz dann fertig war, sagte er: «Schick seht ihr aus, Mädels, schick, schick!»

So was sagen Männer, wenn sie sich einbilden, man wäre heiß auf sie. Mitchell Hemly, der Pickeltyp, sah gekränkt aus. Er war der einzige Junge im Festausschuß, denn in Ausschüssen konnte man Freunde finden, selbst wenn man verpickelt war und immerzu stank. Mitchell Hemly machte keinen Sport. Manchmal merkte Edith, wie sehr er darauf wartete, von ihr angequatscht zu werden, wegen seiner Hausaufgaben oder irgendeinem Buch, das er neulich in der Bibliothek gelesen hatte. Er hockte ständig allein in der Bibliothek.

Carol schnippelte an einer Schneeflocke und sagte: «Na und, haste die Dinger nun benutzt?»

«Nein», sagte Edith kopfschüttelnd. «Nie.»

«Ach du lieber Gott! Wieso denn nicht?»

«Ist halt nicht so gekommen», gab sie lachend zurück. «Ich hab sie in meinen Schlittschuhen versteckt. Mir war klar, daß meine Eltern sie finden. Haben sie auch. Meine Mutter jedenfalls. Meine Mutter weiß immer Bescheid.»

«Wie Howie Bently», sagte Carol. «Ein Glück, daß sie ausgezogen is, hm?»

«Glaub schon.»

«Mein Gott, ich glaub's einfach nicht. Du hast sie noch nicht benutzt?»

«Glaub's mir, Carol. Im übrigen, selbst wenn, würd ich's dir eh nicht erzählen.»

Carol zwinkerte. Sie sah Ediths verkorkste Schneeflocke an, hielt dann ihre Schere hoch und warf einen Blick nach gegenüber, wo zwei dicke Mädchen auf dem Hallenboden hockten. Die beiden waren in der Abschlußklasse und hatten dadurch mehr Selbstvertrauen, also war ihr Übergewicht kein so großes Problem für sie. Carol flüsterte: «Ich hab dir noch nie was verheimlicht. Noch nie!»

«Manche Sachen behält man eben lieber für sich», sagte Edith. «Jedenfalls, wenn du zur Disco gehst, geh ich auch.»

«Dann hast du's also doch gemacht», sagte Carol lachend. «Wußt ich's doch! Hast du's echt gemacht?»

«Wenn du mich weiter so löcherst, zwingst du mich zum Lügen. Die Wahrheit sag ich nämlich nicht, damit du's weißt. Manche Sachen sind nun mal nicht für andre bestimmt, klar?»

«Nein, nichts is klar. Was macht denn das? Ich mein, guck dir mal Diana Vanderstock an. Oder Mitchell Hemly. Weiß doch jeder, daß der 'ne Schwuchtel is.»

«Wie bitte?»

«Na Hemme, die Memme, is 'ne Schwuchtel, weiß doch jeder. Is grad der volle Hit!»

Sie schnippelte an ihrer deformierten Schneeflocke herum; sie hatte sich eingebildet, Mitchell Hemly würde auf *sie* stehen. «Es macht schon was», sagte sie, «weil, egal ob ich's nun gemacht habe, was ich nicht gesagt habe, oder ob ich's nicht gemacht habe, was ich genausowenig gesagt habe, auch wenn ich die Dinger nie benutzt hab ... also die Kondome ...» Sie fing noch mal an: «Es macht schon was, weil, egal was ich gemacht hab, egal ob ja oder nein, ich hab's auf keinen Fall allein gemacht. Ich mein, die Sache geht nicht nur mich was an, klar?»

«Jetzt werd doch nicht zickig, Edith. Mir is überhaupt nichts klar.»

«Ich finde es nur nicht richtig, Geheimnisse weiterzuerzählen, wenn man jemand anderem damit weh tun kann. Ich mein, Joe würde mir das nie antun, selbst wenn er mich wirklich haßt.»

Sie sah Carol an und dachte: *Außer Howie.* Dem hat er's erzählt. Irgendwas *muß* er Howie erzählt haben, und sie schleuderte ihre Schere auf den Tisch, so daß die Papiertischdecke einriß. Sie hielt die weiße Schneeflocke hoch und sagte: «Entspricht nicht so ganz der Norm.»

«Na ja, ist zwar 'n bißchen schief», sagte Carol, «aber mir gefällt sie.»

Eigentlich wollte sie jetzt sagen: *Mitchell Hemly? Schwul? Ist das dein Ernst?,* doch da kam die gestörte Roxanne, die sich für eine Journalistin hält, durch die Halle. Edith erkannte sie nur an ihrem Recorder, und sie war schon gespannt, über wen Roxanne und die Journalistik-Lehrerin Mrs. Hoffman diesmal herziehen würden.

Carol deutete auf Roxanne und sagte laut: «Dann wollen wir mal langsam zum Training aufbrechen!»

Roxanne sagte: «Hi. Hi, ich bin grad an 'ner Story.» Sie fingerte in ihren langen, fettigen Haaren rum; irgendwann früher muß sie die doch mal gewaschen haben, dachte Edith. Roxanne sprach weiter: «Ich hab mir gedacht, also, nur so 'n Gedanke, ihr könntet mir vielleicht 'ne Story erzählen.»

«Was denn für 'ne Story?» sagte Carol. Das sagt man in der Situation immer. *Was für eine?*

«Ganz egal, Hauptsache, 'ne Story», sagte Roxanne und leckte sich die Lippen; sie sabberte beim Sprechen meistens alle Leute voll, am meisten sich selbst, weshalb sie ständig aufgesprungene Lippen hatte.

«Irgend'ne Story halt», sagte Roxanne. «Irgendwas, wo ich drüber schreiben kann. Ich darf jetzt nämlich noch 'ne Spalte mehr machen, und je mehr Stories ich hab, um so mehr Spalten krieg ich für meine Kolumne. ‹Roxannes Ecke›, so heißt die nämlich, die Kolumne, wo ich alles reinschreibe, ‹Roxannes Ecke›. Erzählt ihr mir bitte 'ne Story?»

«Wir haben eigentlich keine Zeit», sagte Carol.

«Wie bitte? Was bitte? Ich mein, ich mach grad *Recherchen* für 'n *Porträt* über Walker Miller. Es is nämlich bald genau zwei Monate her, aber keiner redet über Walker Miller, nur weil er sich umgebracht hat!» Sie holte Luft und sagte laut: «Meint ihr, es stimmt echt, daß er verrückt war?»

«Nein», sagte Edith, und ihre Lippen wurden schmal. «Nur gestört.»

Roxannes Augen weiteten sich. Sie stellte das Band ab und heulte urplötzlich los. «Ich bin nich gestört», plärrte sie. Sie japste nach Luft und plärrte. «Ich hab 'n Hirnschaden, dafür kann ich nix!»

Die zwei Dicken, die mit dem Selbstbewußtsein, schwiegen auf einmal. Wahrscheinlich schauten sie rüber, und Carol sagte: «Hey, Roxanne, gehst du zur Disco?»

Roxannes Geplärre verstummte. Sie strich sich mit dem Ärmel übers Gesicht, und ein Lächeln kam auf ihre Lippen, aber nur ein halbes, weil sie durch den Hirnschaden ihren Mund nicht richtig unter Kontrolle hatte.

Edith sagte entschlossen zu Carol: «Wenn du hingehst, geh ich auch.»

Roxanne ließ das Band wieder laufen, sie lächelte, und Carol sagte: «Macht doch nichts, daß er erst im zweiten Jahr ist! Trotzdem is er echt süß!»

Roxanne sagte: «Nur mal ganz privat gefragt, wer is echt süß?»

Carol meinte Colin Houston. Damit wollte sie Edith überreden, zur Disco zu gehen, und ihr gleichzeitig zeigen, daß sie immer noch sauer war, weil Edith ihr was verheimlichen wollte. Sie wollte Edith sagen, daß sie sich nicht wie eine beste Freundin benahm.

«Du natürlich», sagte Carol. «Du bist echt süß, Roxanne, aber Edith und ich, wir müssen jetzt zum Schwimmtraining.»

«Ich muß mit Miss Williams reden», sagte Edith.

«Fährst du gar nicht bei mir mit?» fragte Carol.

«Darf ich mitkommen?» fragte Roxanne.

Miss Williams fährt den Wagen von Mr. Morrison.

«Den mußte ich mir ausborgen», erklärt Jenna. Sie sind auf dem Weg zur Uni, und Edith denkt, vielleicht ist das ein Zeichen, daß sie wieder zusammenkommen. Sie sagt: «Weißt du, was mich Roxanne gefragt hat? Die gestörte?»

Sie kommen an eine Kreuzung, und Jenna drosselt das Fahrtempo, weil die Querstraße eher einem Flußbett ähnelt; das Wasser klatscht an die Türen, und Jenna sagt: «Na, was denn?»

«Die wollte wissen, ob Walker Miller verrückt war und warum er sich umgebracht hat.»

Jenna fährt noch langsamer, damit der Motor nicht absäuft. «Was?»

«Warum hat sich Walker denn umgebracht?»

Jenna sagt erst mal nichts und konzentriert sich auf die anderen Fahrzeuge, also weiß sie auch keine Antwort. Oder sie weiß eine und zögert nur, ob sie damit rausrücken soll. Jetzt haben sie das tiefe Wasser hinter sich, es geht wieder schneller voran, aber vielleicht ist Edith noch nicht alt genug, um es zu verstehen. Schließlich dreht Jenna die Heizung hoch und sagt: «Ich weiß nicht.»

«Aber dich hat er doch gemocht. Mit dir hat er doch ständig geredet, und ...»

«Und?»

«Hast du gewußt, daß er's macht? Ich mein, ist dir jemals in den Sinn gekommen, das er so was machen könnte?»

«Edith, was soll die Fragerei?»

«Ich will wissen, ob du von Walker Millers Verrücktheit gewußt hast.»

Jetzt fährt vor ihnen ein Bus – ein gelber, wie die Warnfarbe auf dem Highway. Hinten glotzen ein paar Kinder aus dem Fenster. Die Scheibenwischer an Mr. Morrisons Auto erfüllen kaum noch ihren Zweck, und jetzt sagt Jenna kopfschüttelnd: «Nein. Nein.»

«Roxanne ...»

«Aber das hätte auch nichts daran geändert, Edith. Walker war doch schon in der Klinik. Die haben ihn doch schon überwacht. Wenn einer sich das erst mal in den Kopf gesetzt hat, kann man ihn nicht einfach so davon abhalten.»

Vielleicht ist das wie mit der Homosexualität, denkt Edith, oder mit einer vorzeitigen Armeeverpflichtung. Sie sagt: «Woher weiß man denn, daß einer sich so was in den Kopf gesetzt hat? Ich mein, kann doch sein, er überlegt sich's noch mal?»

«Kann?»

«Könnte. Ich mein, könnte doch sein ...»

«Könnte, könnte. Ich weiß nicht», sagt Jenna. «Aber eins weiß ich: es gibt nichts Besseres als das da.» Sie zeigt zum Himmel. «Etwas Besseres als das hier gibt's niemals, das weiß ich!»

Der Himmel ist grau und naß, weil es schon seit Tagen regnet, und Jenna sagt: «Wie kann man das bloß aufgeben? Ich meine, erleben wir das jemals wieder?»

Edith denkt, sie reden beide am Thema vorbei. Sie sagt: «Ich weiß nicht ...»

«Mein Gott!» sagt Jenna fast lachend. «Wie kann man das bloß aufgeben?»

Später, als sie im Schwimmzentrum der Universität ihre Bahnen zieht ... *schnell* ... und Selbstgespräche führt, denkt Edith, Miss Williams hat sie falsch verstanden. Sie hat gedacht, Edith meinte sich selbst.

Ich! Sie hat gedacht, ich will's machen!

Und sie denkt, das liegt nur an den Worten und daran, was die Leute nicht sagen wollen, wenn die Worte kurzerhand unausgesprochen bleiben, denn Miss Williams denkt, Edith trägt sich mit dem Gedanken, und Miss Williams, die eigentlich Jenna heißt, sieht jetzt die Sonnenseite, obwohl es seit Tagen keine Sonne mehr gegeben hat. Seit drei Tagen regnet es ununterbrochen. Und Edith denkt, auch wenn ihr Vater schwul ist, auch wenn Joe sie haßt, auch wenn ihre Eltern im ganzen Leben nicht mehr froh werden – *das* macht sie niemals. Auch wenn sie fies zu Geistesgestörten ist – Edith bringt sich nicht um, *das* weiß sie. Immerhin. Sie weiß auch, daß das Wasser vom Regen so hart ist. Sie schwimmen im Regen,

Edith ist gleich am Block; hätte ich bloß den Mund gehalten, denkt sie.

Sie denkt, es kann nur an ihr liegen. Wäre sie gestern abend nicht rausgegangen, hätte Howie Bently den Versuch gar nicht machen können; sie stellen sich an den Blöcken auf, und es ist echt kalt. So kalt, daß alle bibbern, sogar Miss Williams, die Trainingshosen, eine Windjacke und rote Fäustlinge anhat und auf die Hallenuhr zeigt. Die Uhr ist riesengroß und läuft schnell, sie markiert ihre Zeit, sagt ihnen, daß sie zu langsam sind ... *Weil es eiskalt ist!* ... und von der Kälte wird das Blut in den Adern dick und träge; es ist eiskalt, es gießt, und Edith denkt, dieses eine Mal könnten sie doch das Training abblasen und uns ins Bett lassen. Sie würde jetzt so gerne schlafen, und sie kann es sogar, das weiß sie. Sie könnte jetzt einschlafen, hier im Regen, wo Howie Bently lebt, weil man im Regen aus heiterem Himmel Besuch bekommt, und wenn man richtig tief schläft, muß man nicht an die Tür gehen. Wenn es regnet, klopfen Leute bei dir an, verraten dir Geheimnisse und geloben, daß sie es nicht tun, und dann rennen sie weg, und unweigerlich geht alles wieder ganz von vorn los, bis du endlich hochschaust, weil du weißt, daß alles deine Schuld ist. Denn als sie hochschaut, in den trüben Himmel hochschaut, merkt sie, das ist gar kein Regen. Es regnet überhaupt nicht, der Himmel hängt tief über ihnen, voll und schwer, und ringsum ist alles weiß. Bibbernd stehen sie hinter den Blöcken und starren in den weißen Himmel. Auf einem der Blöcke steht Mr. Rolf und fuchtelt mit den Armen in der Luft.

«Das ist Schnee!» schreit er und schwenkt die Arme. «Es schneit nur für uns!»

Es schneit, und jetzt weiß Edith genau, wo es langgeht.

Sie wird damit leben müssen, auf alle Zeit. Es ist nun mal so; ihr Vater ist *Agnostiker*, das bedeutet, ein notorischer Zweifler, und ihre Mutter, ihre sündige Mutter, wohnt nicht mehr zu Hause, also geht Edith allein zur Messe – mit dem Rad braucht sie eine Viertelstunde, aber das ist ziemlich gefährlich, und zu Fuß sind es fünfunddreißig Minuten. Sie geht also zur Messe, und ein Weilchen später laufen ihr mehrere Bekannte über den Weg: Michael Owens, die Zivilpolizistin, die angeblich eine Pistole in der Handtasche hat und sich als Studienberaterin tarnt; Mitchell Hemly, der laut Carol schwul ist. Wenn Mitchell Hemly schwul ist, sollte er die Kirche lieber meiden, denn der Papst findet Schwule überhaupt nicht in Ordnung; wenn der Papst seine Meinung ändern würde, wäre ihr Vater vielleicht nicht so agnostisch. In der Kirche ist es wie immer – Edith sitzt allein, und als das Vaterunser kommt und der Priester sich wie immer vorbeugt und die Anwesenden auffordert, die Hände zu falten, übt sie stillen Widerstand. Statt dessen hält sie die Hände zusammen und singt stumm vor sich hin, und bei der Homilie hört sie genau zu. Dann empfängt sie das Abendmahl und betet für alle, die sie kennt, denn wie hat doch Mr. Rolf gesagt, *nur Worte können Wasser in Wein verwandeln*, und nur durch Worte kommen die Menschen besser mit ihrem wahren Ich zurecht, und wenn Edith betet, dann nie für sich selbst, denn das ist *egoistisch*. Statt dessen betet sie für alle, die sie kennt, und hofft, daß vielleicht auch einer von denen für sie betet. Vielleicht morgen, beim Gottesdienst; sie weiß, wenn sie die ARP hinter sich hat, muß sie beten. Sie muß versuchen, die Sache in Ordnung zu bringen, muß ab jetzt zur Beichte gehen, auch wenn sie nicht daran glauben kann. Sie kann sich nicht vorstellen, daß Gott nicht schon vorher über ihre Vergehen Bescheid weiß. Gott kennt schon vorher alle Geheimnisse, und die Geheimnisse bestehen aus Worten, Worten wie *Gott*, und Gott weiß alles über ihren Vater und darüber, was sie gesagt hat. Gott weiß genau, daß sie Kondome im Schlittschuh und auf dem Schreibtisch hat und daß jetzt zwei davon in ihrer Jeanstasche stecken.

Gott weiß auch von Howie, weiß, was sie zugelassen hat, obwohl sie es nicht zugelassen hat, denn tief im Innern, ganz tief im verborgenen, ist sie nicht sicher; ob sie es nicht vielleicht sogar gewollt hat, und diese Ungewißheit macht alles noch schlimmer. Natürlich ist die Vorstellung nicht so schlimm, wie sie sich unter Garantie fühlen würde, wenn er es in dem Whirlpool tatsächlich mit ihr getrieben hätte, denn manchmal stellt sie es sich im Whirlpool vor, manchmal, mit allen möglichen Leuten, und schließlich hätte sie nicht zu ihm ins Wasser steigen müssen, das ist ihr klar. Jesus hat gesagt, ein sündiger Gedanke ist genauso schlimm wie die Sünde selbst, also hat sie sich so oder so vergangen, und das wird ihr ewig anhängen, weil es falsch war, das Gegenteil von richtig. Sie denkt, *nein* heißt *nein*, aber wenn man in den Whirlpool steigt, ohne genau zu wissen, was man will, ist das anders. Sie denkt, die Bedeutung der Worte hängt ganz vom Willen der Menschen ab.

Hau ab, Howie! Hau endlich ab!

Morgen geht sie zur Messe, und noch weiß sie nicht, daß das ein Rekord ist: Schnee in Phoenix, das hat es seit Jahren nicht mehr gegeben, und dann noch über zwei Zentimeter. Die Stadt ist ein einziges Verkehrsinferno, unter der Schneedecke auf den langen, flachen weißen Fahrbahnen hat sich eine Eisschicht aus Regenwasser gebildet, und alles schlittert von einer Kreuzung zur nächsten. Wer einen Wagen mit Allradantrieb hat, freut sich, daß der Schnee ihm einen Grund liefert, ihn zu nutzen, denn dazu ist der Allradantrieb ja da: daß man sicher durch Wind und Wetter kommt. In diesem Fall durch den Schnee, der zentimeterhoch liegt; so viel Schnee – er läßt die Bougainvillen, die Limonenbäumchen erfrieren und begräbt sämtliche Rasenflächen, die langen grünen Rasenflächen, unter seiner weißen Decke. Carol fährt mit Allradantrieb im Wagen ihres Vaters, und Edith starrt aus dem Fenster und nuckelt an einer Flasche Champagner; sie starrt in das Schneetreiben, wo sich die Lichtkegel der Scheinwerfer deutlich abzeichnen. Sie hören Angelica ... *KSTM, The Storm.*

«Wie in Michigan», sagt Edith. «Fast, nur die Bäume fehlen.»

«Perfekt», sagt Carol. Sie hat Ediths blauen Kaschmirpulli an, und den Zigeunerrock hat sie sich auch von ihr geborgt. Als Carol den Pullover anzog, hat sie sich einen Spritzer Parfüm aufs Dekolleté getan und gesagt: «Für alle Fälle.» Dann haben sie eine Flasche Brut geleert, das ging ganz schön fix. Edith läßt gern den Korken knallen.

Und als Carol sagte: *Für alle Fälle*, überlegte Edith einen Moment lang, wie es wohl wäre, sie zu küssen. Sie überlegte, ob sie dann in die Hölle käme, wie Walker Miller, der in die Hölle muß, weil er Selbstmord begangen hat, ohne einem anderen das Leben zu retten. Der Katechismus besagt, Selbstmörder kommen nur in den Himmel, wenn sie durch ihren Tod einem anderen das Leben gerettet haben, wie zum Beispiel die Märtyrer oder einer, der sich auf eine Handgranate wirft, um ein Baby zu retten, das dann später als Erwachsener Theaterstücke über die wahren Schrecken des Krieges schreibt. Edith denkt, sie könnte in die Hölle kommen, obwohl sie sich nicht mal sicher ist, ob sie Carol küssen will – es reicht schon, daß sie den Gedanken hatte. Den Gedanken ... *zweimal schon* ... und sie denkt, wenn sich alle Leute umbringen würden, vor allem, wenn sie nachdenken, wäre bald niemand mehr hier, und dann könnte auch niemand Geld in die Kollekte geben, wenn gerade die Beulenpest umgeht oder sonstwie magere Zeiten sind. Dann wäre die Kirche pleite, und der Papst müßte sich nach einem neuen Job umsehen. Vielleicht könnte er ja doch mal ab und zu seine Meinung ändern, und vielleicht hat Walker Miller doch irgendein Leben gerettet.

Nur eins?

Auf dem Parkplatz schlittern Carol und Edith gemächlich durch den Schnee zur Sporthalle. Vor der Halle sind Schneeballschlachten im Gange. Ein paar Jungs bauen einen riesigen Phallus aus Schnee, und an ein paar Stellen kann man unter dem tauenden Schnee schon die ersten Grashalme erkennen.

«Morgen früh», sagt Edith, «ist er ganz und gar weg.»

Drinnen spielt wieder dieselbe Band wie zu Halloween; der Sänger trägt wieder dieselben Hosen, und seine Frisur hat sich auch nicht verändert. Der würde bestimmt gern auf MTV singen, aber er sieht nachgemacht aus, künstlich, nicht wie die echten Acts auf MTV.

Er grölt: «Alles räddie für die Paaa-tie!»

Carol lacht, und der Haufen, der sich um den Tisch mit Bowle und Keksen versammelt hat, schaut zu dem lederbehosten Typen hoch. Eine Party an der High School, das geht doch gar nicht. Dazu braucht man doch Alk und Drogen, und bei einer Schuldisco kann man höchstens mal heimlich rausschleichen und sich was Mitgebrachtes einhelfen. Im allradgetriebenen Wagen von Carols Vater liegt noch eine Flasche Brut, und sie hätte jetzt nichts dagegen, draußen noch ein Glas davon zu nehmen. Allerdings haben sie keine Gläser, müssen also aus der Flasche trinken, falls sie ihn trinken.

Von Wein kriegt man ein einsames, süßes Gefühl im Mund, findet sie. Jetzt spielt die Band einen Song, und alle haben sich schick gemacht: die Reichen haben Edelklamotten an, und die, denen das Ganze eigentlich wurscht ist, sind nicht anders gekleidet als sonst.

Ediths Haare sind immer noch feucht vom Waschen und vom Schnee, und sie würde so gerne genau erkennen, wo welche Leute sind und was sie treiben.

Dann spürt sie eine Berührung an ihrem Arm und weiß sofort, wer das ist. Carol ist es nicht, und dann hört sie die Stimme und weiß genau, wer das ist.

Hey ...

Sie dreht sich um, und eigentlich müßte sie sich gar nicht umdrehen; sie weiß es ja längst, und sagt: *Hey, Joe,* und sie weiß nicht genau, ob ihre Stimme froh oder ängstlich klingt.

«Hey.»

Da stehen sie und schauen sich in die Augen, und es wird dunkler. Irgendwer hat netterweise das Licht schummriger gemacht, und plötzlich stehen sie im Dunkeln, und über ihnen rotiert die Discokugel. Sie sieht ihn nicht, aber diesmal sieht er sie auch nicht; nur seine Umrisse kann sie ausmachen, und daß er auf den Zehen wippt. Er dreht den Kopf, macht einen Rundblick, und jetzt rotiert die Discokugel schneller, und der Sänger grölt wieder los.

Hey Leute, alles räddie für die Paaa-tie?

Die Tanzfläche bleibt leer. Um diese Zeit tanzt noch keiner. Getanzt wird erst, wenn allen klar wird, daß die Disco schon fast vorbei ist und sie die ganze Zeit vertrödelt haben, ohne einmal auf die Tanzfläche zu gehen, und sie riecht das Parfüm, das sie sich wie Carol ... *für alle Fälle* ... auf Hals und Dekolleté gemacht hat, und fürchtet, daß es vielleicht zuviel des Guten war. Daß Joe mitkriegen könnte, warum sie so viel davon genommen hat, und jetzt kichert sie kaum hörbar, und er sagt: «Na, wie geht's denn so?»

Sie kann ihn nicht richtig verstehen, die Band spielt so laut, und die Discokugel dreht sich ohne Pause; jetzt nimmt sie seine Hand und zieht ihn nach draußen, durch die Tür ins Freie, wo die ganze Zeit der Schnee rieselt, aber er wird wegtauen, *sehr schnell,* und morgen früh ganz und gar verschwunden sein. Als sie aus der Tür sind, läuft sie mit Joe an der Hand weiter, rennt schon fast, aber nur fast, weil sie weiß, wo eine Flasche Champagner liegt, denn den soll man ja trinken, wenn man verliebt ist. Auf der Mitte vom Parkplatz findet sie endlich Carols Auto und bleibt stehen.

Sie hat Schneeflocken auf den Haaren; sie wechselt das Standbein und sagt: «Ich bin heut im Auto zur Schule gefahren. Morrison meint, ich muß mich nur vorsehn, dann fahr ich genauso sicher wie jeder andere.»

«Is ja toll», sagt Joe, und sie weiß, daß er lächelt, weil seine Stimme hochgeht, genau wie wenn er aufgeregt ist, und weil er immer noch ihre Hand hält. Ab und zu drückt er sie; irgendwas muß man ja mit so einer Hand anstellen, und Joe läßt sie immer noch nicht los, und als sie heute morgen in die Küche kam, wo ihr Vater mit der Zeitung am Frühstückstisch sein Müsli aß, hat sie «Hi, Dad» gesagt.

In der Küche strahlte alles, und es war warm, weil die Heizung die ganze Nacht gelaufen war. Er schaute von der Zeitung hoch und sagte: «Nanu, wie kommt's denn?»

«Ich wollte dir nur 'n guten Morgen wünschen. Okay?»

«Freilich», sagte er. Er faltete die Zeitung zusammen und rang sich eine strenge Miene ab. «Du hast den Whirlpool angelassen», sagte er. «Geh da mal lieber nicht rein, wenn's regnet. Zumal wenn du allein bist.»

«Ich geh schon nicht unter. Ich mach nämlich beim Schwimmen mit, weißte?»

Er saß da und schaute zu ihr hoch, dann auf seine Uhr und danach auf die Zeitung. Er saß da, und sie dachte, gleich brüllt er wieder los, doch dann sah er aus dem Fenster und sagte: «Ich weiß.»

Draußen war es kalt, und noch goß es in Strömen, denn der Schnee kam erst später.

Ihr Vater sagte: «Wenn das weiter so gießt, werden noch die Brücken unterspült.»

«M-hm.»

Er sagte: «Ißt du kein Frühstück?»

«Vielleicht kriegen wir schulfrei», sagte sie nach einer Weile.

Sie trank ein Glas Milch an der Küchentheke. Ihre Mutter frühstückte auch immer so – Milch oder Orangensaft, je nachdem, was der Kühlschrank zu bieten hatte, und dabei stand sie wie Edith an der Küchentheke, frühstückte ganz für sich allein.

«Stell dir mal vor, du hättest dir 'n tödlichen Stromschlag geholt», gluckste ihr Vater.

«Kannst du ... mich zur Schule fahren?»

Und später, in der Garage, blieb er plötzlich stehen und legte eine Hand auf die Motorhaube seines grünen Sportwagens. Der Regen prasselte laut auf das Garagendach, er schaute auf die Wand mit den Gartengeräten, und dann sagte er mit einem demonstrativen Gähnen: «Ich bin heut nicht ganz auf der Höhe, Edie. Fahr du doch.»

«Nein», sagte sie. «Im Ernst?»

Der Satz des Pythagoras

Unsere Augen zeigen uns, was wir wissen, unsere Gefühle, wer wir sind. Und unsere Gefühle kann uns keiner nehmen. Wir können sie höchstens selbst aufgeben, wenn wir sie gegen andere Gefühle eintauschen wollen.

Joe hat gerade die *Metamorphosen* von Ovid gelesen. Dieses Buch, in dem es um Mythen und die Entstehung des Universums geht, hat Mr. Rolf seiner Klasse als vorbereitende Lektüre fürs zwanzigste Jahrhundert, also den *Modernismus*, aufgegeben. Ein Typ namens Pythagoras hat gesagt, *es gibt kein Sterben*. Für Pythagoras – der übrigens Vegetarier war – ist der Vorgang, den wir Geburt nennen, *die Entstehung einer Differenz*, und unabhängig von der Größe der einzelnen Teile *ist die Summe stets konstant*. Dasselbe lernt man auch in Geometrie; da kommt irgendwie bei allem immer das gleiche raus, besonders im Dreieck. Wenn man Schwein hat, kann man das vielleicht mal bei einer Prüfung brauchen, wo man die richtige Antwort ankreuzen soll. Und Joe, der gerade mitten in den Vorbereitungen für die ARP und Mr. Rolfs Arbeit über die *Metamorphosen* steckt, findet auch jetzt noch, daß Prüfungen nicht ausreichen, um das Wissen eines Menschen zu ermitteln. Mrs. Fullerton läßt in Wirtschaftskunde jedesmal nach der Anwesenheitskontrolle ein Testat schreiben, und bei der ARP hängt die ganze Zukunft der Prüfungskandidaten davon ab, mit welcher Trefferquote sie bei den Quizfragen die richtige Antwort erwischen. Auf diese Antwort muß man ohne fremde Hilfe kommen, auch wenn es scheinbar mehrere Möglichkeiten gibt, denn:

– *wenn es kein Sterben gibt, kann Walker Miller auch nicht gestorben sein;*

– *das heißt, wenn die Summe stets konstant ist, und nur dann;*

– *denn dann kann man nichts davon abziehen.*

Man kann nicht einfach so auf etwas verzichten und es dem Himmel überlassen, bloß weil da genug Platz ist. Im Himmel bläst der Wind und wird zu Regen oder Schnee; dort finden auch die Differenzen ganz von allein zueinander – das Klima, die Satelliten und Raumschiffe oder auch ein kleiner Bruder, der zum Himmel starrt und sagt *O Mann. O Mann, Joe, irgendwann ... Irgendwann!*

Als Spencer gezeugt wurde, war Joe acht Jahre alt – die Entstehung einer Differenz, denkt Joe. Eines Tages, bevor sie zum Friseur verschwand, kam seine Mutter vom Arzt zurück und sagte: «Tja, Joseph, jetzt kannst du dich wohl auf ein Brüderchen freuen.» Sie zeigte auf ihren Bauch, der schon ein bißchen dicker war, und sagte: «Hier drin ist er. Möchtest du ihm guten Tag sagen?»

Joe kann sich nicht mehr daran erinnern, wie er zum Bauch seiner Mutter guten Tag gesagt hat; das ist ihm peinlich, und auch die Büffelei für die ARP wird er irgendwann vergessen haben. Er wird sich kaum noch an die Prüfung selbst erinnern. Eins hat er allerdings nicht vergessen, und gerade erinnert er sich wieder daran: Spencer hat sehr langsam laufen gelernt, denn auch damals schon hatte er ständig Unfälle, böse *Omen* sozusagen, zum Beispiel rannte er gegen Wände, spielte an Steckdosen rum, und außerdem weiß Joe noch, wie seine Mutter ihn ermahnt hat, lieb zu sein und nicht das Dreirad von seinem Brüderchen kaputtzumachen. Und wenn Spencer neun Monate lang im Bauch seiner Mutter war, muß es bei Joe genauso gewesen sein – er war im Leib seiner Mutter, die jetzt mit einem Herrn Rechtsanwalt Wallenstein in Portugal zusammenlebt und mit der Joe seit zwei Jahren nicht mehr gesprochen hat.

Mit der Entstehung einer Differenz entsteht die Welt, entsteht immer wieder von neuem, und langsam begreift Joe, daß er dringend ein paar Antworten finden muß. Mr. Rolf meint, die Antworten stehen nicht im Lehrbuch, sondern in den Mythen, mit denen man aufwächst, bis man sie glaubt ... *Warum ist die Narzisse so eine wunderschöne Blume, Mr. Jazinski? ...* Und Edith? Edith glaubt an Jesus Christus als einzigen Sohn von Gott, nicht von Zeus, und Joe ist noch nie zur Kirche gegangen, weil seine Eltern überhaupt keinen Glauben haben. Aber wie soll man denn ohne Glauben leben? Und woher soll er denn wissen, woran er glaubt? Mrs. Amato macht samstags Hamburger und montags Hühnchen, und die Griechen haben Götter erfunden, als Erklärung für das Wetter, die Liebe, für die Entstehung der ganzen Welt ... *Zeus, der den lieben Stier oder Schwan spielt, bis der richtige Moment kommt ... M. Jazinski, worauf wartet denn der alte Herr Zeus da gerade?* ... Die Buddhisten haben sich einen kleinen Glatzkopf im Schneidersitz ausgedacht, der immer in Paradoxien redet, mit anderen Worten: jeder seiner Sätze bildet einen logischen Widerspruch. Mr. Rolf sagt immer: *Der Widerspruch ist eine gute und manchmal sogar notwendige Sache,* und die Antworten liegen seiner Meinung nach in den Mythen und den Fragen, die diese Geschichten uns stellen. *Warum versengt sich Ikarus denn freiwillig die Flügel, Mr. Jazinski? Warum muß er auf die Sonne zu fliegen?* ... und Mr. Rolf kontert zwar auf jede Antwort mit einer neuen Frage, aber das ist wenigstens irgendeine Antwort. Der kratzt sich wenigstens nicht am Kopf und sagt mit einem Rundblick in die Klasse: *Gott, was weiß ich. Ich schlag vor, wir schreiben 'n Testat, ja?*

Im Moment will Joe vor allem eins – er würde das alles gern verstehen. Er würde so gern verstehen, weshalb er Danny Ernest den Arm gebrochen hat, wo er doch weiß, daß es nie hätte passieren dürfen; er will verstehen, wie Walker Miller auf die Idee kommen konnte, sich umzubringen, wo doch jeder weiß, wie idiotisch das ist. Mr. Rolf meint, der Held muß nicht nur eine Reihe irdischer Prüfungen durchlaufen, sondern auch in die Hölle absteigen und mit den Toten sprechen wie Tantalus und Sisyphus, die Joe leider ständig durcheinanderbringt, und jetzt denkt er, wenn Prüfungen generell nicht ausreichen, um das Wissen eines Menschen zu ermitteln, vielleicht kann es dann gar keine Helden mehr geben. Vielleicht gibt es statt dessen nur die Menschen, von denen man sich verabschieden muß, bevor sie in den Tod gehen.

Letztes Jahr hat sich Joe mit Walker und Howie in die Mädchenumkleide geschlichen. Joe und Howie kamen vom Training und Walker vom gemischten Volleyball, und irgendwie hatten sie hinterher alle gemeint, das wär mal 'ne geile Idee. Erst ließen sie noch Diana Vanderstock aus der Tür, die ihre Handtasche voller Antibabypillen wie ein Pendel schwenkte, dann schlichen sie sich rein. Die Mädchenumkleide hatte den gleichen Grundriß wie ihre, die für HERREN: von beiden Enden gingen Duschräume ab, und hier gab es sogar Duschkabinen für genierliche Mädchen, aber solche Mädchen duschten sowieso nie, weil sie sich halt irgendwie genierten; und Walker, Howie und Joe gingen durch die vordere Spindreihe zwischen verstreuten Handtüchern und den Bänken hindurch, wo normalerweise die Mädchen saßen und ihre Turnschuhe zubanden. Die Luft war ganz dunstig von den Duschen; eine lief noch, und neben dem Wasserrauschen hörten sie leise Musik aus einem Radio. Es roch feucht und stockig, aber der Gestank nach Pisse und Desinfektion fehlte hier. Dafür duftete es nach Mädchen – nach Parfüm, nach Haarshampoo und frisch gewaschenen Sachen, und dann war da noch dieser Geruch, den Mädchen an sich haben, wenn sie viel schwitzen und ihre Tage kriegen. Ganz anders eben.

«Hey», sagte Walker. «Hierher!»

Sie folgten ihm in eine Kammer mit Handtüchern, Basketbällen und Badminton-Schlägern. Sie machten die Tür zu, kauerten sich hin und warteten.

«Ham wir 'ne Scheibe», sagte Howie.

«Pssst», machte Walker.

«Wir ham echt 'ne Scheibe», flüsterte Howie, und dann lachten sie los, erst ganz leise, aber dann steigerten sie sich immer mehr rein, konnten nicht mehr aufhören, und das Lachen wurde zum Grölen – *drei Wilde in der Weiberumkleide!* Davon könnten sie noch lange erzählen, Jeuuu!, sie würden in der ganzen Schule rumerzählen, *Nee, ohne Scheiß*, daß sie in der Mädchenumkleide waren; davon könnten sie echt noch lange erzählen ... *Aber volles Ding! ... Jeuuu! Voll geil, Alter. Jeuuu!* ... Howie prustete hemmungslos, und Joe versuchte sich zu zügeln, denn so komisch war das gar nicht. Immerhin könnte sie jemand erwischen, zumal wenn sie die ganze Zeit lachten. Er konnte sich trotzdem nicht beherrschen.

Walker verstummte als erster. «Das is nich komisch», gluckste er und stand auf. «Los, Leute. Spähtrupp, vorwärts.»

Vorsichtig klinkte er die Tür auf, dachte kurz nach, dann ging er in die Bauchlage. Er robbte nach allen Regeln der Kunst über die Fliesen, und Howie tat es ihm nach, robbte in Jeans und T-Shirt bäuchlings über den Boden; wie Einsatztrupps im Feindesland krochen sie durch die Mädchenumkleide – eine echte Gefahrenzone für

Jungs, denn hier konnten sie auskundschaften, was Mädchen treiben, wenn mit Sicherheit keine Jungs in der Nähe sind, die sehen könnten, was Mädchen eben so treiben, was immer das auch sein mag. Und genau hier, hier in der Mädchenumkleide, wo Joe noch nie gewesen war, stand er im Gang und sah zu, wie Howie und Walker am Boden robbten. Langsam schoben sie sich um die Ecke und nahmen sich die nächste Spindreihe vor; beim Abschwenken wedelten Walkers riesige Turnschuhe durch die Luft, und Joe marschierte einfach in die andere Richtung – und zwar auf zwei Beinen – nach rechts, wo die Musik herkam. Da dudelte immer noch ein Radio, er hörte eine Dusche rauschen, und jetzt bog er um die Ecke und sah ein Mädchen unterm Wasserstrahl. Sie tanzte.

Sie tanzte ganz mit sich allein unter der Dusche. Nicht besonders schnell, aber auf jeden Fall bewegte sie sich, und die Musik war so leise und die Dusche so stark aufgedreht, daß sie unmöglich etwas hören konnte. Sie tanzte nach etwas anderem, nach ihrem Herzschlag vielleicht. Joe hatte noch nie ein nacktes Mädchen gesehen.

Er stand neben einem Stapel frischer Handtücher und starrte das nackte Mädchen an, und dabei sagte er sich: *Da steht ein nacktes Mädchen*. Vielleicht war es das ja wert, in den Knast zu gehen, wenn man ein nacktes Mädchen unter der Dusche tanzen sah, und irgendwann in vielen Jahren würde ihm die Geschichte von seinem ersten nackten Mädchen über die Lippen kommen, wahrscheinlich im Knast, denn jetzt war ihm eh alles egal. Sie war in Joes Alter und nackt von Kopf bis Fuß.

«Aua!»

Dann Howies Lache und ein Schrei von Walker: «Aua! Mein Kopf! Aua aua aua!»

Wer bist du denn?

«Schnauze», grölte Howie.

Sie drehte sich um und sah Joe an den Spinden. Fast konnte er die Farben ihrer Augen erkennen ... *grün, mit ein bißchen Blau* ...... und sie bedeckte sich nicht mal. Sie blieb einfach unterm Wasser stehen und sah ihn an. Auf ihrer einen Schulter waren ein paar Leberflecken, und vielleicht prägte sie sich jetzt irgendwas ein, damit sie es später überhaupt noch glauben könnte, was sie sonst vermutlich aus ihrem Gedächtnis gestrichen hätte ... *Starrt mich doch dieser Typ, dieser Ringer an* ... und dann stellte sie das Wasser ab. Die Musik war jetzt lauter, sie stand da, triefend vor Wasser, und im Hintergrund hörten sie Howies Lache und Walker, der sagte: «Mein Kopf! O Gott, jetzt bin ich blind!», und Joe rührte sich nicht von der Stelle, zählte die Leberflecken auf ihrer Schulter, roch ihr Shampoo, starrte ihre Haut an.

«Hey», sagte sie lässig. «Schmeißt du mir mal 'n Handtuch rüber?»

Da steht ein nacktes Mädchen und redet mit mir!

«Lebste noch?» sagte sie.

«Hm?»

«Hast dich wohl 'n bißchen verlaufen?»

«Oh, ähm, ja. Klar.»

Er nahm ein Handtuch vom Stapel auf der Bank, dann noch ein zweites, und warf ihr beide zu. Mit ausgebreiteten Armen wartete sie auf die Handtücher, dann sagte sie «Danke», ohne hinzusehen.

Als sie hinsah, war er verschwunden, also weiß er gar nicht, ob sie überhaupt hingesehen hat. Er rannte durch die Spindreihen, bis er auf Walker und Howie stieß. Walker hielt sich das Auge, er blutete, war genau in das Kombinationsschloß von einem offenstehenden Spind gerauscht, und Joe war klar, daß es nur das Spind von dem Mädchen in der Dusche sein konnte.

Joe sagte: «Na los, haun wir ab!»

«Aber nich mit mir!» brüllte Walker. «Nich mit mir, Alter!»

«Los, hier rein», sagte Howie und ging ins Dienstzimmer.

Sie machten die Tür zu, und Howie warf Walker ein Handtuch für sein Auge zu; bei der riesigen Wunde über seiner Braue würde er noch eine ganze Weile bluten, dicke Blutstropfen spritzten auf die Bodenfliesen. Im Dienstzimmer stand genau der gleiche Schreibtisch wie bei Mr. Morrison, und darauf waren Fotos von berühmten Schülern, aus denen fast berühmte Leute geworden wären: Schwimmer; Volleyballspieler; die Gewinner der Pokale draußen in der Schauvitrine, die von der Putzkolonne beharrlich übergangen wurde. Diese Leute hatten mit Foto in der Zeitung gestanden, die hatten ihren Abschluß gemacht. Außerdem lagen Geschichtsbücher und ein Stapel Klassenarbeiten zum Durchsehen auf dem Tisch. Walker setzte sich auf den Schreibtischstuhl, das Handtuch vorm

Auge, während Joe die Tür zuzog und Howie sich an den Schubladen zu schaffen machte.

«Wow», sagte Walker. «Hier sieht Miss Williams also die Arbeiten durch. Zieht euch das mal rein, die sitzt hier jeden Abend und sieht Arbeiten durch, und wir hatten keinen blassen Schimmer.» Er legte die Hand auf den Tisch und befühlte das Holz. «Ich mein, hier geht sie also immer hin!»

«Mann, Walker», sagte Howie. «Is ja echt 'n Ding.»

«Wow», sprach Walker weiter. «Das is ja der volle Wahnsinn!» Jetzt packte er die Füße lehrermäßig auf den Tisch, lehnte sich zurück und befingerte die Beule an seinem Kopf. «Wow. Da hab ich mir ja 'n dickes Horn eingefangen.»

Walker spielte weiter an seiner Beule rum, und Howie machte sich daran, Regale, Schubladen und Schränke zu durchsuchen. Joe blieb reglos an der Tür stehen und dachte daran, was er gesehen hatte und wie toll es gewesen war. Das würde er niemandem erzählen, sagte er sich, niemals, und außerdem konnte es ohnehin nicht mehr lange dauern ... *Kann eh nicht mehr lange dauern ...* und da kam auch schon der Ruf von Wiz, dem Wachmann:

«Ich schließ jetzt ab!»

Darauf eine laute Mädchenstimme: «Moment!»

Howie sprang auf, und Walker starrte Joe an. «Aber nich mit mir», sagte Walker kopfschüttelnd. «Kommt gar nich in die Tüte!»

Joe legte den Zeigefinger auf die Lippen und lief rot an. Sie hörten, wie das Mädchen über die Fliesen tapste, dann flog die Schwingtür zu, und der Riegel krachte.

Hinterher haben sie eine Menge Wasser getrunken.

Am Morgen vor Spencers Operation, bei der die Stahlplatte aus seinem Bein entfernt werden sollte, ging Joe in Spencers Zimmer im Krankenhaus und guckte Trickfilme mit ihm. Die Trickfilme liefen auf einem Fernseher, etwas kleiner als ein Schuhkarton und nicht ganz so eckig, und dabei spielte Spencer mit Mr. Moose Murmeln. Die Murmeln waren eigentlich Kugellager aus seinem Fahrrad, und Joe wußte, daß Spencer ein neues Fahrrad vom Vater bekommen würde. Der würde Spencer ein Dreihundert-Dollar-Rad kaufen, sobald er wieder ohne Krücken gehen könnte, und irgendwann kam endlich die Schwester und gab Spencer eine Spritze, die ihn beduselt und träge machte, und dann kamen noch ein paar Schwestern dazu und legten ihn auf ein fahrbares Bett, in dem sie ihn durch die Flure in einen Fahrstuhl schieben konnten. Von dort ging es in einen Saal mit grünrosa Kacheln an den Wänden, in dem er operiert werden sollte.

«O Mann», sagte Spencer. «O Mann.»

«Das wird schon», sagte Joe. Er legte Mr. Moose eine Papiermaske an. «Der bleibt auch die ganze Zeit bei dir und überwacht das Ganze.»

«Wo is Dad?»

«Dad hat gesagt, er kauft dir 'n Fahrrad. Farbe darfste dir aussuchen.»

«Ich will gar kein Fahrrad. Footballspieler müssen Auto fahren. Wie du. Ich will auch 'n Auto haben, wie du, Joe.» Jetzt schlug sich Spencer mit der Hand vor die Stirn wie ein Serienschauspieler und sagte: «O Mann, Joe. Jetzt geht's los.»

Eine Schwester griff Spencers Arm und schaute auf den Einstich. Joe merkte, daß die Schwester gern etwas Nettes gesagt hätte, aber offenbar fiel ihr einfach nichts ein. Sie richtete sich auf, strich sich den Rock glatt und sagte laut: «Du bist ja 'n großer Junge!»

Aber Spencer war kein großer Junge. Er war ein kleines Kind und würde fürs ganze Leben gezeichnet bleiben, auch wenn er noch so gern Football spielen wollte. Er war ein kleines Kind mit Beinen wie zerbrechliche Zweige. Als die Schwestern Spencer aus dem Zimmer rollten, breitete er die Arme aus wie ein Flugzeug und sagte: «Joe?»

«Ja?»

«Du bist einsame Spitze.»

Nach sieben Stunden brachten sie Spencer zurück. Sie packten ihn ins Bett, und Joe blieb im Zimmer, ließ den Fernseher ohne Ton laufen. Als Spencer zu sich kam, war ihm übel; deshalb tat ihm alles weh, und er weinte, bis er unter Tränen einschlief. Das Weinen konnte nicht lange dauern, denn er mußte noch eine Weile schlafen, und Joe wußte, daß vom Weinen alles noch mehr weh tat – die Nadelstiche, die Narben und der Knöchel, den die Ärzte noch einmal brechen mußten, weil er falsch zusammengewachsen war. Sie brachen ihn mit einem kleinen Hämmerchen. Eine Schwester, nur wenige Jahre älter als Joe, sagte ihm, er solle nach Hause gehen und sich ausschlafen, aber Joe ließ sich nicht überreden; Spencer sollte nicht allein aufwachen, also trank er Kaffee mit der Krankenschwester, die noch in der Ausbildung war und helle blütengelbe Haare hatte, und Joe trank zum erstenmal im Leben Kaffee. Die Schwester fragte ihn, ob er Sahne wollte. Dann stellte sie Fragen übers College.

«Spencer», sagte Joe. «Das is mein kleiner Bruder.»

«Der is echt süß», sagte sie.

Als sie dieses Wort sagte, *süß*, war er sich nicht sicher, ob sie mit ihm flirten wollte; er bekam sofort Schuldgefühle wegen der bloßen Vermutung, und ihm war klar, daß sie genau wußte, wie gern er von ihr beflirtet werden wollte.

Er redete über Colleges in Neuengland und wußte, daß er eigentlich um seinen kleinen Bruder Spencer besorgt sein müßte, der ein gebrochenes Bein hatte, weil er auf dem Rad von einem Auto angefahren worden war. Ein Autofahrer hatte Spencer das Bein gebrochen, aus Versehen, und Joe hatte Danny Ernest den Arm gebrochen ... *mit Absicht?* ... und jetzt schämte sich Joe für seine Tat. Wenn Spencer wüßte, was Joe getan hatte, würde er sich für ihn schämen, und auf einmal begriff Joe, daß ihm dieser Gedanke unerträglich war – der Gedanke, daß Spencer sich für ihn schämen könnte. Spencer hatte ein gebrochenes Bein, und es würde Jahre dauern, bis er wieder richtig laufen könnte, denn ein Auto mit fünfundsiebzig Sachen hatte Spencer erwischt, und der Aufprall schleuderte ihn in irgendeinen Vorgarten, wo die Rasensprenger liefen. Der Fahrer zog sich einen Schuh aus, um ihn über einen der Sprenger zu stülpen. Zuerst wollte Joe den Kerl umbringen. Er wollte ihn aufspüren und ihm das Genick brechen; die Beine wollte er ihm brechen, erst eine Kniescheibe, dann die andere, doch dann dachte Joe darüber nach, was das eigentlich hieß – was er da eigentlich hatte tun wollen und weshalb, und er schämte sich. Auf dieser Straße wurde generell gerast; die Welt war voller Unfallgefahren, und es *war* ein Unfall gewesen, schließlich konnte jeder angefahren werden. Das kann jedem passieren, und eines Tages wird Spencer erwachsen sein und ins Leben gehen; der Tag wird kommen, an dem sein Leben wirklich ihm gehört, denn als Kind gehören einem nur die Spielsachen – Fahrrad und Stofftier. Die Schamgefühle kommen viel später. Die kriegt man, wenn man zum erstenmal ein nacktes Mädchen sieht oder wenn man hinterher das erste angezogene Mädchen sieht und sich vorstellt, wie die wohl nackt aussieht.

Irgendwann wachte Spencer richtig aus der Narkose auf, und Joe frühstückte mit ihm. Dann sagte er Spencer, die nette Schwester mit den gelben Haaren würde sich nachher um ihn kümmern, und fuhr nach Hause. Er hatte die Nacht durchgemacht, zum drittenmal erst, und er hatte seinen allerersten Kaffee getrunken ... *Ich mag ihn lieber schwarz* ... und als er auf der Heimfahrt langsam durch die Innenstadt von Phoenix in Richtung Talrand fuhr – von der 24ten auf die Lincoln, dann zum Tatum und über die Doubletree –, als er sich bergauf durch die City und den Smog schob, behielt er beide Hände am Lenkrad, fuhr ganz langsam und zwang sich zur Konzentration. Alles mögliche kann passieren, immerzu.

Alles mögliche.

Zu Hause angekommen, stellte er den Wagen in die Garage, wo sonst sein Vater parkte, und ließ den Zündschlüssel stecken, wie es sein Vater auch immer machte. Joe ging ins Haus, eigentlich wollte er gleich in die Küche und sich ein Müsli machen, aber statt dessen ging er ins Bad und stellte sich die hübsche Schwesternschülerin und ihre gelben Haare vor; er brauchte nicht mal neunzig Sekunden, schätzungsweise, und schon hatte sie blütenfarbene Wangen. Zu den anderen Körperteilen kam er gar nicht mehr. So schnell war er.

In der Küche fand er einen Zettel von Mrs. Amato auf dem Kühlschrank, auf dem stand, was es zum Abendbrot gab ... *Frikadellen?* ... und dann klingelte es.

Vor der Tür stand Mrs. Bently in einem peachfarbenen Kleid mit Sandalen und einem halbherzigen Lächeln. Wenn jemand wirklich *halbherzig* lächelt, hat er entweder einen zu niedrigen Blutdruck, oder er ist ernsthaft krank, sagt jedenfalls Mr. Rolf. Mrs. Bently hatte einen Korb bei sich. Wenn man bedachte, daß sie schon so alt wie Joes Mutter war, sah sie eigentlich noch ganz hübsch aus, obwohl sie einen erschöpften, halbherzigen Eindruck machte.

«Hi, Joe», sagte sie. «Ich bring dir was zu essen.»

«Oh. Danke, Mrs. Bently.»

«Darf ich reinkommen? Nur mal kurz?»

Nach dem, was er gerade in weniger als neunzig Sekunden im Bad gemacht hatte, fand er es ganz schön gefährlich, mit einer Frau zu reden. Er wischte sich die Hände an den Jeans ab und sagte: «Bitte, gern.»

Drinnen bat er sie, im Wohnzimmer Platz zu nehmen, wo die vielen guten Möbel standen, auf die kein Schweiß kommen durfte, das Bücherregal, und auf dem obersten Brett der Atlas mit dem Foto, das er aus der Wohnung von Jenna Williams hatte mitgehen lassen, und zwar zusammen mit Mrs. Bentlys Sohn Howie. Er hatte heute noch gar nicht an das Foto gedacht. An das Foto und daran, was er getan hatte.

«Wie geht's Spencer?» fragte Mrs. Bently.

«Der liegt im Krankenhaus.»

«Ich weiß, ich wollte nur wissen, wie's ihm geht. Ist alles glattgegangen?»

«Dem geht's bestens. Er will jetzt erst noch Football spielen, bevor er Astronaut wird. Is alles bestens gelaufen, genau nach Plan.»

Sie zeigte auf den Korb, in dem Obst und ein Päckchen mit Schleifenband lagen – da war ein Buch drin; in Geschenkpapier sahen die alle gleich aus, egal ob bunt oder einfarbig. Bibliothekarinnen schenken immer Bücher.

«Ich hab nämlich ein Geschenk für ihn mitgebracht», sagte Mrs. Bently.

«Echt nett von Ihnen.»

«Howie hat erzählt, ihr beide habt euch gestritten. Also, das geht mich ja nichts an, Joe, aber ...»

«Wir haben uns nich gestritten.»

«Ach so», sagte sie. Sie legte ihre Hand aufs Brustbein und atmete tief durch. «Und warum kommst du dann nicht mehr zu uns?»

«Na, weil ich lernen mußte. Und wegen Spence. Und wegen dem ...» Er wollte «Ringen» sagen, und jetzt schaute Mrs. Bently ihn mit riesengroßen Augen an; sie war halt eine Mutter, wenn auch nicht seine. Trotzdem war sie eine Mutter, und die müssen nun mal so gucken.

«Ist es wegen dieser Sache beim Turnier?» fragte sie. «Ist das der Grund? Mensch, Junge, ist doch allen klar, daß das 'n Unfall war.»

«Nee, wirklich nich. Ich hab einfach nur grad ziemlich viel am

Hals. Spence freut sich bestimmt», sagte er mit Blick auf den Korb. «Der steht total auf Bücher.»

«Ich dachte, er wär vielleicht bei dir.»

«Wer, Howie?»

«Er hat sich seit zwei Tagen nicht zu Hause blicken lassen. Zuerst hab ich mir gedacht, na ja, sind eben Jungs, was soll's, zumal bei euch beiden. Ich hab gedacht, ihr kampiert vielleicht irgendwo, wie damals, als Walker noch ... Ich hab gedacht, er ist vielleicht mit dir bei Spence im Krankenhaus. Aber jetzt frag ich mich, wenn ihr euch gestritten habt, Joe, dann frag ich mich wirklich ...»

«Wir haben uns nicht gestritten.»

«Also, wenn ihr zwei euch streitet, dann frag ich mich, warum er deswegen nicht nach Hause kommt! Er hat's doch nicht schlecht bei uns, Joe. Wir nörgeln doch auch wirklich nicht zuviel mit ihm rum, ich meine, wir waren doch auch mal jung. Bob und ich, wir waren auch mal jung, da ging's uns auch nicht anders. Vielleicht gab's da weniger Drogen, gut, aber ansonsten waren die Probleme in meiner Jugend auch nicht anders als heute, bloß, weißt du Joe, wenn er nicht mal mehr *uns* von seinen Sorgen erzählen kann, dann frag ich mich ernsthaft, was das für Sorgen sind. Das frag ich mich, und ich finde, es wäre nur recht und billig, wenn er nach Hause kommt und uns erzählt, was los ist!»

Jetzt weinte sie. Joe ging in die Küche, Papiertücher holen. Er gab ihr eins und bot ihr einen Platz auf der guten Couch an. Sie weinte immer noch, zitterte in ihrem peachfarbenen Kleid und starrte auf die Eßsachen.

Dann wischte sie sich die Tränen ab. «Sag mal, Joe, ist das zuviel? Verlange ich da wirklich zuviel?»

«Ich weiß nich, Mrs. Bently.»

«Kannst du nicht mal mit ihm reden, Joe. Auf dich hört er doch. Auf dich hat er immer gehört, du bist doch schon so reif.»

Ich bin nicht reif, dachte er ... *oder doch?* Reife kommt bei Eltern an, aber nicht bei Freunden, vor allem wenn man nicht mehr mit ihnen redet.

Endlich war es soweit, und Joe begleitete Mrs. Bently zum Wagen, wie es seine Eltern getan hatten, früher, als noch Gäste zu ihnen kamen. Sie begleiteten die Runde jedesmal nach draußen, und nun begleitete Joe Mrs. Bently über den Klinkerpfad zu ihrem Wagen – ein blauer Kombi mit Stereoanlage, die gar nicht übel klang. Der Kombi war frisch gewaschen; Joe bedankte sich nochmals für die Geschenke, dann ging er wieder ins Haus, und Mrs. Bently blieb noch ein paar Minuten im Wagen sitzen, dachte wahrscheinlich nach, bis sie endlich abfuhr.

Im Haus schloß Joe sofort die Tür hinter sich, drehte den Schlüssel um und schnappte das Bolzenschloß zu. Er sah sich in dem Zimmer mit den guten Möbeln um. Hier hatten seine Eltern früher Kaffee und Scotch mit ihren hochgeschätzten Bekannten getrunken ... *Das sind unsere Freunde, die Ripleys* ... Manchmal kam Spencer rein und las eine selbstverfaßte Astronautengeschichte vor, und hinterher klatschte die Runde Beifall und bestaunte die Bilder, aber das war früher, als ihre Eltern noch Freunde hatten. Jetzt war das Wohnzimmer nur noch ein Zimmer voller guter Möbel, auf die immer noch kein Schweiß kommen durfte. Hier hatte ihre Mutter immer besonders auf Sauberkeit geachtet, und im obersten Regalfach, über all den messinggerahmten Fotos von Joe und Spencer stand der Atlas, und Joe stellte sich auf die Zehenspitzen und holte den Atlas runter. So ein schweres Buch hab ich noch nie gestemmt, dachte er, außer vielleicht mal ein Lexikon; das Wörterbuch jedenfalls war leichter als der Atlas, und hinter Kalifornien lag das Foto: Jenna Williams mit langen Haaren. Joe ließ den Atlas auf die geblümte Edelcouch plumpsen und ging mit dem Foto in die Küche. Er drehte die Gasflamme auf. Im Dezember vor zwei Jahren, kurz bevor sie zum Friseur verschwand, hatte Joes Mutter die Küche *komplett neu* machen lassen – neue Tapete, neue Kacheln, neue Küchenutensilien, und zwar alle in Avocadogrün, was wirklich eine scheußliche Farbe ist, und jetzt hielt Joe das Foto in die Flamme. Es fing ziemlich schnell Feuer, und bevor er das brennende Foto auf den Küchentisch legte, nahm er noch einen Teller im passenden Dekor raus, dann setzte er sich an den Tisch. Ganz friedlich saß er da und schaute zu, wie der schwarze Rauch aufstieg.

Im Oktober, als Howie Johnson, den Fixer, verprügelt hat, war das ja noch halbwegs verständlich: der Johnson war ein Arschloch und Howie ein kleines bißchen durchgedreht. Nach der Sache mit Walker, nach diesem brutalen Abgang, war Joe überrascht, daß nicht noch mehr Leute durchdrehten. Mr. Horn, Lehrer für Bowling und Chemie, dachte anscheinend, nun würden von einem Tag zum anderen alle durchdrehen. Der ging in einen Laden für Sicherheitsartikel und kaufte sich eine kugelsichere Weste, die er wochenlang im Unterricht unterm Kittel trug. In Wirklichkeit zog er das Teil natürlich nur an, weil er damit kräftiger wirkte. Und sein Gang wurde auch langsamer, wenn er das Teil trug, so schwer war es; eine Weste von der Sorte, die für die Obersten in Vietnam hergestellt wurde.

Und dann kam der Regen. Tagelang immer nur Regen, der den Staub wegspülte und den Himmel, und draußen liefen die Leute in Windjacken und Regenmänteln rum. Howie war von der Schule geflogen; er hatte ziemlich viel allein und wer weiß wo rumgehangen, und jetzt saßen sie zusammen in Joes Auto und sahen zu, wie es draußen regnete. Sie saßen mitten auf der Mockingbird Lane fest. Joe hatte versucht, quer durch einen Wasserlauf zu fahren, der die Straße überspülte. In diesem Augenblick saß Spencer mit Mrs. Amato zu Hause am Essentisch, und Joe hatte einen Zündverteiler voll Wasser. Über den Zündverteiler hatte Joe was in seinen Auto-Büchern gelesen. Howie war auf einem üblen Koks-Trip.

«Schraub mal 'n bißchen runter», sagte Joe.

«Wir nich, Jazz. Wir nich. Uns hat kein Schwein mit runtergelassenen Hosen geschnappt.»

«Verdient hätten wir's. Und es kann immer noch passieren. Das war doch bescheuert, Howie. Total bescheuert. Wir könnten jetzt im Knast sitzen. Mein Gott ... Denkst du eigentlich manchmal nach?»

Auf der anderen Spur kam ihnen ein Lieferwagen entgegen. Der Fahrer stieg aus. Er hatte eine gelbe Regenpelle an, und jetzt watete er ins Wasser, das ihm bis über die Stiefel und die Knie ging. Er kontrollierte den Wasserstand, und von Joes Wagen sah er aus wie ein winziger Zwerg, so weit weg war das Ende vom Wasserlauf. Joe wußte, irgendwann kommt alles raus. Die *Perspektive* ist der Grund, warum die Leute aus der Entfernung so klein aussehen.

«Du baust Scheiße», sagte Joe.

«Was?»

«Du baust echt Scheiße.» Er nahm den Gang raus und trat hinaus in den Regen. «Los, komm.»

Draußen machten sie sich daran, den Leichenwagen durch das Wasser zu schieben, aber der Wagen war lang und schwer – war ja auch für große Lasten gedacht. Der Regen prasselte, und Howie sagte sehr laut: «Mann, was mischst du dich denn ein?»

«Mein Gott, Howie, kannst du's nich wenigstens deiner Mutter sagen ...»

«Ja, na toll. Klar, Joe. Du weißt natürlich Bescheid, du mit deinem süßen kleinen Arsch. Meinste, Walker ...»

Joe ließ den Wagen los. Er wußte, Walker ist tot, und Howie baut Scheiße. Er wußte, es regnet in Strömen, und er stand mitten im Regen, wischte sich die Augen und brüllte seinen besten Freund an. Stand da und brüllte: «Mann, Howie, Walker is tot. Der is hin, verdammte Scheiße.»

«Nein.»

«Der is tot, Howie. Der hat Scheiße gebaut!»

«Gar nich. Die Scheiße hast du gebaut, Jazz. Du!» Und jetzt heulte Howie. Er heulte, und Joe wußte, daß Howie ihm nie verzeihen würde, wenn er ihm beim Heulen zusah. Er hätte ihm einen harten Schlag verpassen sollen, das wußte er. Dann hätte Howie einen Grund gehabt zurückzuschlagen. Aber nein, er blieb einfach nur im Regen stehen und sah seinem Freund beim Heulen zu, und dann kam der Typ in der gelben Regenpelle mit einem orangefarbenen Abschleppseil durch das Wasser gewatet. Er watete durchs Wasser und rief: «Hey! Hey, Jungs, braucht ihr Hilfe?»

«Fahr mich nach Hause, Jazz. Scheiße, fahr mich nach Hause, okay?»

Spencer tanzt. Er sitzt in seinem Rollstuhl vorm Fernseher und tanzt zur Musik auf MTV – läßt seine Arme durch die Luft wirbeln, Brust raus und rein, genau wie sein Kinn.

Joe fragt: «Machst 'n du da?»

«Ich tanze», sagt er und starrt weiter zum Fernseher. «Is 'n gutes Training.»

«Du siehst beknackt aus.»

Spencer hält inne. Er schaut zu Joe hoch. «Beknackt?»

«Ja, Spence, du siehst beknackt aus. Total dämlich und beknackt.»

«Oh.»

«Ja.»

Spencer nimmt die Fernbedienung und schaltet aus. Er fragt: «Wie war dein Tag?»

Joe weiß, er hat Spencer gekränkt, wenn auch nur aus Versehen. Er sagt: «Okay. Was gibt's 'n zu essen?»

«Makkaroni mit Käse, frisch gekocht.»

Joe geht in die Küche und lädt sich eine Schüssel voll. Die Makkaroni sind kalt, so mag er sie am liebsten, und er weiß, daß er nicht tanzen kann. Er war noch nie auf einer Disco, und Spencer hat den Fernseher wieder eingeschaltet. Die Musik ist laut, er hört sie durch die Tür, und als Joe wieder ins Fernsehzimmer kommt, wo auch der Billardtisch steht, sitzt Spencer wie versteinert vorm Fernseher. Er zuckt nicht mal mit der Wimper.

«Hast du Mrs. Amato beim Kochen geholfen?» fragt Joe.

«M-mm.»

«Nein? Schmeckt nämlich echt gut, weißte?»

«Hat sie selber gekocht. Gestern abend. Frisch.»

«Schmeckt gut.»

Im Fernsehen tanzen ein paar Leute am Strand. Überall um sie herum sind Kameras, verfolgen die Leute, die da in Badesachen am Strand tanzen, und Joe fragt: «Was meinst du denn, wie die das lernen?»

«Was denn?»

«Na das da», sagt er und zeigt mit dem Löffel zum Bildschirm. «Verstehste, ich mein, muß man da Bücher lesen oder Unterricht nehmen? Wieso sehn die dabei so cool aus?»

«Weiß ich nich», sagt Spencer achselzuckend.

«Na ja, Spence, du siehst ja eigentlich auch cool aus. Nur im Rollstuhl isses halt schwierig.»

«Deshalb bin ich auch beknackt.»

«Quatsch. Nur 'ne Zeitlang, bis du wieder gehn kannst.»

«Paula Abdul is am besten», sagt Spencer. «Mann, die is echt einsame Spitze.»

Jetzt kommt der VJ ins Bild. Er redet mit irgendeinem Akzent, wahrscheinlich nur gespielt, und sagt solche Sachen wie *cool* und *Hey, Leute, is das nich tierisch abgefahrn,* und Spencer sagt: «Ich find's besser, wenn sie die Songs nich unterbrechen. Da kannste am besten trainieren.»

«Echt?»

«Ja, echt», sagt Spencer nachdenklich. «Willste auch trainiern? Soll ich's dir vormachen, Joe?»

«Mach mal lauter, der Song kommt geil.»

«Guck mal!» kreischt Spencer. «Guck mal, da!»

«Wo?»

«Draußen», sagt er mit ausgestrecktem Finger. «Guck mal, da draußen! Da schneit's!»

Er dreht an seinen Rädern, rollt zur Tür und dann die Rampe runter, rauscht an der Garage mit Joes Wagen vorbei und sagt: «Guck doch mal! Es schneit!»

Schnee, denkt Joe. *Schnee.*

«Ich hab noch nie Schnee gesehn», kreischt er. «Jedenfalls noch nie in echt!»

Die Flocken sind so dicht, daß man kaum noch was sehen kann. Dicke weiße Flocken segeln vom Himmel, und Spencer trudelt mit seinem Rollstuhl im Kreis und fängt Schneeflocken auf der Zunge.

«O Mann», kreischt er, «o Mann, wenn ich das erst mal erzähle, das glaubt mir kein Schwein! Das is Schnee, Joe! Schnee!»

Früher, als sie in Chicago wohnten und Spencer noch gar nicht auf der Welt war, hat Joe Schnee geliebt. Aber nach so vielen Jahren ohne eine einzige Flocke hatte er schon vergessen, wie Schnee aussieht und was das für ein Gefühl ist, wenn er auf der Haut schmilzt, denn die Haut ist warm, *siebenunddreißig Komma null,* wenn man kein Fieber hat. Mutter konnte Schnee nicht ausstehen. Der Schnee war der wichtigste Grund für ihren Umzug nach Phoenix, denn da gab es nun wirklich keinen, und drinnen klingelt das Telefon; es ist auf maximale Lautstärke gedreht, damit Spencer es nicht überhört.

Spencer, voll mit dem Schnee beschäftigt, sagt: «Telefon!»

Beim siebenten Klingeln nimmt Joe in der Küche den Hörer ab. Carol Cunningham ist dran, Ediths beste Freundin, die nur mal hören wollte, ob Joe eigentlich zur Disco geht.

«Nein.»

«Hm», macht Carol Cunningham.

Draußen schwirren Schneeflocken über den Palmen, schmelzen im Pool, und Joe sagt: «Schneit's bei euch auch?»

«Na klar.»

«Aha. Na ja, jedenfalls geh ich nich zur Disco.»

«Hm, das is ja schade. Wir gehn nämlich hin. Also, ich und Edith. Ich fahre.»

«Schön für euch», sagt Joe. Leider fällt ihm überhaupt kein Gesprächsthema ein. «Tja», sagt er nachdenklich. «Also, dann viel Spaß, Carol.»

Er legt auf, und Spencer kommt durch die Tür gerollt. Mr. Moose ist heute im Football-Dreß. Spencer hält an und wirft einen Schneeball nach Joe. Der Schneeball zerfällt in der Luft und klatscht auf die avocadogrünen Fliesen, die Mutter vor ihrem Abgang legen ließ.

«Das is 'n Schneeball», sagt Spencer mit ausgestrecktem Finger. «Hab ich noch nie gemacht. Wer war 'n das?»

«Was denn?»

«Na eben, am Telefon!»

«Niemand.»

«Aha.»

«Da war niemand, Spence.»

«Wahrscheinlich eins von seinen Mädels», sagt Spencer zu Mr. Moose, der mit heftigem Kopfnicken antwortet. Jetzt schaut Spencer zu ihm hoch. «Weißte, Joe, tanzen lernen wär bestimmt gut für dich. Wenn ich erst mal Mädels hab, bin ich 'n super Tänzer. Footballspieler müssen nämlich oft tanzen. Davon bleiben sie *gelenkig*, und einer, der nich *gelenkig* is, hat als Astronaut eh keine Chance, und das will ich ja schließlich werden, wenn ich erst mal Arzt geworden bin.»

«M-hm.»

Spencer bewegt ein klein wenig den Kopf von Mr. Moose und sagt: *Ich auch!*

Jetzt rollt Spencer wieder zum Fernsehzimmer, und für einen kurzen, einen ganz kurzen Moment möchte Joe ihn bei sich behalten. Er möchte ihn hierbehalten und ihm zeigen, wie sein Schneeball auf dem Boden zergeht. Schnee in Phoenix – das erlebt man nur einmal im Leben, das kommt nie wieder, und jetzt rollt sein kleiner

Bruder raus und sagt: «Okay, Mr. Moose. Wolln wir mal gucken, wer jetzt kommt.»

«Wohin willst du denn?» sagt Joe, aber eigentlich meint er etwas anderes.

«Trainieren», sagt Spencer, ohne sich umzudrehen. «Wir müssen trainieren!»

Trainieren heißt, man macht x-mal hintereinander das gleiche. Es gibt aber auch Dinge, die nur einmal passieren! Geburt, Leben, Sterben. Aber das ist nicht gerade sehr *spezifisch*, und laut Mr. Rolf kennzeichnet die *Spezifik* den Unterschied zwischen *Nahrung* auf der einen und *Apfelkuchen* oder *Ziegenkäse* auf der anderen Seite; genau wie den Unterschied zwischen *Frau* und *Ingrid Bergman*, die Mr. Rolf leidenschaftlich verehrt. Und es gibt noch mehr Dinge, die nur ein einziges Mal passieren und die nicht unbedingt wichtiger wären als andere, wenn bei ihnen nicht die *Erstmaligkeit* ins Spiel käme – zum Beispiel wenn man zum erstenmal *Casablanca* sieht oder ein nacktes Mädchen, wenn man zum erstenmal eine Liebeserklärung macht, und dann natürlich Unfälle mit Todesfolge, zum Beispiel Selbstmord, schwere Autounfälle, die vielen Flugzeugkatastrophen ... Letztes Jahr ist Robin Mendelberg mit seiner Freundin Suzy Dribble auf dem Tatum Boulevard aus der Riesenkurve gesegelt. Robin Mendelberg hatte den Arm um Suzy Dribble gelegt, sie fuhren zu schnell, und dann rannte ein Hund über die Fahrbahn, ein großer schwarzer Rottweiler, und weil Robin Mendelberg den Hund nicht umbringen wollte, ist er über die Klippe gerast und hat dabei sich und seine Freundin umgebracht. Den Hund übrigens auch. Biff hieß der Hund; unter der Vorderachse wurden noch ein paar zerquetschte Überreste von ihm gefunden.

Damals hat Joe zum erstenmal mitbekommen, daß Leute in seinem Alter auch sterben können. Es gab noch mehr erste Male, zum Beispiel, wenn du zum erstenmal einem Mädchen an die Brust faßt, ohne daß sie die Augen verdreht oder dir eine knallt, mit anderen Worten, wenn du zum erstenmal einem Mädchen an die Brust faßt und sie *will* es auch; oder wenn du dein erstes Bier trinkst, zum erstenmal in deiner Gewichtsklasse auf die Bank darfst, zum erstenmal einen Platten ganz allein reparieren kannst oder wenn du zum erstenmal deine Sachen selber wäschst, ohne daß sich die Unterhosen rosa und blau verfärben; wenn du zum erstenmal bewußt lügst und es macht dir gar nichts aus; wenn du zum erstenmal sechzehn wirst und dann siebzehn und wenn du zum erstenmal zu dem Schluß kommst, daß du deine Eltern eigentlich gar nicht mal unbedingt brauchst ... *Scheiß auf die Alten.* Er sitzt im Unterricht. Mr. Rolf sagt, der Begriff *erwachsen werden* ist nur eine Erfindung ermatteter Englischlehrer zur Erklärung von etwas, das sie nie richtig kapiert haben. Er meint, bei *diesem ganzen Erwachsenen-Quatsch* geht es im Grunde nur um den Moment, wo man einsieht, daß es Dinge gibt, auf die man keinen Einfluß hat ... *zum Beispiel Ihre Physikzensuren, Mr. Jazinski* ... oder einen Sturm, der einem ausgerechnet zum Geburtstag oder zu Halloween das Dach wegfegt, oder in wen man sich verliebt. Erwachsen fühlt man sich in dem Moment, so Mr. Rolf, wenn man verliebt ist, sich ganz elend fühlt und trotzdem glücklich ist. Er sagt: *Erwachsen werden heißt begreifen, daß kein Mensch eine Insel ist und keine Insel ein Mensch. Sie können ein Pferd ins Wasser führen, aber zum Schwimmen bringen Sie es nie. Sie können sich selbst ins Wasser führen, Mr. Jazinski, aber ...*

Aber Ihre Eltern werden es nie verstehen.

Obwohl ...?

Obwohl sie ihre Liebe beteuern?

Ja und? Warum denn, Mr. Jazinski?

Weil es kein Sterben gibt.

Als Joe damals mit Walker und Howie im Dienstzimmer der Umkleide eingeschlossen war, reichte es ihm irgendwann, und er fragte Howie: «Wonach suchst du denn die ganze Zeit?»

«Na Mann», sagte Howie. «Das Foto such ich!»

Darauf verzog sich Walkers Mund zu einem unglaublich überlegenen Grinsen, und er nahm seine Brieftasche raus. Das Bild war mehrmals zusammengefaltet; er legte es auf den Schreibtisch und strich es mit der Hand glatt. Bis zu diesem Augenblick hatte Joe nie daran geglaubt. Er hatte es immer für ein Märchen gehalten, genau wie die Geschichte mit Mr. Rolf, der irgendwann mal vom Turnhallendach aus der *Aeneis* rezitiert haben soll, oder die mit Mitchell Hemly, dem Schwulen, der angeblich mal während eines Ringkampf-Turniers unter den Zuschauerrängen beim Wichsen erwischt wurde. Oder die erste Begegnung seiner Eltern bei einem Basketballspiel im College, wo sie sich auf den ersten Blick ineinander verliebten. Sie hatten sich ineinander verliebt, hatten Kinder gekriegt, und wenn die Geschichte irgendwann vergessen wäre, gäbe es ihn dann noch als lebenden Beweis?

Joe schaut in den Schnee und atmet tief durch, er fährt zu seiner ersten Disco. Zur *White-Christmas*-Disco, und draußen ist es wirklich weiß, denn es schneit, und alles ist vom Schnee bedeckt. Schnee – die Flocken umschwirren die Autos auf dem Parkplatz, auch seins; der Schnee klebt auf der Lackschicht, die Joe drei Monate Arbeit gekostet hat, und die Scheibenwischer kämpfen gegen ihn an. Auf der anderen Seite der Zufahrtsstraße, hinter dem Neubau der Communication Church of Christ, steht der Weihnachtsmann als lebensgroße grinsende Leuchtfigur auf einem verschneiten Dach, und an der Dekoration ist einiges verändert worden. Die zwei Meter hohe Zuckerstange hält er jetzt nicht mehr in den Händen; sie bohrt sich in seinen Bauch, quer über das Dach hinweg, und am anderen Ende steht Rudolph das Rentier und schubst ihn runter. So sieht es jedenfalls aus – Rudolph schubst den Weihnachtsmann vom Dach, mitsamt den Halterungen und allem Drum und Dran, und jetzt wendet Joe und parkt den Wagen ein. Durch die breite Frontscheibe schaut er in den Schnee, in die Nacht – die *White-Christmas*-Nacht.

Bevor alles anders gekommen ist, wollte er Edith eine Goldkette schenken, *vierundzwanzig Karat*, was immer das war – eine zierliche Halskette wollte er ihr zu Weihnachten schenken. Jetzt ist es ihm wieder eingefallen, und er bangt, ob sie auch da ist. Hätte er ihr vielleicht was Hübsches mitbringen sollen? Oder ist sie vielleicht gar nicht da? In diesem Fall wäre er völlig umsonst hergekommen. Edith hat schneeweiße Haut, denkt Joe. Er hat sie gesehen, hat ihren Körper gesehen, und er weiß noch, wie sie ihn angeschaut hat, bevor alles anders gekommen ist, und jetzt, als ihm das wieder einfällt, als er wieder ihren Blick vor sich sieht, denkt er, was bin ich doch für ein Idiot. Wenn er weiter hier rumsteht, schmilzt der Schnee noch vor seinen Augen weg, und jetzt steigt er aus, läuft über den langen Rasenstreifen zur verschneiten Sporthalle. Mittendrin bleibt er stehen und wirft einen liebevollen Blick zurück auf sein Auto. Sieht schön aus mit dem Schnee.

Er sieht Mitchell Hemly, der ganz allein dasteht und das geschmückte Dach mit Rudolph und dem Weihnachtsmann anstarrt. Mitchell hat die Hände tief in den Hosentaschen vergraben. Jetzt bemerkt er Joe, hält beinahe seinem Blick stand, und Joe denkt, vielleicht winkt er ja, aber Fehlanzeige. Mitchell rührt sich nicht von der Stelle, starrt wieder das weihnachtlich geschmückte Dach und den Schnee an.

Am Eingang macht Mr. Rolf den Kartenverkauf.

«Mr. Jazinski», sagt Mr. Rolf. «Wie geht's denn so?»

«Hey, Mr. Rolf.»

«Tjaja», sagt Mr. Rolf, und eine Wolke kommt aus seinem Mund; könnten Benzinabgase sein. Jetzt schaut Mr. Rolf in die Halle, wo Musik läuft und die Kids in kleinen Gruppen rumstehen. Man kann ihre Schatten sehen, die Halle ist hell beleuchtet, und an der Decke dreht sich die Discokugel.

«Tja», sagt Mr. Rolf und nickt. «Wie geht's Ihnen denn so?»

«Gut.»

Mr. Rolf lächelt. Er holt seinen Flachmann raus, schraubt ihn auf, gießt irgendein Gruselwasser in seinen Kaffee und nimmt einen Schluck. «Wie alt sind Sie eigentlich, Mr. Jazinski?»

«Siebzehn.»

«Siebzehn, ja? Siebzehn?» Er schraubt den Flachmann wieder zu. Traurig sagt er: «Irgendwann, Mr. Jazinski, irgendwann müssen wir beide mal einen trinken.»

«M-hm.»

Mr. Rolf schraubt den Verschluß auf. Er reicht Joe den Flachmann und sagt: «Nur mal anstoßen! Wer schon Aufsätze schreiben kann, kann auch schon mal anstoßen!»

«Nein danke, Mr. Rolf.»

«Aach.» Mr. Rolf nimmt einen kleinen Schluck. «Die Lust des Fleisches ist dem Geist vertraut!»

Joe lächelt Mr. Rolf an. «Is der Spruch von Ihnen?»

«O nein, Mr. Jazinski. Wo denken Sie hin. Dieser Spruch stammt von einem Herrn, der einst im glorreichen Nordwesten lebte. Im glorreichen Nordwesten!»

«Washington», sagt Joe.

«Im Staate Washington, ganz recht.»

«Da war ich noch nie.»

Mr. Rolf lächelt. Es ist ein halbherziges Lächeln, denn sein Herz ist nicht mehr voll intakt. Joe kommt zum erstenmal auf die Idee, daß Mr. Rolf ihn vielleicht gern hat. Vielleicht nimmt er ihn deshalb ständig ran ... *weil er mich gern hat?* Er wird wohl nie wieder jemandem begegnen, der so klug und zugleich so traurig ist wie Mr. Rolf, denkt er.

Mr. Rolf sagt: «Wollen Sie etwa die ganze Zeit mit mir altem Mann im Schnee stehen? Sie wollen doch bestimmt lieber reingehen und an der Feier teilnehmen, wie es sich gehört?»

«Es schneit», sagt Joe.

«Das ist wahr. Es schneit, und wie», sagt Mr. Rolf frenetisch. «Es schneit nur für uns!»

Joe sieht eine einsame Tänzerin in Schwarz – Stiefel, Jeans, T-Shirt, alles schwarz, auch das Band in ihren blonden Haaren. Joe kennt die Tänzerin; es ist Lacy, die er in der Umkleide gesehen hat, fast ein Jahr ist das jetzt her, und er weiß, daß da drinnen noch mehr Bekannte sind – da drinnen, wo Musik läuft, während draußen Mr. Rolf die Karten abreißt.

«Sie sind in Ordnung, Mr. Rolf. Ehrlich, Sie sind echt okay.»

«Rein mit Ihnen, Joseph», sagt er. «Den Lebenden gehört die Welt.»

Bis jetzt hat Mr. Rolf immer nur Mr. Jazinski zu ihm gesagt, und jetzt geht er rein – vorbei an Lacy, der einsamen Tänzerin, vorbei an dem Tisch mit Keksen und Bowle, an Buckner, Jenna Williams und Morrison, an Wiz, der ein Stück abseits steht und alle Mädchen beglotzt, die Kleider oder keine BHs anhaben; vorbei an lauter Leuten, die Joe kennt, und er läuft langsam und bliebe so gern *anonym*, also unerkannt, im anonymen Flimmerlicht. Wenn ihn niemand erkennt, kann auch niemand darauf kommen, was er getan hat; nicht mal darauf, was er ab jetzt sein will, nämlich *gut*, vor allem im Dunkeln.

Joe und Edith, wird er in den Schnee schreiben. *Joe und Edith ...*

Voll Vergebung werden sie sein und immer noch leicht benommen, oben auf dem Camelback Mountain, wo es passieren wird, auf dem Rücksitz vom Leichenwagen mit weit aufgerissenen Türen. Dann werden sie dasitzen und keine Rechtfertigungen mehr nötig haben, werden zum Himmel sehen, in den Schnee, die Lichter der Stadt, und Ediths Pulli wird ein bißchen schief sitzen, weil sie ihn gerade erst wieder übergezogen hat. Ihre Unterwäsche, ihre Schuhe und die Söckchen werden noch auf der Vorderbank liegen, zusammen mit Joes Unterhosen und Socken; und Champagner werden sie trinken, aus der Flasche, die Edith mitgebracht hat ... *Den soll man nämlich trinken, wenn man verliebt ist, weißte? Ich laß den Korken knallen, darf ich?* ... und Joe wird neben ihr sitzen, die Hand unter ihrem Pulli, an ihrem Herz. Es wäre natürlich schön, wenn sie auf den Pulli verzichten könnte, aber selbst jetzt noch ist der Schnee ganz schön kalt. Das macht aber nichts; er weiß ja, wie sie aussieht, er kann sich genau erinnern, und seine Hand liegt an einer sehr wichtigen Stelle, auf ihrer Brust. Die Kälte wird in seinen Fußknöcheln weh tun, gerade so sehr, daß er es merkt, und sie werden den Schnee spüren ... *Ich fühl mich wieder wie in Michigan!* ... die Flocken werden ihre Zehen streifen, und sie werden weiter zum Himmel sehen ... *Ja, kann ich mir denken* ... in den Schnee, der auf sie rieselt, und in die Lichter der Stadt ... *Phoenix* ... und dann wird Edith nach der Champagnerflasche langen. Sie wird einen kräftigen Schluck nehmen, sich danach die Lippen abwischen und die Flasche am Radkasten abstellen, und dann wird sie mit dem Zeigefinger über die Linien in Joes Hand fahren, der Hand, die nicht unterm Pulli ist, wird vom Champagner feuchte und ganz leicht rissige Lippen haben und die Schwielen an seiner Hand betrachten. Die Schwielen hat Joe vom Stemmen, weil er es so oft gemacht hat ... *Stemmen. Gewichte, da kenn ich mich aus* ... und dann wird Edith ganz fest seine Hand drücken und sagen: «Weißt du, was ich echt toll finde?»

«Was denn?»

«Sachen, die leuchten. Also von innen, mein ich.»

Vereist

Um allein leben zu können, müssen wir das Alleinsein lernen – müssen lernen, den Zwischenraum zu überwinden, der uns von der anderen Seite trennt: eine Silberwolke, ein weißer Sandstrand, der am Ende des Meeres auf uns wartet. Und an diesem Strand stehen jene, die wir wirklich lieben lernen können, und winken uns zu.

In Phoenix gibt es kein Meer. Als Ray noch klein war, hat er Bücher gelesen, hat Football gespielt und an Mädchen gedacht. Damals mußte er nur über die noch unerschlossenen Dinge des Lebens nachgrübeln, um sich vom Alltag abzulenken. Heute dagegen, wo die Ablenkungen immer rarer werden und immer weniger Sinn haben, kommt ihm das Leben oft wie eine Krankheit vor – langgezogen, schwierig ... und endlich. Und er weiß, wenn es ihm so geht wie jetzt, verlangt er einfach nach einem Heilmittel gegen das alles, und er fragt sich, ob ihm ohne dieses Verlangen auch so klar wäre, was sein Problem ist: die Welt, die heute so raffiniert ist, daß sie sich selbst zerstören kann, ein Leben nach dem anderen oder alle auf einmal, milliardenmal. Manchmal liegt er frühmorgens im Bett und weiß nicht, ob er jemals wieder hochkommt.

Und dann schafft er es doch, Tag für Tag. Als er noch ein Kind war, ein kleiner Junge von neun Jahren, mußte er mal nachsitzen, weil er seine Matheaufgaben nicht geschafft hatte. Sein Vater wollte ihn um fünf abholen kommen; es war kalt und regnete, und sein Vater kam nicht. Ray stand draußen im Regen, das Mathebuch überm Kopf, weil die Hausmeister inzwischen die Schultür mit Ketten abgesperrt hatten, und er starrte die Ketten an und sagte sich: *Nicht mehr lange ... Nicht mehr lange, dann kommt er ...* aber er kam nicht, und Rays Mathebuch weichte völlig durch; stundenlang stand er im Regen und dachte, sein Vater wäre tot oder vielleicht noch was Schlimmeres. Vielleicht ließ sein Vater ihn ja absichtlich hier im Regen stehen und würde überhaupt nie mehr wiederkommen. Zum erstenmal im Leben kam ihm in den Sinn, daß er irgendwann sterben müßte, und er stand bibbernd im Regen, ging die Malfolgen-Tabellen durch ... *Sechs mal sechs ist sechsunddreißig, ist der Mann auch noch so fleißig* ... und spann das Spiel weiter, dachte sich neue Sprüche aus, um die Lücken zu schließen – aber eine Lücke blieb offen; sein Vater kam und kam nicht, und Ray wartete darauf, daß er ihn nach Hause holte, ihn abtrocknete und sagte: *Na komm, ist ja gut, Raymond ... Ist ja gut* ... denn er wollte aus dem Regen raus. Er wollte endlich raus.

Dabei hat er begriffen, wie mächtig die Zeit wirklich ist – warten und zusehen, wie sie genau durch dich hindurchgeht, wie ein Gewitter oder ein Fluß. Wäre ihm damals mit neun Jahren schon klar gewesen, wie hilfreich ein Bier sein kann, hätte er eins getrunken. Sechs Bier hätte er getrunken, vielleicht auch acht, denn der Feind war nicht der Regen, nicht die Kälte und auch nicht die Vier minus in Mathe, ja nicht einmal die Tatsache, daß sein Vater wieder mal im Suff vergessen hatte, ihn abzuholen. Diesmal hatte es halt zufällig geregnet, und der Regen war irgendwann vereist, und der Feind war und ist die Zeit.

Der Feind, das ist die Zeit und die Gewißheit, daß sie vor keinem Leben haltmacht. Es gibt kein Entrinnen, an keinem Ort der Welt, und auf einmal lebst du ganz allein, ohne jede Ablenkung – keine Geschichten, kein Whisky, keine Liebe. Und Ray macht gerade die Erfahrung, daß ihm das Leben ohne Ablenkung absolut unerträglich ist; und dieses Warten, daß die Zeit vergeht, daß sie über dich hinwegtreibt wie eine Wolke, ist genau wie die Gewißheit tief im Knochenmark, daß du absolut keinen Einfluß auf das Wetter hast – du fühlst dich klein, niedergeschlagen und ausgelacht von dem, der am Hebel sitzt. Ray sagt sich, der Körper braucht vor allem ein Verlangen – er will an etwas Sinnvollem teilhaben.

Seine Eltern sind Alkoholiker. Inzwischen sind sie geschieden und auf dem Weg der Besserung, der nun schon zwölf Jahre dauert und niemals endet, wie die Zeit, die man nur auslöschen kann, indem man sich selbst auslöscht. Wenn man so an die Sache herangeht, kann man natürlich auch sagen: *Spreng die Stadt in die Luft, und du bist die Kriminalität für immer los ... Lösch die Erde aus, und du bist die Umweltsorgen für immer los* ... Man kann nicht ewig die Augen verschließen, und zum einen ist Ray nicht so blöd zu denken, an seinem Alkoholismus wären nur seine Eltern schuld, aber zum anderen weiß er auch, daß sie der Grund für sein Sträuben gegen den Alkoholismus sind. Er hat die Folgen gesehen, hat gesehen, wozu der Alkohol die Leute treibt, und er hat Angst davor, in einer Traumwelt zu leben, wo ihn irgendwas ... *ein verrenktes Herz? eine schmachtende Leber?* ... in eine Richtung treibt, die er nicht will. Zum Beispiel dahin, daß er kein Bier mehr trinken will. Bis vor kurzem lief es so: morgens Vorsätze fassen, die man abends über den Haufen wirft. Und am schärfsten ist man nun mal auf ein Bier, wenn man eins nötig hat, denkt er. Oft geht ihm durch den Kopf, daß er sich nur ein ganz normales Leben wünscht. Die Fähigkeit, sich übers Wetter zu freuen, das manchmal wirklich wunderschön ist, und außerdem will er wissen, wie die Broncos spielen und was Jenna wohl beim nächstenmal sagen wird ... *Hey, Großer!* ... und manchmal, wenn er nach dem Aufwachen aus dem Fenster schaut, versucht er's. Er versucht sich einzureden, daß heute vielleicht was passiert. Er versucht's – vielleicht hilft es ja. Vielleicht geht er raus, holt sich ein paar Hot dogs. Oder er trainiert. Fährt ein bißchen rum. Vielleicht kann er in den Regen schauen.

Gegen die Einsamkeit kommt nicht mal ein volles Glas Bourbon an, und die Zeit bleibt niemals stehen, sie nagt immer weiter, spült den Geist an einen Ort, unfaßbar und kahl wie ein Canyon. Oder aber die Zeit verschwindet ganz und gar, und es erwischt dich aus heiterem Himmel: der große Verlust wird dir erst klar, wenn etwas fehlt, zum Beispiel ein Zahn, den man zu arg strapaziert hat, und Ray sieht das Ganze so: entweder nutzt du den Tag aus oder er dich. Zum Kontakt mit der Umwelt mußt du deine Quellen am Laufen halten – dein Wasser, deine Kraft und Energie, und Ray läßt sich nicht länger ausnutzen.

«Wenn ihr siegen wollt», sagt er immer zu seinen Ringern, «müßt ihr's wollen. Ihr müßt euch klarmachen, was ihr wirklich wollt.»

Niederlagen gibt es natürlich trotzdem. Jetzt rennt er und macht sich Gedanken. Seit siebzehn Tagen rennt er pausenlos. Um fünf, wenn der Wecker klingelt, steigt er aus dem Bett, ganz leise, um den Himmel nicht aufzuschrecken, der noch verschlafen und still ist. Er schaut aus dem Fenster, zieht sich Turnhosen, Turnschuhe und ein Sweatshirt an, und dann rennt er los. Er glaubt, das ist sein einziger Lebenszweck: rennen, bis der ganze Körper ausgeschwitzt ist; rennen, zwanzig Kilometer weit, erst zu den Kanälen, dann am Ufer lang, zum Papago Park, vorbei am McKellips und in die McCormick Ranch; McCormick war früher mal ein Kettensägenfabrikant, heute ist das ein Stadtviertel ... weiter durch die Ranch bis zur 68ten Straße und dort zurück, immer die Radwege lang, die sich um den äußeren Ring von Phoenix ziehen.

Heute gießt es in Strömen, wie gestern, vorgestern und vorvorgestern. Er rennt durch den Regen, der sich mit dem Schweiß mischt, und Ray rennt mit voller Kraft, denn Disziplin ist eine Willensfrage – einen Fuß vor den anderen, sehr konzentriert. Manchmal trifft er Bekannte. Zum Beispiel Tina, die mit dem Leoparden-Dreß aus dem River Bottom, wo er früher Stammgast war, oder Michael Owens, die Zivilpolizistin, die auf dem Radweg vorbeifährt. Meistens treffen sich Michael und Ray in der Nähe vom Indian School Boulevard, genau elf Kilometer östlich von Jennas Wohnung, und dann nicken sie einander zu, sie lächelt, strampelt auf ihrem blau-grünen Rad an ihm vorbei, und Ray bestaunt im Vorbeirennen ihre wohlgeformte Brust und ihre Beine, und es reizt ihn, anzuhalten und sich noch mal nach ihr umzudrehen.

Später dann, wenn Ray zu Hause ankommt, bleibt er lange unter der kühlen Dusche. Danach zieht er seine Schulklamotten an, die er nun schon seit Jahren trägt – Lehrerklamotten von einem Lehrergehalt, das jährlich um drei Prozent steigt, manchmal auch weniger; solche Klamotten, an denen reiche Leute mit begabten Kindern einfach vorbeigehen, und nach der Schule zieht er die Lehrerklamotten aus, trainiert mit den Ringern, und dann ganz zum Schluß noch mal allein, im Kraftraum, bis er sich kaum noch rühren kann.

Heute Rücken und Bizeps, morgen Beine und Schultern. Jetzt pladdert es mit voller Wucht, und Ray rennt und denkt, wenn alles glattgeht, kann er heute abend spätestens um neun einschlafen, ohne daß er vorher noch was lesen oder sich die Frage stellen muß, wogegen er sich eigentlich so hartnäckig wehrt. Jetzt kommt ihm Michael entgegen.

«Ray!» ruft sie und drückt behutsam auf die Bremsen. Sie rollt langsam aus, Regenwasser spritzt von den Rädern, sie kommt zum Stehen. Sie löst sich aus den Rennpedalen, achtet aufs Gleichgewicht.

«Hey», sagt er. Er drosselt das Tempo, joggt auf der Stelle.

«Es regnet!»

Ray schaut zum Himmel, dann kurz hinter sich. «Schaut schon danach aus», sagt er. Da war er wieder, sein Hinterwäldler-Sound.

Sie lacht. Vielleicht über ihn, vielleicht auch aus Verlegenheit über ihre idiotische Feststellung. Sie sagt: «Ich dacht schon, heut gehn nur Verrückte raus ...»

«Siehste ja.»

Wieso will sie ihn ständig retten, wenn er ihr über den Weg läuft? In drei Wochen hat sie ihren ersten Biathlon-Wettkampf am Saguaro Lake, und sie hat Ray gefragt, ob er nicht mitkommen will; er könnte ja zuschauen und vielleicht auch Wasser und Handtücher für sie bereithalten. Wenn in der Zeitung was von *patenten* Frauen steht, sind solche wie Michael Owens gemeint, das weiß Ray, und natürlich hat sie sich in ihrem ganzen Leben noch nie was zuschulden kommen lassen; deshalb ist sie nicht nur Polizistin, sondern auch noch Sozialarbeiterin, und ebendaher kommt es auch, daß sie so toll aussieht, so makellose Haut hat und völlig frei von Problemen ist.

«Hast du Lust auf 'n Kaffee? Frühstück?»

«Nein», er winkt ab. Er läuft immer noch auf der Stelle, aber mit der Erregung steigt sein Schrittakt. «Ich will heut Rekord laufen.»

«Tja», sagt sie. «Aber wir behalten's im Auge, okay?»

«Ja», sagt er. «Klar doch.» Der Regen läuft über sein Gesicht, die Turnschuhe sind durchnäßt, und es ist kalt. Kalt wie Eiswasser, und er startet wieder durch und fragt sich, wieso sie ihn ständig retten will, wo sie doch unmöglich wissen kann, wovor.

«Ray!»

Er bleibt stehen und dreht sich um – wie sie da so im Regen steht, sieht sie aus wie gemalt, nur noch schöner, denn der Regen ist echt, genau wie sie, die da im Regen steht, durchatmet und sich das Wasser aus den Augen wischt. Mit ärgerlichem Unterton sagt er: «Ja?»

«Du mußt es einfach nur sagen, Ray.»

«Was soll ich sagen?»

«Ich bin nicht blöd, klar? Ich bin nicht blind. Ich erkenne die Zeichen an der Wand. Das Dumme ist nur, manchmal muß man erst den Vorhang zurückziehen.»

Er lächelt; *die Zeichen an der Wand*, das könnte von ihm kommen. «Mittagessen», sagt er. «Heute mittag, okay?»

«Okay», sagt sie und strahlt.

«Mir is saukalt, Mike. Ich muß los.»

Er rennt los. Jetzt sind es nur noch drei Kilometer bis nach Hause, wo er sich einen Kaffee kochen und ins schäumende, dampfende Badewasser sinken wird ... *keine kalte Dusche, heute nicht* ... und er kann nichts dagegen tun: er lächelt. Er ist richtig glücklich. Er weiß kaum noch, wann er zum letztenmal auch nur den Wunsch hatte, glücklich zu sein. Er ist glücklich, und es ist ein schönes Gefühl ... *schön.* Wie in diesen Momenten, wo man sich kneifen will, weil es so ein schönes Gefühl ist: eine Frau sieht dir in die Augen, checkt die Chancen, taxiert die Schäden und lädt dich zum Frühstück ein ... *Das Einfachste von der Welt* ... und jetzt, auf der Straße, als er durch das arme Viertel zu dem noch ärmeren mit primitiven Luftkühlern und blättrigem Anstrich rennt, wird es ihm klar; so klar wie der Schmerz, der tief aus dem Kern seiner Brust steigt.

Vielleicht soll ich sie *retten!*

Den Gefallen könnte er niemandem tun, nicht mal Jenna, er hat es versucht. Er hat es wirklich versucht. Wenn Ray jemals einen Menschen retten wollte – sich selbst, seinen Vater –, dann auch Jenna Williams. Seit er damals von ihr weg war, nach dem abgebrochenen Schloßeinbau, war ihm klargeworden, daß er ein Problem hatte, und er war sogar sicher, daß er die akute Problemquelle kannte: Louis, der irre Dichter-Veteran, der mit der Kanone im Anschlag darauf lauerte, Ray die Eier wegzuballern.

Am nächsten Morgen, als er ausgenüchtert war und seine Rennstrecke absolvierte, sah es nach einem hellen, freundlichen Tag aus. Er rannte im Dämmerlicht, und ein Auto verfolgte ihn. Das Auto fuhr im Schrittempo hinter ihm her, und an der Ampel am Curry wurde Ray langsamer und lief geduldig auf der Stelle. Als der Wagen an der Ampel hielt, riß Ray die Beifahrertür auf und brüllte: «Was soll das?»

Drinnen saß ein älteres Ehepaar. Die Frau stieß einen unverständlichen Schrei aus, und der Mann brüllte: «Wir haben uns verfahren!»

Der Mann hatte ein Hörgerät, er schaute auf einen Stadtplan. In seiner Nase steckte ein Atemschlauch, der aus einem grünen Sauerstoffbehälter auf dem Rücksitz kam. Ray entschuldigte sich. Er erklärte ihnen den Weg nach Fountain Hills, dann ließ er die Autotür wieder zuklappen und rannte weiter.

Am Abend fuhr Ray zum Trainieren in die Schule und danach zum Parkplatz vor Jennas Haus. Dort wartete er. Er blieb im Dunkeln sitzen und wartete auf Louis, schlief fast ein, und dann klopfte es an sein Fenster.

Er sah hin und erkannte Jenna. Kurz vorher, bevor er erkannte, wer da klopfte, hatte er einen Augenblick lang gedacht, er müßte sterben.

«Ray? Was machst du denn hier?»

Er ließ die Scheibe runter und sagte: «Ich bin nich bei dir eingebrochen.»

«Weiß ich doch.»

«Aber der Typ kommt wieder. Und ich muß hiersein, wenn er wiederkommt.»

«Was redest du denn da?» sagte sie. «Warum kommst du nicht rein? Komm doch rein.» Sie schaute ihn an. «Kannst ja auf der Couch schlafen.»

«Nein. Danke.»

«Und meinen Hund kennst du auch noch nicht! Na los, Ray, komm rein.»

Sie sah gut aus, schick gemacht, als käme sie von einer Verabredung, und er ging rein und stieg mit ihr die sieben Treppen hoch. Sie ging voran und bot ihm einen appetitlichen Anblick, aber den mußte er jetzt ignorieren, sagte er sich. Als sie in die Wohnung kamen, hüpfte ihm Paris ans Bein und pinkelte. Süßer Hund, sagte er. Mit Piß und Schmiß, und in ihrer Nachbarwohnung war eine Party im Gange, eine kleine Party mit leiser Musik und vielen Stimmen. Ray setzte sich an den Küchentisch und hörte auf die Stimmen. Er trank eine Tasse Tee. Dann noch eine. Jenna fragte: *Wie hast du das vorhin gemeint mit dem Zurückkommen?* ... und als er darüber nachdachte, wurde ihm klar, daß man manche Sachen einfach nicht erklären kann. Nachdenklich saß er auf dem harten Küchenstuhl, und Jenna schaute ihn mit einem traurigen Lächeln an.

«Woran denkst du?» fragte sie.

«Nichts.»

Sie rutschte zurück und schlug die Beine übereinander. «Wollen wir's versuchen?»

«Was denn?»

«Wollen wir's noch mal versuchen? Manchmal denk ich, wir sollten's einfach noch mal versuchen. Vielleicht hab ich mir nicht genug Mühe gegeben.»

«Nein», sagte er kopfschüttelnd.

«Vielleicht waren wir durch die Sache mit Walker und ...»

«Nein, Jen», sagte er. «Du hattest dich vorher schon entschieden.»

«Hm.» Sie nahm einen Schluck Tee. «Gehst du zu irgend'nem Treff?»

Damit meinte sie die Anonymen Alkoholiker, keine Studentenverbindung. «Nein. Noch nich.»

«Da ist überhaupt nichts dabei. Ray, wenn du 'n Helfer brauchst, ich helf dir gern. Also, praktisch als Trainer. Ich bin 'ne gute Trainerin. Weißt du doch.»

«Das Schlimmste hab ich überstanden», sagte er optimistisch. «Was hat denn die Polizei gesagt?»

«Nichts. Also, neulich kam halt einer vorbei und hat mir erzählt, daß sich da im Prinzip nichts tun wird. Er meinte, ich soll vom Fenster wegbleiben und ob ich nicht mal seine Pistole in die Hand nehmen will. Die klassische Nummer halt. *Wollen Sie mal meine Pistole anfassen?*» Sie lachte. Dann sagte sie zur Entschuldigung: «Na ja, halt 'n Bulle.»

«Ich bin müde», sagte Ray. «Ich geh dann mal.»

«Tut mir leid, das mit deiner Hose», sagte sie.

Ist eh uralt, das Teil, dachte er, nicht gerade der letzte Schrei.

Jenna sagte: «Er ist eben noch ein bißchen wild.»

Walker Miller war nicht mehr zu retten – der war schon vor Monaten durchgeknallt; das lag bei ihm in der Familie ... *und wie sieht's bei dir aus?* ... und Ray setzte sich ins Auto, trank Mineralwasser und wartete. Er wollte keine hilflosen alten Leute mehr anschreien, wollte nicht ständig nach hinten sehen müssen. Das war schlecht fürs Lauftempo, also beschloß er, die Sache zu beschleunigen und dem Warten ein Ende zu machen, und fuhr zum River Bottom. Er wartete, bis sich der Autoschwarm davor lichtete, denn er wußte jetzt, was er wollte.

Cathy. Er wartete, bis sie in zerrissenen Jeans und ausgebleichtem T-Shirt aus dem Hintereingang vom River Bottom kam und in ihr Auto stieg. Die Karre war noch älter als Rays Wagen; endlich fuhr sie los, und er folgte ihr quer durch die Stadt. Er fühlte sich wie ein Privatdetektiv oder ein Polizist; sie fuhren die Van Buren runter, mitten durch die Innenstadt, vorbei an Schrottplätzen, Viehhöfen und Gebrauchtwagenmärkten, vorbei am Strich auf der 24ten, an den glänzenden, hermetischen Glastürmen ... *City* ... und als sie aus der Ecke raus waren, ging es über die Avenues in Richtung Westen, eine nach der anderen, bis sie irgendwann auf den Freeway bog. Dort hätte er sie fast verloren; sie fuhr schnell, schneller als sein Wagen konnte, aber er blieb ihr auf der Spur, sah, wie sie die Ausfahrt nach Los Angeles nahm. Auf der Straße nach L. A. fuhr man fast geräuschlos, neuer Belag, und sie raste weiter. Hinter Buckeye, in der Nähe des Kernkraftwerkes Palo Verde, fuhr sie dann von der Straße runter. Mit ausgeschalteten Scheinwerfern folgte er ihrer Staubwolke durch eine unbefestigte Straße, dann durch noch eine, bis sie endlich vor einem einsamen Haus anhielt, über dem genau der Mond stand. Er lenkte den Wagen abwärts in eine Böschung, griff seinen Baseballschläger und stieg aus.

Langsam ging er über die Straße, pirschte sich heran. Blöd, daß er seine Schulklamotten anhatte; Tarnsachen wären besser gewesen. Er hörte einen Hund bellen, und dem Geruch nach waren Pferde und eine Geflügelfarm in der Nähe. Auf dem Highway brummte ab und zu ein Sattelschlepper mit Waren für L. A. oder andere kalifornische Städte vorbei; er blieb stehen und beobachtete eine Weile den Verkehr. Er war Nichtraucher, sonst hätte er sich jetzt eine angesteckt, um den Angriff hinauszuzögern, und für einen Moment tat es ihm fast leid, daß er Nichtraucher war, denn in dieser Situation wäre eine Zigarette wirklich ideal gewesen. Statt dessen sah er ständig auf die

Uhr, und dann machte er sich noch mal klar, was er wollte, stand auf und ging auf den Vorplatz, wo Cathys Auto stand – auf dem Vorplatz, direkt vorm Eingang. Der Vorplatz war von Unkraut überwuchert; das welke Gras war knöchelhoch. Hier würde eine Zigarettenkippe reichen, um die ganze Gegend bis nach Kalifornien in Brand zu stecken. Er sah Licht im Haus, und das blaugraue Atomgeflimmer eines Fernsehers drang durch die Vorhänge. Jetzt hielt er den Atem an, zählte, dann trat er die Tür ein.

Eine Frau kreischte, aber es war nicht Cathy. Er ging rein, stellte sich vor den Fernseher und schwang den Schläger durch. Die Kiste explodierte.

Leise sagte er: «Das hab ich noch nie gemacht. Echt, da war ich schon immer scharf drauf.»

Die Frau kreischte wieder los. Sie war alt, verknittert und betrunken, hatte eine Flasche Wodka zwischen den Beinen, die langsam vornüberkippte. Sie starrte Ray an und entschied sich, mit dem Gekreische aufzuhören.

«Was wolln Sie?» sagte sie.

«Wo is der Kerl?»

Jetzt machte es klick – jemand steckte eine Patrone in eine Flinte, Nachlader. Jetzt fand es die Frau besser, wieder loszukreischen. Das paßte wohl am ehesten. Sie war auf dem Fußboden, in Deckung, ducken und decken, wie 1963, und Ray stellte sich an der Wand auf, den Schläger fest im Griff, und wartete ab. Eigentlich war er eine andere Uniform und raffiniertere Kampftechnik gewöhnt. Allerdings war er ja genau für solche Einsätze gedrillt worden.

Er wartete ab. Die Frau lag auf dem Fußboden, kreischte schon wieder los; das Kleid hatte sich an ihren Schenkeln hochgeschoben, und der Teppich war mit Kartoffelchips und Dreckflecken übersät. Es roch nach Bier – wie in dem Wohnwagen, wo Ray aufgewachsen war, damals in Kentucky, Hähnchen aus dem Imbißladen, Büchsenbier und Erdnußbutterbrot. Ray riß den Baseballschläger hoch, suchte sich einen Zielpunkt und lief über den Flur. Dort brannte kein Licht, und er suchte sich eine Tür aus. Das Badezimmer – in der verstopften Wanne stand eine abscheuliche Brühe mit Dreckwäsche drin. Dann die nächste Tür: Er drückte auf einen Lichtschalter und glotzte in einen niedrigen Wandschrank, wo Motorölflaschen und verpackte Haushaltwaren mit Preisaufklebern gestapelt waren – mit solchen Paketen machen manche ein Vermögen. Jetzt nahm er sich die dritte Tür vor, aber sie ging nicht auf. Er schwang durch, die Türklinke flog ab.

Er atmete durch und ging rein.

Auf dem Bett saß Cathy. Zitternd hielt sie eine Flinte, die Mündung exakt auf ihn gerichtet. Sie sagte: «Eine Bewegung, und du krepierst.»

«Wo is der Kerl?»

«Ich mach dich kalt. Ich schwör's dir, Ray. Ich mach dich kalt, verdammte Scheiße.»

«Ich hab dich was gefragt!» Er schwang den Schläger durch, zerschlug einen Wandspiegel. Das Glas zersplitterte, und er kam näher auf sie zu. Cathy ließ die Flinte fallen. Sie legte den Kopf in die Hände und heulte.

«Das Ding is gar nich geladen», schrie sie. «Ich hab vergessen, wie das Scheißteil zu laden geht!»

«Cathy, wo is Louis? Ich nehm mir den Kerl jetzt vor.»

«Louise», verbesserte sie.

«Louis. Louise. Wo steckt der Kerl?»

«Du Wichser», schrie sie. «Du blöder Dreckwichser!»

Er blieb vor ihr stehen, dachte darüber nach, was er getan hatte. Er ließ den Schläger fallen und setzte sich neben sie. Das Bett war groß, und auf der rosafarbenen Überdecke lagen ein paar Plüschtiere. Die Bettwäsche war frisch.

«Was willste denn jetzt machen, Ray? Meine Mutter killen? Willste meine Mutter killen? Was willste jetzt machen, Ray?»

Jetzt lachte sie und schlug auf ihn ein. Lachend schwang sie die Fäuste, und dann stand sie auf, trat auf ihn ein, und gleichzeitig schlug sie ihn und lachte und kreischte: *Du blöder Wichser! Du blöder Scheißwichser!*, kreischte immer weiter, boxte auf ihn ein, und dann machte sie einen Satz, hob eine Spiegelscherbe auf und hielt sie sich an die Kehle. Sie stand reglos da, hob den Kopf und gab einen langen, schwachen Schrei von sich. Dann ließ sie die Scherbe los, die zu ihren Füßen zersprang. Sie ließ sich auf das Bett fallen, streifte die Schuhe ab. Nach einer Weile bat sie ihn, beim Rausgehen die Tür zuzumachen.

«Ich gehe», sagte er.

«Und ich hab mir eingebildet, du bist was Besondres», murmelte sie in ihr Kissen. «Ich hab mir eingebildet, ich könnte dich lieben.»

«Tut mir leid.»

«Du bist so 'n blöder Wichser», sagte sie und warf ihm einen letzten Blick zu. «Echt, Professor.»

«Mach's gut.»

«Mach endlich die Scheißtür zu.»

Auf dem Weg nach draußen stieg er über den reglosen Frauenkörper auf dem Fußboden. Die Frau schnarchte, also war sie noch am Leben. Kein Herzversagen. Als Ray die Bildröhre einschlug, hatte er eine Stichflamme erwartet, aber es flogen nur Glasscherben, und es gab eine kleine, leichte Explosion, die sich anhörte, wie wenn ein Kind eine Papiertüte knallen läßt.

Als er zu Hause ankam, mußte er pinkeln. Es war schon fast hell, und er hatte Lust auf einen Lauf. Er stieg aus dem Auto, zog den Reißverschluß auf und pinkelte an einen Laternenpfahl. Pinkelnd stand er in der Morgendämmerung und hatte keine Kopfschmerzen.

Er dachte: *Was rein geht, muß auch wieder raus,* und auch jetzt hat er keine Kopfschmerzen. Er hatte schon seit siebzehneinhalb Tagen keine richtigen Kopfschmerzen mehr. Manchmal nimmt er trotzdem Aspirin, aus purer Gewohnheit. Manchmal fehlt ihm sogar das Gefühl, im Arsch zu sein: es fehlt ihm wie ein früh verlorener Bruder oder ein Schuh, und in solchen Momenten lehnt er sich zurück und betrachtet die Adern in seinen Händen. Das Blut strömt klar wie Eiswasser durch seine Hände, die stabil sind wie Schieferplatten, und er denkt an seinen Vater, an eine Begebenheit nach dessen zweiter Hochzeit in einem Gasthaus in Paducah, Kentucky.

Er sieht seinen Vater Merle-Bob vor sich, wie er in seinem einzigen Anzug voller Brandlöcher auf dem Barhocker hängt und auf einmal den Finger hebt, mit sanfter Miene, als wäre er selber ganz erschrocken über diese knappe, versöhnliche Vatergeste – mit erhobenem Zeigefinger spricht er zu Ray: «Wenn du mit dreißig 'ne Niete bist, bleibst du's dein Leben lang.»

Danach rutschte sein Vater vom Hocker, und Ray fing ihn auf. Ermattet schlang sein Vater die Arme um ihn und fing an zu weinen. «Werd niemals 'ne Niete, Raymond. Werd bloß niemals 'ne Niete.»

«Is gut, Daddy.»

«Und laß dich nie, niemals in irgend'ner Scheißbar trauen.»

Sein ganzes Leben lang ist Ray weggerannt – vor seinen Eltern, vor Kentucky, vor der Wahrheit über sich, denn er ist der Sohn von zwei durchgeknallten Hinterwäldlern ... obwohl er weiß, daß das gemein und vielleicht sogar ungerecht ist ... In der nächsten Woche wird Ray sechsunddreißig, und an seinem Geburtstag schreibt er seine Kündigung. Buckner wird schon einen neuen Trainer und einen neuen Fahrlehrer finden, und Ray weiß zwar nicht, was er danach mit seinem Leben anfangen soll, aber eins weiß er genau: in Scottsdale, Arizona, hat er nichts mehr verloren. Dieses Lehrerdasein, wo sich nur die Gesichter ändern, die Gesichter und die Mode – das alles muß jetzt ein Ende haben. Die Zeit ist reif.

Auf dem Gang läuft Michael Owens mit Marcia Taylor. Sie sieht ihn und nickt ihm zu.

Es sind keine Schüler auf dem Gang. Michael steuert das Gespräch mit Marcia Taylor dem Ende zu, und jetzt trennt sie sich von ihrer Kollegin. Genau vor der Tür zum Chefzimmer fängt sie Ray ab, und er weiß nicht, was er sagen soll.

«Hey», sagt er.

Sie ist in Rock und Pullover und hat die Haare zum Dutt aufgesteckt. Ein kleiner Dutt, denn ihre hellblonden Haare sind nicht allzu üppig. Sie trägt kleine silberne Ohrringe, und zwar zwei gleiche, nicht wie Jenna. Er hat noch nie ihre Ohren angesehen, denkt er. Hübsche Ohren hat sie. *Hübsch*, und er sagt noch mal: «Hey.»

«Ich kann nicht, Ray.»

«Was denn?»

«Ich weiß ja, ich hab selber gedrängelt, aber ich kann nicht.» Jetzt schaut sie auf die Uhr, streicht sich eine Haarsträhne hinters Ohr und sagt: «Meine Handtasche, Ray. Meine Handtasche ist geklaut worden. Aus meinem Zimmer. Da ist einfach jemand rein und hat sie sich geschnappt!»

Ray hat seine Brieftasche schon drei- oder viermal verloren. Er ist auch schon mal siebenundzwanzig Monate mit nicht angemeldetem Nummernschild gefahren. Er sagt: «Na gut, lad ich dich ein.»

«Das ist nicht der Punkt», sagt sie. «Ich muß dringend mit Cal reden.» Sie macht die Tür auf, und während sie sich wegdreht, sagt sie: «Und danach muß ich sofort in die Stadt.»

Ray denkt: *Jetzt erzähl mir doch nicht, daß du das Ding wirklich in der Handtasche hast!* ... aber er ist sicher, daß sie nie eine Pistole in der Handtasche mit sich rumtragen würde. Sie hat ja auch noch keine einzige Razzia gemacht.

Ray sagt: «Soll ich dir mein Auto borgen?»

«Ich war nur dreißig Sekunden weg. Ich schwör's. Ich hab grad Sprechstunde gemacht, Mitchell Hemly kam rein, hat sich hingesetzt, und ich hab gesagt, ‹Sekunde, Mitchell, ich muß nur mal schnell verschwinden›, und als ich wiederkomme, steht Mitchell Hemly draußen und unterhält sich mit Carol Cunningham. Ich setz mich hin, ruf ihn rein, und auf einmal seh ich, daß sie verschwunden ist! Weißt du, Ray, ich laß sie immer über der Stuhllehne hängen. Und auf einmal war sie verschwunden!»

«Keine Sorge», sagt er. «Die Schlüssel liegen unter der Matte.»

«Oh, danke», sagt sie kopfschüttelnd. «Mein Schlüsselbund hab ich noch.»

Er folgt ihr ins Vorzimmer. Jetzt nimmt sie seine Hand, drückt sie kurz, und dann läßt sie ihn mit dem Kribbeln allein; sie hat ihn eben zum erstenmal angefaßt, und er kennt das Gefühl, dieses gefährliche Gefühl, wenn dich eine Frau zum erstenmal anfaßt. Jetzt macht sie Buckners Tür zu, und Margaret Knudson wickelt eine Schokopraline aus und schiebt sie sich lächelnd in den Mund. Margaret war beim Friseur, sieht edel aus, perfekte Meißelarbeit.

«Hallo, Ray!» sagt sie freudestrahlend. «Setz dich doch!» Schokolade, denkt er. *Schokolade*.

Nach der Geschichte mit Robin Mendelberg und Suzy Dribble – den beiden Koksern, für die ein Ausweichmanöver zum tödlichen Unfall wurde, als ihnen auf dem Tatum der Rottweiler von Schwester Henderson vors Auto lief – hat Ray seinen Schülern mit Hilfe eines Baseballschlägers klargemacht, wie wichtig der Sicherheitsgurt ist. Er nahm den Schläger und fünf Wassermelonen in den Unterricht mit, und dann ließ er die Kids vor der Tür in einer Reihe antreten. Für jede Klasse legte er eine Melone auf den Schreibtisch und rief dann die Schüler einzeln ins Klassenzimmer. Dort gab er ihnen den Schläger und ließ sie mit beiden Händen durchschwingen. Jeder mußte seine Chance bekommen, und zwar ganz allein, ohne Publikum, das war wichtig. Als Mitchell Hemly reinkam, war auf der Schreibtischplatte nichts mehr zu zerdonnern: nur noch Melonenkerne in einer Lache aus rosafarbenem Saft. Der Saft sah aus wie verdünntes Blut, und an die Tafel hatte Ray geschrieben: DAS LEBEN IST KEINE WASSERMELONE. Am nächsten Tag mußte Ray zu Buckner; jemand aus dem *Kollegenkreis* hatte sich über den Lärm beschwert, logisch, und ein paar Tage später machte Ray eine Stunde zu möglichen Risiken – *Das Brutale an Raserei und Rücksichtslosigkeit,* wie Jenna so was betiteln würde. Damit meinte sie fahren ohne Gurt, abgefahrene Reifen, abgenutzte Bremsen, und auch Walker Mil1er nahm an einer dieser Stunden teil. Walker war so ein Schüler, der pausenlos Fragen stellt, die die anderen für blöd halten.

Mr. Morrison, können Autos wirklich explodieren? Also, wenn einer reinfährt?

Als Michael aus Buckners Zimmer kommt, hat sie einen Stapel Papiere bei sich, Amtspapiere mit Siegel, und Ray findet, er hat jetzt lange genug hier rumgesessen. Schluß mit der ewigen Grübelei.

Im Gehen sagt sie zu ihm: «Ich muß in die Stadt, Ray. Wahrscheinlich ist es gar nicht weiter tragisch. Aber . . . aber seh ich dich heut abend?»

Auf der Disco, meint sie, denn in ihrer Funktion als Zivilpolizistin der Gold Dust High muß Michael bei jeder Disco anwesend sein, und da Ray in diesem Schuljahr zusammen mit Jenna, Andre Langousis, Jeffrey Nadolny und Robert Horn in der Disco-Aufsichtstruppe ist, werden die auch alle dort sein. Und natürlich Nathan Rolf, denn der geht immer hin, damit er nicht so allein ist. Jetzt verschwindet Michael durch die verglaste Schwingtür, und Ray tritt in Buckners Zimmer.

Cal hockt schweißnaß hinterm Schreibtisch, den Kopf auf die Hände gestützt. Die Discokugel steht nicht auf dem Aktenschrank. So was sticht ins Auge – eine verschwundene Discokugel.

«Ray», sagt Cal. «Was liegt an?»

Ray nickt ihm zu und setzt sich. «Alles okay?»

Cal lacht und steckt sich eine Zigarette an. «Ich hatte eigentlich mit der Raucherei aufgehört», sagt er. «Ich war davon weg, aber ich hab's nicht aus meinem Kopf gekriegt. Die ganze Zeit nicht. Die ganze zigarettenfreie Zeit über hab ich's nicht aus dem Kopf gekriegt – das ist wie mit der ersten Liebe. Das kriegst du niemals aus dem Kopf, da kannst du machen, was du willst.»

«Ich hab nur was ganz Kurzes.»

«Na, worum geht's denn?»

«Ich wollte dir nur mitteilen, daß ich im nächsten Schuljahr nich mehr da bin.»

Cal schaut hoch, er bläst Rauch aus. Er fährt mit der Hand durch die Luft. «Macht ihr jetzt irgendwie 'n Klub auf oder was?»

«Was für 'n Klub?»

«Am Montag ist Jenna hier reingeschneit und hat genau dasselbe gesagt. Nur daß sie schon zum Halbjahr kündigen will. Sobald ihre Zensuren geschrieben sind, haut sie ab.»

Cal hat keinen Aschenbecher auf dem Schreibtisch. Er schnippt die Asche weg und latscht sie mit seinem Edelturnschuh auf dem Teppichboden breit.

Cals Blick wandert nach oben. «Aber du machst wenigstens noch das Schuljahr zu Ende, oder?»

«Klar, Cal. Ich dachte nur, ich sag dir schon mal Bescheid. Verstehste?» Beim Anblick von Cals Zigarettenschachtel auf dem Eintragungsbuch überlegt er, was es wohl für ein Gefühl ist, wenn man sich von so ekelhaftem Zeug wie Rauch und Asche in der Lunge befreit, zumal angesichts der schlimmen Folgen für die Gesundheit. Er hatte überhaupt keine Ahnung von Jennas Plänen. Sie hat ihm nichts davon erzählt, und jetzt ist er fast wütend, aber nur fast. Er denkt, vielleicht sollte er ja an dieser Stelle mal in sich gehen, also geht er in sich ... *Schön für sie. Schön für sie!* ... schließlich ist es doch ganz natürlich, daß sich jemand eine Sache anders überlegt. Gleichzeitig findet er aber, er müßte eigentlich wütend sein.

«Denk nicht, du kriegst jetzt 'ne Gehaltserhöhung oder so was», sagt Cal. «Du willst kündigen? Bitte, geh ruhig. Schön, find ich wunderbar.»

«Okay, Cal.»

«Geh doch, mach 'ne Autowaschanlage auf. Geh klempnern oder

Kinder hüten. Dich könnt's viel schlimmer erwischen als an der Gold Dust High, aber nein – ihr kommt hier mit riesigen Idealen an, dann tänzelt ihr 'n bißchen rum, und sobald euch die Paukerei stinkt, hebt ihr eure blütenweißen Patschhändchen in die Luft und sagt: Tja, Cal, dann werd ich mal lieber kündigen.»

Cal steht auf, läßt die Zigarette auf den Boden fallen, und während er sie austritt, sagt er: «Na toll. Toll. Hast du noch so 'n Ding auf Lager, Ray? Hast du ...»

«Warum bist du denn so sauer?»

«Ich bin nicht sauer, Ray. Kein Stück. Ich freu mich für dich. Find ich toll. Ganz toll. Soll ich dir 'ne Beurteilung schreiben? Toll. Sag mir, was ich reinschreiben soll, Ray. Sag ruhig, ich schreib alles, was du willst. Ich schreib dir rein, daß du nie deine Schülerinnen besteigst, daß du die Zensuren immer rechtzeitig einreichst, daß du niemals mit 'nem dicken Schädel zur Schule kommst und bei allen Schülern beliebt bist. Ich schreib sogar, daß du immer in Krawatte kommst. Sag's mir, und ich schreib's rein, und dann steck ich's dir in die Jackentasche und schick dich auf die Reise. Alles, was du willst, Ray, alles ...»

«Aber?»

«Aber jetzt verschwinde bitte schleunigst aus meinem Zimmer.»

«Ich versteh das nich ...»

«Das ist doch bei dir nichts Neues. Du hast 'n Scheißtiming, mein Lieber. Das ist absolut kein günstiger Moment, um über deine Karriere zu plaudern.»

Ray steht auf. Er betrachtet die Papierstapel auf Cals Schreibtisch und sagt: «Du bist der Direktor, Cal. Du bist der Mann am Ruder.»

«So sieht's aus.»

«Mach's gut.»

Im Vorzimmer beugt sich Ray zu Margaret Knudson runter und gibt ihr einen Kuß auf die Wange.

«Frohe Weihnachten, Maggie.»

Ohne seinen Lehrer, den Irren mit der ramponierten Tolle, der immer sehr nett zu ihm war (auch wenn es stimmt, daß er mit einer aus der Studentenverbindung ins Bett gestiegen ist, die Ray vorher mal auf ein Eis und ins Kino ausgeführt hatte), wäre Ray vielleicht niemals zum Lehrerberuf gekommen. Eins hat er aber schon damals gewußt – eine aus der Studentenverbindung war nicht die richtige Braut für ihn, und vielleicht eifern Lehrer immer jemandem nach, von dem sie selbst was gelernt haben; er findet, wenn man keinen Spaß am Unterrichten hat, kann man es gleich lassen, dann lernt sowieso keiner was – entweder kriegt man einen schweren Schaden wie Robert Horn, oder man wird Vorgesetzter: der Mann am Ruder, der sich geschmacklos anzieht. Die Heiligen der Gold Dust High heißen Marcia Taylor und Robert Horn; die fristen zwar ein erbärmliches Dasein, aber sie sind unantastbar, weil sie sich mit der nackten Wahrheit abgefunden haben: ihr ganzes Leben lang werden sie andere zu Dingen motivieren, die sie selbst nie tun werden; ihr ganzes Leben lang werden sie unterrichten – und andere retten, egal ob die dabei draufgehen. Ray hat den Tod schon aus nächster Nähe erlebt; er glaubt, er kann einschätzen, was Selbstmord bedeutet, egal auf welche Weise er geschieht. Er glaubt, einer, der um seinen Job bangt, kann nie die Freiheit haben, was Richtiges zu machen.

Er verläßt das Hauptgebäude, läuft über die lange Betonrampe nach draußen. Die sanft geneigte Rampe mündet in die Rasenflächen, und es gießt in Strömen; er verdeckt den Kopf unter seinem einzigen Tweedmantel und rennt runter in Richtung Sporthalle. Sieht bestimmt sehr dämlich aus, wie er so durch den Regen rennt, wie ein wasserscheuer Pauker. In der Halle angekommen, läuft er an seinem Zimmer vorbei und schickt Lacy in die Umkleide, Jenna holen. Dann erscheint Jenna, sie hat Trainingssachen über ihrem Badeanzug und trägt eine Trillerpfeife um den Hals. «Alles okay?» fragt sie.

«Warum hast du's mir nicht gesagt?»

«Was denn?»

«Warum hast du mir nicht gesagt, daß du kündigen willst.»

Sie nimmt ihn beim Arm und führt ihn nach draußen. Sie stellen sich unter einen Dachvorsprung, schauen in den Regen. Jenna macht ihre Jacke auf. «Ich wollt's dir ja sagen. Dir als erstem. Von wem hast du's? Von Cal?»

«Nich ganz.»

«Oh. Ich dachte ...» Sie vergräbt die Hände in den Taschen und schwingt herum, typisch Jenna. Sie sagt: «Wir trainieren jetzt in der Uni. Ich mach noch die Saison zu Ende.»

«Jen», sagt er, «ich hab nichts dagegen, wenn du gehst.»

Ein Anflug von einem Lächeln kommt auf ihre Lippen; er denkt, so was Blödes hab ich in meinem ganzen Leben noch nicht gesagt. Lachend sagt er: «Ich dachte nur, du sagst mir was. Ach Quatsch», er lacht verkrampft, «warum solltest du denn?»

«Ray ...»

«Is schon okay, echt. Ich find's toll. Die Schüler werden dich vermissen, aber trotzdem, toll. Das Komische is halt nur, daß du mich einfach so im Regen stehn läßt.»

«Ich hab mir schon gedacht, daß du sauer bist. Neulich abends in meiner Wohnung, da wollt ich's dir sagen, aber ich weiß auch nicht. Du warst so merkwürdig drauf ... Ich wollte dich nicht wütend machen ... oder verletzen, davor hatte ich Angst.»

«Ach weißt du, ich hab diese Wut echt satt. Dieses ständige Abkotzen.» Er lächelt bitter. Er denkt, sein Lächeln sieht immer wie ein blödes Grinsen aus, wie bei seinem Vater, der niemals an der richtigen Stelle lächelt. Er sagt: «Mein Vater ... Daddy, wie's bei mir zu Hause heißt ... mein Daddy hat immer gesagt: ‹Was reingeht, muß auch wieder raus.› Immer wenn ihm übel war, weißte? Er kam an, hat gekotzt, und dann hat er wieder von vorn angefangen, und jedesmal, Jen, jedesmal hat er diesen Satz gesagt. ‹Raymond›, hat er gesagt, ‹was reingeht, muß auch wieder raus.›»

«M-hm.»

«Das da», sagt Ray und zeigt auf Belinda Fullerton, die gerade mit Regenschirm über die Rampe watschelt. «Das is stärker als ich. Das is stärker als ich, und die Verhältnisse sind total unfair. Manche Sachen hat man von Geburt an, zum Beispiel 'n Vater. Okay, das is Mist, aber es is verdammt noch mal 'ne Tatsache, verstehste, Jen. 'n Klumpfuß kriegste nich wieder los. Du mußt dich halt ans Humpeln gewöhnen und fertig. Scheiß drauf. Aber glaub bloß nich, daß ich wütend werde. Du mußt wissen, was du für richtig hältst. Und das weißt du selbst, Jen, dafür brauchst du mich nich.»

«Ray ...»

«Tut mir leid, wenn du dachtest, ich bin wütend. War ich gar nich. Ich mein, im Prinzip schon, aber nicht auf dich.»

«Ich glaub ...»

«Zum Feind wird eine Sache erst, wenn sie so stark ist, daß sie dich umbringen kann. Das ist die erste Grundregel. Wenn sie dich umbringen kann, mußt du aufpassen.»

Sie schaut ihn an, wie sie es früher manchmal getan hat. Er denkt, er müßte es nur zulassen, dann könnte alles noch mal von vorn anfangen. Vielleicht. Wahrscheinlich eher nicht, es ist total vereist. Er hat so einiges verbockt. Sie streicht sich einen verirrten Regentropfen von der Wange und sagt: «Ray, kannst du mir dein Auto pumpen? Nur 'n paar Stunden?»

Der irre brillante Professor mit der perplexen Tolle starb kurz nach Rays Studienabschluß an einer geplatzten Arterie im Gehirn – das hat ihn mit einem Schlag erledigt. Ray erfuhr es aus der Zeitung. Er schickte der Uni zwanzig Dollar für einen Stipendienfonds für Philosophiefans. Zuerst war Ray traurig, daß der Mann so jung und so plötzlich sterben mußte. Doch dann, nachdem er viele Monate, sogar Jahre hin und her überlegt hatte, dachte er: *Was für ein Abgang!* Ein Hirnproblem – das hätte Einstein auch nicht besser hinkriegen können. Ray hatte mit Ach und Krach den Naturwissenschaftlichen Kurs überstanden, und da kam Physik noch nicht mal vor, aber er ist fest davon überzeugt, daß der Irre seinen Tod als *Ironie* bezeichnet hätte, und manchmal fragt er sich, ob der Typ überhaupt wirklich brillant war. Vielleicht war er nur durch und durch krank und respektlos. Vielleicht war er auch nur einer von denen, die darauf warten, daß ihr Leben direkt vor ihren Augen zerplatzt.

Nach dem Schwimmtraining bringt Jenna den Wagen zurück, und Ray fährt durch den Schnee nach Süden, zum River Bottom. Er hat in Arizona noch nie Schnee fallen sehen, auf der Straße geht es drunter und drüber, und als er in die Bar kommt, denkt er, so läuft das eben. Jetzt bist du in 'ner Bar, na und, was soll's? Überall abgestandene Dunstwolken und Bierpfützen. Der Türsteher schmeißt gerade die Bar. Er sagt: «Na, schöner Tag heute?»

«Kalt draußen», sagt Ray. «Kalt. Ziemlicher Temperatursturz.»

«M-hmm.»

«Und du?» fragt Ray «Wie is dein Tag so?»

Freddy kommt aus der Toilette, er zieht sich die Hose hoch. Das schlabbrige, fleckige Teil ist noch älter als Rays Hose. «Ray», sagt er. «Falls du Cathy suchst, die hat 'n Abflug gemacht.»

«Ach nee. Und ich dachte, sie wär vielleicht hier.»

«Fehlanzeige.»

«Hat sie's dir erzählt?»

«Was denn?»

«Ach, nix.»

«Sie is rein, hat sich ihren Scheck geben lassen. Hat irgendwas von Kalifornien gesagt, da will sie wohl hin. Zu ihrer Mutter. Sie will ihre Mutter ins Krankenhaus schaffen, für 'n Methadon-Programm. Was weiß ich.» Freddy reibt sich die Hände. «Sie is tätowiert und durchgeknallt, das sieht ja wohl jeder.»

«Stimmt.»

«'n Schnaps? 'n Bier? Was brauchste?»

«Tja, also, 'ne Coke will ich ...»

«'ne Coke», wiederholt Freddy laut. «Okay, du willst 'ne Coke, also kriegste 'ne Coke. Menschenskind. Wenn du deinen alten Job wieder willst, kriegste deinen alten Job. Wir machen dich zum Geschäftsführer. Kriegst sogar 'n eigenes Büro.»

«Im Ernst?»

«Wir machen in Glendale 'n neuen Laden auf. Harem soll das Ding heißen. Na du weißt schon, wie 'n Harem halt, hört man doch ständig. Und zwar mit Krawattenzwang, damit nur reiche Leute reinkommen. Wird 'n edler Schuppen, Professor. Denk mal drüber nach. Die Kohle stimmt auch. Und keine Schlägereien. Eben so 'n richtig korrekter Laden, wie in Las Vegas. Warste schon mal in Vegas, Ray?»

«Ich weiß nich, Fred ...»

«Denk drüber nach, okay? Machste das?»

«Vegas», sagt Ray. «Kann ich mir vorstellen.»

Er denkt, wenn er ein guter Mensch wäre, würde er nach Hause fahren und seinen Daddy besuchen – und sogar seine Stiefmutter. Mit Kakteen oder Sombreros als Geschenke. Ray hat knapp neunhundert Dollar auf dem Sparbuch. Wenn er sich anstrengt, hat er bis zur Kündigung vielleicht zweitausend zusammen. Zweitausend Dollar, damit steht einem fast das ganze Land offen, wenn man nicht in Hotels übernachtet. Er hat sich schon mal siebzehn Monate ohne Geld durchgeschlagen. Schwer war nur der Anfang, danach ging es besser, aber ihm ist natürlich klar, daß es auch jetzt erst mal schwer sein würde. Er müßte total vorsichtig sein, und außerdem hat er noch ein paar Rechnungen offen. Aber wer ist schon frei von Schuld und Sorgen.

Er ist bei der Disco – White Christmas, wegen Bing Crosby – und schaut raus in den Schnee. Mit ihm im Haupteingang stehen Cal Buckner, Nathan Rolf und Jenna. Im Inneren der Halle hängt Buckners Discokugel in der Deckenkonstruktion, und Ray weiß, er hat ein paar Schulden offen, die ihn ein Leben lang belasten werden: Walker Miller, Joe Jazinski, Howie Bently, Cathy, Jenna und seine Eltern, die noch am Leben sind. Einer der beiden wohnt in einer Wagensiedlung in West-Kentucky, nur zehn Minuten weg von einem Markt, wo man Rasenmäher und Spaghettisauce kaufen kann.

Jazinski ist gerade angekommen und steht einsam in der Halle.

«Ray», sagt Buckner. «Schnäpschen gefällig?»

Es schneit immer noch – die Flocken fallen durch den Lichtschein der Laternen auf die Betonrampe, die sich durch den Rasen zieht. Wirklich schön, der viele Schnee, und Nathan Rolf reicht den Flachmann rum – Buckner ist der erste. Er gibt ihn Michael Owens, die gerade dazugekommen ist und ihn jetzt an Ray weiterreicht. Robert Horn, Bowling und Chemie, winkt ihnen zu, und in dem Flachmann ist Pfefferminzlikör. Michael hat eine neue Handtasche – da paßt gerade mal ein Schuh rein oder sieben Schlüsselbünde fürs Auto –, und in der Halle spricht jemand ins Mikrophon. Ray hat den Flachmann immer noch in der Hand.

«Hey», sagt Jenna lächelnd. «Hast wohl grad 'n Gespenst gesehn?»

«Alles räddie für die Paaa-tie?» grölt es aus den Lautsprechern. «Alles räddie? Jetzt gibt's Rock 'n' Roll!»

Ray gibt Nathan die Flasche zurück. «Danke», sagt er.

«Tja», sagt Nathan und dreht den Verschluß zu, «da stehn wir wohl allein auf weiter Flur.»

«Stell dir vor, Nathan», sagt Buckner. Der Schnaps treibt ihm die Röte in die Wangen. «Das geht mir auch ständig durch den Kopf.»

Ray setzt ein blödes Lächeln auf. Bei Anspielungen versteht er immer nur Bahnhof. Der Professor mit der vielsagenden Tolle hat mal gesagt, die Menschen hätten ständig Dinge im Kopf, die sie sich eigentlich gar nicht merken wollten. Jaja, der Professor, denkt Ray, von Philosophie hat er eine Menge verstanden, aber seine Haare waren ihm total egal. Es sei denn, er hat sie absichtlich so gelassen. Nathan Rolf war auch mal so. Der war mal Collegeprofessor, und brillant war er auch, und Ray geht in die Halle, Jazinski suchen, dem er einiges zu sagen hat. Jetzt stimmen die Bandmitglieder ohne Begleitung «White Christmas» an, und die ganze Halle singt mit. Musik zum Träumen, vor allem von Schnee, und dazu haben sie heute abend allen Grund, denn es schneit wirklich. In Phoenix. Die Kids singen weiter; in ein paar Stunden hat sich das Ding hier erledigt, dann kann er endlich nach Hause, sich einen Tee kochen, vielleicht auch Kakao. Morgen hat er mit Robert Horn Aufsicht bei der ARP, die Stunden werden extra vergütet, und wenn er heute abend nach Hause kommt, wird er vielleicht baden, ordentlich durchweichen, und sich ein Buch vornehmen. Er hat ein neues über die Jägerei in Alaska. Alaska, wo der Schnee ganz normal zur Landschaft gehört, wie die Jahreszeiten; er denkt an Schnee und an Jennas Worte, den Satz mit dem Gespenst, und die Halle ist von Musik erfüllt, von diesem einzigartigen Klang. Die Kids sind ein riesiger Chor, und Jenna ist allein weggegangen.

Er schlendert an den Kids vorbei, alle singen mit. Lacy, die berühmte Tänzerin, wie immer in Schwarz, steht ein Stück abseits und wartet auf einen schnellen Song, damit sie ihren Veitstanz entfesseln kann – der volle Wahnsinn, was die mit ihrer Mähne und ihrem Körper macht. Im Fernsehen war sie auch schon mal. Die Kids singen immer noch, und er hält Ausschau nach Jazinski – es gibt einiges zu klären –, und genau auf den letzten Ton des Gesangs donnert die Band los – ein langes, lautes Gedröhn aus drei oder vier Tönen. Rock 'n' Roll.

Wo ist Jazinski? Sein Blick wandert gerade über die Köpfe, da hört er einen Schrei.

Das muß ein Mädchen sein; Frauen schreien anders, nicht so lang und mit viel mehr Erfahrung. Jetzt kommt ein Mädchen aus der Damentoilette gestürzt. Schreiend geht sie in die Hocke, rauft sich die Haare, schreit so laut, daß es selbst die Musiker mitkriegen. Langsam verstummt die Musik, und am Ausgang rudert Buckner mit den Armen und schreit: «Ruhe bewahren. Alles Ruhe bewahren!»

Buckner will durch die Halle, aber niemand achtet auf ihn, und jetzt macht Carol eine minimale Atempause.

Er hat Miss Williams!

Ray bahnt sich schnell seinen Weg durch die Masse, schubst die Kids beiseite, und er weiß, er kann es schaffen, schnell genug, er hört Buckner brüllen, und Carol schreit: *Er hat 'ne Waffe! Er hat 'ne Waffe!*

Er ist an der Tür, stößt sie mit einem harten Ruck auf, irgendwo da draußen brüllt Buckner, und jetzt sieht er Howie, der mit einer 38er in der Hand am Waschbecken steht.

Und richtig, er hat Jenna. Sie ist auf den Knien, kniet vor Howie, der ihr die Waffe unters Kinn hält.

Dann ganz plötzlich die Stimme von Michael Owens: «Reg dich ab. Komm, Howie, reg dich ab!»

«Kack ab.»

Ray geht näher ran, an Michael vorbei, und sagt: «Howie, was soll 'n das?»

«Fickste mich?» sagt er. «Los, Pauki, fick mich.»

Jenna schreit auf, und Howie nimmt die Waffe hoch und zielt auf Ray. Grinsend sagt er: «Na, Trainer, Bock auf 'n dicken fetten Knall?»

Jenna schreit wieder auf, und Howie verpaßt ihr einen Hieb mit der Waffe. Der Lauf hinterläßt eine lange rötliche Spur auf ihrer Wange, und als Buckner in den Raum stürzt, schießt Howie. Er schießt auf eine der Kabinen und kreischt: «Ich weiß, ich hab Hausverbot! Und jetzt kackt ab! Alle!»

Michael steht jetzt ganz nah hinter Ray. Er spürt ihren Atem am Hals, ihre Hand im Rücken, ihre Pistole – sie hat tatsächlich eine Pistole. Sie drückt die Pistole mit der Handfläche seitlich in Rays Kreuz, damit er sie spüren kann. Sie sagt: «Jenna, alles klar?»

«Jen», sagt Ray.

Howie zieht sie an den Haaren, zerrt sie mit dem Gesicht an seinen Hosenstall. «Na los, Pauki, fick mich. Wird's bald?»

Michael drückt die Pistole noch fester in Rays Rücken und raunt ihm zu: «Aus dem Weg, los doch.»

«Nee», sagt Ray. «Das läuft nich.»

Er spürt die Pistole im Rücken – 38er Kaliber, genau wie die von Howie, Polizeiausführung –, und jetzt zielt Howie auf Jennas Gesicht und sagt: «Ich wollt's ganz alleine machen. Ganz allein, Trainer. Ich hab nich gesagt, sie soll mir helfen. Wie spät is 'n?»

«Keine Ahnung.»

«Ich hab nich gesagt, sie soll mir einen blasen.»

«Howie ...»

«Meinste, sie hätt's gemacht? Meinste, sie hätt's echt gemacht?»

«Hör auf damit, Howie.»

«Und du? Haste ihr schon mal gesagt, sie soll dir einen blasen?»

Howie verpaßt Jenna den nächsten Hieb. Dann noch einen. Er rammt ihr die 38er in den Mund. «Los, Pauki, blasen.»

Michael drückt noch fester zu, preßt ihre Hand in Jennas Richtung. Jenna ist am Ersticken. *Hau ab!* raunt Michael.

«Hat sie's dir schon mal so gemacht, Trainer?»

«Nein, Howie. Nein.»

«Du lügst doch! Mann, Trainer, du bist echt 'n bekackter Lügner. Mein Name is Howie ...»

«Und du weißt Bescheid. Schon klar. Jetzt reg dich ab. Reg ...»

Ich zähl bis drei, raunt Michael. *Drei!*

«Bis drei!» brüllt Howie. Er zerrt Jenna vor seinen Hosenstall und brüllt: «Eins!»

«Howie», sagt Ray, «das darf nich sein! Das darf doch jetzt nich sein!»

«Sag doch mal, Trainer! Hast du's gemacht?»

Eins.

«Ja, okay, ich hab's gemacht. Jetzt nimm endlich das Ding runter, sonst geht's noch los. Runter damit!»

Howie rammt Jenna die Waffe ins Gesicht, voll ins Gesicht, sie blutet schwer. Sie hat einen Kollaps, hält zitternd die Waffe mit beiden Händen, hält ihn fest und schreit ... Michael drückt weiter zu, *Zwei!* ... und Jenna schreit: *Howie, Howie, bitte! Ist ja gut, Howie! Hör bitte auf, bitte!* und dann: *Howie! Ist wieder gut? ... Ja?* und Howies Gebrüll verstummt, er nimmt die Waffe zum Mund, dann ein Stück runter ... *Na gut, na gut. Dann könnt ihr mich auch abhaken.*

Bis drei hat man schnell gezählt. Um ein Leben zu nehmen, braucht man länger, auch wenn es das eigene ist. Für manche Dinge braucht man wirklich ein ganzes Leben.

Morgen früh werden die Zeitungen voll sein von Gerüchten und unbestätigten Meldungen – Zwei Schüsse an der Gold Dust High. Miss Jenna Williams, Lehrerin, erlitt schwere Verwundungen durch einen verwirrten Schüler, der den kürzlichen Selbstmord seines engen Freundes Walker Miller nicht verkraften konnte.

Jenna Williams liegt mit einem lebensgefährlichen Lungendurchschuß im Scottsdale Memorial Hospital, wird es weiter heißen, und über Howie: Der Schüler Howie Bently war beim Eintreffen in der Klinik bereits tot, und die Reporter werden Fragen stellen – an ein paar Schüler, an Cal Buckner und Nathan Rolf. Sogar die gestörte Roxanne wird ihre Chance vor der Kamera bekommen, wird lächelnd ihr Bandgerät schwenken und eine Menge über *Teamwork* reden, und dann wird Michael Owens, die diensthabende Polizeibeamtin, klarstellen, daß kein Schußwechsel stattgefunden hat ... *Ich habe nicht abgedrückt* ... und ein Team von Gerichtsmedizinern wird ballistische Untersuchungen anstellen, obwohl es keinen Zweifel an Michael Owens' Aussage geben wird. Sie wird vor der Halle im Schnee stehen und sagen: *Ich hatte keine ausreichende Sicht.* Auf ihren hellblonden Haaren werden Schneeflocken landen, und sie wird sagen: *Ich konnte überhaupt nichts sehen, sonst hätte ich den Scheißkerl kaltgemacht.*

Aber die Waffe gehörte Ihnen, Miss Owens. Das stimmt doch, oder?

Ja. Die Waffe gehört mir.

Nach dem Schuß auf Jenna Williams steckte sich Howie Bently den Lauf in den Mund und drückte ab; die Tontechniker werden sämtliche unschönen Ausdrücke rausschneiden, doch Michael Owens' Karriere werden sie damit auch nicht mehr retten können. Captain i. R. Miller wird im Ausland weilen, unerreichbar für die Reporter, und sie werden zu den Bentlys weiterziehen, um Mrs. Bently die Nachricht vor laufender Kamera in ihrem Vorgarten zu überbringen. Auch vor Rays Haus, dem ärmlichen Haus mit primitiven Luftkühlern und blättrigem Anstrich, werden sie sich postieren, bis er heimkommt und sie ihm wichtige Fragen stellen können. Außerdem wird die Schießerei Anlaß für einen Filmbericht sein – *Selbstmord in unseren Schulen – Jugend auf dem Prüfstand* –, der die Einschaltquoten im Lokalfernsehen in die Höhe treiben wird, so daß man weitere Reportagen drehen kann, denn bei den Leuten in Phoenix ist so was nicht so schnell vom Tisch, und was ließe sich auch besser ausschlachten als ein doppelter Selbstmord und die Frage, wer dafür zur Rechenschaft gezogen wird.

Wer eigentlich daran schuld ist.

Am Anfang war das Wort, und das Wort wurde Fleisch, und wenn die Leidenschaft zur Schande wird, wird unser Leben zur Entschuldigung. Daran könnte selbst Jesus Christus glauben: das große Rätsel, solange wir auf Erden weilen – die Frage, was es wirklich heißt, zu leben.

Wäre das alles nicht passiert, würde überhaupt nichts passieren. Aber *Ursache,* ruft sich Jenna ins Gedächtnis, ist nicht gleich *Wirkung.* Ablauf nicht gleich Erklärung. Es gibt in der Luft noch etwas Größeres als den Lauf der Zeit. Etwas, das wahllos und zufällig und in seiner Realität beängstigend ist und sich dennoch nach der Umarmung sehnt. Könnten wir sonst den Himmel bewundern? Die Wolkenballungen im Westen?

Könnten wir sonst Bescheid wissen?

Es wird eine Weile dauern, bis sie wieder ganz gesund ist; sie wird auf der Intensivstation aufwachen und Ray sehen, der an ihrem Bett steht und ihre Hand hält. Später werden sie sich von den Kids verabschieden, und er wird mit ihr das Auto beladen, ihr beim Umzug nach Sedona helfen. Sie zieht zu ihrer Tante Nicky. Sie wird viel lesen und in einem geheizten Becken schwimmen und Ray ab und zu einen Brief schreiben, bis die Briefe immer banaler werden. Bis es nichts mehr zu berichten gibt.

Sedona hat wunderschönes Licht, wird sie schreiben. *Trotzdem habe ich manchmal Heimweh nach Kalifornien. Nach dem Wasser, den vielen Wellen.*

Und Ray wird zurückschreiben: *In Alaska liegt hoher Schnee.*

Damals in Kalifornien, als sie noch mit Sammy zusammenlebte, haben sie mal einen Spätfilm zusammen geguckt. Das war vor der Zeit der Kabelkanäle und Videorecorder, und in dem Film – *Die Unerschrockenen* mit John Wayne und Jim Hutton – ging es um

Feuerwehrleute, die gegen Ölbrände kämpfen. John Wayne und Jim Hutton löschen Brände, die überraschend durch Terroristen oder Blitzschläge verursacht wurden; das Ganze hochdramatisch und bunt, denn es war ein Farbfilm, was damals noch ziemlich neu war, und die Hauptaussage sollte wohl sein, daß sich eine große Explosion nur durch eine zweite löschen läßt. Dazu wirft man Nitroglyzerinkanister ins Feuer, und wenn das Zeug hochgeht, sind die Flammen im Handumdrehen erstickt. Irgendwie liegt das am Sauerstoff, weil Feuer immer Luft zum Atmen braucht, und das Nitroglyzerin muß mit äußerster Vorsicht zum Feuer transportiert werden. Man darf auf keinen Fall stolpern. Das ist einer der wenigen John-Wayne-Filme, an die sich Jenna genau erinnern kann – sie ist kein Westernfan –, und während der Film lief, erklärte Sammy ihr immer schon vorher, was jetzt käme, weil er den Film fast auswendig kannte.

Paß auf, Jen, jetzt gleich ... Paß auf ... Darüber mach ich 'n Song ...

Öl kippt man ins Meer, auf den Sand, denkt sie, und das Leben geht weiter, auch rückwärts. Sammy, die Filme, die sie zusammen gesehen haben, im Bett bei einer Schüssel Popcorn, manchmal auch Eis. Und sehr oft Marihuana, damals. Letzten Monat, als sie auf dem Ranch House Circle in Sedona schweigend an ihrem Auto stand, fertig zur Rückfahrt in die Stadt, und nach einem entschlossenen Satz suchte, fiel ihr einfach nichts ein.

Statt dessen sprach Nicky. «Melodramen öden mich an», sagte sie. «Und zwar total, Jenna. So was dulde ich bei mir selbst nicht, also erst recht nicht bei Menschen, die ich liebe.»

Nicky trug ihren Badeanzug, den rosafarbenen, und dazu Badelatschen. Über ihrer Schulter lag ein Badehandtuch, und Jenna sagte lächelnd: «Ich weiß, Nicky.»

«Meiner Ansicht nach ist dem Menschen so, na, sagen wir mal, alle sieben Jahre eine Krise vorbestimmt. Sieben, das klingt so schön biblisch. Sieben. Aber hinterher heißt es Kopf hoch, Mädchen. Kopf hoch und die Zügel gepackt.»

Jenna schaute ihre Tante an, die genau vor der Sonne stand, und sagte: «Ich glaub, ich hör als Lehrerin auf.»

Eigentlich wollte sie nur wissen, wie sich dieser Satz anhört – ein

Kiesel, der in ein ruhiges Schwimmbecken fällt. Im Garten neben dem aufgerollten Wasserschlauch lag Nickys Labrador Alfred und kratzte sich. Richtig selig sah er aus; das Kratzen tat ihm gut. Noch ein paar Minuten, und Nicky käme zu spät zu ihrem Wassergymnastik-Zirkel für verwitwete Geriatriker. Danach würde Nicky wie immer allein zur städtischen Bibliothek gehen.

Nicky fragte: «Willst du deinen Dr. phil. machen?»

«Um Gottes willen», erwiderte Jenna. «Nein. Aber vielleicht kann ich Anwältin werden. Oder Krankenschwester. Keine Ahnung. Ich weiß es nicht, Nicky, aber ich halt dich auf dem laufenden, ja?»

«Tu das, Schätzchen. Und sei lieb. Sei lieb zu dir.»

Und dann war Jenna in ihr Auto gestiegen, das beim dritten Versuch startete und ruckweise anfuhr, woran laut Ray die abgenutzten Kupplungsbeläge schuld waren. Für sie war die Kupplung nur ein Pedal, das man vorzugsweise mit dem linken Fuß tritt, und sie fuhr über den Highway, vorbei am Beil Rock, dem Glockenfelsen, von dem ein stilles Läuten durch die Lüfte drang: ein Glockenkonzert aus Farben. Die Luft war so hell, daß man damit malen konnte, obwohl sie kein Zeichentalent besaß – das Auge hatte sie, aber nicht die Fertigkeit –, und vielleicht war sie für den Rest ihres Lebens auf die Beobachterrolle festgeschrieben, mit ein paar analytischen Momenten hier und da, und sie wußte, sie wollte etwas machen. Etwas Sinnvolles, Richtiges, Gutes; all das wollte sie sein, und vor allem wollte sie gebraucht werden. In Sedona gab es genauso viele bettelarme wie reiche Künstler, denn selbst jetzt war – dank Bewässerung, Studentenkrediten, Auslandsschulden, Schmalspurökonomie und Obdachlosigkeit – die Zeit wie geschaffen für Künstler im Kampf ums eigene Überleben und für die Rettung der Welt. Denn offenbar ging dieser ganze Horror so weit, daß nicht einmal die Gesetze der Schwerkraft, der Geschichte und der Optik noch Bestand hatten. Wenn man einen Wunsch hat, der stark genug ist, muß man sich nur klarmachen, was man wirklich haben und behalten will. Das Dumme ist nur, wie findet man heraus, was man will?

«Ich will einen Hund!» sagte sie sich, als sie unterm Cherry Highway durchfuhr. Unter der Brücke lauerte wie immer ein Polizist. Jennas Auto war gar nicht schnell genug für einen Strafzettel, sie winkte im Vorbeifahren, er winkte zurück, tippte sich an die Mütze, und dann sagte sie: «Einen lieben Hund. So einen wie Alfred.»

Einen wie Alfred, den wollte sie wirklich haben und behalten. Wenn ihr Autoradio auch außerhalb des Stadtbereichs funktionieren würde, hätte sie wahrscheinlich nicht so ein langes Selbstgespräch geführt, und jetzt hatte sie einen Hund. Er hieß Paris, und abends spazierten sie zusammen im Park. Wenn sie auf dem Fußboden lag und Arbeiten durchsah, schlüpfte er neugierig unter ihrem Arm durch. Außerdem wollte er immer mit in die Wanne. Dann steckte er die Nase in den Schaum, mußte niesen und jaulte; für ein richtiges Bellen war seine Stimme noch nicht weit genug entwickelt. Er war ja noch ein Welpe.

Eigentlich sah er nicht gerade wie ein Kriegsstifter aus, schon gar nicht wie der Stifter des Trojanischen Krieges, und sie beschloß, ihn nicht unfruchtbar machen zu lassen. Der korrekte Ausdruck dafür war *kastrieren* – die Eier abschneiden. Nein, sie würde lieber eine Freundin für ihn suchen, und wenn es soweit wäre, könnten sie Junge bekommen, Welpen, und Jenna würde dafür sorgen, daß alle Welpen ein Zuhause kriegen. Der Tag lag noch so fern, daß es eine schöne Vorstellung war: eine Familie aufzuziehen, und was sie dann mit ihr anstellen würde. Die Geburt eines eigenen Kindes würde sie zwar nicht zum Heiraten zwingen, aber sie wollte keine alleinerziehende Mutter sein. Ray wäre der Typ dafür. Wenn er lernen könnte, sich selbst zu lieben, wäre er ein guter Vater, ein gerechter und zugleich liebevoller Vater, nachgiebig und immer lieb; inzwischen kannte sie seine Stärken genau, auch die Schwachstellen an den Gelenken und weshalb er immerzu hin- und herrutschen, sich sozusagen auswuchten mußte. Gleichgewicht, die linkische Grazie, mit der er den beharrlichen Kampf zum Kaschieren besagter Schwachstellen in seinem Innern führte ... und sie ahnte, wie es wäre, dabei zuzusehen. In diesem Schuljahr war er für den Titel «Oberstufenlehrer des Jahres» vorgesehen, denn seine Schüler mochten ihn, weil er lieb und niemals ungerecht war. Cal hatte ihr vor zwei Wochen davon erzählt, als sie in sein Dienstzimmer kam, um ihm mitzuteilen, daß sie im nächsten Semester nicht mehr an der Schule wäre.

«Aber nicht verraten, Jen. Soll 'ne Überraschung werden.»

«Ich muß hier weg, Cal.»

«Ich weiß. Und ich versteh dich auch. Ehrlich. Du stirbst lieber, bevor du dich kaputtmachen läßt.»

Merkwürdiger Satz, dachte sie, auch wenn er als Kompliment gedacht ist. Cal zupfte am Ärmel seines Hawaii-Hemdes und sagte: «Bei uns sind mehr Lehrer kaputt, als Schüler durchfallen. Auch mehr, als durchkommen. Denn *durchkommen*, Jenna, das können sogar die Kaputten. Deswegen sind einige anders.»

Sie dachte an Marcia Taylor, an Belinda Fullerton und Robert Horn, Chemie und Bowling; sie dachte: ich bin eine gute Lehrerin. Ich weiß, worauf es ankommt. Ich weiß, woran ich glaube. *Nur wenn der Glaube aufhört, was dann?* ... Und sie weiß, sie kann weiter als Lehrerin arbeiten, als gute Lehrerin, und muß nicht mal daran kaputtgehen. Cal Buckner war mal Englischlehrer auf den Bahamas.

Cal, woran glaubst du? wollte sie ihn fragen.

Aber sie kannte die Antwort. Sie lautete bei allen gleich ...

Überleben. Die Leute drückten es nur verschieden aus.

Es schneit, hatte Nathan Rolf gesagt. *Es schneit nur für uns!*

Letztes Jahr, als sie in die Umkleide ging und in ihrem Dienstzimmer plötzlich vor Howie, Walker und Jazinski stand, die in ihren Zeitschriften blätterten, hatte sie gefragt: «Was macht ihr denn hier?»

Worauf Walker ganz arglos sagte: «Kundschaften. Wir haben was ausgekundschaftet, Miss Williams. Aber jetzt sind wir echt ganz schön ausgehungert.»

Was soll's, dachte sie, sind eben Jungs, solange sie noch nicht erwachsen sind, und jetzt denkt sie, daß auch sie endlich erwachsen werden muß ... *Ich muß erwachsen werden.* Zur Feier dieser Entscheidung machte sie sich schick und ging ganz allein essen. Sie lud sich in ein Restaurant mit Tischdecken ein, bestellte Wein und in Erdnußöl geschwenktes Wok-Gemüse. Sie aß langsam, als hätte sie alle Zeit der Welt, und so war es ja auch. Danach, auf der Heimfahrt, hielt sie öfter mal an, bestaunte die Lichter der Stadt in dem Bewußtsein, daß sie im Grunde nirgendwo zu Hause war. Nachher, wenn Paris schlief, würde sie wach bleiben, würde in ihrer Küche am

Fenster sitzen und in die Dunkelheit blicken. Als sie wieder auf dem Parkplatz ankam und ihr Auto in den Carport steuerte, sah sie Rays Wagen. Der Anblick machte sie richtig glücklich, so wie früher. Er saß allein hinterm Steuer und schlief.

Sie klopfte ans Fenster, er fuhr erschrocken hoch – typisch Männer, wie wenn sie hastig ihren Hosenstall kontrollieren oder sich nach einem Sturz aufrappeln. Sie entschuldigte sich und nahm ihn mit zu sich nach oben. Sofort als sie durch die Tür waren, hüpfte Paris an sein Bein und pinkelte.

«Er heißt Paris», sagte sie zur Entschuldigung.

«Ich weiß schon, wie der aus dem Trojanischen Krieg. Is grad Thema Nummer eins.»

«Oh», sagte sie. «Das ist mir neu.»

Er setzte sich an den Küchentisch und sagte: «Gut siehst du aus.»

Dann saß er da, trank Tee, und sie hatte große Lust, ihm von der Neuigkeit zu berichten – Oberstufenlehrer des Jahres, das hieß über zweihundert Dollar Prämie, was genau für eine Party in Reno oder für einen Abend mit drei besonders guten Freunden im Steakhaus reichte. Was hatte Ray denn eigentlich für Freunde? Michael Owens, die Polizistin, und vielleicht noch jemanden ... *Wen hab ich?* ... und sie hatte große Lust, es ihm zu sagen ... *Hey, soll ich dir mal was verraten?* ... doch sie stoppte sich noch rechtzeitig; sie konnte ihm doch nicht die Überraschung verderben. Wieder mal kam ihr der Gedanke, daß es genauso machtgeil ist, ein Geheimnis zu verraten, wie wenn man es für sich behält. Sie hatte nicht darum gebeten, es zu erfahren. Sie war nicht machtgeil ... *Das ist nicht der Punkt* ... und sie sah seine Arme an, die Adern zum Handgelenk, und wollte ihn bei sich behalten. Er hatte verschlafene, klare Augen, und sie wollte, daß er mit ihr ins Bett ging, sie küßte, wollte, daß auch er sich nach ihren Küssen sehnte. Nebenan bei Bill war eine Party im Gange, und Musik und gedämpftes Geplauder erfüllten die Wände. Da wurde gelacht und geschäkert, und anstatt zu sagen, was sie wollte ... *Hey, Ray ... Es ist schon so lange her, findest du nicht?* ... anstatt die Hand auf sein Knie oder sein Handgelenk zu legen, stellte sie ihm eine peinliche Frage: ob er zu den Anonymen Alkoholikern ginge.

Später, Ray war inzwischen weg, schlief sie auf der Couch ein, erschöpft von so viel Energievergeudung.

Sie schreckte aus dem Schlaf hoch, über ihr die nackte Glühbirne der Leselampe. Da draußen klopfte jemand an ihr Fenster. Paris jaulte, und sie schrie: «Weg da! Ich hab 'ne Pistole! Und 'n Hund!»

Sie schaltete die Außenlampe ein – kein Mensch zu sehen. Sie hatte noch nie eine Pistole, eine echte Pistole angefaßt, nur die in Walker Millers Hand. Die war groß und voll geladen, und sie kreischte auf und ließ sie fallen. Sie hatte sie ins Gras fallen lassen und laut geschrien, während die Sanitäter versuchten, ihr eine Sauerstoffmaske zu verpassen. Ihr Badeanzug lag im Gras; leer und noch feucht, verlangte er danach, ausgefüllt zu werden, und sie hatte gedacht, das Schlimmste wäre überstanden. Sie hatte sich eingebildet, sie könnte irgendwas ausrichten.

Sammy. Auf der Beerdigung, nachdem Sammy auf einem LSD-Trip im Meer ertrunken war, hatte seine Mutter gesagt: «Gott schließt nie eine Tür, ohne vorher ein Fenster aufzumachen.»

Oder ein Luftloch. Jenna hatte zur Beerdigung die Trauerkluft für junge Mädchen angelegt: schwarzes Baumwollkleid, Haare hochgebunden und eine dunkle Sonnenbrille, hinter der sie ihre von Tequila und Hasch brennenden Augen verbarg. Sammy wurde in Jeans und Sweatshirt begraben, der Sarg war allerdings verschlossen; der aufgedunsene Leichnam war erst nach Tagen an den Strand gespült worden. *Kein schöner Anblick,* wie ein Polizist bemerkt hatte, und Walker Miller starb in Turnschuhen – knöchelhoch, mit roten Schnürsenkeln –, und im Frühjahr, kurz bevor er in die Pflegeanstalt Superstition Mountain eingewiesen wurde, war er in einem Supermarkt durchgedreht.

Jenna kaufte gerade dort ein. Milch, Orangensaft, Tampons, Nudeln, Basilikum, ein Halbliterpack Rumeis mit Rosinen – eine knappe Einkaufstüte voll. Sie stellte sich an die Kassenschlange und schaute Walker Miller zu, der die Lebensmitteleinkäufe der Kunden einpackte. Er trug eine grüne Krawatte, und seine Gesichtshaut war zu der Zeit noch rein. Sie erkannte ihn als einen Schüler, hielt ihn aber für Howie Bently.

Walker sagte: «Hallöchen, Miss Williams. Wie geht's?»

Sie spürte, wie ihr die kalte Eispackung langsam aus dem Arm rutschte. Sie brachte sich ins Gleichgewicht und sagte: «Hi, Howie.»

Walker zeigte auf sein Namensschild. «Walker. Walker heiß ich. Ich mach bei Ihnen in ‹Sport fürs Leben› mit. Find ich voll gut.»

Auf seinem Namensschild stand WALLY, was sie nicht ganz durchschaute. Peinlich, daß sie seinen richtigen Namen nicht gewußt hatte. Beim Volleyball war er nie passend gekleidet; er spielte in Jeans und langärmligem Hemd und kam bei seinen Versuchen, den Ball zu treffen, mächtig ins Schwitzen. Ab und zu schaffte er es sogar. Walker spielte mit der verzweifelten Grazie eines Jungen, der meint, wenn er nur einmal, nur ein einziges Mal den Ball trifft und einen Punkt rausholt, gewinnt er vielleicht die lebenslange Zuneigung eines Mädchens und darf sich womöglich sogar mal mit ihr treffen. Und rettet vielleicht die Mannschaft.

Es gab ein Mädchen, Iva Polanski, die öfter mal mit Walker zusammen unter den Orangenbäumen auf dem Rasen saß und ihn anlächelte, denn Walker war im Schulchor, und Iva Polanski spielte im Orchester als Begleiterin. Walker Millers Mutter hatte sich umgebracht; sie hatte eine Flasche Percocet geleert und sich die Adern in den Oberschenkeln aufgeschlitzt. Man fand sie im Whirlpool in einer blubbernden Brühe aus Wasser und Blut, aber auch das war nicht der Anfang gewesen. Jahre früher, in Jennas erstem Schuljahr in Arizona, hatte sie an der Gold Dust High einen jungen Lehrer namens Fennerstrom kennengelernt, der mit einer Schülerin liiert war. Der Lehrer hatte sich im Auto über dem Camp Verde von einer Klippe gestürzt. Auf so einen Skandal hatten die Zeitungen nur gewartet – Fotos, Briefe zwischen der Schülerin und dem Lehrer, der ein stiller Mann war und Fennerstrom hieß und sich im Auto von einer Klippe gestürzt hatte, woran er siebzehn Stunden später, so der gerichtsmedizinische Bericht, verstarb. Zuerst hatten es alle für einen Unfall gehalten.

Doch dann erfuhren die Presseleute von dem Verhältnis – Lehrer liebt Schülerin. Der Lehrer ein stiller Mann, die Schülerin flatterhaft und gescheit, die Briefe schlichtweg tragisch. Liebesbriefe aus der Feder eines gebildeten, einsamen Mannes; und noch herzergreifender die Briefe in der schnörkligen, dicken Mädchenhandschrift mit Fehlern in Grammatik und Rechtschreibung. Die Zeitung, die als erste über den Skandal berichtete, machte mit einem Faksimile von zwei Briefen auf, und in einem der Briefe schrieb das Mädchen:

Mir ist egal, was die andern sagen, was sie wissen, niemand weiß wirklich Bescheid, Fenny. Niemand! Niemand!

Und Fennerstrom antwortete mit sanftem Strich ... *Sind diese Tage wahr, so sind sie unser. Und wer sollte uns vergeben? Wer, und warum?*

Irgendwann in der nächsten Zeit, wenn es Jennas Lunge allmählich bessergeht, wird sie bei einem von Rays Krankenhausbesuchen anfangen, ihm die Geschichte zu erzählen. Sie wird ihm die traurige, tragische Geschichte des Mr. Fennerstrom erzählen – die Geschichte eines Mannes, den sie nicht näher kannte als etwa einen entfernten Verwandten. Sie wird Ray erzählen, daß sie geweint hat, als sie von der Sache hörte ... *siebzehn Stunden!* ... denn sie hatte den Mann gekannt, wenn auch nur flüchtig; sie unterrichteten beide den gleichen Kurs, und manchmal stand Fennerstrom kaffeeschlürfend am Kaffeeautomaten und sah aus dem Fenster. Sie lächelten sich oft an, wenn auch nur kurz, zum Beispiel auf dem Gang oder bei Versammlungen. Seine Augen sahen immer verschlafen und müde aus, eigentlich genau wie Rays Augen. Immerzu müde ... *Wie deine, Ray, nur nicht so klar ... und trauriger* ... und dann würde sie Ray erzählen, daß sie diesen Herbst, als Belinda Fullerton und Andre Langousis Gerüchte über Ray und Diana Vanderstock in die Welt setzten, über anrüchige Begegnungen auf dem Parkplatz ... Jenna würde Ray erklären, daß sie die Gerüchte damals nur als Vorwand benutzt hat, um mit ihm ins Gespräch zu kommen, und daß sie ihn warnen wollte.

«Sieh dich vor», hab ich gesagt. Weißt du noch, Ray? Ich hab gesagt: «Sieh dich bloß vor, so was passiert immer wieder ...»

Dabei wußte sie natürlich schon damals bei dem Gespräch, daß sie Ray nicht zur Vorsicht ermahnen mußte: an die Liebe glauben nur Romantiker, und ein so starker, disziplinierter Mann wie Ray würde sich niemals Hals über Kopf in eine so sinnlose Romanze stürzen. Für ihn war die Liebe eine Last, die man sich auf die Schultern laden muß wie Untreue oder einen plötzlichen Wetterumschwung; nichts, wofür man sich aufgibt. Nichts, worin man ertrinkt ... *Liebe, so tief, daß du ertrinkst* ... und im Krankenhaus, auf dem Weg der Genesung, mußte Jenna oft lachen und husten, weil es noch lange, noch ziemlich lange dauern würde, bis ihre Lunge ganz verheilt wäre, und Ray kam zu Besuch und zeigte ihr Fotos von Alaska.

Die Kids. Wir müssen mit den Kids reden!

Eines Tages vor langer Zeit fing es an. Da drehte Walker Miller zum erstenmal durch, an einem Kassenschalter in einem vollen Supermarkt mit Klimaanlage. Er packte gerade Jennas Lebensmittel ein, hatte sie mit einem Lächeln, einem beharrlichen Lächeln gefragt: «Normal oder doppelt verstärkt, Miss Williams?»

«Normal.»

«Is egal», sagte er und kriegte sich wieder ein. «Also, im Prinzip, weil unsere normalen eigentlich auch doppelt verstärkt sind.»

Drinnen war es kalt – die Kühlautomatik lief auf Hochtouren, um die Lebensmittel frisch zu halten –, und draußen war der Himmel ganz hell: das weiße Himmelslicht, dachte sie. Es war Frühling, der Sommer stand vor der Tür, und Walker Miller schob lächelnd ihren Einkaufswagen, stolperte über seine riesigen Füße ... sie hatte die ganze Zeit nach einem Gesprächsthema gegrübelt. Sie lobte seine Hilfsbereitschaft, immerhin ein kleiner Fortschritt in ihrer Verständigung. Doch dann fuhr ein Auto vorbei, ein langer, wuchtiger Kombi mit ein paar Jungs, und im Vorbeifahren brüllte einer der Jungs in Jennas Richtung: «Hey, geile Titten!»

Walker fuhr blitzschnell herum. «Kack ab!» brüllte er. «Kack ab, du Arsch!»

Das Auto hielt an, ein Junge sprang raus. «Was war das eben?»

Walker, von Kopf bis Fuß elektrisiert, legte los: er hob den Einkaufswagen mit einem Ruck über seinen Kopf und schleuderte ihn auf die Motorhaube, kreischte: *Kack ab, du Kacker!* und ging auf den Jungen los, kreischte und schleuderte die Fäuste gegen das Auto, den Einkaufswagen, den Jungen, und jetzt zerrten die anderen an ihm, zerrten und brüllten, Jenna schrie, bekam versehentlich einen Ellbogenhieb auf die Nase und blutete. Die drei Jungs hielten Walker am Boden; er keuchte, japste nach Luft. Seine Fäuste waren nur noch ein Paar blutverschmierte Stümpfe.

Sie sagte den Jungs, sie sollten ihn loslassen ... *Laßt ihn los!* ... und half ihm auf die Beine.

«Das hab ich für Sie gemacht, Miss Williams! Ich hab Ihre Ehre verteidigt!»

«Walker ...»

Er starrte sie an, das nackte Entsetzen in den Augen. Er stellte sich auf Zehenspitzen, als hätte er eine Jenseitsvision, eine Endzeitvision; jetzt nahm er die Fäuste vor die Augen, stieß einen Schrei aus und rannte los. Rannte durch die automatischen Türen in den Supermarkt, und als er in der Warenabteilung war, nahm er den Reinigungsschlauch, und dann Wasser marsch auf Hausfrauen, Kinder, die Einpacker in Dienstkluft. Die Kassen. Er setzte den ganzen Markt unter Wasser, bis auf einmal kein Wasser mehr kam. Jemand hatte den Hahn abgedreht, und nun stand Walker mit dem erschlafften Schlauch da. Er ließ ihn fallen und nahm sich den Stand in seinem Rücken vor – süße, gelbe Grapefruits prasselten auf die Kunden herab, zerplatzten zu Brei; Walker peilte keine direkten Ziele an, er schleuderte die Grapefruits in hohem Bogen durch den Markt und kreischte: *Sonderangebot*, nur heute! Süß! Lecker! Ohne Kerne!, die Früchte schlugen auf dem Fußboden zwischen den Regalen auf, so daß bald alles mit dem Blut von seinen Händen vollgeschmiert war.

«Walker?» sagte sie sanft und breitete die Arme aus. «Komm her, Walker.»

Und da brach er zusammen. Er ging zu Boden, und nur das Surren der Klimaanlage begleitete sein Schluchzen.

Heute morgen, als draußen der Regen pladderte, hat sie den Polizisten angerufen, denselben, der sie jetzt schon mehrmals beraten hat. Sie schilderte ihm die Situation von gestern nacht, das Klopfen am Fenster; *sicher*, es könnte natürlich auch nur ein Traum gewesen sein, und nach dem Gespräch beschloß sie, mal wieder nach dem Öl in ihrem Auto zu sehen. Das sollte man mindestens zwei-, dreimal im Jahr tun. Vorbeugende Wartung. Irgendwann hatte Ray ihr mal erklärt, wo der Ölmeßstab war, und während sie ihre Schubfächer nach einem Lappen durchwühlte, fiel ihr wieder die Unterhose ein, die ihr Walker Millers Vater an die Antenne gesteckt hatte, an dem Tag damals, als er so übermüdet und betrunken war und mit dem Wäschestück die Fenster seines leeren Hauses putzte – Walker Millers Unterhose, Baumwolle mit Gummizug –, und sie durchwühlte die Schubfächer, den Schrank, irgendwo mußte sie doch sein, aber sie konnte sie einfach nicht finden ... *Hast du sie vielleicht doch weggeschmissen?...* und als Ersatz wählte sie ein gelbes Söckchen mit zerlöchertem Hacken aus. Sie lief die Stufen runter, ging auf ihr Auto zu, und dann sah sie die weißen Sprenkel auf der Frontscheibe. Schnee, die ganze Scheibe war voll, nur leider war noch keine einzige Schneeflocke gefallen. Der Regen prasselte auf den Kohlenschotter, und als sie näher herankam, sah sie, daß die Frontscheibe völlig zertrümmert war.

Innen lag alles voller Glassplitter. Ein paar hundert Dollar in kleinen Splittern, aber die Frontscheibe hielt anscheinend noch zusammen. Sie hing zwar in der Mitte durch, aber im ganzen hielt sie noch zusammen, und Jenna wurde wütend über soviel Zerstörung; sehr, sehr wütend. Sie rannte hoch in ihre Wohnung, immer noch wütend und zugleich irgendwie auch ein bißchen bestätigt – jemand hatte mutwillig ihr Auto ramponiert, das auf einem sicheren, korrekten Platz abgestellt war, *auf meinem Platz,* und als sie mit einem Handfeger zurückkam, wurde ihr klar, daß sie die Scheibe vollständig zertrümmern mußte. Eine Zeitlang lebte sie beim Zertrümmern richtig auf. Sie trat zurück, schwang weit und gleichmäßig durch ... *Ich bin unschuldig, ich bin unschuldig* ... und ließ die Überreste ihrer Frontscheibe durch die Luft segeln. An diese Wut, diese berechtigte Wut in ihr könnte sie sich direkt gewöhnen, fand sie, und nach einer Weile merkte sie, daß sie gar nicht so wütend war. Sie hatte ihre Versicherung immer bezahlt; so tragisch war es gar nicht. Sie fegte die Sitze, das Armaturenbrett, die Gummimatten und dann das Pflaster ab, denn sie war ein verantwortungsbewußter Mensch ... *aber nicht für alles, nicht für alles und jedes* ... und während sie die Reste ihrer Frontscheibe zusammenfegte, fiel ihr wieder das Öl ein, das schwarze Öl, wie es ihr jedesmal einfiel. Wahrscheinlich wäre es wirklich am besten, wegzuziehen.

Es goß wie aus Eimern. Sie rannte zu dem Geschäft auf der anderen Straßenseite, wo es Waren des täglichen Bedarfs zu kaufen gab, Ray nannte die Dinger immer Kuck und Klau; sie kaufte zwei Plastikflaschen mit Öl, und als sie wieder unterm Carport stand, völlig durchnäßt, und sich die gelbe Socke und die klaffende Wunde an ihrem Auto ansah, beschloß sie, daß sie das Problem ruhig verschieben könnte ... *zum Teufel damit* ... Der Himmel war angeschwollen, prall gefüllt, kein Ende des Regens in Sicht, und sie ließ die Motorhaube zufallen. Sie sah zu, wie das Wasser über die Dachrinne ihres Hauses schwappte, und dann ging sie in die Hocke und lachte. Das war ja so was von albern, merkte denn das keiner, und hinterher, nachdem sie sich abgeregt hatte, holte sie Paris zu einem kurzen Spaziergang im Park. Sie spazierte durch den Regen, was eigentlich nur was für Liebespaare oder enge Verwandte war, und sie fand es auf eine merkwürdige Art erfrischend, im strömenden Regen allein durch einen Park zu spazieren. Und beim Spazieren dachte sie: *Das ist es. Genau das ...* Und dann rannte sie los, und Paris hinterher, rannte durch das nasse Gras nach Hause, und dabei wurde ihr klar, daß sie alles tun könnte, wenn die Zeit reichte. Du kannst das Leben ändern, das du dir ausgesucht hast. Du kannst dir einen Liebsten suchen. Du kannst sogar lernen, noch einmal von vorn anzufangen, weil du weißt, daß du es tun mußt.

Wenn die Zeit reicht, verblassen selbst die deutlichsten Momente: die Gezeitenwelle der Geschichte spült in einem vom Mond bestimmten Zyklus darüber hinweg und verwischt die Konturen. Tag für Tag. Für die Autoreparatur hat sie immer noch Zeit, genau wie zum Entschuldigen; das läuft ihr nicht weg, denkt sie, und der Schnee da draußen war ein Rekordschnee. Der tiefste, den Phoenix je erlebt hatte, und dabei war er noch gar nicht zu Ende. Nathan Rolf reichte den Flachmann an Ray weiter, und sie lehnte sich an Ray, fühlte sich wohlig gewärmt von der Hitze seines Körpers. Sie spürte, wie die Hitze den Abstand zwischen ihnen durchdrang und wollte ihn mit nach Hause nehmen. Ray stand reglos da, starrte den Flachmann an, und sie sagte: «Hey, hast wohl grad 'n Gespenst gesehn?»

Ray lächelte und gab Nathan die Flasche zurück. Der sagte: «Da stehn wir wohl allein auf weiter Flur ...»

«Stell dir vor, Nathan», sagte Cal. «Das geht mir auch ständig durch den Kopf.»

Und nachher, nach der Disco, wenn sie der Band beim Einladen ihrer Anlage und der Abschlußklasse beim Wegräumen der Tische geholfen hätten, wenn endlich auch alle Tische weg wären, die die Abschlußklasse geschickt übergangen hatte, würde sie Ray noch einmal fragen, wie's denn wäre, wenn sie vielleicht ... *Wie wär's, was meinst du?* ... und natürlich käme dann auch der Moment, wo sie sagen könnte ... *Hey, Großer. Fährst du mich nach Hause?* ... und dann der nächste, und genau das würde sie tun. Sie wußte genau, was sie tun würde, und der Gedanke daran ließ sie erröten; Robert Horn glotzte sie schamlos an. Robert Horn, der jetzt wieder ohne kugelsichere Weste rumlief und aussah, als hätte er zehn Kilo abgenommen.

Dann sah sie Howie Bently. Er trug ein weites T-Shirt, hatte nasse Haare vom Schnee und lange schlaksige, weißhäutige Arme, und sie trennte sich von den Kollegen, um ihm nachzulaufen, ihn zu begrüßen, irgendwas zu sagen, und während sie ihm nachlief, hörte sie die Stimmen in ihrem Rücken: Ray redete mit Michael Owens, die so unheimlich scharf auf ihn war. Die Eifersucht saß wie ein eisiger Kloß in Jennas Hals. An der Decke rotierte die Discokugel im Eiltempo.

«Howie!» rief sie.

Er lief weiter.

Sie rief ihn erneut. «Howie?»

Vor den Toiletten blieb er stehen und fuhr auf der Zehenspitze herum. Er lächelte verkrampft und sah auf die Uhr an seinem Handgelenk. «Wie spät isses?» sagte er.

«Keine Ahnung, Howie.»

«Das is wichtig für mich. Wie spät isses jetzt genau?»

«Howie ...»

«Zehn Uhr fünfzehn», sagte er. «Da bin ich geboren. Am fünfzehnten Oktober.»

«Howie, geht's dir gut?»

«Klar. Bestens!»

Die Band setzte für einen Moment der Andacht aus, dann stimmten sie a capella «White Christmas» an, und Jenna sagte: «Bist du sicher?»

«Wie bitte? Ob ich sicher bin? Logisch bin ich sicher. Ich werd doch wohl meinen Geburtstag wissen. Was soll das heißen, *Bist du sicher?*»

Sie sah auf die Uhr, und jetzt, im Hochschauen, traf sie seinen Blick – weit entfernt und doch sehr, sehr nah. Nein, dachte sie.

Nein. *Nein!* … und dann stieß Howie die Tür zur Damentoilette auf.

Sie blieb stehen und sah zu, wie die Tür sich langsam schloß, wie sie sich langsam auf den Angeln in Richtung Rahmen bewegte. Und sie wußte, daß sie diese Situation nicht zum erstenmal erlebte … *Du mußt das nicht machen. Du mußt das nicht machen …*

Und die ganze Schule sang «White Christmas», ein Lied, von dem sie früher mal den Text kannte.

Nein. Ich muß das nicht machen!

«Howie?» rief sie und stieß die Tür auf. «Howie?»

4

Blut des Glaubens, Körper der Hoffnung. Preiset den Tag.

Was muß man sonst noch wissen? Daß Liebe Kummer bringt? Daß Kummer immer wieder Liebe hervorbringen muß? Als ersten Akt im Leben atmen wir ein, danach wieder aus, und wir können niemals Luft holen, ohne sie wieder zurückzugeben. Genau das spürt sie in diesem Moment – ihren Atem im kühlen Morgengrauen; es wird gerade erst hell, und sie sitzt am Swimmingpool ihrer Eltern, der jetzt zum Verkauf steht, wie das ganze Haus. Seit einer Weile setzt sie sich oft hier raus und schaut ins Wasser, ins Wasser und in den Himmel; wenn es kalt ist, nimmt sie sich eine Decke mit. Das Wasser im Pool ist blau, ein Windhauch kräuselt die Oberfläche, und in ihrem Zimmer liegt Joe in tiefem Schlaf. Er liegt unter der großen grünen Steppdecke, die Mutter ihr gekauft hat, weil sie so gut zu ihren Augen paßt.

Manchmal, wenn er so schläft, sieht es fast aus, als würde er gleich aufwachen. Er nimmt jetzt eine Menge Medikamente, was nur ein *Übergangsstadium* sein soll, und manchmal hat er gefährliche Träume. Manchmal wacht er sogar schreiend auf, und dann hält sie ihn im Arm, bis er wieder einschläft. Meistens erinnert er sich kaum an Einzelheiten ... *nur an das Gefühl* ... und heute, wenn er ausgeschlafen hat, machen sie englische Muffins und fahren danach mit Spencer in die Berge – ein Ausflug zum Canyon, wo der Schnee den ganzen Winter über halten soll. Spencer hat gesagt, *für dieses Jahr* nimmt er sich vor, Ski fahren zu lernen.

«Aber schnell», sagte er und nickte. «Richtig doll schnell. Meinste, Mrs. Amato erlaubt's mir?»

«Klar», sagte Joe. «Wird sie schon.»

Sie standen bei Joe in der Einfahrt, am Wagen, und Spencer posierte auf seinem neuen Fahrrad. Er kreiste um Joes Wagen, nur eine Hand am Lenker, und plapperte vor sich hin. Sein Knöchel war in Gips, so daß er ziemliche Probleme mit dem Treten hatte. Er stellte sich auf die Pedale und sagte: «Achtung, ich springe!»

Er sauste auf einen künstlich angelegten Miniaturhügel mit Ziersteinen zu und flog vom Rad.

Joe packte sie am Handgelenk. «Spence!» rief er.

«Was 'n?»

«Du bist hingeflogen.»

«Ach Quatsch», sagte Spencer und klopfte sich das Knie ab. Er wälzte sich auf dem Hügel, neben sich das Fahrrad, und gluckste: «Hat gar nich weh getan!»

«Mrs. Amato», sagte Joe. «Sag Mrs. Amato Bescheid, daß wir morgen vorbeikommen, dich abholen.»

«Aber zuerst werden Sandwiches gemacht!»

«Na klar, zuallererst.»

Sie ließen Spencer im Garten mit seinem *Training* allein und fuhren zur Baumschule Desert Bloom. Wüstenblume – komischer Name für ein Spezialgeschäft für Grün- und Blütenpflanzen. Hinter dem Geschäft standen Hunderte von Bäumen in Fässern und Kübeln, und sie durchkreuzten den kleinen Wald auf der Suche nach einem schönen Exemplar. In Michigan gab es hohe Bäume aus Hartholz, aber hier war nicht Michigan. Sie wollte einen wirklich geeigneten Baum.

«'ne Paloverde», sagte Edith. «Die brauchen wenig Wasser.»

Sie fragte den Mann an der Kasse, wieviel Wasser eine Paloverde zum Wachsen braucht. «Ich mein, wenn sie ganz alleine steht?»

«Kein Schimmer», sagte der Mann.

Der Baum kostete über hundert Dollar; Edith zahlte mit einem Blankoscheck, den ihr Vater auf dem Küchentisch für sie hinterlegt hatte. Ihr Vater war gerade im Urlaub. Edith hatte das Haus für sich allein, eine ganze Woche diesmal, und ihr Vater verbrachte den Urlaub mit seinem Geliebten; ein Elternwort, das so viel hieß wie *Der Mensch, den ich am meisten liebe* oder *mit dem ich schlafe*. Kinder wie Spencer waren noch zu klein, um Geliebte zu haben. Spencer müßte auf jeden Fall noch ein paar Jahre allein schlafen. Ihr Vater würde sich eine hübsche Wohnung suchen, vielleicht auch ein Haus, und in den Ferien könnte sie ihn besuchen, wenn sie vom College nach Hause kam. Von welchem College stand noch nicht fest, und es war schön, mit jemandem zu schlafen, mit dem man wirklich gern schlafen wollte, aber vieles war auch eine Frage der Übung. Wo sollte man zum Beispiel den Arm hintun. Wann durfte man einschlafen. Manchmal fehlte ihr das Alleinsein sehr.

Ihre Mutter meinte, das Alleinsein übt man sein ganzes Leben lang, auch in der Ehe. Sie wohnt jetzt am anderen Ende der Stadt in einem großen Haus mit Sportzentrum und drei Swimmingpools und hat lauter neue Freunde, sagt sie. Sie meint, wer sich nicht um neue Freunde kümmert, hat bald keine mehr, und Edith weiß genau, wie das gemeint ist. Manchmal verschwinden Leute einfach, lösen sich in Luft auf, sogar vor unseren Augen. Genau davon träumt er ständig, sagt Joe. Vom Verschwinden und davon, was übrigbleibt. Von den Lücken.

Sie luden den Baum hinten in Joes Wagen; der Mann half mit, und die Erde drang durch das Leinen nach außen. Die Wurzeln waren umwickelt, damit sie feucht blieben und Vitamine hatten. Bei diesen Bäumen, sagte der Mann, muß man sich vor den Dornen in acht nehmen. Die sind nämlich sehr scharf. «Sehr scharf», sagte der Mann beim Tragen, und dann winkte er ihnen nach.

Auf der Fahrt hörten Joe und Edith Radio. Der Baum war ziemlich sperrig; Edith kuschelte sich in Joes Arm, und Joe stellte mit der Automatik die Fensterscheibe runter. Dann lenkte er mit einem Finger, wie immer, und machte auf lässig. Der Wagen war groß, ließ sich aber leicht lenken. Wenn sie morgen mit Spencer in die Berge fuhren, könnte Edith vielleicht sogar ein Stück am Steuer sitzen. Es war ein tolles Gefühl für sie, zu wissen, daß sie fahren konnte, auch wenn sie nicht unbedingt rund um die Uhr darauf scharf war, und natürlich ging es eh nur bei leichtem Verkehr. Sie war ja keine Mörderin. Als sie in der Schule ankamen, die wegen der Ferien noch geschlossen war, fand sie den Anblick gleichzeitig schön und einsam: eine geschlossene Schule in den Ferien, lauter leere Gebäude. Dieses Gefühl mußte sie sich merken – ihr Gefühl, als sie hier neben Joe saß und die Laternen über den Wiesen, überm Parkplatz und der Tennisanlage angingen. Auf dem Parkplatz stand nur ein einziges Auto; ein kleines blaues, das Miss Williams gehörte. Das Auto war mit Kisten und Möbelstücken vollgeladen, und sie stand neben Mr. Morrison, der mal ihr Geliebter war.

«Hey, Trainer», sagte Joe. «Miss Williams.»

«Jenna», sagte Jenna freundlich. «Grüß dich, Joe.»

Mr. Morrison umarmte Edith kurz, und dann umarmte Edith Jenna, was nicht so einfach war, weil sie noch lange nicht richtig gesund war. Jenna stand stumm da, sie hatte eine Armschlinge, aber der Grund dafür war nicht ihr Arm, sondern ihre Brust. Eine Patrone richtet beim Eindringen in eine weibliche Brust irreparable Schäden an; schon bei dem Gedanken tun einem die Rippen weh. Man hat Schmerzen, immer und immer wieder, und hinterher hat Edith Jenna oft besucht, genau wie Mr. Morrison. Joe ging jetzt immer zur psychologischen Beratung, auf Anraten seines Vaters, der gerade in Baltimore war, und Edith hatte immer noch kein Wort darüber verloren, was damals passiert war – was in jener Nacht bei ihr im Whirlpool passiert war. Und sie weiß, daß es ihr Geheimnis bleiben wird, ihr ganz privater Kummer. Die Wahrheit ist eine heikle und absolut private Angelegenheit; deshalb hat Joe Alpträume, deshalb geht er zur Psycho-Beratung, deshalb lassen sich ihre Eltern scheiden, und genau deshalb hat sie auf der Trauerfeier kein Wort gesagt.

Jenna hat gesagt, daß sie sie versteht, und nach ihrer Entlassung aus dem Krankenhaus haben sie beide viel geweint ... *wie zwei Schwestern* ... und sich auf ihren Spaziergängen immer besser kennengelernt. Jetzt waren ihre Gespräche ganz anders: es waren Gespräche zwischen zwei Erwachsenen. Manchmal spielten sie mit Paris im Park. Schließlich half sie Jenna, ihren Kram in Kisten zu packen – vor allem Bücher und ein bißchen Geschirr –, denn Jenna wollte umziehen, aber nicht zu Mr. Morrison. Auf die Sache mit dem Baum war Edith gekommen, obwohl es strafbar war, ohne Genehmigung einen Baum zu pflanzen, und nun stand sie hier auf dem Parkplatz mit ihrem Freund Joe, mit Jenna und Ray – sie standen vor Joes Wagen, und insgeheim hoffte sie, daß es doch noch anders käme. Daß Jenna und Ray zusammenbleiben und einander glücklich machen würden.

Sie hoben den Baum an, der gar nicht so leicht war, und selbst Jenna faßte mit an. Sie brachten ihn auf den Rasen, suchten einen Platz, dann entschieden sie sich für ein anderes Rasenstück hinter der Bibliothek. Das Loch war schnell ausgehoben, und Ray sagte, bei den vielen Sprengern würde der Baum gut gedeihen. Die Sprenger liefen über Zeitschaltung, da hätten sie sogar einen Orangen- oder Zitronenbaum kaufen können, und als das Loch fertig war, verlangte Jenna, daß jeder von ihnen jetzt ein paar Worte sagen sollte, um der Sache einen Sinn zu geben. *Unsere eigene Feier; nur für uns* ... und dann hörte Edith Jennas schönen Worten zu, und ihr war klar, daß Jenna eigentlich nur zu ihr sprach. Sie fand schöne Worte für Edith, für Joe und dann sogar für Ray, der die ganze Zeit von einem Bein aufs andere trat. Als Joe an der Reihe war, fing er an zu weinen. Sie wußte, daß Joe nicht weinen wollte; man konnte direkt sehen, wie er dagegen ankämpfte, und als Jenna ihm den Arm um die Schulter legte, schüttelte es ihn erst richtig. Es tat weh, Joe so zu sehen, Joe und die anderen, all die Menschen, die sie jemals kennen und lieben würde, und nach einer Weile war ihr klar, daß sie gleich an der Reihe war. Gleich müßte sie sprechen, *Leb wohl* sagen, aber sie hatte etwas anderes auf dem Herzen ... *Jetzt du, Edith* ... und vorher, bevor ihr die Tränen kamen, wußte sie, daß es sie eigentlich überhaupt nicht tangieren mußte. Sie wußte, manche Sachen passieren nun mal, und du kannst sie in Ordnung bringen; du kannst zu deinen Eltern gehen, die verstehen dich, zumal wenn du richtig schlimm weinst. Es kann alles in Ordnung kommen. Vielleicht kriegst du einen Verband oder ein paar Aspirin, oder deine Mama sagt dir, daß du schön bist ... *schön wie ein Stück vom Himmel* ... und genau deshalb mußt du es tun. Du mußt lernen, dich selbst zu kurieren, und sie stand vor dem Baum, neben ihrem Freund, und sah in den Himmel. Ganz allein stand sie da und sah in den Himmel.

«Das da ist für uns gemacht», sagte sie. «Versteht ihr? Nur für uns.»

T. M. McNally
Wonderland

Erzählungen
Aus dem Amerikanischen von Christoph Schuenke
288 Seiten · Gebunden
DM 34,-
ISBN 3-353-01044-0

Neun kraftvolle Stories tauchen hinab in den Alltag Amerikas – auf ein College im schneeverhangenen Minnesota, eine schäbige Hundefarm im wüstenheißen Arizona, eine kleine Radiostation in Phoenix. Berührt lesen wir von Paaren, die sich trennen. Von Leuten, die an ihren Neurosen schleppen. Von Männern und Frauen, die sich ständig im Kampf mit sich selbst oder irgendwelchen Verlockungen aufreiben. Wuchtig und zart und nie ohne einen funkelnden Schimmer Hoffnung bringt uns T. M. McNally ihre Verstrickungen nahe, so eindringlich, klar und liebevoll, wie es vor ihm nur die ganz großen amerikanischen Geschichtenerzähler unseres Jahrhunderts vermochten.

Verlag Volk & Welt Berlin